武汉科技学院·人文社科文库

黄鹂声声带血鸣

——孙犁抗日小说研究

◆李 展 著

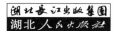

湖北长江出版集团
湖北人民出版社

鄂新登字 01 号
图书在版编目(CIP)数据

黄鹂声声带血鸣:孙犁抗日小说研究/李展著.
武汉:湖北人民出版社,2009.4

ISBN 978-7-216-05924-4

Ⅰ.黄…
Ⅱ.李…
Ⅲ.孙犁(1913~2002)—小说—文学研究
Ⅳ.I207.42

中国版本图书馆 CIP 数据核字(2009)第 018307 号

武汉科技学院·人文社科文库
黄鹂声声带血鸣
——孙犁抗日小说研究
李 展 著

出版发行:湖北长江出版集团
湖北人民出版社
地址:武汉市雄楚大街 268 号
邮编:430070

印刷:武汉市洪林印务有限公司
印张:23.75
开本:787 毫米×1092 毫米 1/16
插页:1
版次:2009 年 4 月第 1 版
印次:2009 年 4 月第 1 次印刷
字数:314 千字
定价:46.00 元
书号:ISBN 978-7-216-05924-4

本社网址:http://www.hbpp.com.cn

总　序

在高等学校的学科建设中，人文社会学科的建设具有十分重要的意义。对于一所以工科为主的高校来说，人文社会学科的建设则具有特殊的意义。人文社会科学具有积累知识、传承文明、创新理论、服务社会的功能，能为科技、经济和社会的发展提供指导，调节各种社会关系和社会生产要素的优化组合以及根据社会生产、社会生活的运行机制提供程序系统。自然科学技术只有与人文社会科学结合起来，才能在现代社会发挥整体的强大功能。因此，人文社会学科的发展是高校特别是以工科为主的高校不断提升办学水平的一个重要条件。

武汉科技学院是一所以工科为主，多学科协调发展，特色鲜明、优势突出的普通高等学校。在过去五十年的办学历程中，形成了鲜明的纺织服装特色与优势。在新的历史时期，围绕现有特色与优势，促进学科交叉，形成多学科相互支撑、协调发展的学科建设格局，是进一步壮大特色与优势，促进特色的高水平发展的必然选择。我校人文社会学科的发展虽然起步较晚，但是经过近十年的发展，已拥有了一支具有较强实力的学科队伍，承担了一批高层次的科研项目，产出了一批具有较高水平的科研成果。人文社会学科建设突出了学科交叉，围绕学校的特色形成自身优势，取得了良好的效果，为彰显学校的办学特色发挥了重要的作用。

以丛书形式出版“人文社科文库”，旨在展示我校青年学者的研究成果，进一步促进人文社会科学的发展。文库的选题涉及哲学、政治学、文学、教育学、管理学、法学等多个学科领域。关注社会现实，跟踪学术前沿，追求学术创新，是这套文库的一个重要特点。文库的作者都是我校人文社科学院近年来引进和培养的博士。他们朝气蓬勃，思想活跃，潜心于学术，敢于迎接挑战，在各自的研究领域敢于创新，既有理论上的突破，又有方法上的创新，如引进数学模型阐述理论、运用经济学分析论证哲学问题等，显示出扎实的学术功底，学术成果具有较高的理论价值和现实意义，反映了我校人文社科学院的研究实力。必须指出的是，文库大多是在作者博士论文的基础上进一步研究、修改而成的，虽有名师指导，历经反复推敲修改，达到了一定的学术水平，但其中也难免学术视野、学术方法、学术经验等方面的局限性。因此，这套文库的出版重在为进行人文社会科学研究的青年学者提供一个交流和展示研究成果的平台。

学校高度重视文库的出版，并提供了政策支持和全额资助。但文库的出版只是一个出发点，希望这套文库的出版能够在学校人文社会学科建设中发挥积极的作用，促进人文社会科学研究水平的不断提高，使人文社会科学在学校的发展中发挥更大的作用。

武汉科技学院院长　张建钢
2009 年 3 月

目　录

中编　现代语境中的女性言说——孙犁抗战文学女性形象解读

下编 孙犁抗战文学中的北方风景描写

序

得知李展博士论文这么快就要出版，作为导师，我当然很高兴。毕竟这对他是一件大事，说明他的学术研究初步得到了社会承认。

李展在复旦攻读博士，实在不易。他生性好学，没有什么别的爱好，按理大可纵心所好，以有涯而随无涯。无奈家累甚重，远在山东千里之外的妻儿总有许多事情牵绊着他。有一次听说他小孩子住院了，当时我在国外，师妹传达信息不准确，误以为被车撞到要害，很为他焦虑，而他不想叫我担心，竟一直瞒着我。后来当面询问，才知是一场虚惊。碰到这些事，毫无疑问他应该立即回家，以尽为人父为人夫的责任。不巧的是临近毕业，他家所在小区又要搬迁，屡议屡歇，最近才算有着落，这也消耗他不少精力。加之他原是南京大学中国古典文学专业出身，攻读现当代文学博士需要一个极大的转型，有个阶段我还真为他担心！好在李展很勤勉，终于克服重重苦难，出色地完成了以孙犁为对象的博士论文。

孙犁是现当代文学研究的热点，晚年写作更使他在整个现当代文学史上的分量加重了许多，但也因此增加不少研究的难度。本来我希望他研究孙犁晚年写作，我以为孙犁晚年多有回归传统的倾向，这对于本来学古典文学出身的李展或许比较合适。但李展并没有接受我的想法，事后我才知道，他这是不想迁就自己，也不想迁就学术界喜欢追赶“热点”的时髦。他要转型，就干脆转型得彻底一些，从传记学角度探索孙犁早期家世、求学、投身革命和执笔为文的一些关键细节之于孙犁“抗日小说”的关系，再由此扩大开去，研究由此形成的“抗日小说”的特点在 20 世纪 40 年代文学整体中的独特地位。这样的研究是现代文学研究的正宗路数，但难度也很大，需要大量原始材料的佐证，不允许研究主体过多发挥。

不用说这种彻底的转型对李展是一个相当的挑战，因为这不仅需要他在现有几种孙犁评传之外访求更多有用的史料，还必须在更宽广的历史背景中理解孙犁的文学创作，包括他在北方文坛的交往情况。有一段时间，他到图书馆一天一本小说地苦读、热读、狂读，持续了很长一段时间，又根据孙犁的交往，广泛接触同时代作家的作品与传记材料，希望从中找到理解早期孙犁创作的蛛丝马迹——这种努力并没有立竿见影地反映在博士论文中，但我想这种几乎从零开始将自己置于绝对无知地位的谦卑的求知方式，将会大有益于他今后的学术道路。

李展博士论文最大的特点就是突出的创新性，这是后来参加他博士论文答辩的各位老师的共同感受。作为博士论文，能有一点创新就不错了，难得的是，他关于孙犁古代文学接受的潜在影响，关于女性人物命运的内在历史性结构，特别是最后一章关于风景的研究——我本来只是提醒他注意孙犁文学风景很有特点，但他能突破常规的鉴赏式研究，将孙犁风景描写有机地结合历史风云和孙犁自身的创作历程甚至将古典山水美学与中国革命的特殊性情景结合起来——这些都开创了一个新的研究境界，改变了孙犁研究的深度和广度。

李展本来报考另一位老师的博士，后来转到我门下，直到口试那天，他还不认识我，一进门就认真地问我“这位老师您是谁”，这在所有报考者中绝无仅有，给我印象很深。这也算是我们师生值得纪念的一段交往的故事吧。李展很有个性，也极有想法，有时甚至近乎固执，不管和同学日常论学，还是跟我讨论论文的细节要目，他都不喜随人逐队，总是坚持独立思考，独辟蹊径，有时似乎是故意要“迎难而上”；吸引他的不是一些流行的课题，而是一些往往被大家忽略的难题和疑点。这是他的性格所致，我觉得也是他能够在学术研究上深造自得、不甘平庸的希望所在。

李展平时喜欢杂览，可一旦确定以孙犁“抗日小说”做专题研究，就能专注于对象特殊的历史具体性，自觉地从一般转向具体，并不在具体问题的研究上炫耀杂学和博学，但杂学和博学的有益的因子也不曾完全抛弃，而是有条件地渗透进来，结果具体问题的研究往往能跳出一隅的限制，给人以普遍性的启发。我相信从孙犁研究开始，他还会不断拓展研究领域，同时不废“杂学”，不拘一格，在学术研究上做出更大的成绩，形成真正独特而稳定的学术个性。

是所望焉，谨序。

郜元宝

2008 年 12 月 7 日

自　序

不知不觉，时间已经到了2008年的国庆，距离离开上海已经整整三个月了，而距离我的博士论文完稿的时间则已经半年了。生活匆忙得已经忘记了时间，想到这里，不免令人大吃一惊，有一种蓦然回首的恍惚。这半年到底发生了多少事，我已经无法计算了，现在可以确定的是终于我又能坐在电脑前写点文字，但地点却在另外一座城市——武汉的地面上了。这是我从来没有想到过的。

这2008年对于我本是多事之秋，然而还不料，世事的艰辛与复杂使得个体的人在巨大的社会存在面前，是那样的渺小和无奈，怪不得孙犁先生晚年终于沉默了！倒是武汉彰显的义侠之气更令我意外，对于武汉这之前我从未来过，这里的一草一木都陌生而富有传奇色彩，在荒漠的印象中只有《楚辞》的"惊采绝艳"和宋词中"水随天去秋无际"的雄廓楚天了。

古人讲，人算不如天算。人怎么能算过天哪！顺乎天者得福了！

到了武汉，我想到了武汉大学毕业的一位文学博士叶君先生，——因为也是研究孙犁的缘故便从文字上认识了他，那时我还在上海——他刚毕业的时候想留在武大，终于没有留成，却跑到了遥远的黑龙江省，令家人天天恐怖哈尔滨冬天的气温是否降到了零下三十度！叶先生在自己的《孙犁论·序》中其实是满腹牢骚的，我当时很不以为然！孰知事情总是戏剧性的发生，我从北方却跑到了南方，这个有名的火炉其实也令我的家人担心，更重要的是，我终于明白了叶先生的亲身感受，不过更多的是感慨！古人讲"著书立说"是不朽的事情，今天虽然比过去出版容易了一些，也许有人并不太当作一回事，但是其中确实蕴含了文人的精气神血。推人及己，以己度人，我想到了几乎放下了半年之后的博士论文的主角——孙犁先生，如果他老地下有知，我们肯定会更加相会于心。于是，在这本论文将要出版的时候我果断地加了一个正标题："黄鹂声声带血鸣"，而将"孙犁抗日小说研究"作为了副标题，这不仅单是从博士论文即将转变成书籍的缘故，更因为作为文学的精神更符合孙犁先生抗日小说的丰富内涵，虽说不上"泣血沾襟"，但那种苦涩的甜，甜中的苦涩，实际一点也不会比周作人喋喋不休的人生"苦味"少的。

《黄鹂》是孙犁先生在20世纪60年代写的一篇文章，那种叫做黄鹂的小鸟，实在是孙犁先生的人格写照。它不是鹰隼类的猛禽，也不是那种脱俗的天鹅，但也非家雀类的俗鸟。在我的感觉之中，这种声声清脆的极带艺术气质的小鸟，在日常中是介于常见的麻雀和非常见的鹰隼或者天鹅之间的那么一种人间的小鸟，它与人的关系是若即若离，绝非麻雀类的不择而食、饮盗泉而不知自持的小鸟。如果非要用另外的鸟类作比，那么，它便类似西方文学中常见如安徒生的"夜莺"或者雪莱的"云雀"。的确，你看他说少年的情怀："青少年时代，确是一个神秘莫测的时代。那时的感情，确像一江春水，一树桃花，一朵早霞，一声云雀。"这声声入耳的乐音难道不能令我们爽心清目吗？然而黄鹂有被人打落的时候，它不招人而人招它，当它用喑哑的声音啼叫的时候，它是带血丝的。这原来它一直是欢快的，后来就强颜欢叫，终于喑哑，终于不叫，于是我们就听不到了那清脆的鸟音，忘记了清晨的新鲜，终于站在海边也如同荒漠一般了。

黄鹂的形象在孙犁先生的作品中，不止一次的出现，即使在战争年代，他也还有闲情逸致去欣赏那清脆的鸟音。但是它终于停止了鸣叫，孙犁先生也终于停止了写作。那是在他还可以写作的壮年和可以写作的暮年，有时他一天到晚站在自己的窗前，默然无语。然后，先生就生病住院，决绝地断绝了与外界的联系，终于驾鹤归去，那时已经到了新世纪了。

我记得马克思曾经这样评价过拜伦和雪莱：同是浪漫主义的代表作家，年轻的拜伦的死是一种幸福，因为再发展拜伦可能就要不为我们所热爱了，拜伦的死，死得其所；而同样年轻的雪莱的死则是一种哀伤，因为他是一只云雀，在报道“冬天来了，春天还会远吗”？作为一只中国的云雀，那只黄鹂其实血迹斑斑，杨联芬女士曾经这样评价孙犁：他的精神世界远远大于他的文本世界。是的，在孙犁的抗日小说文本世界中，他始终是明朗的，但是他的生活世界和精神世界则是带血的。这是一种非常典型的中国知识分子的心灵世界，将微笑留给了这个世界，将艰难独自吞下！

我希望过了半年之后，能够更加准确地把握孙犁先生，因为生活的艰难已经将我们的心，塑造得更加心有灵犀，那种“含泪的微笑”作为现代文学从鲁迅先生留下的伟大传统，从他这里得到继承！愿先生安息！

这里我要感谢参与我博士论文盲审的一位老师，直到现在我不知道先生姓甚名谁，家在何方？他对于我的博士论文做出了精确清楚的学术判断，不但优点评述准确，更感谢的是，他对我的博士论文的缺点也如此认真，甚至关注到了字词语句的错误。我感谢这位先生，如果他知道了我今年发生的事情如此纷乱嘈杂也许他会谅解，因为我的博士论文完成以后，只是匆匆忙忙校对了一遍，就交稿了。但趁这次机会，我做了修改，理顺了一些关系，这是我特别要感谢的。我希望有机会能知道先生的名字，向先生进一步的请教。

另外，我的导师郜元宝先生得知我安定下来很是高兴，并在百忙之中在遥远的澳大利亚允诺为我作序。他说：做学问要从容，要从容就要生活安定，人才从容！“从容”是很高的境界，我虽不能至，但心向往之！再次感谢先生的谆谆教导！

李　展
2008 年 9 月 25 日
武汉科技学院南湖校区

摘　要

“孙犁抗日小说”是本论文的研究对象，它基本指涉孙犁前期的小说创作，截至1956年《铁木前传》为止，稍微延伸到20世纪60年代《风云初记》的出版情况。这是因为其主要的文学创作基本与抗日有关，而小说产生的影响最大。本论文力求突破以往的封闭式研究，将孙犁文学纳入一种充满变数的历史空间之中，展开一种全新的研究视野。论文主要分为序论和三章的整体结构，此外还有两篇与论文结构无关而与内容相关的附录。

序论部分详细阐明了论文的研究对象、孙犁文学的研究现状及其问题，以及本论文所要达到的目标和研究的方法问题，是对以往研究的分析性总结，指出了我们的研究策略。

然后主体分三章进行研究。

第一部分主要研究孙犁文学的创作心路历程。第一、二节涉及孙犁文学的创作起源、文学风格形成的心理基础，包括感性审美和理性的平衡。通过对“冀中一日”运动的考察，论文提出了一种观点：孙犁文学的诞生具有审美和革命的功利性二重特征，而我们现在则往往被第一种特点掩盖了第二特点。第三节接继第一节所论述，探讨了孙犁文学所具有的古典文学情趣和现代浪漫文学经验，是生成孙犁抗战文学风格的根本原因。文章进一步论述了孙犁文学与魏晋文学有某些神韵上的相似，但又因为缺少了存在论的道境，又发生了某些差异。这是一种从生活史和心灵史探源的研究。

第四节主要涉及在革命征途中，作为文学家的孙犁所具有的生存困惑。这涉及孙犁文学更为表层的意识状态，而他将这种生存困惑用文学的方式表述出来以后，就成为一种伦理叙事形态。孙犁作为革命作家当然与意识形态叙事有关，但更重要的是作为一种生命生存叙事。事实上，在孙犁的生命历程中，革命确实是一个极端重要的事件，然而孙犁的革命起点固然与民族家国有关，但是，孙犁的“革命”比这个宏大叙事早得多，这个革命就是所谓的像孙犁小说中的有些人物一样，首先爆发在婚姻之内，是一种婚姻革命。只是婚姻革命的结果即所谓“出走”京师的失败，使他尝试到了一个下层社会具有自尊的知识分子，其社会身份在整个生活世界的失败，而抗战的出现恰好在一定的程度上弥合了婚姻革命和身份革命的双重愿望。然而也正是这点，使他陷入了更加深刻的社会现实和生命本身的矛盾之中。因此，在这个意义上孙犁的文学创作的确具有一种苦闷的发散与象征的意味，最后一直到孙犁疾病爆发，就是这种种矛盾无法承受的表现。

第二部分主要考察孙犁文学的一个重要文学现象，即突出的女性形象问题。不管孙犁是否有意，我们通过对于他的女性人物的解读，深刻地发现了孙犁文学中女性形象在现代民族国家建构过程中的仓皇失措，一种与时代密切关联的悲剧性命运。

文章主要通过几个人物完成这一历史语境的解读，她们是《走出之后》的王振中、《荷花淀》的水生嫂、《钟》的慧秀、《村歌》的双眉、《看护》的刘兰、《风云初记》的李佩钟和《铁木前传》的小满，我们通过对这七个女性的形象解读，完成了这一历史发现。这里运用的方法主要是女性主义的研究方法，放在了具体的历史语境之中进行解读，成为一种文学研究和文化研究的结合试验。这一部分的目的不是为了单纯研究某个女性形象，而是通过这一系列女性形象，来揭示现代中国历史深层变动中那些被主流意识形态话语遮蔽的人的真正的生存状态。特别是对于李佩钟与小满的解读，作者认为可以将孙犁本人的女性理想和对于女性命运的真正关怀，联系起来，这与第一部分形成重要的相互参照的对读。

第三部分研究孙犁文学的另一重要文学现象:卓越的风景描写。文章第一次大规模地找出了孙犁文学风景的精彩段落,这些精彩段落非常传神地完成了抗战时期北国乡村世界的真实写照,并由此进一步解释了这些文学风景的描写特征与创作主体的复杂关系。孙犁作为革命队伍中的一员,革命集体意志在文学风景中潜在地起到了支配作用,并进一步从现代文学史的历程中,揭示出孙犁文学的这种他人无法达到的文学特质。而这种特质与他将抗战根据地作为“家园”的潜在意识联系在一起,并将《风云初记》第三部作为一个经典文本解读,深刻地揭示出孙犁从荷淀清风般的透明到风云景观的深沉复杂的巨大变化,显现了这十年革命历程对于作家的深刻影响。

第四部分,实际是作为附录补充的,主要介绍孙犁的《琴和箫》以及荷花淀派的问题,以铁凝作为对象进行阐释的文学误读问题。

本论文的写作将孙犁的文学创作放在了整个现代文学的历史中进行考察,同时将孙犁的生平经历、人生的偶然性与历史的脚步碰撞,在做到知人论世的同时,显示出一种对于历史结构性把握的企图。因此,孙犁抗日小说研究实际是将孙犁作为一个特例,来研究进入现代以来的中国普通人的命运问题。论文借鉴了西方文论的研究方法和传统的知人论世法,其成功与否期待专家指正。

关键词:孙犁;抗日小说;心路历程;女性形象;战时北方风景

Abstract

This paper is mainly to study Sun Li's anti－Japanese fictions, most created during the writer's first literary period ending with the birth of Tiemu Qianzhuan。My research will also examine the publication of Fengyun Chuji in the 1960s. This is because the anti－Japanese theme is involved in most Sun's writings and among them his fictions has the most influence. The paper will attempt to break previous excluding studies, and create a wholly new study field by bringing Sun Li's literature into the history full of variations. The paper here mainly includes the preface and there passages:

The preface will illustrate my research subject, the present study on Sun Li's literature, and the goals and methods of my paper. This part will bring our study strategies based on an analytical summery of the previous.

Then the main body of my study is divided into three passages:

The first part mainly concerns Sun Li's literary road. The first and second sections involve the origins of Sun's literature, the psychological basis of his literary style, including the balance between perceptual taste and reason. By examining the movement of One Day in Yi－zhong, the paper argues that the birth of Sun Li's literature results not only from a kind of taste but from the utilitarian nature of revolutions. On the present, we always pay too much attention to the first feather and neglect the second. The third section will continue the job of the first, and discuss Sun's classical literary interest and modern literary experience, which both explains the creation of Sun's anti-Japanese literature. Then the article further argues that Sun's literature shares similar verve with the literature in the Wei and Jin dynasty, though it varies for lack of the ontological realm of Tao. My work in this part is to study the history of people's life and souls.

The fourth section mainly concerns Sun Li's confusions towards the existence of a human being, when he, as a writer, experienced the life during the revolution. These confusions firstly exist as the superficial ideology of Sun Li's literature, but later become transformed to an ethical narrative form after Sun presents them in his literature. Of course, Sun Li, as a revolutionary writer, bears close relations with the ideological narrative model. But more importantly, his writings are narrations of all kinds of patterns of people's life. In fact, Sun Li has formed his political concept after he wrote Fengyun Chuji in the 1950s. The revolution indeed plays an important role in Sun Li's life, and so his revolutionary start is undoubtedly associated with the national country. However, Sun Li's revolution begins much earlier than the grand narration. This revolution, like what some figures of Sun's fictions have experienced, firstly takes place in the field of marriage. So above all, it is a marital revolution. But the result of the marital revolution, specifically the failure of fleeing from the capital city, makes him experience the failure of a self-respected intellectual from the social bottom when he begins to enter into the social world. But the outburst of the war on some extend satisfies the double wishes of revolution both of marriage and of identity. But at the same time, it makes him fallen into a much deeper contradiction between the social reality and the life itself. Therefore, in this sense, Sun Li's literary creation symbolizes depression. And at last his disease can be viewed as a sign of his unbearable contradiction.

The second part will mainly discuss female images, which is one significant phenomenon in Sun Li's literature. By the analysis of Sun's female figures, no matter whether he agrees, we find from these roles similar confusions when they become involved in the process of the modern country's construction, and similar tragic fate closely associated with the time.

The article will study the historical context mainly through several figures, such as Wang Zhenzhong in Zouchu Zhihou, Shuisheng Sao in Hehua Dian, Huixiu in Zhong, Shuangmei in Cun Ge, Liulan in Kan Hu, Li Peizhong in Fengyun Chuji and Xiao Man in Tiemu Qianzhuan. We will base our historical findings on the analysis of the seven female figures. Here I will examine these figures under detailed historical context with the feministic method. So it is a trial to unite the literary research with the cultural research. In this part, I do not aim to study a certain female image, but introduce light to the true resistance of those people who are concealed in modern China's historical change by the ideological voice. Especially by the understanding of the two figures Li Peizhong and Xiao Man, I believe that Sun Li's ideal of female can be combined with his true concerns towards the female movement. So this part can be read in contrast with the first one.

The third part is focused on the other important phenomenon in Sun Li's literature——his outstanding scenery description. It is the first time the article, on a large scale, cites the sparkling descriptive passages of natural scenes, which vividly present a true portrayal of the north rural area in the war. Moreover, the paper explains the feature of these descriptions and its complex correlations with the creative subject. Since Sun Li himself is one of the revolutionary army, his scenery descriptions are dominated by the revolutionary collective will. The article further clarifies the excluded quality of Sun Li's wrings in modern Chinese literature. I will combine this peculiarity with his unconsciousness of taking the base area as home, and read the third section of Fengyun Chuji as a classic text. Finally, by describing the great change of Sun Li's literature from the transparence like the wind of the locos lake to the complexity of the historical landscape, I will illustrate the deep influence of the revolutionary experience upon the writer.

The paper will examine Sun Li's creations under the historical background of modern Chinese literature, and at the same time integrate the writer's life experience with the historical footsteps. I will give certain understandings not only of the writer and his living world, but also of the history as a whole. So in fact, by the example of Sun Li's literature, my study is trying to perceive the fate of the common people living in modern China. The paper draws on both western literary theories and traditional ways of evaluation. As to its achievement or shortcomings, I will appreciate views of every expert.

Key words: Sun li; Anti—Japanese Fiction; Soul Experience; Women Image; Northern Scene In the Anti—Japanese war

绪　论

一、关于"孙犁抗日小说研究"的选题

在20世纪中国文学史上孙犁是一位重要作家,他的重要性首先是作为体制内的代表性作家体现出来的。当在20世纪40年代,赵树理被标称为毛泽东文艺思想的"方向性"作家的时候,孙犁的文学创作也在开始崭露头角;当周扬等文艺界的领导企图以树立以赵树理为代表的"山药蛋派"作为毛泽东时代的文学成绩的时候①,孙犁的文学创作实际也获得了很大成就,并在建国后50年代前期开始隐隐约约地出现所谓"荷花淀派"。但是这个团体的形成更多是文学爱好者的同气相应。如果说孙犁的影响在70年代以前还不如赵树理的话,但是在新时期,他的影响力直线上升;并且由于晚年的大量创作,再次引发学界对于孙犁的关注,其影响已经远远超过赵树理了。② 有人说,孙犁是解放区作家中能够跨越两个时代而被认可的唯一作家,这个说法固然有些夸张,但实在表现了孙犁的特殊性有他人未可超越的内涵存焉。

孙犁一生的文学创作被分为前后两截,前期文学创作基本止于1956年完成了的《铁木前传》,此后有近二十年的断裂,直到文革后才真正复

①王尧:改写的历史和历史的改写——以《赵树理的罪恶史》为例,文艺争鸣,2007.2

②渡边晴夫:中国文学史上对孙犁评价的变迁——与赵树理比较,现当代文学人大复印资料,2007.4

出。用他自己的话说就是“十年荒于疾病，十年荒于遭逢”①。因此，在孙犁文学研究界就出现了新、老“两个”孙犁的说法。孙犁的前期创作主要是小说、通讯、农村速写、文艺理论著作，诗歌较少，其中成就最大的就是小说，其主要内容就是关于抗日战争或者有着抗战背景的故事。

“抗日小说”这个概念出自孙犁自己：“我最喜爱我写的抗日小说，因为它们是时代、个人的完美真实的结合，我的这一组作品，是对时代和故乡人民的赞歌。我喜欢写欢乐的东西。我以为女人比男人更乐观，而人生的悲欢离合，总是与她们有关，所以常常以崇拜的心情写到她们。我回避我没有参加过的事情，例如实地作战。我写到的都是我见到的东西，但是经过思考，经过选择”。这里，孙犁将“抗日小说”作为一个概念提出时，注重的并不是简单地对这一历史时期所写小说的“时间规定”，而是被“抗战”赋予了一种“新型”精神的有关那个时代的故事。他说，“我的创作，从抗日战争开始，是我个人对这一伟大时代、神圣战争，所作的真实纪录。其中也反映了我的思想，我的感情，我的前进的脚步，我的悲欢离合。反映这一时代人民精神风貌的作品，在我的创作中，占绝大部分”。当然，孙犁的创作也有涉及“解放战争和土地改革的作品，还有根据地生产运动的作品”②，但就小说而言，确实是“抗日小说”占据了主要地位，即使《村歌》这样写的土改作品，其内在的情感与心理状态都是抗战氛围的延续。“抗战情结”成为他日后重要的精神情结，并且形成了所谓“美的极致”的说法。

郜元宝师对这个概念进行了如下阐释：孙犁前期的小说创作，多以抗战为背景，几乎每篇都写到“冀中平原”和“晋察冀边区”中国军民的抗战。1945 年以后抗战结束，孙犁从延安到华北参加“土改”。但内战烽火并没有烧到冀中，孙犁没有亲历“解放战争”，这以后的小说仍然写抗战，这种

①当然这个问题不是绝对的，因为孙犁在这二十年也有少量作品诞生，具体情况可以参考渡边晴夫的《文革前的孙犁——疾病的恢复与十年的创作空白》，岱宗学刊，2001.3

②孙犁文集·自序，孙犁文集(1)，百花文艺出版社，2002 年版，第 2 页

状况一直持续到50年代的《风云初记》和《铁木前传》。[①] 在这样的情况下，“解放战争”确实只是作为了“革命”作家孙犁的文学背景，特别是“土改”工作所产生的后果在孙犁是有很多精神负面影响的；抗日生活才是其真正认可的人生经历和精神栖居的理想王国。因此，无论是个体经历还是精神理想，“抗战”都成为孙犁无法绕过的巨大事件，它直接改变了孙犁的人生命运，并成为一种上升态势，这是孙犁直到晚年都承认的个体对于公共事件的分享，而且就其精神结构来说，也是抗战为他赋予了真实的人生内涵，何况他对于后世的影响首先就是抗战文学最大，而小说尤其突出。因此，我们将其“抗日小说”作为标志性文本，而前期整个创作就成为研究这个文本的有机背景了。

因此，本文的“抗日小说研究”对象，就设定为孙犁在抗战中以及抗战以后所写的短篇小说，长篇小说《风云初记》，以及与土改相关的中篇《村歌》和略微涉及抗战背景的《铁木前传》，都纳入了在历史惯性之下抗战氛围影响到了的孙犁的前期创作，这个设定有利于我们就孙犁的文学性作品进行研究。本人的研究对象设定在孙犁的“抗日小说”上，还因为孙犁影响最大的抗日小说，后来形成了若隐若现的“荷花淀派”。尽管这有时代的影响因素，但正是在时代中凸显最为显著的就是其“抗日小说”。此外，本人感到如果对于“抗日小说”研究不透，那么，对于新时期孙犁文学创作的研究同样有一种隔膜感。因为孙犁在新时期出现了文学风格的重大转折，我们几乎无法再看到《荷花淀》那样散发着荷花清芬的作品，相反，出现了许多老辣深沉的杂文、读史笔记以及书衣文，并且出现了另外一个“冀中世界”，它昏暗、愚昧、自然，竟然还有些亲切，它几乎是反启蒙的，因此也就在某种意义颠覆了其抗战写作，这自然是重要的。但是，如何真正有力地阐释这种文学现象，无论如何绕不过抗日小说。

但目前的研究好像还难以有这种整体性的眼光，不仅是文学史的，更

---

①郜元宝：柔顺之美：革命文学的道德谱系——孙犁铁凝合论，南方文坛，2007.1

是历史的真实时空的透视。大多数研究基本还局限在个体的研究之内，无法形成一种文史通观。研究抗日小说对于个人还有一个重要的努力，就是关于将古代、近代、现代、当代进行关联的努力，而孙犁正好可以充当这个文本，何况这样也是重塑文学史研究的一种努力。

二、关于研究状况

就目前孙犁的整体研究格局看，重心已经明显开始偏于力图打通新老孙犁的研究，进行通观研究，但也有学者进行晚年孙犁研究，单纯将研究对象锁定抗日小说的已经不多。① 但是，由于一个作家的创作前后不可能没有联系，同时，更由于在晚期创作之中孙犁书写了大量关于前期创作的回忆、反思与总结，这样就不可避免地将晚年创作也牵扯进来，但这基本只是作为材料进行处理的。当然，这一部分的理解非常有助于孙犁的前期创作，这样我们还是希望尽量给予一个完整的孙犁研究状况介绍。下面我们分几个方面，试图对整个孙犁研究状况进行分类描述：

1. 作家状况研究

研究作家及其创作，知人论世永远需要，从一些感性的文字材料中我们更能感受到作家身上鲜活的东西。关于孙犁的生平状况，以作家自己的作品《善暗室纪年》及摘抄最为纲要，其他大量的回忆性文章也很有用处。吕剑于 1962 年写的《孙犁会见记》颇有水准，文章写了初次相见的印象，颇为传神："淳朴、清爽，有点温文尔雅，有一双笼着水光的眼睛，始终

①到目前为止，能够查到的关于孙犁研究的学位论文，已经出现了十部硕士论文，一部博士后论文，这里面关于整体通观的有五部硕士论文和叶君的博士后论文《参与、守持与怀乡——孙犁论》，三部晚年研究的硕士论文，一部研究文艺理论，一部比较研究，可见现在的整体研究态势明显从早期开始转移，也意味着早期研究难以深入了。它们是《赤子之心 寂寞之道》，《打造完美人性》，《精神田园的执着守望与探索》，《生命存在的残破与美化》，《守护和抗争》，《孙犁的知识分子心路历程探索》，《孙犁晚年的知识分子论》，《孙犁现实主义文学批评理论浅论》，《孙犁艺术风格论》，《赵树理与孙犁比较论纲》。

凝神地沉静地倾听别人的讲话”①。文章深刻地触摸到了孙犁创作的深层精神特质、写作特点和文学渊源。这比后来许多采访记高出一截。孙犁对于报告文学式的传记很不以为然，他只是很含蓄地要求采访的人最好读他的作品。在赵玫的《孙犁印象》中，老人的神态已经变化很大了："那一次他给我留下了两个十分强烈的印象：一个是他眼珠的色泽，黄且迷蒙浑浊；一个是他送我们出来时嘱我多读些好书并把字写好的那些话"②。两位作者从眼睛的神态描写作家，实在妙绝，很形象地刻画出作家历经沧桑的巨变。现在关于孙犁的传记已经有好几部。郭志刚、章无忌的《孙犁传》(1990)比较客观地描述了孙犁的一生，金梅编撰的《孙犁自叙》很详细地发掘了孙犁自己的生平记录，汪稼明的《孙犁：陋巷里的弦歌》用图文并茂的方式汇集了许多有用的材料，特别是照片，周申明、杨振喜的《孙犁评传》、管蠡的《孙犁传略》等都有一定的参考价值。孙犁从1995年以后与外界断绝关系，如此决绝，其情况外界相对较少了解。铁凝的《四见孙犁先生》③、柳宗宣的《临终的孙犁》④可以帮助我们了解一些。孙犁是一个对自己生平研究具有自觉意识的作家，作家晚年已经有目的地进行总结，这对于我们了解这位作家帮助巨大，也是作家无私地贡献自己，作为一种文学现象进行研究的典范。

然而，由于各种原因，我们在以往研究当中出现了大量误读，使得我们对其文学问题的深层理解裹足不前。例如，孙犁与妻子的年龄差距问题，郭志刚传记认为小三岁，而葛明华认为小七岁，实际是小四岁，因此在这一不太准确的基础上加深的认识与抒情都是不太靠得住的。同时，对作家进行深入研究，涉及到更加深层的精神文化特质及历史通观，现在已经有了相对的进展。葛明华的《孙犁的遗憾》对于孙犁一生两大精神情结

①吕剑：孙犁会见记，刘金镛、房福贤编：孙犁研究专集，江苏人民出版社，1983.9，第9页
②赵玫：孙犁印象，文学自由谈，1986.3
③铁凝：四见孙犁先生，散文选刊，2003.1(下)
④柳宗宣：临终的孙犁，厦门文学，2002.12

作了总结：一是创作习惯与时代要求的冲突；二是婚姻现状与理想人生的矛盾。[①] 在人们习惯于对孙犁进行荷淀清风般的思维中加进了耐人寻味的人生涩味。阎庆生则从文艺心理学与变态心理学的角度，特别研究了孙犁"文革"著述的特殊文体——"书衣文"，对于解释晚年孙犁走出精神困境，作了相对有力的解释。[②] 贺仲明《仁者的自得与落拓》一文，将孙犁定位在传统儒家"仁者"形象上，从抗战与文革两大时代背景考察作家的"仁者"心态的常态与扭曲，来说明作品的创作情况。[③] 除了以上的论文外，还出现了很多从创作心理角度阐释的文章，如马从正《晚年孙犁简论》提出了两大情结：抗战情结与文革情结[④]，现在已经有几部硕士论文都涉及从早年到晚年的创作心理问题。[⑤] 对于这些问题已经有了相对可靠的研究成果。但如何将作家研究引向深入，与作品研究结合起来进一步的整合研究，依然存在很大的局限。

2. **前期作品研究**

"抗日小说"研究是孙犁文学研究的一个重点，也是一个难点。其原因在于孙犁文学的清浅风格既有利于人们对于孙犁文学的接受，又容易停留在浅尝辄止的层次。这种状况不像鲁迅作品那样容易引发深度解读。其中一个主要研究特点，集中在"复述"孙犁小说的女性形象塑造以及孙犁小说的诗化倾向。这样的研究数不胜数。这些作品研究很大一部分集中在抗战短篇小说上，主要是标志性作品《荷花淀》、《芦花荡》、《采蒲台》、《山地回忆》、《吴召儿》等。这些讨论的重点是孙犁小说风格的独特性。这种研究具有鲜明的民族特性、审美趣味与印象式叙述特征，文论叙述带有一种美文学的特点。郭志刚的研究颇有代表性。例如他在文革后

①葛胜华：孙犁的遗憾，雨花，2005.2

②阎庆生：新老孙犁的蜕变——论书衣文录人格重塑的心理内涵，陕西师范大学学报，2002.6

③贺仲明：仁者的自得与落拓，天津社会科学，2002.4

④马从正：晚年孙犁简论，连云港教育学院学报，1996.4

⑤参看张玉娟的硕士论文《赤子之心 寂寞之道》，姚力虹硕士论文《孙犁晚年知识分子论》

就将孙犁的作品比作"带露的鲜花","总是带着冀中泥土的色香和健康、活泼的气息",作家是一个"十分珍爱生活的人"①。在20世纪80年代初期,他的长篇论文《论孙犁作品的艺术风格》,系统论述了孙犁创作的时代旋律、美的意境、含蓄的条件、地方色彩、塑造人物的特点、质朴纯真的语言、荷花淀派等问题,在文本层面进行了全面地总结。② 总的来说,80年代中期以前这种研究缺乏理论学术含量,表现了印象式批评的泛化倾向。但到目前为止对这些作品的研究已经达到相当深度,颇可注意。值得特别关注的是《荷花淀》,研究如此集中,可能与现行中学教学作为课文有关。例如何思玉深入地考察发现《荷花淀》存在先进主流意识形态与落后的文化积淀、男权意识与女性歌颂等矛盾③,而逄增玉更是发挥了这方面的研究,将民族、家国、伦理、男女、生存等复杂的因素考虑进来,大大加深了对于优秀的文学作品的历史容量的认识。④

其次,对于《铁木前传》的研究。早在20世纪60年代,冯健男就对此作了颇有分量的研究,研究虽然不可避免地带有时代的局限,——他从资本主义与社会主义的两条政治路线出发,但却颇为敏锐地抓住了这部作品的根本问题:其一,木匠与铁匠在新的历史条件下,从原来的亲家走上了决裂的道路。作者了不起的地方在于深刻地看到了作为当事人,自己都搞不明白为什么两人的结局会是如此结果,因此黎老东的痛苦就具有了深刻性。其二,对于小满儿这个复杂的人物形象的关注,明确地指出,这是"一个非常出色的艺术形象","这是一个复杂的性格,复杂到难以分辨她究竟是无耻还是无邪的程度"⑤。但是,作者最后还是归结于两条路线上来,就未免遗憾了。然而,这是时代遗憾。还有一个重要的问题就是关于这部作品的主题的把握:滕云在《〈铁木前传〉新评》中认为这是对于

①郭志刚:读孙犁的《荷花淀纪事》,光明日报,1978.4.29

②郭志刚:论孙犁作品的艺术风格,中国现代文学研究丛刊,1983.3

③何思玉:《荷花淀》的悖论,名作欣赏,2005.12

④逄增玉:重读《荷花淀》,文艺争鸣,2004.3

⑤冯健男:孙犁的艺术——《铁木前传》,孙犁研究专集,第439页

新时代的曲折然而光明的前景的颂歌，赵军则认为是对于传统文化的积淀对于农民深层次的束缚，田小军则认为主要探讨了关于友情和婚恋两大主题。① 李永建从文本细读的角度，认为这部作品主要写了对于童年的迷恋和人生的失落感的书写，特别对于小满儿这个人物作了颇有深度的研究。他指出了作家对于小满儿等审美型人物的喜爱，在这种人物身上人生成长的失落，审美与现实的失落，讲到了道德与文明的二律背反等复杂的人生况味。进一步，他认为这部作品已经具有了伟大作品的特质：对应现实的认识功能，对于人生的教育功能，对于人的失落与迷茫的审美功能。② 而对于它是不是一部伟大的小说，还有人有不同的意见。另一方面，这部作品与作家的人生有密切关系，作者认为"不祥"之作，现在有很多人从作家的心理发展开始研究了。

对于《风云初记》的研究，好像差强人意。这部作品的研究高峰出现在60年代。冯健男先生对此也有一些好的阐发，涉及人物与场景的诗化特点，写作技巧呈现简练、精致、鲜明和高洁，具有水彩画的特点，特别对于反面人物和领导人物的刻画，这些相对超出作家的生活经验的能力考验。指出了作家的弱点灵感与冲动型的创作活动，短于结构长篇的问题，颇为精到。③ 无独有偶，评论家黄秋耘也几乎同样地指出了作家关于用诗的方法写小说的长处与局限，对反面人物的把握有同样的认识，而且无论他们还是新时期的评论家，对于这部作品关注最多的却是着墨不多的李佩钟这个人物。④ 但是，当时还有一些评论家从当时的阶级理论出发，指出创作基本符合革命的实际情况，但是不够理想⑤，很是机械唯物论的调子，如果再发展就是"三突出"理论了。这引发了一些论争。涉及到《风云初记》，新时期几乎没有一篇像样的纯粹评论，基本都是在一种整体叙述中作个别的点染或

---

①田小军：简论《铁木前传》的主题思想，河北大学学报，2000.2

②李永建：解读《铁木前传》的深层意蕴，现代文学研究丛刊，2005.3

③冯健男：孙犁的艺术——《风云初记》，河北文学，1962.3，孙犁研究专集

④黄秋耘：一部诗的小说——漫谈《风云初记》的艺术特色，新港，1963.2，孙犁研究专集

⑤楚白纯：评《风云初记》，河北文学，1963.8，孙犁研究专集

者总的概说，这种情况颇为引人警惕。《风云初记》在今天看来远远没有阐释透彻，将理论与创作结合，论述严密，评论到位，又具有真正水准的文章实在需要大手笔，这是对于当下文学批评理论能力与文学鉴赏力的高度综合的巨大要求，这要等到新时期才有，我们放到后面论述。

另外，文论研究也是孙犁研究的另外一个重点。在现在文论研究方面，张淑美评述了孙犁文艺思想的五个方面：文艺与政治的关系、文艺与生活的关系、美学追求、文学创作的真实性问题、文学批评。① 张学正认为孙犁文艺思想的核心是真诚，孙犁从来不把现实主义当作一种单纯的创作"方法"或"技巧"，而是把它理解为一种基本的创作精神，一种热烈地拥抱现实、真实地反映现实、积极地推动现实生活前进的现实主义精神。因此他不主张在"现实主义"前面附加任何修饰语。这就是孙犁所倡导的以真诚为核心的真正的现实主义。② 阎庆生则进一步将孙犁放在现代美学之中考察，认为在中国美学现代转型的视域中，孙犁的突出成就在于对文艺与政治关系全面而深刻的阐述，极大地充实了艺术社会学，对现实主义创作精神的整体把握和学理性论析，为近代"崇高"，保留了必要的地盘，为审美主体的人格塑造提供了重要的参考。由于自身"审美情结"的强大与心理承受力的偏弱，导致孙犁美学转型的艰难性、痛苦性，也妨碍他从西方现代主义文学、美学汲取必要的营养，但与这方面的缺失同时并存的是：为中国当代文学和美学不加分析地滑向西方现代主义和后现代主义提供了一些有用的话语资源。③ 夏文峰的硕士论文认为"真善美"是孙犁现实主义文艺观的核心，从生活观、美的追求、真实观、人道主义、风格论以及文学批评风格等几个方面作了系统论述。④ 当然，有些文论也已经涉及到新时期的创作论述情况，孙犁文学创作从前到后的巨大转变，

①张淑美：孙犁文艺思想述评，徐州师范大学学报，2000.6

②张学正：真诚：孙犁现实主义文学之魂，南开学报，1995.1

③阎庆生：孙犁美学转型论纲，陕西师范大学学报，2004.6

④夏文峰：孙犁现实主义文学理论浅论，河北大学 2004 硕士论文

有大量的东西值得关注，但孙犁的文学理论不但体现在具体文论，还体现在作品之中，这是一个有机结合，因此总的研究情况还需要展开。

3. **后期作品研究**

进入新时期以来孙犁的创作活力再次爆发，前前后后写作了《晚华集》、《秀露集》、《澹定集》、《尺泽集》、《曲终集》等十本文集，涉及小说、散文、诗歌、评论、杂文、读书札记、书衣文等多种体裁，内容广泛。这些作品很形象地反映了孙犁在新时期的心路历程，以及对以前的人生和创作的总结，当然也可以看到一位老作家在新时代的发展之中的努力追求与彷徨，很值得研究。现在的研究兴奋点基本在如下两个方面：

(1)散文研究

孙犁的散文研究主要集中在新时期的创作。关于新时期的散文研究，这方面的论述基本属于概述式的分类研究：①关于内容。张同俭总结其内容主要为：对于往事的回忆和故人的怀念；对社会消极现象的反思与针砭；对文艺理论、文学现象的反思与批评；人生经历的回顾与生活情趣的书写。① 杨劼的总结更具理性一些：为文化一哭；沉湎古籍；文道的凝思；对几位新时期作家的建议。② 其他的文章大致不出这样的范围。②关于艺术技巧和美学特质。来华强认为：孙犁强调散文要以“理”取胜，属辞行文，因“理”的贯注而深沉、而幽远、而凝重、而道劲；孙犁散文中的“理”，常常表现为一种深层的哲理意蕴；孙犁的散文语言，以“韵”见长，达到了一种具有典范意义的高级境界。③ 李山林将孙犁的散文特点概括为：崇实、尚理、质胜。④ 还有的论述到散文创作与老年人的关系等等，不一而足。③关于孙犁在散文史上的地位。郭志刚认为孙犁的散文有一个很重要的特点，就是深刻地反映着时代，“孙犁的散文整个体现了一个生

①张同俭：孙犁的晚近散文，保定师专学报，2001.1

②杨劼：论世、论事和论文——晚年的孙犁，当代作家评论，1993.3

③来华强：论孙犁新时期的散文艺术，河南教育学院学报，1994.1

④李山林：崇实、尚理、质声——孙犁散文观述评，益阳师专学报，1998.1

命成熟的过程。这个生命属于时代：在60年的文学生涯中他的散文写作的轨迹和时代轨迹相当一致。结果，他为生活留住了历史，历史留住了他的散文的生命。他的散文中的美与刺好比一枚钱币的两面，外观不同，价值相等”①。其他还有如文体论述等等。散文研究暴露的问题同样是理论综合的能力的欠缺，缺乏现代理论创造性的整合性阐释。

在专题方面，孙犁的怀旧散文与耕堂读书札记研究很多。作为一个整体考察，往往将研究的问题纳入孙犁的生平研究和作家的精神演变上。张玉娟的硕士论文《赤子之心 寂寞之道——论孙犁的晚年创作心理》从文艺心理学和精神分析学，特别是潜意识对于作家潜在的心理创作机制的制约方面，结合孙犁的创作分析了其心理演变过程。该文章提出了孙犁的创伤性经验，及其在此基础上形成的故乡、抗战、文革情结对于作家创作的影响，无论文章研究的理论深度还是行文的表述方式，颇有价值。张学正的论文《寻觅旧梦——评孙犁晚年的思想与创作》在这方面作了较好的总结：孙犁晚年创作了大量怀旧性作品，并潜心研读古籍，撰写文论书评。他论史衡文，褒贬善恶美，议论政治之得失，探讨历史之规律，知人论世，多具真知灼见，显示了学者型作家的深湛学养与卓越的史识。在读书治学的同时，孙犁也密切关注着现实，他对文坛以至社会的不良风气，坦言直书，鞭辟入里，切中要害，愤激之情溢于言表，表现了老一代作家的高度社会责任感和严谨作风。由于多种复杂的原因，孙犁晚年却逐渐走向孤独与沉默。② 金梅同志专门著文论述孙犁的读书与创作风格的关系，内容详细，颇有精到的论述。③ 这里的问题是，研究孙犁的这些创作单就作品本身大约是不够的，这与孙犁的整体研究的情况很相似，缺乏更加宽厚深广的东西支撑。

(2)芸斋小说研究

---

①郭志刚：孙犁散文的文学史地位，广播电视大学学报，2003.3

②张学正：寻觅旧梦——评孙犁晚年的思想与创作，南开学报，1998.5

③金梅：自觉的文化修养和艺术师承——孙犁创作风格的成因之一，文艺理论与批评，1998.6

关于《芸斋小说》的研究，应该说还处于起步阶段。由于芸斋小说的内容、表现手法、语言、风格等与作家抗战小说表现了鲜明的差异，更主要的，还与作家所要表达的东西的复杂性，作家的自觉创作与目的效果之间的差距有关，其成功与否，还有待于探索。因此，现在的研究当中以介绍作品的内容为主。彭兴奎着重研究了芸斋人物系列，他做了三种区分：文革人物、朋友、女性三大系列，这里面有所交叉，不尽合理，但是作家分类论述对于人物的特点把握颇为老到。杨鼎川则从文体角度探讨芸斋小说，认为其杂取古代文言小说和传统散文，形成一种介于小说和散文之间的一种文体。[①] 杨玉霞则希望从悲剧的角度加以阐释，《芸斋小说》在对人性的揭示，对个人命运与社会、时代关系的探究中，渗透着浓重的命运感与沧桑感和沉郁的悲剧意识。[②] 张玉娟则从文艺心理学角度，研究孙犁心理创作机制对于孙犁小说的制约作用，有一定的深度与理论整合水平。[③] 总的来说，芸斋小说的研究有一定的起步，但理论整合与阐释的难度比抗日小说更大。

4. **文学史型整合研究**

对于抗日小说，文学史型研究属于宏观研究，这需要更大的学识功力。黄秋耘很早就发现了一个问题：孙犁小说中女性系列的相似性。[④] 这是对孙犁进行整体通观的很有眼光的简介。凌宇的《中国现代抒情小说的美学特征》，是较早将孙犁的小说纳入文学史整体的抒情传统进行考察的文章。文章分出了抒情小说与写实小说两大类，指出选材、形象、视角与作家自身经历、气质、世界观等关系，指出写意性特征、抒情意象的转变甚至作品人物命运与作家主体的关系，主要是从抒情小说与传统文化的审美特质论述

①杨鼎川：由诗意写实到散文写实，佛山大学学报，1994.1
②杨玉霞：痛苦的意义——孙犁《芸斋小说》的悲剧意识及其超越，德州学院学报.2004.3
③张玉娟：忧伤的灵魂——论孙犁小说创作中的心理因素，韶关学院学报，2003.2
④黄秋耘：关于孙犁作品的片断感想，文艺报，1962.10，孙犁研究专集

的。[①] 萨支山的《“故事”与“抒情”：五六十年代短篇小说的两种可能性》，分析在当时主流意识形态话语的主导下，小说的可能性存在形态，对于孙犁主要探讨的是抒情性小说与主流话语的关系问题及其生存背景。[②] 但是以上研究的局限在对于文学史的理解上，如果将文学史仍然局限在表面的罗列作家作品上，上述研究的突破就非常有限。他们至多提供了一种视角，切入的角度而已，进入真正的文学史状态还有很大的距离。

真正带来惊喜的，是杨联芬的《孙犁：革命文学中的“多余人”》。该文讲出了海明威式的“文学冰山”理论，“事实上，孙犁的精神世界远比他的小说文本丰富和复杂得多。探究这个精神文本在主流文化中极其特殊的存在，其意义不仅仅是更切近地理解作家个人，也将为我们透视中国当代知识分子悲剧性的文化境遇别开一扇角度特殊的窗户”。她指出，孙犁的话语本质上是一种知识分子话语，他的诗意与雅化，都贴近五四泛道德化的人性话语，与主流文学要求的政治话语存在质的区别。孙犁的写作对主流文学是一种偏离，但是有限度的。在阶级论语境中支持的实际是五四人道主义，在革命队伍中却缺乏政治意识，统一战线模糊了他的这种人性观，他所经验的就是人道与革命的统一，然而受到考验的也是人道与革命信仰的不能兼得。主流文学对于历史必然性的强调忽略了个体的心灵的感受，但孙犁的描写恰恰在此，他因此徘徊在“中间地带”，无可奈何地感受到了现实的痛苦。他的道德二元来自五四人道主义与儒家文化，其核心是道德中心主义。[③] 常玉荣的研究也给人带来了重要的思维启迪，她的《阶级视域中的人性言说——孙犁解放区时期的人性观》[④]，她将孙犁的抗战小说放在了人性焦点，而在延安讲话以后的主流话语规范与传统道德文化价值的冲突演变中，探求时代发展中的“无产阶级人性”，发现了孙犁主动性地高扬人性的追求

①凌宇：中国现代抒情小说的美学特征，现代文学研究丛刊，1983.2

②萨支山：“故事”与“抒情”：五六十年代短篇小说的两种可能性，现代文学研究丛刊，2004.2

③杨联芬：孙犁：革命文学中的“多余人”，现代文学研究丛刊，1998.4

④常玉荣：阶级视域中的人性言说——孙犁解放区时期的人性观，河北学刊，2006.5

与主流话语的契合，从而在“赵树理方向”以外为“无产阶级人性”内涵“开疆拓土”。文章的高明之处，在于将孙犁的追求纳入了时代精神探索的轨道，没简单否定主流话语的特定时期的积极作用，从而与五四人性观、传统道德观以及新时代的无产阶级规范找到了一条通行的道路。蒲仪的硕士论文《孙犁的知识分子心路历程探索》，在一定程度上也是遵循这一思路，继续前进的。郜元宝师的《柔顺之美：革命文学的道德谱系》，则更加深刻地指出了孙犁的文学创作所彰显的柔顺之德，在新的历史条件下纳入了新的民族/国家历史轨道，在一种非常特殊的意义上偏离了五四，偏离左翼文学，这才属于真正意义的革命文学谱系，也是真正意义上的不通脱的悲剧。① 此外，像孙先科的《作家的“主体间性”与小说创作中的“间性形象——以赵树理、孙犁的小说创作为例”》、李遇春《孙犁小说创作的深层心理探析》、阎立飞《守护和反抗——作为知识分子的孙犁》、张景超《再释孙犁》等论文都在一定程度开启了新的研究范型的出现。

在研究著作方面，郭志刚的《孙犁创作散论》、金梅《孙犁的小说艺术》、李永生的《孙犁小说论》等这些20世纪80年代后半期诞生的论著，从总体上看，都很难超越特定的时代背景，尽管作者希望突破局限，在局部也有一些精彩的闪光点，但是主要是文学史观局限了这些学者的视野，无法真正突破。在21世纪，出现了两部研究孙犁的专著，一部是阎庆生先生的《晚年孙犁研究》，一部是年轻学者叶君的《参与、守持与怀乡——孙犁论》。阎先生的论著扎实有力，对于了解孙犁晚年的心理、美学思想有不小的成就。叶君将孙犁一生的三个主要阶段做了划分，并试图进行新的突破，他借鉴了孙先科提出的“间性主体”理论，将孙犁身份的三个方面“革命作家”、“怀乡游子”和“知识分子”，作为孙犁内在主体构成的三个构成因素，“激活了传统的传记批评和以知人论世为特征的社会历史批评”，“完成了对于孙犁的人生奥

①郜元宝：孙犁抗日小说三题，杭州师范学院学报，2005.1

秘和文学世界的历史追寻”[①]；日本的渡边晴夫认为该著“是一部阐明孙犁这位作家的独特性的极有建树的佳作”；刘宗武先生对于该著评价也是“有新意、有创见”。叶著是到目前为止我们能看到的关于孙犁研究的最为具有整体通观水平的佳作，他提出的一些思想和论文的行文方式都表现了现阶段孙犁研究的前沿水平，有许多值得我们借鉴的东西。但无论是阎庆生还是叶君先生的论著，都有一个无法克服的困难，即局限于孙犁及其作品内部进行研究，尽管他们都在一个相当的背景下展开论述，但那种镶嵌于历史结构中的内涵无法从孙犁自身打开，背景和作家的两截性仍然十分明显。从根本上说，这是一种历史史观问题。

三、研究问题和研究方法

从以上的研究评述中，我们已经发现以往的研究在 20 世纪 90 年代以前基本局限于一种本质论文学研究，从阶级性的意识形态话语向人性论的人道主义话语回归，这种认识框架与传统印象式感悟的结合，是这种研究的基本模式，其机械性的图解造成了孙犁研究的陈陈相因。现在孙犁研究整体研究状况呈现全面展开的态势，整体研究的质量明显超过了五六十年代，也超过了八九十年代的水平，原来的感受型研究被综合性、学理性研究所代替，文学研究的方法日益多元与深化。随着对于文学史理解的深化，研究也由相对单一型、封闭型转向了开放型。而孙犁研究在其他方面，如文献整理方面，孙犁创作与乡土文学的关系问题，荷花淀派问题，知识分子问题，比较研究方面，孙犁创作与文化继承与创造的问题等等，都有人开始研究、获得了一定的成果，而且出现了不少的研究专著。但总的来说，进一步解释孙犁文学创作与文学史的关系，加强作家与历史、政治、社会等方面的内在结构性关系，作家的创作心理机制与整个社

①於可训：孙犁论·序一．见叶君：参与、守持与怀乡——孙犁论，社会科学文献出版社，2007年版

会文化发展的关系等深层次的“冰山”现象研究，还需要加强。

基于目前孙犁文学的研究现状，笔者以为孙犁“抗日小说”在整体研究上仍然有不小的研究空间。这不但是因为20世纪80年代以前本质主义造成的研究局限使得我们获得了只是抽象的教条，更重要的，我们的认识还局限在混沌的古典感受之中，除了印象式阅读得到的零星碎片，使得我们无法进入真正的学术空间。也就是说，我们的研究思维基本还处于前现代的研究水平，而真正的学术思维一定与历史的真正存在相互通达，只有进入了活生生的历史生活之流，才可能出现活生生的学术研究。譬如，孙犁小说的“诗化”现象需要进一步学理化呈现。叶君在孙犁小说公认的“诗化”现象的基础上，进一步提出“诗意缘何生成”的命题，就需要现代分析性视角的介入和对于文学和历史关系的全面更改，这也是孙犁研究的后来的走势。但是有些可惜的是，叶君的这个对于孙犁小说研究至关重要的命题，实际被解读成为了“诗意怎样生成”，将“为什么”不知不觉中偷换成了“怎样”，而“为什么”将涉及孙犁研究更为深层的心理结构和文化结构。同时，在其“诗意”构成中的“战争中的女人”的解读，叶君提出了一些重要的观点，如“其抗战叙事中对女性形象的刻画，某种程度上是其个人女性修养的主观投射”，以及作家的贞洁观念与日本鬼子对于祖国女性的侮辱相关的回避问题①，都是非常有价值的思考，可惜都没有很好的展开（当然笔者也由于论文的结构问题，去掉了该部分研究，但思考已经获得了初步答案）。此外，孙犁文学中的风景描写，向来被看作孙犁文学的重要成就，也是诗性凸显的重要元素，但是现在关于孙犁文学风景的研究，我们所能看到的基本是相当散碎的片段欣赏，至多是一点简单的分类，如何将欣赏提升为学术研究，同样具有重要的价值。本论文将主要围绕这三部分展开研究。

至于方法论问题，已经成为新时期以来关注的重点，并从一种生吞活

①叶君：参与、守持与怀乡——孙犁论，社会科学文献出版社，2007年版，第49、53页

剥的状态转化成为一种消化内涵式研究。在叶君与阎庆生先生的论著中，主体间性理论、症候式阅读、变态心理学得以凸显，而在新世纪以来的一些硕士论文中开始呈现的精神分析学、知人论世的实证式研究开始呈现，这有利于改变空洞的"人性"论内涵研究，展开更加精微的研究。对于孙犁文学的一些重要现象的解读逐渐改变了本质论的文学研究模式，使得生活世界和文学世界的结合成为可能，使得深度研究成为可能。文学史型研究的困难，不仅在于要了解文学史，更重要的还要了解文学史发生的整体社会的演变背景，以及对于作家的实际影响，而全面掌握历史全景几乎是不可能的。因此，历史整体通观模型研究的最大问题就是：第一，前提假设的问题。例如杨联芬文章的最大毛病在于，孙犁作为一个作家，不可能就是在两种理论假设（革命与人道）的前提下写作，至少忽略了审美积淀给予作家的潜在影响。第二，各种因素之间如何被作家消化的问题，这是一位作家之所以成为他自己的独到的东西。这方面的研究尤为缺乏。第三，研究者往往过分夸大自己关注的一面，而对其他的方面做有意无意压抑，这与研究所占有的材料有关，但也与研究的态度、思维方式有关。例如对于孙犁认同和疏离主流意识形态方面的研究尤为明显。

这样基于以往的研究成果和经验，本人力图进行一种综合研究，一种"总体性"研究①。当然这种"总体性"不是过去那种抽象的历史总体性，而是一种结构主义式的其内在元素具有相互关联、相互影响又彼此发挥各自功能的一种总体性，这种结构不是结构主义的那种封闭的结构，而是一种系统意义的层层相关的开放的功能性结构。这种研究实际还是一种文学的历史研究，但这种研究将是开放的文化研究。一个结构元素的意义不但取决于这个元素本身，而且与这个元素在整体结构中的位置密切

①杰姆逊在《政治无意识》中特别强调文学研究的"总体性"问题，而后现代主义的发展将文学与精神碎片后不但没有真正地解放人类的精神，反而更加凸显了一种政治意识形态和市场意识形态的合谋，凸显了人们的"政治无意识"。因此，他明确提出了一个根本的观点：政治视角是一切阅读和解释的绝对视域。而这种理论是对于法国马克思主义社会学家阿尔都塞的思想的发展，"总体性"就是阿尔都塞的重要概念之一。

相关。这种研究将不但将孙犁作品的内在结构性呈现出来,而且将把孙犁分散的作品纳入一种"历史总体性"当中获得整体关联的内在意义,同时解释出孙犁文学创作的心理基础与历史性含义。在这种方法论的指导下,文本细读、精神分析、症候现象(文本裂隙)将与语言、行为、道德、性别、群体甚至民族国家的活动结合在一起,一起生动地活跃于历史的时空,从某种意义而言,这将类似新历史主义的一种文学研究方法。

上编　孙犁文学创作之心路历程

第一章　孙犁文学创作风格探源
——孙犁在1930—1941年期间的文学准备

孙犁在延安的窑洞里写出了《荷花淀》这一名作，时间是1945年5月。如果我们研究孙犁成功的原因就需要进一步挖掘其以前的创作情况。只要我们承认文学不是天上掉下来的，那么，就应该承认文学在某种意义上也是积攒起来的。孙犁从1930年创作小说开始到再发表文学创作，已经到1939年了，其间经过了将近十年的时间。为了找出孙犁的创作原因，我们需要追踪这个过程。

一、文学滥觞与梦断黄粱

孙犁最初发表的两篇小说《孝吗?》、《弃儿》，其内容孙犁晚年已经忘记了。他说第一篇写"一家盲人的不幸"，第二篇写"一个女戏子的，也是写她的不幸的"①。但事实不是这样。第一篇实际写了一位将要从事革命活动的青年，担心无人照管生病的母亲，面对此情左右为难的矛盾。第二篇写的是因一个被遗弃的婴儿，引发对社会礼教的批判的故事。

这到底是怎么回事?

①孙犁文集(4)，答吴泰昌问，百花文艺出版社，2002年版(下同)，第403页

具体的情况，或许最初发表的情况不是这两篇；或许正如作家所说，作文课得国文老师称许，并屡次在校刊发表小说短剧的确切记忆。但无论怎样，作家的写作受时代影响是很明显的："该年(1927)北伐，影响保定，有学潮，未见，大遗憾。父亲寄三民主义一册。是年订婚黄城王氏，越明年，遂与结婚"①。1928 年寒假后复学，学校已经有"总理遗嘱"等标语；1930 年作家的大儿普出生。尽管故事的内容有了许多差异，有一些东西值得注意：其一，都是写下层社会的人的作品，尽管《弃儿》写的是举人家的大少奶奶，但仍然是乡村的故事。其二，都是写不幸的故事，这倒与作家的回忆相符，对照写作的年代，正是 1930 年。孙犁这两篇初作是有着五四文化传统的，特别与鲁迅的文学作品深有关联，像《药》中夏瑜的革命与对母亲的孝道明显矛盾着，因为革命而无法赡养老母，《孔乙己》、《狂人日记》等作品中则是对礼教批判，而《我之节烈观》、《伤逝》等都有明显的有关现代两性关系的启蒙精神，以孙犁对于鲁迅的熟悉应该不成问题。

就两部作品所要表达的艺术成就而言，这些都属于五四文学"问题小说"的范畴。在 1921 年文学研究会成立以后，"问题小说"的重心移到"表现并且讨论一些有关人生一般的问题"，从当时提出的问题之广来看，问题小说涉及家族礼教、婚恋家庭、女性贞操、劳工、战争、知识者等问题，其时因问题的尖锐性，相应减少了对于小说形象的刻画，造成许多"问题小说"比较概念化，存在着文笔空疏、人物成为作者某种主义的传声筒等弊病。② 其中，叶圣陶对于孙犁的影响应该特别加以注意。在读中学期间，孙犁对夏丏尊、叶圣陶主编的《中学生》杂志非常熟悉，在《中学生》杂志上登录了大量的适合中学生学习、感情、前途、就业等方面的文章，还有许多时尚人物、学者名流的约稿，学术动态的介绍等等，我们可以肯定孙犁的精神结构基本不超出当时中学生的素养范围，而且当时孙犁关于茅盾《子夜》的文学批评文章，是当时《中学生》杂志的征文。③ 也就是说，孙犁小

---

①孙犁文集续编(3)，《善暗室纪年》摘抄，百花出版社，2002 年版(下同)，第 6 页

②钱理群等：中国现代文学三十年，北京大学出版社，2001 年版，第 62 页

③孙犁文集续编(3)，《子夜》中所表现中国现阶段的经济的性质

说所表现的问题，属于五四一般人道主义与精神革命的范畴，还没有走到在当时左翼文学已经发展到的阶级斗争中来。从这个意义上说，孙犁的精神结构是五四一代人的，而非真正的革命者行列。

对于文学创作而言，孙犁虽然从来没有正面说过对于叶圣陶作品的学习与模仿，但是他说过他从叶圣陶的《隔膜》了解了现代文学的一般形式。[①] 叶圣陶是从“问题小说”走到“人生派”里面来的，其《隔膜》中许多小说就是其前期作品的集结。像《一生》这样的弃妇小说，对于这些孙犁是非常熟悉的。他曾说，“叶绍钧先生在十几年前用《稻草人》给中国儿童文艺开了一条路”。又说，“对《稻草人》不只有追踪的勇气，而且有超越它的实行‘蜕变’的可能”。[②] 孙犁文风的形成，其平易自然的文学特征笔者认为是与叶圣陶有关的，尽管孙犁一再强调自己最喜欢的现代作家是鲁迅先生。但是鲁迅先生诘屈聱牙的文风，孙犁实在学不来，因为那种风格的形成是博学通识与丰富的社会经验在起作用。直到 1941 年，孙犁写了《少年鲁迅读本》，其风格的疏淡、叙事的单纯、理解的浅显、语气的自然都是孙犁式的文字，这个“鲁迅”一点也不是我们读到的那个深刻睿智的鲁迅。这里有的只是对于自然的热爱、对姥姥家的喜欢、对无爱的婚姻的决绝、对自然知识的重视、对老师的回忆、爱国和斗争。从这个意义看，这个“鲁迅”就是孙犁的某种理想化身了；而叶圣陶的小学老师背景与自学奋斗的经历，则与孙犁十分相似；至于文学的才情那就不是文学的师法问题，而属于个人的禀赋了。

那么，他这样的创作有什么意义？

当然，这样的写作肯定有练笔的性质，这也是任何作家无法避免的文学现象。

但是作家的创作却有几个非常显著的特点：(1)孙犁早期习作的文学主题明显带有模仿的气息。也就是说，这个文学创作的主题是时代的，非

①孙犁文集(5)，《善暗室纪年》摘抄，第 12 页

②孙犁全集(2)，《谈儿童文艺的创作》，人民文学出版社，2004 年版(下同)，第 436 页

个性化的，他的独特个性特点要在其他地方寻找，这种时代化的主题在后来的文学创作中，到整个创作前期（1956 年《铁木全传》的完成）都没有改变。（2）孙犁的叙事技巧表现出偶然性巧合性特征，反映在作品之中，就是叙事的主观化情节缝合。例如在《孝吗?》中革命与孝道的矛盾无法解决了，只好叫生病的老母亲去世，以完成革命的领导工作；第二篇中老乡绅大骂不守妇道这种伤风败俗的行为，却反过来打了自己一个嘴巴，因为正是他家守寡多年的大少奶奶生了那弃儿。（3）文章的时代抒情格调。《弃儿》最后以长长的诗歌，在歌颂生命平等与批判礼教的形式中结束了全文。作为对母亲的孝道与大的不着边际的全国人民的生死联系在一起，"以为母亲的死是倭奴的罪恶"，因此"拿起手枪走到战场"上，缺乏明确的生活逻辑性。这表明了作家思想的空洞无依。这种后天知识学养储备的不足，对于孙犁后来的创作影响很大。因此，这种特点，决定了他如果走下去，那么历史感与思想的缺乏就成为致命的缺陷，唯有从时代吸取营养，发挥抒情的长处，才可能成功；同时小说内容意味着孙犁有着改变自己下层社会身份的命运的强烈愿望。他无法超越自己的时代的局限。他是一个善于抒情而不善于进行叙事与逻辑思考的作家。

那末，他的真正好处在哪里呢？笔者的看法，就文章而言是故事细节的细腻化与时代抒情的真诚。由于真诚，许多潜在的质素就会发酵而成为独特的"这一个"，尽管这是时代化的；就表达的精神气质看，那种清淡疏朗的文字已经昭示着将来的发展了。毕竟，这是一个 17 岁孩子的作品。

然而，从 1934 年到 1938 年孙犁的创作沉默了。从后来的回忆性文字之中，我们可以看到孙犁独自徘徊在北平的十字街头、在同口镇小学独自夜读的情景，他到底读了一些什么，有一些什么样的思考？如果不是抗战，或许我们很难知道了，但孙犁后来给我们做了有益的补充。

他在北平工作的"衙门"的后门，正好对着北平图书馆，他常到那里看书，北新桥、西单商场、西四牌楼、宣武门外的旧书摊，还有东安市场的书摊都是他经常光顾的地方。在这里他甚至清楚地记得自己曾经买过六期《文学月报》、五期《北斗》，还有一些其他的革命文艺书刊如《奔流》、《萌芽》、《拓荒者》、《世界文化》等①，此外还看了大量苏联作家如萧洛霍夫的《被开垦的处女地》、法捷耶夫的《毁灭》以及绥拉菲莫维奇的《铁流》的作品等等。当然，他也看到过《金瓶梅》，想买而没买。但不管怎样，这样流行的大量左翼刊物从精神上加强了作家的激进情绪，时代赋予了他后来革命的思想准备②。但是，孙犁传统的家庭教养与这种思想有相当的距离，在他参加八路的初始阶段，思想的混杂矛盾是有的，他的父亲一直不赞成他参军，所以直到 1938 年春，李之琏、陈乔到他家访问，并作动员才正式参加了抗战的队伍③。这样，我以为对于青年孙犁来说“好奇”的可能更大，但是由“好奇”到“激进”是必然的，因为最为根本的还是作家当时的生存状态及社会地位，决定了他对这些激进思想的接受，而且左翼思潮本来就是要发动下层社会的民众进行运动。因此，对于下层社会的知识分子就格外具有吸引力。

不管怎样，他的作品出现了反叛情绪，在 20 世纪 30 年代前期他有不能忍受的时候了：“都市的烟，都市的尘土，都市的丑恶，都市内的热力，掠过我的眼；肥美的大腿，骷髅似的脸面。世界是对称的，我想。一部分的人，正在输血，给那一部分的人”④。生活的现实使得孙犁在北平的生活近似流浪一样，没有一种安定感，一种漂泊与脆弱诞生在心灵的深处，但这种愤怒绝对不是阿喀琉斯的愤怒，这毕竟只是想想而已的孙犁式愤怒，就性格而言孙犁是一个拙于行动的人。在都市被挤以后，他回到了乡下，他终于明白文学对于他那是一个梦幻。他想靠写作为生的梦幻，终于被“三块钱”打断了，他想订一份《大公报》，跟妻子借钱：

“我想订份报纸。”

“订那个干什么？”

①孙犁文集(3)，书的梦，第 232 页

②郭志刚认为孙犁买了这么多的左翼刊物，说明他当时思想确属“激进”。参见郭志刚：孙犁传，北京十月出版社，第 74 页

③孙犁文集续编(3)，《善暗室纪年》摘抄，第 9 页

④孙犁全集(10)，我决定了，第 95 页

"我在家里闲着很闷，想看看报。"

"你去订吧。"

"我没有钱。"

"要多少钱？"

"订一月，要三块钱。"

"啊……"

妻子终于没有借给他钱，"你花钱应该向咱爹去要，我哪里来的钱"？这三块钱超过了妻子的承受能力，甚至连父亲都感到了很大的压力，但是因为心疼儿子终于给他订上了。他发了两篇稿子，天天企盼着，然而如石沉大海一般，连妻子都看出了门道：

"有了吗？"

"有了什么？"

"你写的那个。"

"还没有。"①

其实孙犁知道她认为是不可能有的，这是连孙犁自己都明白的事情，只是他不死心。这个时候的孙犁，他还无法明确意识到文坛也是一个权力圈子，社会文化空间给予下层知识分子的机会非常有限，像沈从文这样的知识分子从下层社会走到上层去的，除非遇到徐志摩与胡适的提拔，否则根本不可能进入这个主流文化圈，郁达夫为沈从文鸣不平的批判社会的文章《给社会的一封公开信》，就是反映这种社会秩序的根本情况的。但即使这样，孙犁也大致明白文学之路对他已经断绝了，从 1934 年到 1938 年，他没有作品诞生，唯独将这种爱好投入到了教学生涯中去了。

二、在激情中熔铸理性

然而，抗战来了。

①孙犁文集续编(1)，报纸的故事，第 237 页

抗战带来了孙犁，抗战开放了孙犁，青春的激情开始张扬，原先的压抑开始被扫荡，“我们要加紧学习，努力锻炼，/把刀枪擦亮，叫智慧放光。/我们要在烈火里成长，要掀起复仇的巨浪”①！从这开始直到1940年孙犁才有真正的文学表现，然后文学家孙犁渐渐出来了。

可以想象，抗战开始孙犁正是在南逃却无路费的情况下，站在滹沱河边，眼看逃难的人群，其所具有的却是茫然不知所措的心态。我们完全可以推断他心中的人生之路在这个时候并没有产生。但是，这个时候，在国民党退出的地盘上共产党恰到好处地在1937年8月就占据了这块政治真空地带，日本鬼子还没有打过来；在这块土地上，给了共产党一个冬天的时间培育出来几千名抗日干部，《风云初记》中春儿参加学习的抗战学院就是孙犁曾经就职的地方。因为这时，孙犁应他的同学李之琏、陈乔的邀请，参军了。他的父亲是不愿意的，但是没有说什么！李之琏希望孙犁干行政工作，但是孙犁喜欢的是抗战文艺，并从此走上了自己早年喜爱的文学之路，这是他做梦也没有想到的。后来，建国后李之琏做到了中宣部党委书记，文革后还成了中央委员②，孙犁却一直在做编辑与记者。孙犁在抗战初期是充满了激情的，他感谢党的帮助，从此有了一条人生之路。因为他的文学之梦终于旧梦重温了，他终于有机会可以发表自己的文章了，而过去这对他充满了辛酸！

因此，我们从孙犁当时的活动看，他充满了激情——他“革命”了，他以为，实际的情况是“他抗战了”更合适一些。③

在1938年开始，孙犁写东西了，发表在当时的抗战宣传读物上，不过不是文学作品而是文学理论方面的。例如《民族革命战争与戏剧》、《现实主义文学论》、《鲁迅论》、《战斗文艺的形式论》等等，在该年冬天还编辑了

①孙犁全集(10)，冀中抗战学院校歌，第98页

②孙犁文集续编(1)，小同窗，第119页

③严格地说，孙犁走入共产党的队伍是以“民族革命”即“抗战救国”的心态参与的，而对于共产党的“阶级革命”他始终存在隔膜。前者在“抗日统一战线”的总前提下，孙犁如鱼得水；而在统一战线消失了的时候，他开始变得难以适应，处处捉襟见肘。参见杨联芬：孙犁：革命队伍中的多余人，中国现代文学研究丛刊，1998年4期

一部《海燕之歌》,是中外革命诗人的诗集。按照孙犁对于高尔基的熟悉,这里的"海燕"应就是高尔基的《海燕》;这部作品没有流传下来,但可以设想那里面的革命激情,作者要像高尔基的海燕一样高傲的飞翔;然正如后来所说"非应时之需",可见作家的浪漫性。但是,作家的文学主张却是"现实主义文学论",然而我们看到的则是空泛而论的激情张扬:"每天,新出山的太阳会带来新的刺激,一秒钟内,一方寸地方,会演出变化千万的奇迹,一切卖野药的文学制作说明不了这个时代,这个时代将虑尽一切文字上的玩弄。动乱时代要求着多才艺的号手。"①战争的残酷他还没有见到,这种澎湃的激情于孙犁正常的性格好像不太一样,最好的解释就是他被压抑得太久了,这种情绪的释放具有了强大能量。

但无论如何,孙犁不是一个得志便猖狂的人,敏感与内敛是他天生的性格。② 检讨孙犁这时创作,很明显地看出孙犁的工作,固然是对抗战的应急制作,但是在短短几个月的时间内,写出了这么多的理论文章表明他是有所积累的。这个资源从其文章看,涉及的主要方面就是部分苏俄文学、无产阶级革命家马恩著作、苏俄作家的文学理论以及一些其他国家的革命作家的战争通讯及其报告文学,影响最大的中国现代作家是鲁迅。

从文学理论创造性建设的角度看,孙犁的文学理论几乎没有真正的价值,然而从现象学的理论上说,"人的一切事实在本质上都是有意义的。倘若取消了它的含义,也就取消了它作为人的事实的本质。"③我们当然不是从中寻找微言大义,而是看看孙犁到底在哪些方面作了文学创作的准备工作。无庸置疑,这些理论创作对于当时孙犁的写作信心,却是重要的,甚至因为《现实主义文学论》,他竟然被人称为中国的"吉尔波丁"④。因此,在孙犁的创作前期我们就有一个重要的问题:孙犁的理论创作究竟

①孙犁全集(10),现实主义文学论,第 281 页

②这种敏感与内敛的性格,孙犁认为与早年得的一种抽风疾病有关,这带给了他敏于感知的好处,也带给了他好激动的性格缺陷,参见:和郭志刚的一次谈话,孙犁文集续编(3),第 321 页

③萨特:萨特哲学论文集,安徽文艺出版社,1998 年版,第 69 页

④吉尔波丁是苏联文学批评家,参加过国内战争,曾任联共中央文学处处长。参见郭志刚:孙犁传,第 107 页

如何看待?

如果从另外几个方面看就值得关注了:其一,对于当时抗战通讯员的指导与抗战宣传的关系。其次,这是一种抗战身份的表示,以文化战士参与时代,特别在落后的农村地区。其三,更为困难的是,这种理论对于作家本身的意义。因此,对于前面两点,从一般的意义是好理解的,然而如果我们考虑到作为“文化符号”与社会秩序及其权力的关系,就不简单了。对于马克思主义文艺术语的熟练运用,至少作者自己把自己纳入了一种崭新的文化秩序之中,自觉地成为秩序其中的一员,并由此决定了自己的个人前途。从这个意义看,孙犁的从军与从文的个人性就与时代性号召结合在一起了①,从而为自己的个人发展奠定了一个开端,原先他都是在这秩序之外的,尽管这时这种秩序的前景并不乐观。就第三点而言,孙犁的理论建设很大程度有两个意义:其一,作为一种理性对于情绪起到一种相对制衡的作用,对于孙犁这样容易激动、敏感多情的人来说更是重要的。② 其二,对于写作本身的理性探索,其中重要的是文学规律的把捉。这点在《文艺学习》中有鲜明的体现。

受时代影响,孙犁的文学观主要接受了马克思、恩格斯的现实主义主义理论,强调了现实主义与写实主义的区别,强调了典型性格的表现,强调了“宇宙观,实践,创作”的统一。当然不可避免地带有绝对的时代专横性:“辩证法唯物论的宇宙观是最正确的宇宙观,是人类从前一切科学知识最精炼的成果,是最高级最完整的宇宙观,把握了这种宇宙观点,我们

①布迪厄认为“符号资本”,是指被认可的社会、经济或文化资本,表现为一种信誉,如果这种文化符号具有了被支配者同谋基础上得到合法承认的权力,就成为一种“符号权力”。在某种意义上,孙犁的写作就迎合了当时的抗战主潮,为自己的合法性与合理性打开了一条大路,尽管要经历千辛万苦。参见朱国华:权力的文化逻辑,上海三联出版社,2004 年

②如孙犁在《芸斋小说·宴会》中,谈到“我感情脆弱,没有受过任何锻炼。出来抗日,是锻炼的开始”。即使这样,敏感的孙犁对于敏感世事的处理上,一般也往往情绪化,事后却又后悔不迭,例如在胡风事件中,差点因为为鲁藜说话被打入“胡风分子”。晚年又因为涉及文学批评问题与人格攻击导致了彻底的搁笔,精神发生再次变异,伤害很大,都是明证。

才能够理解宇宙间各种现象——自然现象、社会现象、心理现象"①。这是很有20世纪30年代左翼文学介绍的苏联"拉普"的创作观的蛮横气味的,其机械性无庸置疑。但是强调生活,强调"正确宇宙观的建立是基于顽强的社会实践,非常的作家更需要非常的环境的磨炼"②,并且借助罗曼·罗兰的说法对于文学工作者的特殊性大加批判,"做诗人,这是浪费,在还不是社会主义的国家里面仅能使自己有钱与有闲,至于在你们的国家里的一切职业是那么需要着,我认为特殊地成为诗人简直是罪恶。"③这是孙犁在1938年于《红星半月刊》创刊号上的文字。如果将孙犁的这些观点,对照1942年毛泽东延安文艺讲话,你会发现孙犁接受的文艺观点比毛泽东提出文学家改造自己,无条件地服从为工农兵生活服务的宗旨,有过之而无不及。因此说来,因为早就有了这样激进的文学观点,孙犁后来接受毛泽东文艺讲话的精神,应该没有丝毫障碍。

对于文学创作影响较大的另一方面,就是孙犁对于文学文体的研究。战争强烈要求作家面对世界,而不是沉浸在自己内心世界中,因此强烈的功利主义色彩一直渗透在孙犁这个时期的创作中的。在文学形式上,墙头小说、报告文学、速写、报章文学、历史小品、科学小品、幽默小品、诗歌,以及用来直接影响群众的戏剧运动都是他当时关注的焦点。强调的无非是功利性很浓的战斗性、宣传性,为战争服务,对于诗歌,"诗歌最富于煽动性,每回革命斗争进行中,诗歌都是同着号角担负起进行曲的任务"。因此,李金发、戴望舒、施蛰存等就受到了理所当然的批判。"我们现在主张,诗歌一定能够唱,并且唱出来,不识字的人也要听得懂。"④战争确实首先面对生死存活的世界,不是内心的细腻感受,这种状态下,人只有融化到世界中才会感到踏实。

①孙犁全集(10),现实主义文学论,第286页
②孙犁全集(10),现实主义文学论,第286页
③孙犁全集(10),现实主义文学论,第286页
④孙犁全集(10),战斗文艺的形式论,第301页

真正走入孙犁的心灵世界的，大约是在1939年10月写的《论通讯员及通讯写作诸问题》。当然，不是说孙犁对于通讯问题有什么创见，而是说，在这部著作里孙犁彻底清理了一下自己对于写作问题的理论认识，明确了写作的具体要求。经过两年多的抗战实践，孙犁应该越发明白写作是一种才能了；这种才能需要有一些明确的认识，而非单纯的世界观就可以解决问题。直到这个时候，孙犁才多少形成了一些对于知识本身的理性思辨能力，这对于原先的"独断论"信仰起了很好的平衡作用。这部作品几乎涉及到写作的方方面面，除了许多写作采访的技术性问题及世界观问题的重复外，我觉得对于孙犁真正重要的是文艺通讯的写作研究。这方面孙犁特别关注了外国文艺通讯，因为外国文艺通讯特别是西班牙战地通讯的写作相当成熟了。他从西班牙战争访员 E.索马柯衣斯的文艺通讯《马德里——瓦伦西亚·巴塞罗那》里面学到了许多具体的东西，如有关个人环境的叙述，有小说甚至戏剧性质的对话，有关于景物的荡人心魄的散文诗般的描写，有意境深远的追怀凭吊与叹赏，有人物群体的特写，有作者激怒的控诉、热情的号召与胜利的呼喊等等。① 这些在孙犁后来的小说创作中都用上了。孙犁的小说有一种特点，散文化倾向，事实与虚构的界限不明晰，笔者认为这种特点是从文艺通讯里面来的。对于西方记者如《铁甲列车》的作者伊凡诺夫，西班牙的战地记者 F.皮特卡伦、柯尔左夫、德拉·托连忒等人的作品有过专门的研究，对于卡基耐、史沫特来、富曼诺夫以及许多中国著名记者如陆诒等相当熟悉，也就是说，孙犁在这个时期在实践中熟悉了大量的文艺通讯文章，并加以研究形成了自己初步的写作参照物。

到了1941年2月，孙犁已经可以明确地用当时的理论语言表述自己的思想了。当时全国兴起了关于"民族形式"问题的探讨，孙犁认为"建立民族形式的目的，是要达到高度的现实主义，能高度反映我们民族今天的

①孙犁全集(3)，论通讯员及通讯写作诸问题，第28—31页

生活和明天的路程”。“在民族形式的建立上，接受国内外文学遗产……要使新的字眼，新的语法，新的表现法得到真实的生命，也一定要从现实生活出发”。“创造民族形式，我以为主要是写人(从生活写人)、民族精神和风貌。倒不一定是只对中国旧文学作品形式的搜索。”①从这里可以看出，孙犁对于文学已经非常明确自己的创作方向了，而且敢于“取精用宏，大胆扬弃”形成“自己的创造能力”。

所以可以这样总结：在1938年，孙犁重新出现了，但是没有任何文学作品诞生；在1939年，孙犁只诞生了三篇诗歌、一篇散文和一部给一般通讯员的写作教程；1940年，诞生了两篇小论文、一篇小说、一篇散文。这与孙犁自己对文学的理想期待好像差的很远很远。但是，正是这些扎实的准备，而不是单纯空洞的叫喊，才从根本上熔铸了孙犁那种比较单薄的理性思维能力，从而对于敏感的天性与冲动的情感加以平衡。这样，孙犁在1941年忽然涌现了大量的作品，就不是偶然的；这时不但出现了大量的文艺理论著作，而且标志着孙犁文学风格特征的文学作品开始明朗化。

三、清新透明的文学审美感觉

1941年对于孙犁来说是重要的一个年份，无论文学理论的修养还是文学创造感觉的形成，都已经有了相当的作品作为标志。在1941年孙犁写出了四篇论文，包括《1940年边区文艺活动琐记》、《接受遗产问题》、《谈诗的语言》、《论战时的英雄文学》；两部关于鲁迅的文学读物：《鲁迅、鲁迅的故事》、《少年鲁迅读本》；一篇诗歌《春耕曲》；一部大部头的文学概论《区村和连队的文学写作课本》(写作知识)；六篇散文，《女人们》(三篇)、《投宿》、《芦苇》、《战士》；还有一篇小说《懒马的故事》。至于语言表达和审美感觉的成熟，在《芦苇》、《女人们》中已经异常鲜明。

---

①孙犁文集(4)，接受遗产问题，第164页

孙犁具有浓厚的“抗战”情结，在晚年不止一次说抗战使他经历了人生“美的极致”，但是对于这种“抗战”情结的具体内涵，他自己并没有讲明白。我们经过分析发现其中的内涵，可以分为两种特质：一种是具有明确“透明性”的审美情感，它的指向在于从情感的自然存在，到获得了明确的文学表达变成了一种形式化的情感，即“有意味的形式”；另外一种，就是道德价值的升华产生的“崇高感”，这种感觉在民族抗战的特定环境中产生。我们先讲第一个问题。

要成为孙犁那样的作家，单纯的文学知识及其知性能力的训练，远远不够，文学需要另外一种东西，即文学感受力，这是一种中国人叫做“慧性”的能力，可以使得作家对事物有种本质直观的能力。我们慢慢看到在巨大的时代变动中，尽管孙犁不自觉地受到了许多事情的牵引，但是他的文学慧性总是在不经意中流露出来。

我们早就说过，孙犁文学有一种疏淡清朗的东西在里面，即使在早期的文学习作中，这一点也掩饰不住。在稍后的文学理论学习中，他很本能地意识到了自身的“透明性”，并将它在理论中标志了出来：

> 现实主义的作家要为语言的适用而斗争，大批评家迭那莫夫曾严格地指出：
>
> 清晰的思想，是包含在明快的文字内的，一种富于表白力的文字就指出了那作者是完完全全而且彻底懂得这世界。
>
> 拉金也曾说过：
>
> 高尔基、富玛诺夫、绥拉菲摩维奇的作品在大众中间的成功的秘密，就包含在他们的言语的极度单纯性里面、他们的形象之结晶的明确的透明性里面、他们的故事的特殊的而又接近大众表现性里面、他们没有故意的饶舌和文句的不分明的“游戏”这个事实里面。
>
> 因为语汇的丰富，则你拣选的机会也就越大，则你所要表现的东

西也就越正确、越可靠、越明晰、越有价值。①

这里，孙犁的论述虽然针对"语言"而发，那种"清晰"、"明快"、"单纯"等语言特质，如果我们借助今天的语言理论进行考察，就会明白孙犁在当时借别人而讲的"语言"的"明确的透明性"，不是别的，而是海德格尔存在论意义的"语言是存在的家园"这个深刻命题，是"人之为人"存在的自觉。当然，孙犁是从现实主义理论谈论的，带有工具论的性质，但是即使如此，他的感受也告诉他这种语言的"透明性"的重要。只是他还不能将语言的问题与存在、与人的慧性自觉联系在一起，但是那种疏淡、清朗、透明、单纯都是人的存在的澄明的显现。他的文字朴素平易自然，与叶圣陶的文字相近，但是没有叶圣陶文字的那种世俗气、平庸气，叶圣陶的文字缺乏孙犁文字的那种"透明性"的慧觉。

这种透明性使得孙犁文学作品开始形成一种氤氲的清新气息，温润可爱。这种文学感受在那些充满特殊意味的景物如芦苇、荷花、荻花、菱等中，在男女相处的描写中写得特别动人心魄，清新优美，而又给人一种健康快乐又回味无穷的文学韵味，淡淡的温柔的透明的感觉：芦苇、水质女人、荷花淀，清浅的文字，平淡的对话，好像不经意就形成了优美的意境。这种文学现象在 1941 年写的《芦苇》中开始显现（后文有分析），而孙犁文学中那种卓越的直观能力、那种把握瞬间的精神动态的能力异常神奇地显现出来。这在《女人们》的《红棉袄》中有精确的表现。小说写"我"和顾林在回归部队的过程中，来到了"滚龙沟"的一个小村，而顾林发起了疟疾；这样就到了一户人家，家里只有一个姑娘在家。"姑娘有十六岁，穿着一件红色的棉袄，头发梳得很平，动作很敏捷，和人说话的时候，眼睛便盯住人。我想，屋里要没有那灯光和灶下的柴火的光，机灵的两只大眼也会把这间屋子照亮吧？"②这里就已经显示孙犁文学重视白描的写作特点，而白描的内在精神正如鲁迅先生所言是少做作、去雕饰、显精神。孙

①孙犁全集(10)，现实主义文学论，第 293 页

②孙犁文集(1)，女人们，第 23 页

犁的描写正显示了这位“红棉袄”在抗战背景下，对于自己军队的陌生的男人那种本能的女性心理，作家用一个“盯”字入木三分地刻画了出来；而“我”从姑娘的“眼睛”看到了一种纯洁的明亮。这样，军民就建立起起码的信任来啦，这为后文的姑娘脱掉自己的红棉袄打下了重要的心理基础。当顾林又开始“打摆子”，我脱下单军衣盖在他身上，姑娘沉吟着说：

“那不抵事。”她又机灵地盯视着我。我只是对她干笑了一下，表示：这不抵事，怎样办呢？我看见她右手触着自己的棉袄的偏在左边的纽扣，最下的一个，已经应手而开了。她后退了一步，对我说：

“盖上我这件棉袄好不好？”

没等我说话，她便转过身去断然地脱了下来，我看见她的脸飞红了一下，但马上平复了。她把棉袄递给我，自己退到角落里把内衣整理了一下，便又坐到灶前去了，末了还笑着讲：

“我也是今天早上才穿上的。”①

在这段文字中，作家用了几个动作就把当时的情景活现了出来：“盯视”、“触着”、“断然地脱”、“飞红”、“退到角落”、“整理”等等，我们非常惊叹作家的观察能力，在这么简短的时间之内，他竟然将女孩子的心理用传统经典的白描手法，精确地显现了出来：那种警戒、那种干脆、那种短暂的犹豫、那种调整心理的迅速、恢复常态的能力，那种在抗战背景下军民关系的慷慨，就这样好像不经意中流露出来。“我”被感动了，“我只是觉得身边这女人的动作，是幼年自己病倒了时，服侍自己的妈妈和姐姐有过的”。确实，文学是从生活中来的，但是需要作家那特殊的眼睛，孙犁自己就生过“疟疾”，而多病的他受到妈妈和姐姐（他有个堂姐）的照顾是很自然的。这种通过言谈、动作来反映人物的心理的写法，孙犁认为是“正宗”的、“规格”的文学描写写法，他不喜欢大段大段的意识流之类的写法的。正是重视了人物的灵魂世界，而灵魂世界又是在生活世界中展现的，这就

①孙犁文集(1)，女人们，第25页

使孙犁文学获得了一般走向生活的作家往往丢掉了的那种文学的内在心理表现，一种只有文学才有的细节和美感。这是孙犁在重新创作文学作品时，真正表现出自己独特风格的开始，这种东西就是我们经常说的孙犁小说的“诗意”问题。所以，叶君先生讲得很对：“孙犁抗战小说的诗意生成，在很大程度上源于创作主体那种看取战时乡村现实的方式和所具有的情感状态。”①只是为什么孙犁会有这种方式的情感状态，就很值得研究。

因此，孙犁的小说特质就出来了：有一种东西在发酵，就是情感的质素，一种很美的情感，讲不明白就结束了，而且作家也不是给你一个完整的故事：以后怎样？没有，战争中的事，谁晓得以后到底发生什么事呢？他就是给你一个在战争中人与人之间的情感问题的描绘，这与以赵树理式主流小说的故事讲述的方式非常不同。对于这种战争中人与人的情感描绘，孙犁这个时候已经有能力感受到并且用文字的方式明确的表达出来，特别对于女性的描绘，非常细腻与传神。孙犁小说的这种特点，他自己有很明白的表示：“我在写她们的时候，用的多是彩笔，热情地把她们推向阳光照射之下，春风吹拂之中。在那可贵的岁月，我和人民建立起来的感情，确是如此。我的职责，就是如实而又高昂浓重地把这种感情渲染出来”。这是一种极其“珍贵”的感情。② 这样的情感表达与叙事特征，到了1942年的《琴和箫》就非常成熟了。也就是说，孙犁的文学创作即使从1938年重新拿起笔开始，其文学质素的发酵，也等了三年的时间。孙犁文学追求的这种格调在《荷花淀》达到极致。如果我们以孙犁的《琴和箫》、《杀楼》、《荷花淀》、《芦花荡》、《碑》、《钟》等作品作为孙犁前期（至1946年初）创作的主要标志性作品，那么，荷淀清风的这种清新优美、朴素自然的文学风格，在当时文坛确实独树一帜。这种文学品格的形成标志着孙犁文学的初步成熟。

---

①叶君：参与、守持与怀乡——孙犁论，中国社会科学文献出版社，第67页

②孙犁文集(4)：关于《山地回忆》的回忆，第618页

那么，对于孙犁这么朴素的文字，怎么会产生这样奇特的艺术效果？语言问题的“及物性”大概是这种效果的根源。

孙犁在这个时期非常注意对于语言的学习，强调文学的语言应当是大众的口头语，他特别强调了语言问题不是语言本身，文学家“使语言和那生活永远连接着”①，对于生活的理解和对于语言的理解是统一在一起的，只有“明确的语言”才会表达“最高的实际，有最大的重量”②。孙犁的这个理解非常深刻，语言的重量就体现在了语言的“及物性”当中了。因此他对于“诗的语言”也就有了更深的理解，“它不只要把口头语言组织得有条理、细腻和复杂，而且还要选择那属于诗的宜于作诗的表现的语言”。“诗人们应当以他们（大众）的语言为基础来运用普通话，创造优美的真正的文学的国语”③。

我们知道，在1942年延安讲话以后，解放区文学的主流就是要求文学语言通俗化、大众化为旨归，而赵树理的创作恰恰走出来了，并且成了“新的人民的文艺”（周扬语）的代表。如果看看孙犁的作品，“在叙述的表层看符合主流文学‘写工农兵’、‘歌颂现实’及文字通俗的要求”。如果从文字看，你很难找出孙犁的毛病，不符合主流政治的要求，“但只要我们进入孙犁话语的审美层面，即能明确感觉到，孙犁的话语是一种有别于主流文学政治‘主旋律’的、以表现人性美为旨归的诗意的与雅化的话语”。杨联芬这个观察是准确的，她将孙犁纳入了“知识分子”的话语体系，因此与赵树理的民间化路线是不同的。并且，她还认为孙犁的主旨是在“社会政治冲突之外表现人性之善、人情之美、人伦之和谐”④。大家公认的名篇《荷花淀》非常奇特，其奇就在文字朴素通俗，但格调却具有清新婉媚、高雅含蓄的文学形式趣味。这与传统的高雅文学对语言的运用非常不同，

①孙犁全集(3)，文艺学习，第154页

②孙犁全集(3)，文艺学习，第172页

③孙犁全集(2)，谈诗的语言，第445页

④杨联芬：孙犁：革命文学中的“多余人”，中国现代文学研究丛刊，1998年4期，第195页

无论《楚辞》还是后来的《西厢记》、《牡丹亭》、《红楼梦》都不是这样的，其语言都非常优雅，唯有《诗经》仿佛其事。事实正是这样，孙犁的那种淳朴一如原始初民的情感发生，那种诗性不是做作出来的，而是背后有个巨大敞开的空间，这个我们以后再加分析。因此 1941 年对于“作家孙犁”来说是真正诞生的标志年。

第二章　在审美外表下的革命功利主义文学观
——关于"冀中一日"运动的影响

一、"冀中一日"的背景

在1941年春天，冀中发生了一件对于孙犁来说具有重要意义的大事，这就是"冀中一日"写作运动。这个运动由冀中党政军首长程子华、黄敬、吕正操等同志号召发起，参与动稿写作的人数达到了近十万人。① 这是一次"冀中党政军民各方面有组织的集体创作，是大众化文学运动的伟大实践"②。这次运动模仿高尔基主编"世界一日"、茅盾主编"中国一日"而来，但这样大规模的集体写作大约是历史上第一次，也开了建国后"大跃进"期间的"新民歌运动"群众集体创作的先河。其是非成败，其在特定的历史条件下的作用，其深远的历史意义实在值得探讨。③

那么，这种群众性的集体写作运动到底是怎么回事？

这个运动应该有非常深厚的历史背景，可能并不像单纯后来一些文艺工作者想象的那样简单。考察历史，在1941年前后，日本对于华北地区的军事形势基本稳定了下来，他们占据了主要的大、中、小城市，而共产党、八路军被压缩到了农村地区，抗战已经进入了非常艰难的阶段。据王林同志介绍，"其实所谓'冀中根据地'，在一九四一年，已经不过是敌人据

---

①孙犁全集(3)，文艺学习·前记，第96页

②程子华：冀中一日(下集)·题词，百花文艺出版社，1963年版

③远千里曾说，"抗日战争是一种无比的英雄事业。那时人们的心情，用大跃进的气概差可相比。群众性的规模、干的劲头都和现在差不多，但性质可不大一样。因为大跃进是走穷困的道路与走富裕的道路的斗争，而抗日战争则是生与死的斗争。乐观主义是相同的"。参见：冀中一日(上)，百花文艺出版社，1959年版

点和交通线中间的一些村庄。即以冀中腹心最大的一块根据地深县、武强、饶阳和安平相接连的边缘地区来看，周围不满百里，除了上述各个县城是敌伪据点并设有环城岗楼和公路以外，尚有西蒲疃和圣水等据点，像羊毛疔一般扎在中间。”①冀中的斗争非常艰苦，甚至连冀中军区司令员吕正操同志在“冀中一日”这一天，即 5 月 27 日连续遭到敌人“拉网扫荡”、“五次反复合击”，最后大胆冲进敌伪据点而突围出来，这在当时都属于“军事秘密”②。正是在这种情况下，日本方面发动了另外一种文化攻势，这就是公开建立“大东亚新秩序”的文化要求，而这种所谓的“文化建设”当然就是“奴化”教育。

随着日军军事的步步胜利，这种文化秩序得到了前所未有的重视，日本在中国纷纷建立敌伪文化组织，加强文化控制，进行奴化教育，为沦陷区的敌伪统治服务。考察 1941 年，我们发现如下事实：1941 年 1 月 19 日，以北平《中国文艺》杂志社为基础，由张铁笙、陆离（陆语冰）等人发起组织的“华北文艺协会”在北平青年会大礼堂正式成立，80 多人参加，它的目的在于“使华北从事及爱好文艺的朋友们得个联络研究的寄托，并群策群力，在此新的时代之下，为中国文艺的前途，寻找一个光明和道路”③。这里明确将日本暂时的胜利定为“新的时代”，所谓“前途”云云实际就是建立“大东亚新秩序”的轨道工作。1 月 25 日，南京汪伪政府公布出版法修正案，规定报纸书刊禁止刊载不利于日伪的言论图文。1941 年 3 月，华北政务委员会实施 2 月 15 日日本华北方面军制定的华北“治安强化运动”，从 30 日到 4 月 30 日进行第一次“治安强化运动”。1941 年 3 月 15 日，在武汉成立“中日文化协会武汉分会”。1941 年 3 月 23 日，伪满洲国务院弘报务公布《艺文指导纲要》，加强对于文艺的法西斯统治，强调“艺文以建国精神为基调，从而呈现八纮一宇之正大精神的美的显现，并

①王林：回忆“冀中一日”写作运动，冀中一日（下集），百花文艺出版社，1963 年，第 418 页

②王林：回忆“冀中一日”写作运动，冀中一日（下集），百花文艺出版社，1963 年，第 418 页

③钱理群编：成立致词，中国沦陷区文学大系·史料卷，广西教育出版社，2000 年，第 85 页

且以移植于这一国土的日本艺文为经，以原位诸民族固有的艺文为纬，吸取世界艺文的精华，组成浑然独自的艺文，以固国基，俾助长国家之生成发展，贡献东亚新秩序之建设”①。也就是说，在整个沦陷区，敌伪政权对于其所谓“大东亚新秩序”进行周密的部署，从满洲、北平、南京、武汉等核心要地进行了全方位覆盖。同时，在1941年针对抗日根据地进行了三次“治安强化运动”，第一次在3月至4月，第二次在7月7日，第三次在11月1日换了冈村宁次，实行“三光”政策，至12月25日才结束。②

而在文化活动方面，敌伪文化组织纷纷登台亮相。1941年1月1日，由王君时主编的《国民杂志》月刊在北平创刊，这是华北沦陷区有影响的文化刊物，刊载文化著译较多，许多沦陷区作家之作与关于“色情文学”的大讨论都与这本杂志有关。1941年10月15日，北平《新民报》半月刊第3卷20期登载王朱的《地狱交响乐》色情作品，成为引发“色情文学”大争论的导线之一。10月27日，北京中国文艺社与国民杂志社联合召开“中日文艺家恳谈会”，参加座谈会的日本人有久米正雄、片冈铁兵、川端康成，中国方面有张我军、张铁笙、王君时等，会上川端康成提出组织中国文艺家协会的问题。11月15日，公孙嬿（查显琳）发表色情小说《流线型的嘴》，此后此人写了大量色情文学，成为沦陷区文学的一个重要的文学现象。12月17日，华北《新民报》、《中国文艺》、《吾友》、《艺术与生活》、《国民杂志》、《中国文艺》、《东亚联盟》、《万人文库》、天津《妇女新都会》、上海《新中国日报》都参与了长达七个月的“色情文学”大争论。③ 而且，据“冀中一日”和孙犁的创作介绍情况看，敌伪在宣传方面将大量的淫秽色情的图片、文字散播到抗战区域，瓦解抗日军民的斗志，可谓用心毒辣。中国的抗战军民的确面对了一个异常强大、组织严密、手段高超、策略超拔的凶恶的军国主义敌人。

①钱理群编：成立致词，中国沦陷区文学大系·史料卷，广西教育出版社，2000年，第89页

②钱理群编：文坛大事记，中国沦陷区文学大系·史料卷，广西教育出版社，2000年

③钱理群编：中国沦陷区文学大系，评论卷，广西教育出版社，1998年

冀中人民从“七七”事变起，组织了自己的抗日力量；最初一两年间，像其他敌后抗日根据地一样，主要的工作是动员人民，建立武装、政权和各种团体，这是“动员会”的时代。这次由共产党领导的运动，“是一次广泛深入的启蒙运动，运动和人民的实际斗争生活结合，因此十分坚强”①。不仅如此，这个运动还与当时党需要摸清冀中地区错综复杂的抗日情况有关，而且当时对抗日群众的发动，并非像后来看到的影像资料那样容易，百姓非常害怕，这大大增加了抗日的难度。② “冀中一日”运动就是在这个背景下发动的。

二、审美与革命的功利主义的融合

因此，在这种激情岁月中，“冀中一日”直接成为这个抗战运动的宣传部分。

冀中区成立了编纂委员会，王林同志任主任，他留下孙犁参加了这一工作的编选工作。后来《冀中一日》出版四集，分别是(一)鬼蜮魍魉；(二)铁的子弟兵；(三)独立自由幸福；(四)斗争中的人民。这部作品在1941年秋季油印出版，建国后根据仅存的一部油印稿在天津百花出版社重新出版。就在该年冬天，孙犁受命委托写作了《区村和连队的文学写作课本》，即后来的《文艺学习》，在当时的三纵队《连队文艺》、晋察冀《边区文化》上也连载了它。后来吕正操、黄敬同志又在戎马倥偬中把它带到了太行山麓，在那里印刷了一次，改名《怎样写作》。也就是说，孙犁的这部作品在当时流传相当广泛，而且是将革命抗战与文学结合起来的典范。因此，孙犁有理由自豪地说，“今天应该把文学看作一种事业，中国人民的事业。过去，有人嚷着文学无用论。把文学书叫作闲书，把作家看成狂生。

①孙犁全集(3)，文艺学习·前记，第97页

②参见：冀中一日(下集)，从杨柳《向敌占区进军》、崔为之《深入敌区》、李干《庙前》等文章看出，敌人的残暴与宣传欺骗，使得当时的群众发动形势相当艰难，百花文艺出版社，1963年

我们觉得这个时期已经老远过去了”①。这个运动不久，敌人就展开了残酷的实行“三光”的“五一大扫荡”，这个运动带着许多烈士的鲜血。直到晚年，孙犁都对这一部凝聚了众多鲜血和泪水，凝聚了战斗和友情，凝聚了崇高的道德情感的作品抱有真挚的谢恩，他说这本书“不是创作方法”，“实际是对这一时期冀中人民生活进展的赞歌，它保存了我那一时期的激情”。“有人在地下埋藏了它，一直埋藏了五年，使它能在今天看见胜利，重新印刷，我就更珍贵它了”②。因此，我们可以说，“冀中一日”运动在冀中根据地的抗战历史上是一个重要的事件。它成为共产党为改变敌伪日益严酷的军事斗争和文化围剿，举行的一次重大的文化战略，为加强抗日军民的抗战决心，鼓舞士气，客观上提供了一种联络的方式，同时也是一次重要的情报汇集、发现问题、解决问题的重要活动。在这里，文学以它重要的功用方式，显示了自己的存在价值。

那么，作为这次运动的直接参与者，孙犁是完全肯定这个运动的意义的，对于文学的功利性价值，他并不讳言。对于孙犁个人而言，《文艺学习》就是对于这个运动的总结，同时作为根据地普通的文艺写作者一个通俗的写作教材。可以说，《文艺学习》获得了当时军政首长的全力支持，印制的蜡纸每份可以印刷一千份，全部字体都是用“一笔三勾”的楷书写成，费了同志们很大的精力。它凝聚了孙犁在那个时代全部的战斗友情，并且这种友情成为了他建国后的一种重要的人际资源。③ 而且，在这次运动中，他的一篇作品，成为范文，他的母亲在几千人的群众大会上，听到了宣传干部对他的文章的朗诵，这无疑也是重要的纪念。当然，对于个人的文学写作也是一次历练。当他从“冀中一日”成车的稿件中进行筛选的时候，文学那种功利性就会不自觉地出现；而当他写出了《文艺学习》这部作

①孙犁全集(3)，文艺学习，第105页

②孙犁全集(3)，文艺学习·序言

③建国后黄敬同志成了天津市市长，吕正操同志成了将军，直到晚年老将军还专门去看望过他，远千里是河北文协的负责人，而王林则是孙犁在天津工作的同事与战友了，如此等等。

品，不但在本地区流行开来，给予初学写作的通讯员以指导，而又被吕正操、黄敬同志带到太行山区的时候，孙犁已经不知不觉中为自己的政治前途进行了一次重要的投资了。我们可以想见，当 1944 年孙犁西行延安的路上，吕正操同志专门接见过他，他直到晚年都莫名奇妙，我们推测，大约就是这部作品起到了重要的契机；而在解放战争时期，有一位高级领导希望孙犁给他作秘书，后来因为别人说他的性格不合而未果，大约也与这些人事熟悉有关；建国后黄敬当了天津市市长，孙犁成为第一届全国文艺代表大会天津作家代表团副团长，也未尝没有这时打下的人事关系的结果；后来他逃过历次批判运动，甚至王亢之在“文革”前嘱咐他不要写东西了，都与这次活动，获得的根正苗红的革命身份有关系。因此，我们可以想见，尽管我们说孙犁的文学风格具有很强个人性、独特性，但当这种风格一旦纳入了整个主流文化秩序，那么孙犁的文学内容就带有明显的功利性质。

因此，孙犁抗战文学所具有的美学特征，那种在革命的前提下的功利主义，实在与作家的个人内在追求有关。他的文学所具有的那种美，是带有革命的健康爽朗的明媚色彩的美。他屡次声明，文学不可能脱离政治；但是在高度政治化的语境中，人们反而倾向于他的审美色彩，他的抒情诗般的格调，倾向于诗情画意，不能不说是一次“误读”。他的文学是审美与功利的有机结合，甚至是存在在审美外表下的文学功利主义，不管他是无心还是有意，也不管这种功利主义与主流意识形态要求的那种完全成为传声筒式的功利主义有多少差别，这种功利性是无法否认的。在“冀中一日”的编写过程中，孙犁个人的文学功用认可与革命现实联系在一起，对他的一生起了重大的作用。这一点对于了解孙犁晚年的停止写作，具有重要的认识价值。①

不但如此，孙犁通过“冀中一日”的编写工作②，他应该很清楚了敌人的残酷性事实，也应该清楚抗战军民在特殊情况下展现出来的道德情操，这对于他的精神世界应该是一个震撼，因为孙犁是不太善于和人交往的性格有些内向的人，他需要走进生活。孙犁晚年念念不忘炮火纷飞的抗战年代，原因很多，其中根本上有一条是说抗战达到了“美的极致”，这与晚年碰到的“文革”达到了“丑的极致”，相映共存。为什么抗战达到了“美的极致”？抗战死了那么多人，祖国受到空前的蹂躏，孙犁在什么意义上说达到了“美的极致”？有理由吗？孙犁曾在一个地方说过，战争固然使得很多人因为贫困而堕落，但是，同样使得一些人变得高尚。正是这种高尚，在战争中看到了人性可以扩展到多么壮烈的程度，这深深震撼了他。从一般文学作品看，孙犁属于婉约派作家，但是在这部《文艺学习》的写作中却流露出另外的东西，表现出孙犁身上的某种“刚性”，——按我的理解就是孙犁自称的“激情”，也是对于早年传统道德教育“饿死不做贼，屈死不告官”③的狷介清高性格的升华；没有这种东西，他挺不过“文革”，在文革中他没有诬陷任何一个人，这确实是难得的。这种特质在《文艺学习》里面流露出来。

三、抗战情结：崇高感的诞生

那么，他到底感受到了什么东西？

---

①据刘宗武先生讲，孙犁晚年不写文章与他发现文章写了没有用有关。孙犁毕生追求“为人生”的文学，他说文艺“应该使生活美好、进步、幸福的”，如果写出的文章，不能发生应有的社会效益，又怎么能有写作的热情呢？见刘宗武给叶君《参与、守持与还乡——孙犁论》的序。这进一步可以明白孙犁晚年对于写作无用的失望，导致人生虚无感产生的重要原因。

②现在我们看到的《冀中一日》，不会是原貌，文字、事件都经过了加工是肯定的。那种粗糙的现象已经不存在了。对于敌人的残酷烧杀抢掠奸淫，都写的很有分寸，而这种加工又显示了一种道德原则。

③孙犁全集(8)，芸斋琐谈·诗外功夫，第77页

在残酷的抗战中，最普通最常见的事情大约两种最典型：一种是发动起来的人民所具有的伟大抗日力量；一种是敌人血腥的惨无人道的残暴。这两种感情得到激发都会成为崇高的人生感受。孙犁在这次写作中根据自己的亲身经历及其阅稿经验，进行了一次脱胎换骨的心灵教育，升华出了一种崇高的人生感受。这部作品浸透了当时抗日战士的血泪，甚至他们这个工作小组的成员也有牺牲了，因此，这种崇高感成为他对抗日情有独钟最根本的内在情结之一。

就第一种情况而言，"抗日"保家卫国成为很朴素的民族感情，共产党的适时号召，为这种情绪找到了发泄的途径，这是一种伟大的正义的民族力量。这种伟大的民族抗战信心成为一种坚强的内心理念，当它遇到强大的阻力（日本侵略者），不但没有消失反而以更加喷薄的激情爆发出来。这种理念所要表达的情感在想象力中通过伟大的人民载体的形式表达出来，从而使得认识能力的理性使命获得了对于感性直观的升华，这就是崇高感。康德说，"崇高的情感是由于想象力在对大小的审美估量中不适合通过理性来估量而产生的不愉快感，但同时又是一种愉快感，这种愉快感的唤起是由于，正是对最大感性能力的不适合性所作的判断，就对理性理念的追求对于我们毕竟是规律而言，又是与理性的理念协和一致的。"①民族抗战的正义理念具有了胜过任何不正义的道德力量，人民就成为这个道德力量的载体。

正如孙犁所说，"在这个风起云飞、广大农村激情动荡的时代，因为是由共产党掀起和领导，新的人民的、革命的文化，也就在春雷声中播下了种子。"②甚至我们提到的吕正操将军所部，本来不是共产党的人马，而是原隶属张学良部；在张学良因"西安事变"被蒋介石扣押后，奉命南撤的途中改变了原来的计划，接受了共产党革命抗日的主张，最先在冀中成立了"人民自卫军"，随后才是贺龙一二零师进入冀中，重新改编成为八路军

①康德著，邓晓芒译：判断力批判，人民出版社，2002 年版，第 97 页

②孙犁全集(3)，文艺学习，第 97 页

的。孙犁也是在这种状况下进入革命队伍的。人民抗日的热情很高，国民党的队伍纷纷南逃，他们就截住他们留下他们的枪支。在小说《光荣》中原生与秀梅两人去“卡”了一位国民党士兵的大枪，引出了一段故事，就是说这种情况。直到晚年孙犁说他最喜欢的小说就是《光荣》，其原因就是这种热血飞扬的年代，激发出的民族激情深深隐在了其心中。“那时在冀中人民的生活里，充满了新生新鲜的热情，人民对一切进步现象寄托无限的热爱和拥护，这种战斗的新生的气质，深深留在了我的记忆里。”①

就第二种情况而言，日本鬼子给予中国人民的灾难罄竹难书，在“冀中一日”里面留下了大量的事实，第一集“鬼蜮魍魉”就是说的这种中国人的生存世界的。在当时的日本统治区实行“三光政策”、制造“无人区”，剩下的群众被赶到特定的地点，男性为他们做各种苦力，女性则被充当“慰安妇”饱受凌辱。这种灭绝人性的烧杀抢掠奸淫，在世界战争史上都是罕见的。这种情况下，日本鬼子的这种残暴给予中国人民的灾难是要么承受作奴隶，要么彻底抗日，深深的恐惧感伴随着深深的仇恨，深深地刻进了中国人的心灵当中。但是，“谁恐惧着，他就根本不能对于自然界的崇高作出判断，正如那被爱好和食欲所支配的人也不能判断美一样。前者回避去看一个引起他畏惧的对象；而对一种被认为是真正的恐怖是不可能感到愉悦的。所以由于放下一个重负而来的快意就是高兴。但这种高兴因为从一个危险中摆脱出来，它就是一种带有永远不想再遭这种危险的决心的高兴。”②康德老人睿智的眼光，甚至看到了他们其实连想都不愿再想一下那种恐惧。这就是战争中人的状态。孙犁是敏锐地把握到了：“死就是死了，没死就是活着，活着就是要欢乐的。”③经常的死亡与恐怖，反而使得人们再也不会当作一种意外而加以承受下来，生存在普通的人民反而得到了简化，这一点很多人不明白。其实战争中复杂的是事件及其领导人员，对于敌对一方的处心积虑，对于民众的心灵反而简化了、

①孙犁全集(3)，文艺学习，第97页

②康德著，邓晓芒译：判断力批判，人民出版社，第107页

③孙犁：游击区生活一星期，白洋淀纪事，中国青年出版社，2004年版，第382页

纯洁化了,而这点正是通往了崇高的人生境界的博大前提:简,反而成其大。在特殊的条件下,对于思想单纯的人来说很容易形成这种道德崇高感,因为这成为了一种无意识的信仰。①

孙犁文学有很深的体会:"在那些年月,这种死亡(指孙犁被埋在锅底的炸弹炸死的情况而言),甚至可以说是一种接近寿终正寝的正常死亡。同事们会把我埋葬在路边、山脚、河边,也无须插上什么标志。确实,有不少走在我身边的同志,是那样倒下去了。有时是因为战争,有时仅仅因为疾病、饥寒,药物和衣食的缺乏。每个战士都负有神圣的职责,生者和死者,都不把这种死亡作为不幸,留下遗憾。"②战争从总体上粗糙了人们的情感,但孙犁恰恰是一个例外,两相对照,他会更加明晰地体会到这种状况。

因此,正是对于恐惧感的克服,人们反而发现了一种自我保存与自我独立的东西,"人类在这里,哪怕这人不得不屈服于那种强制力,仍然没有在我们的人格中被贬低"。以这样的一种方式,"在我们的审美评判中并非就其是激起恐惧的而言被评判为崇高的"③。如果说中华民族在抗战中到底收获了什么,我们可以说,其他的损失已经无法用言语所能描述,最大的收获就是这种民族正气的重新展现。这不仅是在孙犁,就在其他稍微有正义感的人,都会感受到那种已经把死亡当作等闲来看待的时候,舍身赴义的浩然正气,具有多么震撼人心的力量。其他许多人可能无法进行一种真正意义的文学性把捉,但孙犁有这个能力,他的情感体验与文字积累足够担当了。当然,由于孙犁主要在根据地的后方生活,亲眼所见的具体的场景可能很少,但是这种正义感激发的巨大的社会文化氛围,还

① 当然,这个问题不是这么简单,崇高感的诞生固然与这种阻抗有关,但是更重要的是,抗日及其仇恨形成了一种导向,这种导向具有巨大的凝聚力,足以吸引人们几乎全部的注意力,使得生活看似简单起来,只是因为这种导向暂时遮蔽了一些不善于判断的单纯性格的人,——大部分民众,使得复杂的东西暂时得到了抑制。因此,这种舍生忘死的精神,从社会文化意义来说,也是特定的文化秩序的产物,但是却非常普遍,只要看看抗战的为国捐躯的英雄,就可以明白这点。而这正是主流意识形态着力塑造的结果。

② 孙犁文集(4),关于《山地回忆》的回忆,第620页

③ 康德著、邓晓芒译:判断力批判,人民出版社,第108页

是表现在了他的小说中，其中关于汉奸给予人的感受最为传神。《丈夫》里面写了两个女人对丈夫的对比，两个女人是形同姐妹的邻居，在现实的生存能力上，汉奸的混世能力显然高过喜爱读书的丈夫，但是女人不懂。女人总喜欢和别人对比自己的丈夫，而自己的丈夫最反感的就是“呸！呸！你又叫我和他比”。第一次时候，女人嫌丈夫到丈人家也不出去玩玩；第二次嫌丈夫不在家里陪她，出去又挣不了大钱；第三次丈夫出去参加了八路，而那人参加了汉奸。这时，女人“也觉得丈夫不能和那个人比。村里人说自己的丈夫好，许多人找到家里来，问东问西。许多同志、朋友们来说说笑笑，她觉得很荣耀”。自己上了冬学，渐渐明白丈夫原来心中的事。而那个汉奸家里呢，“大妹子，你家他爹回来，你顺便和他学学，就说俺家他爹是不得已(指当汉奸)，还想出来的”。说过慌慌地走了。姥姥说：“看起这个来可就不光荣。准是又有什么风声吓走了”①。当然，问题可能还要复杂，但是在普通民众心中的那种微妙的变化，孙犁刻画得入木三分。正如康德所说，“战争，如果它是借助于秩序和公民权利神圣不可侵犯而进行的，本身就具有某种崇高性，同时也使以这种方式进行战争的民众越是遭受过许多危险，并能在其中勇敢地坚持下来，其思想境界也就越是崇高”。我们可以说，孙犁的抗战经历使他切实地感到文学与人民是血与火般连在了一起，“在这地方从事文学事业的人们，觉到自己的责任的重大，把自己的力量和人民的力量结合起来，把文学的理想和政治的理想结合起来。把文学事业看作是自己对祖国和人民应尽的重大高尚的义务。把文学事业看成是一种严肃艰巨的工作。他们参加到群众的行列里，和人民群众在一起生活、生产、战斗。他们在生产和战斗中，改造着自己”。“把文学看得很随便，高兴玩玩，或是凭借文坛的名声，出处风头。叫这些人见鬼去吧”！“把对文学的小资产阶级的私有观点放得远远的去”②。作家真诚地接受了战争中人民的伟大与忘我，当作了一种奉行的

①孙犁全集(1)，丈夫，第134页

②孙犁全集(3)，文艺学习，第107页

自觉信念，这比毛泽东提倡知识分子走入工农兵的讲话要早得多。① 而这点正是战争的激情岁月所产生的特点，当然也是主流意识形态着力塑造的，是个人与革命的合流；但集体性意志遮蔽了个体的脆弱，对于真正的文学家来说，这却是早晚要面临的问题。

作家自觉地走入现实与工农群众，我们也可以从茅盾当时的说法得到证实。茅盾在谈到文学在抗战中的发展方向时说，最初文艺工作者只要是有一些民族自尊心的，走了两个方向：一个是文艺工作者从城市转到了县城、乡镇，开展文艺运动；一个是走向前线，写大量的报告文学，导致了战争中报告文学的兴盛。他说，“在今天看来，当时这两个方向都没有错。我们更郑重地指出：当时这两个方向都不是什么人在那里计划提倡出来的，那是满腔热血渴望欲为祖国服务的极大多数的文艺工作者（尤其是青年文艺工作者）适应了那时向前发展的整个形势，自动的不谋而合的，大家都是那样走，结果造成了方向。”②从这个意义看，毛泽东的延安文艺讲话实在是当时历史情况的总结，而不能像后来那样成为了不容置疑的定律，延安讲话是历史的产物，有历史的全部丰富性，当然也就有其局限；而孙犁正是从这个历史中走来的革命队伍中的一员，对于毛泽东延安讲话有着天然的亲和力；而且毛泽东的马克思主义理论水平无庸置疑地高于其他党内外人士，孙犁从中获得的只能是敬仰，而非疑惑。不能用后来的观点，取消历史。

从这个方面看来，孙犁文学创作不但没有偏离革命文学创作的主流，成为“革命队伍里面的‘多余人’”，而且，他是更早实践毛泽东文艺思想，明确将自己文学创作纳入革命需要的先锋人物。从这个意义看来，孙犁在抗战的民族背景之下，其文学创作与整个时代主潮达到了相当完美的结合，《荷花淀》这一名篇的诞生实在不是历史的偶然。

---

①康濯曾经回忆说，冀中地区毛泽东延安讲话是在 1943 年春天由地下交通站秘密带来的（参见：康濯研究资料·一个老作家的足迹）；王林的说法更晚，说 1944 年春毛泽东的延安讲话才从电报上接收到，并印成小册子学习，原先只收到过新闻报道，参见：冀中一日（下集），第 421 页

②茅盾：文艺节的感想，解放日报，1945 年 6 月 7 日

第三章　孙犁文学接受的古典经验与现代传承
——孙犁审美情趣探析

孙犁抗日小说如果从作家的人生经历看，那是他积极追求的结果，因此只是一种文学显意识。就文学创作而言，这只是作家的一种相对外层的因素，其实孙犁抗日小说的文学风格已经表明其文学情趣已经形成了一种文学无意识，这种文学审美情趣的诞生其实际渊源应该早于抗战，抗战不过是给予了一种文学训练的契机而已。作为一种内在的隐秘的审美形式感受，则渊源于中学时代文学阅读的内化，从精神分析学的角度看，越是早期的经验越是起着内在的制约作用，那么中学时代的文学情趣在抗战时期不过改头换面而已，它比革命期刊造成的实际影响要内在得多，深远得多，甚至作家自己都有一段时间难以察觉。正是这种内在的文学形式感内在地形成了孙犁抗日小说的独特的清新飘逸的文学风格，他实际以“情感本体论”替代了传统的“心性本体论”或者“道德本体论”，并从文学纾解了文化断裂造成的身心难以安顿的现代困惑。杨联芬认为孙犁在抗战时期性格属于“混沌状态”①，倒是颇合“赤子之心”的单纯。这种“混沌”力量不但产生出文学情趣、文学经验来，而且构成了孙犁伦理原则的重要组成部分。在孙犁文学创作之中，其文学情趣、现实理性以及本能动力一直相互纠缠，结果显示了自己独特的文学风貌与时代精神的潜在变化。

一、论“艺术之美”：“此情”非“彼情”

阅读孙犁的优秀小说，一个非常明显的阅读感受就是具有“文学之

①杨联芬：孙犁：革命文学队伍中的多余人，第9页

美”。这个“美”实际不可言说，单纯说孙犁小说的人物美、风景美那远远不够。譬如他的成名之作《荷花淀》，水生嫂美吗？她的形象实际在整篇小说中模糊不清，不知她长得什么样子，甚至连《红楼梦》里面林黛玉那样笼统的描写都没有；风景之美，难道只是因为写了荷花吗？芦苇吗？自然景物与文化心理的关系不是那么回事。可以说，孙犁对于这个“艺术之美”的问题有自己独到的把握。文本之“美”是这里关注的重心。

那么，当我们像西北大学的李君那样咨询孙犁：“作品何以如此之美”？

孙犁给我们便写了一篇《谈美》。他指出了要写出具有“艺术之美”的作品，需要有生活，更要有在生活之上的艺术的“创造”，没有“艺术创造”就不可能有美。这个“创造”来自作家的创作本体：“赤子之心”；艺术之美的特点：“贵玄远、求其神韵，不尚胶滞。音乐中之高山流水，玄外之音，绕梁三日，皆此义也。艺术家于生活静止、凝重之中，能作流动超逸之想，于尘嚣市声之中，得闻天籁。”①

《谈美》写于 1982 年 2 月 16 日，文章要求“玄远”、“神韵”、“超逸”等文学风格应该说是他的文学理想，这种文学风格则明显是与魏晋玄学相关的概念表达。② 在晚年，孙犁对于老庄哲学好像有了新的理解，从他晚年的编年文集的命名，如《晚华集》、《秀露集》、《澹定集》、《尺泽集》、《远道集》、《老荒集》、《陋巷集》、《无为集》、《如云集》、《曲终集》十种散文集，可以看出。这些命名都远离了儒家的道义功利，而走向了一种自然天命的

①孙犁文集续编(2)，谈美，第 258 页

②孙犁文学与魏晋文学、玄学的内在关联是其文学风格的重要来源，直到晚年还是如此看待。他的女儿孙晓玲女士写道：“1995 年夏季，父亲曾亲笔录下北京曾镇南先生寄给他的一首诗，并笑着对我说：‘小玲，这个给你吧！’我回家展开纸卷儿一看，是一小幅字：‘余衰病之年，曾君镇南屡作关怀之辞近又作五古一首嵌拙作十书于内，诗有魏晋风神声音清越余喜而录之。孙犁一九九五年五月卅日上午。’诗曰：‘晚华凝秀露劫后见霜容澹定就远道铿然抚焦桐尺泽连沧海陋巷接飞鸿文气如云抒直声盈苍穹蚁虱何足道战士文自雄虽然老荒矣凌云志更宏无为思有为芸斋茕茕曲终能再奏大雅贯长虹十集成一帙功如岱宗崇。’”参见孙晓玲：怀思无限忆慈颜——记我的父亲孙犁之六。见网页：首页\文学世界\中国文学\当代文学\作家档案\孙犁

豁达；即使与传统儒家相似，那也是偏于颜回一路、倾向于老庄哲学的"乐天知命"的理解，如果说"晚华"、"秀露"还有老当益壮的努力的话，那么对于"澹定"、"尺泽"、"远道"、"老荒"、"陋巷"等词语的运用就越来越倾向颜回精神了，而"陋巷"更与颜回"一箪食，一瓢饮，人不堪其苦，回也不改其乐"的典故相连，至于"无为"更是老子话语，而"如云"、"曲终"却带上了禅的意味，如王维的"行到水穷处，坐看云起时"，钱起的"曲终人不见，江上数峰青"，而他卧室里的横幅"大道低回"则是典型的道家语言与道家精髓了，这些都说明孙犁晚年确实走在回归传统文化神韵的路上。

孙犁这种文学理想的形成应与他晚年大量阅读魏晋南北朝时期的史传有关。就他已经写出的读书笔记就有不少关于这一时期的历史人物和历史事件的，如《买〈魏书〉〈北齐书〉》写魏收，《买〈汉魏六朝名家集〉记》写到颜推之、蔡邕(汉末魏初)、刘桢、诸葛亮、陆机、沈约等，主要从文人与政治、世道关系立论。《耕堂读书记》更写了许多人物与作品，如陆机《文赋》、曹丕《典论·论文》、颜推之《颜氏家训》①，还有《三国志·关羽传》、《诸葛亮传》等等。②特别是关于《世说新语》这部书，《买〈世说新语〉记》特别提到先后买了好多版本，其中有进城后买的《四部丛刊》黑纸本一部；又在天祥市场买了唐写本《世说新语》，罗振玉印；然后在1962年又买了中华书局影印本，其底本为宋绍兴八年广川董弁据晏殊校订的刻本；后来又买了一部王先谦、叶德辉光绪十七年、湖南思贤讲舍刻本。这部书孙犁竟然先后买了四次之多，尽管各本有所不同，但对一个作家而言就不仅单是收藏为要了。他说："我读这部书，是既把它当做小说，又把它当作历史的。以之为史，则事件可信，具体而微，可发幽思，可作鉴照。以之为文，则情节动人，铺叙有致；寒泉晨露，使人清醒。尤其是刘孝标的注，单读是史无疑，和正文一配合，则又是文学作品。这就是鲁迅说的'映带'，高似孙说的'有不言之妙'。这部书所记的是人，是事，是言，而以记言为主。

①孙犁文集(5)，耕堂读书记(一)，第84页

②孙犁文集(5)，耕堂读书记(二)，第95页

事出于人，言出于事，情景交融，语言生色，是这部书的特色。这真是一部文学高妙之作，语言艺术之宝藏”。这样的著作，孙犁感慨地说这是一种特殊的“文史结合”的“文体”，“互相生发的艺术表现形式”，“三言两语，意味无尽。”①

《世说新语》是魏晋文学的典范，即使作为史学著作它的特殊风格在史学著作中也是扎眼的，因此后人多不把它归于历史著作，就是因为它带有鲜明的文学特征。《世说新语》就具有“玄远”、“神韵”、“超逸”、“深情”这种文学风格，这显然从魏晋玄学发展而来，其在魏晋时代成为一个影响深远的文化潮流。在中国文学史上这是一个个性鲜明的文学时代，这个时代的空气则是以提倡“玄学”“清谈”载入思想史的。魏晋时代那些知名的人士追求“名士”风度，讲究风仪；发言“玄远”，口不“臧否人物”；风神潇洒，不滞于物；吐辞清芬，意味悠长；表里澄澈，任性自适；随兴而行，兴尽而返等等，这些奇特的行为极具艺术气质。魏晋玄学追求“玄远”、“神韵”、“超逸”、“深情”等风格的背后，是对人物品藻、玄学和佛学兴起的文学回响，如果不对有无之辨、言意之辨、形神之辨、有情与无情，山水自然与才情风貌等等许多玄学问题和佛教教义有所了解，是很容易流于文学感受的表面形式意味的。也就是说，在《世说新语》的文风背后是相当深刻的政治、思想、审美的历史内容，魏晋名士在表面奇特行为的背后是很难为人理解的压抑。② 从上面的情况看，这些对于孙犁的影响好像偏重审美和政治方面，主要是“有不言之妙”、“意味无尽”这样的审美感受，“文史结合”的“文体”与“互相生发的艺术表现形式”，以及孙犁对于文人在乱世中生存问题的关注，对于玄学本体以及历史观念方面，似乎影响不大。如果从 20 世纪 80 年代孙犁关

①孙犁文集续编(3)，买《世说新语》记，第 108 页

②骆玉明老师提出了另外的看法，说作为一个潮流，那么多魏晋人士在自觉追求这种文化风度，不可能是单纯对于政治的回避，况且这一潮流持续了二三百年，其复杂不能单纯用一种眼光看待，这是可争议的。参看：《世说新语》精读，复旦大学出版社，2007 年版

于美的阐释看其在抗战时期的文学创作，即使有关于美学的思考，也是关于文学情感与政治方面居多，并非玄学涉及的本体问题；从反面看，即使魏晋文学没有对于孙犁发生很大影响，但是其晚年的理论探讨还是表明孙犁抗战文学的风格与魏晋风度有密切关系，否则很难解释其对于艺术特点的认可，反映了魏晋时代艺术的特点。

魏晋文学之所以提出“玄远”、“超逸”、“深情”等问题，是对当时汉末儒家哲学的繁琐僵化的反动，与老庄哲学的回返有关，又与当时佛教初传，以老庄接佛的佛教初级传播阶段有关。但其中体现宇宙本体论与心性本体论的东西，在孙犁的抗战文学中是无法体会到的，当他以赤子之心作为创造本体的时候，发生的层面是本体之用，而非本体提升；在老庄与佛教这里面则有一个契合的证道过程；这种本体的东西，才是安身立命的根据，而现代五四之后的主流思想则基本断绝了这种思想。因此，孙犁懂得的只是关于文学的一种感受而已，直到晚年在日益变化的时代面前，他的孤独、他的虚无、他的迷茫仿佛才达到 20 世纪二三十年代个体虚无思想的理解水平，时代影响个体思想的复杂关系，显示了强大的超越个体的力量。

如果说 20 世纪 80 年代孙犁的文学总结与其 40 年代文学创作美学特征关联最为紧密的方面的话，应该说有三个方面：“神韵”和“超逸”和“深情”，但这是与玄学理解有关的美学特点而非文学理解的美学特点；其抗战文学可以说其风格的飘逸、清丽、有情，富有神韵，但是像“玄远”、“超逸”、“深情”这样联系着本体论的特点是没有的。李泽厚说，“美在深情”是魏晋美学特征，“魏晋时代的‘情’的抒发由于总与人生一生死一存在的意象、探寻、疑惑相交织，而常常达到一种哲理的高层。这倒正是以‘无’为寂然本体的老庄哲学以及它所高扬着的思辨智慧，已活生生地渗透和转化为热烈的情绪、敏锐的感受和对生活的顽强执着的原故。从而，一切情都具有智慧的光芒，有限的人生感伤总富有无限宇宙的含义。扩而充之，不仅对死亡，而且对人事、对风景、对自然，也都可以兴发起这种情感、情怀、情调来而变得非常美丽。”①魏晋时代，那种“一往情深”的痴情令人感动，那种“美在深情”的玄学感受方式在孙犁只能是“有情”、“多情”、“真情”的世俗情感的“文学”传统的继续，而非“玄学”传统的继续，在孙犁的文学中这种“深情”化开了，成为一种氤氲的气息。孙犁文学的美很大程度源自这种美学化的情感气息。这是一种从玄学到文学变异了的文学审美感情。

二、清雅精致的古典情趣

那么孙犁的这种美学气息从哪里而来？

假使我们追寻孙犁文学的美之情愫的成长之路，那么这种文学之美所彰显的内在情趣确实渊源有自。在 20 世纪 80 年代初，孙犁谈到过自己阅读古代书籍的情况和感受。他说，在上初中的时候，对于《南唐二主词》、李清照《漱玉词》、《苏辛词》、《红楼梦》里面《葬花词》、《芙蓉诔》以及《西厢记》、苏曼殊《断鸿零雁记》、《浮生六记》以及林纾的翻译文学书籍等等，都非常喜欢，也看过《庄子》选本、《孟子》，背过《楚辞》，虽说《庄子》他承认自己到老也看不太懂，但是喜欢里面的文采，《孟子》却没有引起他“多少兴趣”②。这个年代正是从 1926 年到 1931 年这段时间。这时孙犁 13 到 18 岁。这是一个情感胜于理性的年龄阶段。

对上面这些书目(排除《孟子》，既然没有多大兴趣)，大家肯定有一个共同的感受：这是一条“主情”的文学线脉，这“情”都显示了深刻真挚的生命感受，而且与男女恋情有关。像南唐二主词，很多都是与亡国灭家之痛有关的，但是估计孙犁对这个并不感兴趣，他感兴趣的是里面美好真挚的男女感情的抒发以及词句的精妙描写，那是少年的一腔“清愁”。像李璟(中主)的词如此精致：“青鸟不传云外信，丁香空结雨中愁”，“细雨梦回鸡

---

①李泽厚：古典文学札记，转引骆玉明：世说新语精读，第 53 页

②孙犁文集(4)，与友人论学习古文，第 594 页

塞远，小楼吹彻玉笙寒”，将男女之情、梦中感受化作文辞，属对精细，精致典雅，这些古典诗词中的意象由于语言的典雅特别生动形象，带给人无穷的美学遐想。李煜更是文学抒情的高手，他的词泣血沾襟，真挚感人，对于过去的帝王生活的感受与当前的囚徒生活，混合在男欢女爱的回忆梦中，清醒后更增加了哀怨缠绵的凄苦，如“酒恶时拈花蕊嗅，别殿遥闻箫鼓奏”的虚华与做作，这样前期的文字，就不如后期家国之思的血泪文字感人了，像“林花谢了春红，太匆匆，无奈朝来寒雨晚来风”，“无言独上西楼，月如勾……”“春花秋月何时了，往事知多少？小楼昨夜又东风，故国不堪回首月明中”，“最是仓皇辞庙日，教坊犹奏别离歌，垂泪对宫娥”这样的文字，大约才合适孙犁的口味。至于《葬花词》，《芙蓉女儿诔》更是缠绵哀怨，如泣如诉的了，像黛玉的“侬今葬花人笑痴，他年葬侬知是谁”？“未若锦囊收艳骨，一抔净土掩风流”这样的文字，其基本的文学特点不是如现代文学那样反抗的、争取独立的、现代意识的，而是哀怨的、自恋的、感伤的、个体的以“情为本位”的古典精致的文人感情，属于高雅文学。这与赵树理接受的地摊文学的民间来源相去甚远，也与康濯等好友主要接受以苏俄文学为主的情况不同，孙犁比康濯大七岁，在剧烈的时代变幻面前就显示了文化接受的差异性。

孙犁曾经说：“一个时期，我很爱好那种凄冷缠绵，红袖罗衫的文字”。“青年时不知为什么对这种文字，这样倾倒，以为是人间天上，再好没有了，背诵抄录，爱不释手”①。其实，孙犁非常知道为甚么喜欢这些文学作品，只要像孙犁讲的不要“拘泥不化”（像鲁迅要求的不读古书），那么他已经给出结论了：“现在想来，青少年时代，确是一个神秘莫测的时代。那时的感情，确像一江春水，一树桃花，一朵早霞，一声云雀。它的感情是无私的，放射的，是无处不想拥抱，无所不想窥探的。它的胸怀，向一切事物都敞开着，但谁也不知道，是哪一件事物或哪一个人，首先闯进来，与它接

①孙犁文集(4)，与友人论学习古文，第 594 页

触。”①这不是别的，正是少男少女的爱恋之心，这是纯洁的高尚的。像上面的那样的一个句子就化用了李煜的“一江春水”，陶渊明的“桃花源”，屠格涅夫的《阿霞》、雪莱的《云雀》的典故，这个影响是多么深远，哪里是作家自己说的“九一八”事变，抗战来了，“这样很快就把我先前爱好的那些后主词、《西厢记》，冲扫得干干净净”。这里就是言不由衷了，否则就是形成了无意识的文学情趣！

在孙犁对于过去文学遗产的接受中，一个很重要的特点，就是他不从一种抽象理念出发，而是从作家的“文学气质”入手②，找到与自己相合的文学类型加以反复阅读，这样就有了同样气质的文学内化，形成自己特有的文学情趣。在郭志刚写的《孙犁传》中，郭写到自己和小孩子到孙犁的住处拜访，回来郭问小孩对孙犁的印象，小孩子的答话颇为奇妙：猛一看是一个地道的农民，仔细看则在他的眼睛里有着撩人的清光③，那是非常知识分子化的东西。在20世纪50年代吕剑对孙犁的采访中，也明确写到孙犁不好说话，但是他的眼光清澈，仿佛笼着一层水光。④ 这些人对于孙犁的观察从其文学风格的观照角度看，非常传神地刻画了创作主体的内在精神特征。在孙犁文学中的少女身上体现了孙犁美学思想的素雅、清丽、明眸与慧性，从这里我们可以看到孙犁的文学审美风格倾向隐逸文学的特点；相反，某些妇女身上的明艳、丰腴、绚丽、豪华的俗艳美学气象在孙犁的文学中是找不到的，孙犁喜欢的是西子型而非杨贵妃型的美学风格的女性。这种美学特质在作为知识分子的女性李佩钟身上鲜明地张扬起来：“她那苗细的高高的身影，她那长长的白嫩的脸庞，她那一双真挚多情的眼睛，现在还在我脑子里流荡，愿她安息！”⑤也就是说，孙犁小说中流露出来的审美倾向，具有鲜明的知识分子或者士大夫文人气质，具有

①孙犁文集(4)，与友人论学习古文，第594页

②孙犁文集(5)，给铁凝的信，第218页

③郭志刚：孙犁传，北京十月出版社，1997年版

④吕剑：孙犁会见记，孙犁研究专集，第9页

⑤孙犁文集(2)，风云初记，第401页

某种女性特质与阴柔倾向，这种女性视角出现在一个男性作家身上，有着非常耐人寻味的性别意味。

从孙犁文学的创作情况看，这种精致清雅的文学倾向是不能否认的。如果说“茂于神明”源自先天禀赋，是因为不失其赤子之心的话，那么“情”的感受方式则是一种学习、训练、模仿、内化的结果。孙犁早年由于身体素质的先天孱弱与敏感，生命表现了异乎寻常地对于“主情”文化的选择倾向。他对于古代文学中那些深切地表达了文人感伤情趣，带着深切生命创伤和体验的文学作品的吸收，成为了他抗战文学创作的最为内在的文学经验和文学情趣。① 因此，他有了不同于康濯等人的自己的内在主体性，可以在时代的风雨之中，及时辨别自己的文学创作所蕴含的文学质素是否纯正，由此迅速地回到文学的轨道上来，而不至于像他的朋友康濯那样终于迷失了自己。② 这就是孙犁之为孙犁的独特之处。这样看来，20 世纪 80 年代孙犁对于魏晋风格的赞赏，就是其这种审美情趣在原来基础上进一步发展的结果，也就是老庄哲学理解加深出现的必然现象。假如一个人对于古典文学比较熟悉，那么孙犁在现代文学中比较突出的“文学之美”，在古代文学中并不是多么怪异突出，相反，这倒有些正宗的美学气味。这就是说，孙犁文学有一个重要的特点，其文学内容具有鲜明的现代民族国家所要求的发展方向，但是其风格则是具有相当古典、民族性、精英文学的素雅特征。这些特征如何奇妙地糅合在一起，是孙犁文学的一个秘密，也是在现代文学中其占突出地位的关键所在。

从古典文学看来，“文学之美”本来是文学的应有之义，但是为何在现代文学中成为问题了呢？孙犁文学可能给予我们一些启示。我们知道，

---

①这个阶段，尽管孙犁由于包办婚姻结婚了，但是其情感启蒙则是这个阶段才得以发育，文学阅读与这种感情密切相关，因为这个时期他爱上了一个叫王淑的女孩子。参看：《善暗室纪年》摘抄

②如果说康濯在 20 世纪 40 年代的创作，如《我的两家房东》、《灾难的明天》、《腊梅花》等作品还持有朴素清新的文学意味的话，那么从建国前后开始的《黑石坡煤窑演义》、《春种秋收》、《公社的秧苗》直到长篇小说《东方红》，就越来越打上了时代政策传声筒的烙印，作品已经不堪卒读了。

在"革命文学"之中，在"解放区文学"之中，"文学之美"确实成为了一个问题，因为"革命文学"崇尚的是"力"，是节奏、炸弹、伴随着号角声的，像殷夫、田间、艾青的许多作品那样，尽管他们还是相当讲究文学艺术表现力的。但"文学之美"在 20 世纪 40 年代就引起了文坛的争论，张爱玲明确提出这个问题："我发觉许多作品里力的成分大于美的成分。力是快乐的，美却是悲哀的，两者不能独立存在。……我不喜欢壮烈。我是喜欢悲壮，更喜欢苍凉。壮烈只有力，没有美，似乎缺少人性。悲剧则如大红大绿的配角，是一种强烈的对照。但它的刺激性还是大于启发性。苍凉之所以有更深长的回味，就因为它像葱绿配桃红，是一种参差的对照。"①张爱玲有自己独特的审美观，她的文章有一种现代性的东西，令人繁花乱眼的闪光的物质碎片背后是深沉的现代虚无意识。张爱玲的小说是现代都市的产物，但是张爱玲的那种"美"则不是孙犁的这种"文学之美"，这两种美的分别在于倾向古典还是现代性，但是她们与现代革命文学主流迥然不同则是有目共睹的。我们可以肯定的说，孙犁文学的美来自那种古典式的风神与文情。但这并不妨碍他在整体古典风格的裂隙中露出现代性的东西来。

三、浪漫经验的现代继承

按照精神分析学的说法，就精神结构来说人童年的情况影响很大，越往后意识现象越集中在大脑皮层，大脑越里面接受的信息则越容易成为一种无意识。这样，如果说在中学时代孙犁对于古代主情传统的文学摄取形成了其内在文学情趣的话，那么对于外国文学和现代文学前辈作家的借鉴，则直接催生了他的文学写作经验。孙犁是非常重视文学师承关系的。但是，我们需要注意，对于一个相对有成就的像孙犁这样的作家，

①张爱玲文集(4)，自己的文章，安徽文艺出版社，1996 年版，第 173 页

这种文学风格的形成，很难说作家的渊源具体出自哪里，因为任何一位作家对于文学的创造性继承都有自己的接受和消化，我们只是就其渊源来看其文学经验的形成问题。

就孙犁而言，外国文学的影响是有的，他明确说过自己喜欢浪漫文学，其实正是由于本体背景的缺乏使得他对古典"主情"传统的文学情趣的认识与西方浪漫传统联系起来，并在某种程度上两者进行了混化。他喜欢外国作家像屠格涅夫、普希金、契诃夫、梅里美等人的作品，但他认为中国缺乏浪漫主义的文学作品。① 作为影响中国现代文学很大的西方浪漫主义文学，具有多种多样的风格，但其中两个最为显著的特点就是：其一，强烈的个人主义色彩；其二，对自然的新的审美态度。在中国这两种都有自己的对应类型，即个人抒情小说和田园抒情小说。② 正如陈思和先生所言：个人抒情小说和西方的浪漫主义文学关系比较密切，卢梭的孤独及其追求真理的勇气，维特的感伤，拜伦的反叛，以及华兹华斯、雪莱等人对于大自然和爱情的描写咏叹，都成为这一派的榜样。田园抒情小说则相反，它更多继承了中国传统古典美学的审美传统，尽管好像也可以看到一些外国哈代、艾略特等人的影响，但是，更为本质地是来自陶潜、王维的山水诗、田园诗的影响。③ 陈思和先生又说，中国的"浪漫主义"称呼实际是不准确的，因为他们的作品各自从一个侧面表现了浪漫主义文学的抒情性特征，但是对于别的浪漫主义要素，"如法国浪漫主义的奇特想象力、宏伟的艺术构思，以及反古情趣；英国文学的纯情的自然主义、唐璜式的恶魔性格与雪莱式的政治理想；德国浪漫主义的玄想与怪异色彩"，在中国文学中都没有展开。"浪漫""都不约而同地表示某种放纵无度、恣睢汪洋、生命焕发之态，能够比较传神地表达出欧洲文学思潮的原意。而'抒情'一词仅作个人表达情思解。虽然主情性是浪漫主义文学的基本特

①孙犁文集(4)，我和文学的路，第 387 页

②陈思和：新文学整体观，上海文艺出版社，第 300 页

③陈思和：新文学整体观，上海文艺出版社，第 301—302 页

征之一，但从浪漫到抒情，这一文学思潮的内涵显然缩小了很多。"[①]从整体方面看，孙犁小说基本没有跃出陈先生的论述范围，但是在另外一些方面或许有些自己的特点，这就是对于美好人性与爱情的正统性的追求，融合在祖国的解放之中，他发现了最适合自己口味的俄国导师屠格涅夫。

孙犁对铁凝谈到文学经验的时候，他告诫说，学习前辈作家的作品特别注意适合"自己的气质"，如果适合的文学气质，就要注意模仿、琢磨、学习以及反映到自己的创作中去。[②] 对于屠格涅夫，他说："屠格涅夫的短篇，我不太喜欢，可是我就爱读他的长篇。他那几部长篇，我劝你一定逐一读过，一定会使你入迷的。"[③]"屠格涅夫的长篇小说，我都读过，我非常喜爱。他的长篇小说，是真正的长篇小说，规格的，无懈可击。他的写法，他的开头与结尾，故事的进行，我非常爱好。"[④]他说的"规格"是指符合生活常态的带有现实特征的文学创作特点，而不是像现代主义那样的着重描写内心的心理分析小说。确实，孙犁的文学气质非常像屠格涅夫，而不是像有人讲的萧洛霍夫。陈燊说："在世界文学中，也许很少有人像屠格涅夫那样，作为一个小说家，却不愧为抒情诗人；而作为抒情诗人，他又是现实主义者。他的诗神，温文尔雅，但却不是高踞于奥林帕斯山上，不食人间烟火。他的笔端倾泻的不只是'爱情、人世的悲哀、淡淡的哀愁、自由的热烈颂歌、生之欢乐的陶醉'；而主要是'飞驰中'的社会生活的重大现象，是这些现象的艺术反映。"[⑤]其实这段话同样可以一句不变地用在孙犁身上。他们并不要求表现一种强烈的救国救民的意识，而是注重表现一种现实中优美人生的生存方式和生命过程，在这过程中，那些应该出现的宏大主题自然就出现了。这与孙犁对于政治的理解非常一致，政治是融化在人民的生活之中的，而非是文件上的政策。

①陈思和：新文学整体观，上海文艺出版社，第308页

②孙犁文集(5)，孙犁给铁凝的信，第218页

③孙犁文集(5)，孙犁给铁凝的信，第218页

④孙犁文集(4)，我和文学的路，第387页

⑤陈燊：前夜·父与子，前言，上海译文出版社，2003年版

但是，他毕竟是中国的大地之子，他更接近中国本土资源的利用和转化。

如果从中国浪漫主义的传统看待孙犁的小说，孙犁对于陈思和先生揭示的两个传统都有继承，也都有变化。具体说，从个体抒情小说的角度看，孙犁小说从以郁达夫为主的现代抒情小说中汲取了个体抒情因素，并成功地进行了化用，这种化用基本以三种方式进行的：一种是以叙事者“我”的身份进入文本，这在作家几乎不太费劲就可以做到一种切身叙事，像《邢兰》、《琴和箫》、《走出以后》、《纪念》、《采蒲台》、《吴召儿》、《山地回忆》等作品中都是这样的；另外一种，是以作品人物对作家有一种变相的替代，无论从年龄、性格、身份等都可以看出作家的影子，这样的作品也是不少，著名的如《荷花淀》、《老胡的事》、《蒿儿梁》、《嘱咐》、《村歌》等等，像水生、老胡、杨纯、老郦等都具有作家的某种身份，但是作家与人物，在叙事者层面还是有所区别的，像《荷花淀》叙事者对于全篇的笼罩性，不是水生所能达到的，这种全视角的描写角度往往是作家对具体事件有了更加开阔的眼界，可以深化思想、情感、对事件的认识，因而更有可能进行艺术加工。还有一部分写他关注的人和事的，这一部分个体自我的介入主要是叙事者抒情的强劲加入，如《钟》、《碑》、《藏》、《铁木前传》等作品就是这样，作家写自我事迹的性质不明显。不管那一个方面，孙犁由于受到抗战严肃的战争生活和延安意识形态的影响，自我的放纵都是有限度的，对于传统的道德更多的是继承而非像五四时代个体作家那样显示出对立性，情欲降低到了非常有限的程度，而革命带来的冲击与激情却使得个体更多关注了现实的因素①，成为“革命加家庭”的文学情感的浪漫变异，这是

①据雅克·巴尊的考察，浪漫主义并非像人们想象的那样脱离现实，实际情况恰恰相反，人们对于19世纪浪漫主义部分格外受到嫌恶和白眼，认为它幼稚、傻气、神经兮兮、充满愚蠢的激情，犯罪般的希望以及无可容忍的浮华，都是现代理性的错误认识，试图使实践的事实服从于精神上的真理可能是浪漫主义为何被曲解为科学的敌人的真正原因。事实上，作为一个整体，还没有那个群体比浪漫主义艺术家们对事实保持更长久的兴趣。他们诗歌中最伟大的部分是观察的记录，无论观察的对象是自己灵魂还是外在的世界。这个说法有助于我们进一步理解浪漫主义的文学创作情况。参见雅克·巴尊著，侯蓓译：古典的、浪漫的、现代的，江苏教育出版社，2005年版，第56～59页

时代给予最大的变化。

而对于田园抒情小说的借鉴，作家主要从鲁迅与沈从文的文学中获得了启示。[①] 对于鲁迅的遗产，孙犁接受的不是国民性批判方面，而是传统人际关系温馨美好的一面，或许这就是孙犁理解的鲁迅"革命"应该具有的结果。鲁迅作品中那种像《社戏》、《故乡》中人际关系的温馨，被抗战军民的鱼水深情保存了下来，祥林嫂们也变成了现代新型农村女性；更重要的还有艺术技巧，对于其短篇小说形式的借鉴，特别是关于农村风俗场景和风景画的卓越描写，被孙犁极大地吸收。当然，关于风景和风俗的描写，沈从文也是同样地关注，他是将风俗画的描写放在了首要的位置，而非乡土写实小说家那样，放在次要位置。在鲁迅小说中整体缺乏的温馨情愫在沈从文的作品中得到彻底的展现，无论水手、妓女、少女、老人、偷儿、船总都是那样的富有人性，特别在翠翠(《边城》)、三三(《三三》)、夭夭(《长河》)等人物身上寄托了作家美好人性的理想，对于沈从文而言这也是一种对于现实不满的表示，不同于鲁迅的现实批判而倾向于理想人性"神庙"的建构。这些美好的人性因素在孙犁的作品中几乎全盘接受。但是沈从文小说中还有另外的"野兽"因素[②]，有些作品通过人物放纵自己原始的本能，甚至死亡的对照以达到生命的精神升华的目的，对于生命价值的凸显就更加充满力度，"借助野蛮人的血液注射到老态龙钟、颓废腐败的中华民族的身体里面去，使他兴奋起来，年青起来，好在20世纪的舞台上与别个民族争生存权利。"[③]这里孙犁的选择是相当有意思的，他没

①孙犁对于鲁迅的接受谈论非常多，但是对于沈从文的接受谈到的很少，这个原因到底出于什么目的，我们不得而知，但是他对沈从文是非常熟悉的，在读中学的时候就经常看沈从文编辑的《大公报》副刊，而且关于鲁迅和沈从文的论战涉及京派与海派，孙犁明显倾向京派，在文中经常对"海派"流露出不屑的神气，但是鲁迅先生又身在海派，这些复杂的情况说明，孙犁的文学接受不是按派别接受的，而是与主体兴趣和个体见解有关。

②丁帆认为沈从文的作品这种"野兽气息"，"崩毁旧的传统世俗的生命意识形态，创造一种新的狂放的生命意识形态，增强中国民族文化心理的野兽气息，也就是用一种野性思维的人生形式来解构原有的生命形式感"。参见：中国乡土小说史，第87页，北京大学出版社，2007年版

③苏雪林：沈从文论，苏雪林文集(第3卷)，安徽文艺出版社，1996年版，第300页

有将这种“野兽气息”注入中华民族的躯体，而是通过敌人（野兽?）的刺激激发了民族的活力，通过与“野兽”的斗争反而训练了“颓废腐败的中华民族的身体”、“年青起来”，这里他又沿着鲁迅的“国民性”建构方向展开新的探索。正如丁帆论述的那样，陈独秀笔下倡导的“兽性”，那是一种“推翻旧有的民族封建文化的‘狂飙性格’”，但是沈从文的“兽性因素”则化作了“一种潜在的‘梦幻情踪’，来达到张扬人与自然合一的生命力量，是对战乱演变下的‘城市文明’的反动”①；而孙犁对于民族强健运动的展开则是通过行军打仗，强壮人的意志力量完成的，同时还有对于在行军打仗过程中对于祖国河山的领略，提高战斗的豪情与信心，在某种程度上做到了人与自然的某种合一的。因此，孙犁对于鲁迅与沈从文的继承更多一些正常人性的因素，更多文化传统的正面因素，更多一些主流意识形态因素，因此具有更大的正统性。但是，孙犁文学正是对于鲁迅与沈从文借鉴过程中，也大大削减了文学的浪漫传统的奇异与狂飙因素，削减了人性深度，削减了对于意识形态的警惕与批判力量，同时削减了作家本身的精神意志力量为代价的。

这样，孙犁完成了自己文学定位，这种文学之美蕴含着传统的文学情趣，包含着外国文学的浪漫气息，化用了现代文学的两种抒情传统，在现实中完美地承载了历史赋予的革命使命。孙犁文学确实表征着一种新型文学道德的诞生，郜元宝师将其定位为一种新型的“革命道德谱系”的滥觞，其特征就是“柔顺之德”②，可谓卓见。这种道德与传统道德在文化秩序对于情感的规范上不谋而合，孙犁说：“真正的美”“最忌讳做作”，“凡沾花惹草，搔首弄姿，无病呻吟者，随名为艺术家，然究不能创造真正的美。吟风弄月，媚悦世俗，皆属于东施效颦之列，因其不得国风之正也。”③“国风之正”再次暗示孙犁的文学指向，他从“国风”里面区别出了“做作”、“淫

①丁帆：中国乡土文学史，北京大学出版社，2007年版，第88页
②郜元宝：柔顺之美：革命文学的道德谱系——孙犁铁凝合论，南方文坛，2007年1期
③孙犁文集续编（2），谈美，第261页

邪”之风，不符合“温柔敦厚”、“乐而不淫，哀而不伤”的儒家正统；从民间到正统，更确切地说是融化在民间里面的正统性，从而具有了典型的意识形态性质。这就使我们再次怀疑历史的进化趋向：这种超强的稳定趋向是中国文明的内在特征吗？由此我们进一步发现，西方浪漫主义文学从传进中国屡经变异，其内涵一次比一次压缩，直到 1958 年“大跃进”“全民诗歌运动”走向自己的反面；同时，这又预示着西方文化在中国的精神演变之路：从“骆驼”（五四）如何变成“狮子”（抗战），又如何从“狮子”变成了“孩童”（文革）。于是我们发现尼采的预言应验了：“一个新的开始，一个游戏，一个自转的旋轮，一个原始的动作，一个神圣的肯定”，“此刻精神有了自己的意志，世界的流放者乃又重回到了自己的世界”①，一个中国本位的时代。这仿佛精神的三种变形。

①尼采：查拉图斯特拉如是说，尼采生存哲学，九州出版社，第 246 页

第四章　夹缝中的伦理叙事
——无法承受的生命之重

当孙犁以从事文学而走入革命的时候，文学要求的那种个体性、生命性，特别是孙犁自身那种雅致、高洁、疏朗、淡泊，与追求国家民族解放与个人功名前途越来越不适应，一种与生俱来的天性与人的社会性发生了尖锐的矛盾。他很快就发现自己从本性上说根本就不是那种追求外在功名利禄的人，甚至连起码的营生都成了巨大的累赘，责任感和生命的担当强度发生了巨大的冲突，然而他只是藏在了心中。

一、无法让渡的生命感觉

从前面的研究，我们知道孙犁感情丰富、敏于感受，这样一颗心灵在革命队伍的征途上，他感到越来越不适应。这个不适应杨联芬解释为“革命与人道”的无法统一。对于这个矛盾，杨联芬有精彩的解释：“他的创作、他的话语，以及他基本的处世方式，都带有明显的妥协、中庸色彩，……他既不肯放弃固有的人文价值观，又不敢公然怀疑现实的革命原则；既没有从根本上认同阶级论，却在一种正统的理念下‘信仰’并期待阶级斗争作为过程将带来人间真正的平等。更重要的是，孙犁随顺自然的性格使他几乎从来没有从理性上分析自己与主流文化的关系，而只是被动地躲避或主动地调和。当主流政治尚处于‘统一战线’的宽松状态时，人道与革命尚可互相兼容；而当主流政治与人道主义成为相互抵牾的两种价值，孙犁的调和就导致作品叙述上的矛盾，而这，最终导致他精神的濒临崩溃。”①这种基于意识形态话语分析的论述方式，当然是一种重要

①杨联芬：孙犁：革命文学中的“多余人”，第18页

的文学研究方式，而且也是非常深刻的一种话语研究，但问题是，考察孙犁的生平，孙犁的濒临崩溃不简单是“人道与革命”的矛盾，至少不能全部包括孙犁性格中的矛盾，例如爱欲与伦理的矛盾，无法纳入“人道与革命”的对立范畴。也就是说，在孙犁的内心深处有一种矛盾更加深刻，那就是伦理矛盾，於可训先生看得准确：作为“三八”式老革命，论文学经历“怎么说也不好将他的世界观划到资产阶级那边去”，但孙犁的世界观屡招非议，也实在“够不上真正的无产阶级”，“既非‘无’又非‘资’，在这个问题上，无过不及、温柔敦厚的孙犁倒落得个‘左’‘右’不是。”①但在那种以政治是依的年代就成了问题了。

的确，孙犁是一个非常特殊的革命作家，正如上面我们提到的那样，他的生命是那样敏感，他对于具体现实生活特别是那种精神风貌的捕捉，其准确达到了令人惊异的程度。而这点正是生命本身的特质，是基于生命的本体性存在与现实纠葛产生的种种生命形态；在这点上，我更愿意借鉴刘小枫对于卡夫卡和昆德拉的评价：“无论把卡夫卡的叙事看作对资本主义社会的批判，还是把昆德拉的叙事看作对社会主义社会的批判，都不得要领。自由主义小说只能、也只想用叙事呵护现代生活秩序——无论它是资本主义的还是社会主义的生活秩序——中的脆弱的个体生命。”②也就是说，孙犁作为革命作家他在主观上或者的确有杨联芬讲的人道与革命的问题，但是正如杨先生自己所已经指出的那样，孙犁“有什么是先天不足的话，那就是他身在革命文化中而缺乏政治意识。”③一个革命作家而不具有“政治意识”是非常耐人寻味的。当然，这个“政治意识”需要加以限制，特指作为与个人的政治前途密切相关的那种政治意识。事实上，孙犁在20世纪50年代写成了《风云初记》之后已经完全形成了属于自己的独到的“政治观”，但孙犁是作为文学家来把握的“自上化下”的“融化”了的文学化政治观，而不是作为

①於可训：守持、参与与怀乡——孙犁论·序一，参见叶君：守持、参与与怀乡——孙犁论，第2页

②刘小枫：沉重的肉身，华夏出版社，2006年版，第139页

③杨联芬：孙犁：革命文学中的“多余人”，第9页

直接意识形态来把握的政治观:"其实作品的政治性,就是它的思想性,应该像春雨落地一样,渗透在人物的全部行动里,贯彻在作品的全部情节里。政治性是通过生活形象表现出来的,它不限于讲话和演说。"①如果非要从意识形态的角度论述,这确实是一种泛化、"水化"的意识形态,就像盐在水里变成了盐水一样,从政治看这确实是一种意识形态,但从水看这实在是一种具体的现实的生命情态。这一点直到1977年在《文学和生活的道路》答记者问的时候,他仍然持这样的文学化政治观。

因此,与那些以反映中央指示为圭臬的革命作家相比,孙犁实在太特殊了,因为那些作家的创作路线恰恰是"自下观上",孙犁的朋友康濯走的正是从下面的"群众生活"反映中央指示"正确"的这一条路线。而这样的"群众生活"恰恰是孙犁批判的:"目前,这些文学作品的主要缺点是对于农村生活缺少考察"。他深有体会地说:"对于农民在各个时期的动员和斗争的历史,我们还缺乏系统的考察和体会。大部分农民经过多年的斗争以后,他们的阅历很多,觉悟很高,然而很多作者对于农民的思想意识的变化,还缺乏具体的理解。"②而之所以造成了这样的问题并不是别的,而是对于生活不会整体的理解,对于生活进行肢解造成的;而之所以肢解,又是因为没有自己独立的系统的思想和眼光,即成为主流意识形态接受的机械:"生活中的一种现象或是作品里的一处描写,如果你把它割断摘出,推敲锻炼,它就成为'落后的'、'黑暗的'、'没有意义的'。但如果你让它和全部的生活发生联系,叫花果长在树木上,叫树木长在土壤中,它就仍然是有机的生命,有意义的表现。"③孙犁的这种观点乍看好似平常无奇,但是如果进一步研究孙犁的文学创作,特别是《风云初记》和《铁木前传》的创作情况,就会发现这一观点的奇特之处:在于整个时代的文学创作基本上越来越没有文学价值,越来越成为时代主流话语的传声筒的

①孙犁文集(4),怎样把我们的作品提高一步,第357页
②孙犁文集(4),论农村题材,第279页
③孙犁文集(4),论农村题材,第281页

时候，孙犁的文学创作不但不是越来越浮夸，而是越来越深刻，直到《铁木前传》这一杰作的诞生，特别是小满的形象深刻地蕴藏着真正的人的心灵与命运的写照，深刻地反映了20世纪50年代初期复杂的社会生活面貌，我们就会为这一观点而惊叹。事实上，这一论点的诞生时间就在作家基本完成了三集《风云初记》，即1954年3月。[①] 也就是说，《风云初记》的诞生从根本上改变了作家的思维水平，从幼稚的延安讲话的机械接受状态走了出来，形成了自己的创造性理解，而这一点又与孙犁早年内化的古典文学和西方特别苏俄作家的创作意识，密切相关，这是作家从不自觉到自觉的形成自己美学观的有机的过程，并从文学创作的实践得到真正的理性的认识。在这个意义上说，延安讲话对孙犁产生的意义主要是正面的、积极的，而非消极的、负面的，因为正如孙犁所说这使他走出了“狭隘的个人”，而获得了“生活”，而回答《文艺学习》编辑部的问题：“你每次写作，感觉最困难的是在什么地方”？他的回答是“想些什么，而对那种事物知道的很少。”[②]因此，他提倡“深入生活”不是“游僧”式，甚至三五月的“住点”，在《铁木前传》里面对小满他终于发出了这样的感叹：“了解一个人是困难的”。因此，对于从意识形态解读孙犁存在一定的局限，对于延安讲话，甚至不同的人也有不同的接受效果；对于孙犁这样富于思考的人就比那些不善于思考将“讲话”当作“圣旨”的人，更多了一些个体化的理解，其效果是由其个体的“前理解”背景决定的。

既然这样，我更倾向于将孙犁的创作当作一种生命展开，即一种生命感觉丰富化的伦理感觉，而这种伦理就是一种生命感觉的样式，即刘小枫讲述的“叙事伦理”，“所谓伦理其实是以某种价值观念为经脉的生命感觉，反过来说，一种生命感觉就是一种伦理；有多少种生命感觉，就有多少

①据1954年4月14日孙犁给康濯的信，我们知道，《风云初记》第三集已经完成二十五节，见孙犁全集(11)卷。

②孙犁文集(4)，答《文艺学习》编辑部问，第366页

种伦理。伦理学是挂于生命感觉的知识，考究各种生命感觉的真实意义。”①那种普遍的理性伦理是一种道德观念，由于这种伦理道德的强大影响，几乎使我们丧失了这种生命感觉的自我认可，在革命意识形态覆盖的时代，它的教化竟然与生命现象本身几乎形成同步，造成了万人同质的现象。而孙犁的特殊正在于他相信自己的生命感觉，相信自己的生命对于生活的真实把握，相信自己的语言对于生命的传达，因此这一点成就了孙犁。但是，我们并不能排除理性伦理的内在规约性机制，正是这一点使得孙犁处于深刻的内在困惑之中。

我们需要说明的是，在强大的意识形态力量的规约下，孙犁是用一种分裂的方式来完成自己的生命本真的，这表现在他运用三种文体手段应对生活：(1)他以速写、报告等来应对主流意识形态的责难，这主要体现在他的《农村速写》与《津门小集》中；(2)他以文学批评的方式来完成自己的有限度抗争和主流意识形态交给的培养作家的职责，这集中体现在建国前后对于天津文坛的扶植上；(3)在小说中他保持了自己的本真诉说，当然他也有过失误，就是在《村歌》中的写作出现了些许意识形态话筒的现象，但是警惕的孙犁迅速回撤，在同时和以后的小说创作中再没有出现过这个现象。由此，我们才会明白同一个孙犁，在同一时期几乎出现了非常不同的文学水准：《农村速写》和《津门小集》的艺术水准甚至受到了同事的责难；但是同时出现的《蒿儿梁》、《吴召儿》、《石猴》、《山地回忆》、《秋千》、《看护》以及《风云初记》第一集，则文学意味相当浓烈，而《村歌》则是处于两者之间的一种文学形态，这说明孙犁的转换调剂不成功。直到1956年，这种状态在整个现实形势下达到了分裂的顶点，结果就是《铁木前传》草草结束和大病一场，并以一篇文学短论结束了这种分裂的继续，这篇文章就是《左批评右创作论》。这个题目实在具有象征意味——“左批评”和“右创作”的分裂。当然在这篇文章中，作家并非指自己的文学创

①刘小枫：沉重的肉身，华夏出版社，2006年版，第3页

作和文学批评，但是却非常鲜明地将文学创作的艰辛和文学批评的棍棒化的意识形态效应进行了对比，将这些批评家比作“正在耕作的马的肚皮上飞扰的虻蝇。”①不过这篇文章当时没有发表，而应该是叫冉淮舟拿去了，经历文革后在1979年1月发表的，否则后果不堪设想。而其写作时间正是1956年8月13日②，接着就是“反右”的大规模运动，敏感的孙犁非常知趣地借着生病从此在文坛上消失，当然就更不可能发这种招灾惹祸的东西了。因此我更愿意看作孙犁自己的生命样式对于主流意识形态的回应而出现的分裂状态。

二、深层背景中的伦理夹缝

在孙犁的生命历程中，革命确实是一个极端重要的事件，从意识形态论述不能算作过分。然而孙犁的革命起点固然与民族家国有关，但是，孙犁的“革命”比这个宏大叙事早得多，这个“革命”就是所谓的像孙犁小说中的许多女性人物一样，首先爆发在婚姻之内，是一种婚姻革命。只是婚姻革命的结果即所谓“出走”京师的失败，使他尝试到了一个下层社会具有自尊的知识分子，其社会身份在整个生活世界的失败，而抗战的出现恰好在一定的程度上弥合了婚姻革命和身份革命的双重愿望，然而也正是这点，使他陷入了更加深刻的社会文化和生命本身的矛盾之中。这一点并不是孙犁个人独有的事情，而正是时代所赋予的那个“革命＋恋爱”的真正历史内涵。

我们知道，在1934年孙犁最初离开家庭、流浪北平的时候，他写了《我决定了》以明己志，宁愿流浪也不愿回家。但是那种流浪是人生的迷茫与困惑，他感到家庭带给他的是平庸、不幸与痛苦；没有爱情，没有理想，没有前途；新生的孩子不但没有给他带来欢乐，反而给他增添了无数

①孙犁文集(4)，左批评右创作论，第285页

②孙犁文集(4)，左批评右创作论，第285页

的烦恼，他无法安宁、无法前进，只有摆脱离开这个家庭。但是在北平的生活则使他看到了身份低微的屈辱，看到了有钱有势者的浮华和由此带来的阶级剥削。由此他看到了“血”从一处流到另一处①，这就是他最初的阿Q式的阶级革命想象。家，这个在其抗战文学研究中被人屡次津津乐道的词汇，在此并非身心安顿的地方。我甚至怀疑，这篇文章是他心灵的另外一种声音——爱情的惨叫。因为他的婚姻是父母包办的，但是他真正尝到爱情的滋味却是在1932－1933年之间因为遇到了王淑，这年他上高二。这个女孩子给了他相当的心灵慰藉，跟他讲了“情意深长的话”，并且希望孙犁“在茫茫的人生原野上”，“能指引她一条正确的路。我很惭愧，我不是先知先觉，我很平庸，不能引导别人，自己也正在苦恼地从书本和实践中探索”。毫无疑问，由于学校的干涉，当然也有他们自身的问题，他们不可能走到一起，但是王淑给他带来了心中永远的痛。直到“文革”结束后的1977年3月，孙犁首先充满温馨地回忆起的就是那位早年的朋友，“那种苦雨愁城，枯柳败路”的惨淡。② 当然，孙犁很含蓄，认为自己不是浪漫的人，却承认自己的人生实在是“残破”的人生。但这一切即使这样，也是作家自我的浪漫想象，是一种人生错觉，甚至对于王淑的爱情，他也是在不断借助女性寻找“自我”③；直到走上抗战之路，孙犁才大致做到了理想和爱情的统一，但是这连他自己可能都没有意识到他已经走上一条“恋爱＋革命”的历史之路。而他的抗战文学中关于女性的出色描写，正是孙犁自己的内在心结的呈现，这并不完全是他自己所说的妇女是中国社会最受压迫的阶层这个冠冕的原因，但二者却具有非常重要的关联，其中的秘密就是现在已经被有的论者发现的“革命/恋爱”具有内在相通的“情感欲望”，“革命”要么是“欲望的替代与转移”，要么恋爱的“狂欢”成

①孙犁全集(10)，我决定了，第95页

②孙犁全集(5)，保定旧事，第38页

③叶君认为，孙犁小说中的女性描写很大程度是作家的自我的情感投射，此说近是。参见叶君：参与、守持与怀乡——孙犁论，社会科学文献出版社，第49页

为“释放革命者利必多的场所”，狂欢之后能量耗尽地成为道德“净化”的革命主体，而承担这种历史叙事的就是那些革命知识分子们。[①] 就这个意义而言，生命本身的所谓“觉醒”(被启蒙)才是革命的基础，其实这不过是一个常识，在革命却成为一种被怀疑被遗忘被忌讳的常识。

不过，这个“常识”具有丰富的历史内涵，当被看作五四时代个人解放的“恋爱”话语，带着抽象的人文主义想象，碰到了所谓的“革命”话语，这个时候革命的“想象”就变成了革命的“行动”，于是发生了一种意想不到的转变，即从个体的生命自觉开始形成革命的意识形态。也就是说，“革命”叙事迅速变成了一种“空洞的能指”，内部进行了巧妙的分化，从想象、行动变为意识形态的规约力量。并由此发生了革命内部的矛盾，革命必须对引发革命的主导力量知识分子进行“命名”上的隐匿，剥夺他们的话语权力；而原来知识分子的“革命”想象或者思想“叛乱”不过是一种“恋爱修辞”。当爱恋与革命真正纠缠到一起的时候，按照茅盾的说法，就产生了三种类型：(1)“为了革命而牺牲恋爱”，这些小说里的主人公干革命，同时又闹恋爱，作者借小说里的主人公的“现身说法”指出了“恋爱会妨碍革命”，这是风行的第一类；(2)“革命决定了恋爱”，“通常是被表现为几个男性追逐一个女性，而结果，女的挑选了最‘革命’的男性”，这一类不及第一类；(3)“革命产生了恋爱”，所写的是“干同样的工作而且同样地努力的一对男女怎样自然而然地成熟了恋爱”，这是最少的一类。贺桂梅进一步将这三种类型合并为两类：(1)革命和恋爱的冲突，(2)革命和恋爱的兼容。因此，她总结道“同样是‘革命＋恋爱’的情节模式，同样是将‘革命’置于一种性爱关系的场景当中，事实上却隐含了两种相反的书写倾向。”[②]因此，革命行动一旦展开，隐藏其中的性爱、欲望、身体特别是女性身体就一定会被革命进行驯服成为“她者”，于是我们便会很清楚地看到隐藏在革命意识形态下面那些感性情绪动力，而理论/思想恰恰抽象掉了这些非常

①贺桂梅：性/政治的转换与张力，中国现当代文学研究人大复印资料，2007.1，第22页

②贺桂梅：性/政治的转换与张力，中国现当代文学研究人大复印资料，2007.1，第18页

重要的历史内容。

但问题好像还不是这样简单，至少孙犁又是一个特殊的情形，他的内在生命更加凸显的不是革命与恋爱的矛盾，而是生命与虚无的矛盾，恋爱与伦理的矛盾，情爱与性爱的矛盾，家庭权利与责任义务的矛盾，当然，革命的规训和个体性的存在是理所当然的矛盾。因为革命倒是给予了他一个恋爱的契机，但正是在这个契机下，他的深层矛盾才更加深刻地得到引爆，使得他的生命负荷空前严重。

从五四运动开始以来，科学与民主成为时代的主流思潮，然而科学与民主在西方文化背景中一直是与现代形而上学的基本建制联系在一起的，也就是说，理性原则是科学与民主的基本内核。但是，五四时代的问题颇为复杂，在当时所引进的文化潮流之中，以凸显个人主义、个人意志的哲学占据了一个重要的地位，像鲁迅以尼采作为重要的思想资源，胡适以易卜生作为重要的理论资源，周作人明确提出"个人主义的人间本位主义"，还是以个体独立为原则的利己利人的现代理性意识。但是像尼采等人表面上却是反理性的，强调个人意志的，恰恰与理性意识相反，因此这种以"主体意志"为核心的反现代形而上学的形而上学悖论，对于个体来说陷入了个体与自我、他人、自然与上帝的全面的深刻对立之中，这恰恰意味着对于理性意识的全面反动。作为对生命关切的强调"灵肉一致"的恋爱原则，直接面对的将是独立无依的个体本身承担割断了传统文化的虚无，因此，情感与理性在鲁迅这里达到了前所未有的激烈的对立、冲撞、依存。这个问题不仅是鲁迅本身的问题，更是现代思想史的问题，当然也是孙犁面对的问题。当茅盾写作《动摇》、《幻灭》、《追求》的时候很快发现了失去传统之根、依靠理性意识的局限，同时在对《冰心论》、《许地山论》《庐隐论》、《徐志摩论》等作家论里面明确提到了现代理性与非理性激烈对立产生的虚无主义感受，但是茅盾开出的药方是走向革命和社会本位的转换。在这个转换中，个体现代意识处以两难的境地；要么走向大众，要么固守个体的虚无，前者如创造社诸君，后者如庐隐等人；鲁迅的奇特在于他既不愿放弃已经获得的现代个体独立意识,又不满充满古老文化传统的奴隶意识的现代生存秩序。假如放弃前者,那么他将回到奴隶缺乏自觉的状态;而放弃后者,他又将面对虚无,这又是一个无法承受的生命之重。鲁迅的伟大同样在于时代为他提供了一个契机,五四以来他具有的自身资源恰好为他本身开出了相对独立的生存空间,在一个两极对立的"场域"中确立了自己的文化地位和文化发展的自主方向,但这却是一个无根的"历史中间物",一个"过客"。"过客"面对的真正敌人不是旁观者,而是自己内在的躁动不安的"声音",指示他前进的"声音",但是"声音"却是来自虚无的,这是生命的觉醒却也就是生命的失根状态。如果说鲁迅凭借自己的地位、财力、文化资本还可以支撑的话,对于大多数人而言,却不具有他这样的条件。理性难以抵挡情感的苦闷,随着时代的剧烈变动,个体的情感找到了发泄的途径——革命,"革命加恋爱"的文学模式实际是"社会本位"顺导了"本能"(情欲)的发泄,使得本能的情感摆脱无法承受的虚无压力,这从茅盾的章秋柳们无聊的组社行为,以及章秋柳为了证明自己的"有用"去"拯救"自杀的史循一样,证明了"虚无"成为时代最为可怖的"无物之阵"。

从理论说,情欲问题在过去精英文化中被消融在了"证道"过程中,但在失却了本体的现代,这种欲望则是横冲直撞的。从精神分析学看待情感问题,其生理发生机制远比意识要原始很多。按照弗洛伊德的说法,"内部知觉产生了对各种各样的过程的感觉,当然包括对来自心理器官的最深层的感觉。对这些感觉和感情我们知道得很少;那些属于愉快与不愉快系列的感觉和感情仍然可以被看作是它们的最好的例子。它们比产生于外部的知觉更原始、更基本,而且,甚至处于朦胧状态,它们也能够发生。"①感觉和感情只有通过知觉系统才能变成意识;如果前进的道路受到阻滞,它就不会变成感觉,而成为"无意识感情"了。我们可以说,情感

①弗洛伊德著,林尘等译:弗洛伊德后期著作选,上海译文出版社,1997年版,第169页

发自人的最为本能的生命存在，而自我意识则试图驾驭这匹难以驯服的烈马，而它们的对立解决一定指向其结构的内在和解，也就是同一性的获得，这样必然指向存在或者信仰，否则就是以虚无为基础的更加深层的对立。这种情况在现代文学的演变过程中，出现了更加复杂的人道主义与如尾随行的虚无问题，这对敏感的文人影响很大。因此，情欲、文学、革命、心性本体与道统的断绝，从根本上改变了现代文学的命运。文学承受了无法承受的历史重量；对于文学个体，不读书写作就无法安生的情况，不仅在鲁迅这样，巴金、丁玲、孙犁都明确表示过这个“写作”作为一种“生活方式”，对于个体的极端重要性，这在过去是没有过的。作为生于1913年的孙犁，虽然没有可能参加五四文化运动，但是五四文化运动的内在结构性矛盾，他还是领悟到了。具体来说，他也是从婚姻问题感受到了痛苦，从工作问题发现了社会荒诞。孙犁是父母包办的婚姻，妻子是旧式的贤良的女性，但是对于孙犁这个开了五四自由恋爱之风气的青年来讲，却是甚不满足了。因此在生活中他屡次犯规，就是因为缺乏情感的交流。而在社会中，他工作屡次碰壁以后，他对于家庭的苦闷、对于社会的苦闷、对于爱情苦闷，使得他有可能在1936年到1937年一年间获得同口镇小学的教职的时候很好地思考。那个时候，“一片灰蒙蒙的天空”，他不知道自己该走的人生之路。但是，这个本来直面的“虚无”却被抗战延宕，使得抗日“圣战”迅速成为时代信仰，等到孙犁再直面这个“虚无”的时候，时间已经发展到了20世纪90年代了。

于是，就会发现“革命”与“文学”实在也是孙犁对婚姻情感不满的反弹，“娜拉出走”意味着精神解放，而“革命”恰好提供了冠冕的理由和生活的基本保障。他是包办婚姻，妻子贤淑但是没有文化，这对于讲究文学情调的孙犁非常不满足，晚年都说自己的“爱情残缺”，“婚姻残缺”。当他正恋着叫王淑的女孩，我们只要想象一下这个时候孙犁已经是一个儿子的父亲了，就足见他对于家庭的厌恶与孙犁性格的另外一面：冷酷，这也与贾宝玉的“多情”与“无情”相似；而在1941年写的《少年鲁迅读本》里面，写得最多的不是鲁迅的深刻思想，而是鲁迅对于家庭的厌恶、对于爱情的向往，“有了爱情的生活是比什么也宝贵”；但借白莽翻译的裴多菲的诗：“生命诚可贵，爱情价更高。若为自由故，二者皆可抛”却有了相反的回答：“他知道宝贵生命，不是躲藏起来，害怕战斗；他知道家可爱，不是把家当作绊脚石；他知道爱情，不为一个女人就不去革命。因为那样，生命还有什么用？爱情还有什么价值？”[①]在延安他与女孩子恋爱，不知就里的沙可夫劝他把夫人接到延安，但孙犁却用家中老小需要照顾为由拒绝了这样的好意；但当女孩子真正要嫁给他了，他竟然在抗战胜利的当天晚上万人游行的狂欢之夜，“早早上床”，可见这是女孩子对他的最后“通牒”。[②] 至于在“文革”中与张女士的悲欢离合更是惊天动地，那些情况在书衣文录里面流露些许。[③] 可见孙犁内在的情欲多么强烈，而道德自制又是多么强大。中国的大多数作家包括孙犁在内，之所以不同于西方的作家拥有那种浪漫的革命精神，就是因为首鼠两端，既不敢追求爱情，又不敢背弃发妻；既想要追求爱情，又不能抛弃发妻，这实在是一种生命本能和传统伦理秩序的较量。他们的意志与道德良心激烈的斗争，这样竟然是消耗掉了自己，而不可能像西方的浪漫主义作家的“勇敢”，因此中国作家具有那种“恶魔性”心理的很少。[④] 但西方作家像拜伦、雪莱、雨果这样的浪漫主义作家几乎个个皆是“恶魔”性格，这或许是中西国情的不同了。正是道德、意识形态与战争等多重压力，使得孙犁的情感状态在“旷野”（抗战中他确实生存在旷野）的漫游中，能够多情而禁欲，具有了“乐而不淫，哀而不伤”的《诗经》文风。这种状态正是生命本能与理性伦理内在的夹缝，革命不过提供了一个战场而已，当它化作了文学就成为一种叙事

①孙犁文集(5)，少年鲁迅读本，第 262 页

②孙犁文集续编(1)，忆梅读《易》，第 147 页

③书衣文录记载了他们短短一年多写了三百多封情书。

④当然创造社诸人可能是个例外，如郁达夫在妻子怀孕生产的时候抛弃了她，就连他哥哥都骂郁达夫不是人，现在研究者为贤者讳，但是对于道德特别性道德问题，中国的作家能避开吗？关于郁达夫部分，参看王鸣剑：无希望的爱是温柔的，中国长安出版社，2003 年

伦理，一种文学话语，其核心就是指向了这种个体生存的困境。

三、文学创作：苦闷与发散的象征

孙犁文学的创作与现代情欲理论更关联密切，特别是以鲁迅翻译的厨川白村的《苦闷的象征》和鲁迅本人的经验为契机，在抗战统一战线中竟然做到了一种压抑和发散的平衡。从上面研究，我们基本只是从作家心理积淀方面考察了其文学创作的显在特征，如古典文学情趣、浪漫气息等问题，这样看孙犁的小说文本明显呈现一个诗性特征，这是无可质疑的。但是，问题决不是这么简单，因为孙犁的生活本身所呈现出来的状态与其文本的从容、明净、优美，形成了鲜明的对比，除此"文本之外"的裂隙，就在其文本之中也形成了一定的"裂隙"，有论者说这是孙犁的"间性主体"造成的结果。[①] 因此，当孙犁在革命队伍中以作家和编辑的身份存在，以文学作为产品的时候，孙犁就从第一类"革命产生或决定了恋爱"类型发生了到第二类"为了革命而牺牲恋爱"的转型。在这个过程中，发生了"欲望的辨别、瓦解或分离的过程"[②]，不过这个"辨析"笔者认为其表层结构好像是针对"革命"的，而实际是作家生命本身对于自己的内部欲望的辨析与升华或者诗化过程。也就是说，早年对于孙犁产生深刻影响的古典诗词以及西方浪漫文学气息的感性混沌，这个时候才真正由于语言的介入（文学创作），获得了明确的理性认可，由此，才产生了那个身在"革

---

①其实任何一个人，只要他有意识，那么他肯定形成一定程度的"我一思"，当"思"的对象不是指向"意识自我"甚至更高层次，而是指向"思"之"对象"，那么这个主体必然是间性的，因为"对象"不可能是单一的。因此，从现象学的概念上看这个问题，胡塞尔等人不但研究"主体间性"，而且更为关注的是"主体"自身的连续性，即主体怎样保证这个"我"的时间性问题，使"我"是"我"而不是"他者"。这个问题是重要的，但是正如海德格尔所言，"我思"从封闭的窗子里无法找到外出的路线，这样必须转向存在主义的开放式的存在，即"此在"在存在中与"他在"共在。我们研究孙犁需要注意这个问题的实质。主体性研究也是相对宽泛意义的主体性，不是完全西方哲学意义的理性主体。参看孙先科：作家"主体间性"与小说创作中的"间性"形象，河南大学学报，2003 年 1 期

②贺桂梅：性/政治的转换与张力，中国现当代文学研究人大复印资料，2007.1，第 19 页

命”却对“政治意识”不敏感的“作家”孙犁——本来是一个传统意义的多情“诗人”，但环境与时代却使他成为一个诗化的小说家，而这个小说家的文学风格之所以特异正在与魏晋神韵契合。

很明显，以孙犁对于鲁迅的熟悉和认可，他一定知道鲁迅先生写过那篇著名的《魏晋风度、文章与药及酒之关系》，对于“魏晋风度”极尽刻画之能事。这是鲁迅 1927 年在广州夏期学术研讨会上的演讲纪录，在魏晋文学及思想文化研究方面影响极大。① 从文章看，鲁迅对于魏晋时代“吃药”、“饮酒”、“佛”与文章风格关系等做了精彩的阐释，更重要的是那种清新高雅的艺术精神非常合符孙犁的内在性格。而平民化的理解，又显示着孙犁与周作人的文学观念的继承，尽管他对周作人充当汉奸相当忌讳，特别是关于“人生与艺术”的理解，将“为人生”和“为艺术”的对立转化为“为人生的艺术”的理解，这种说法不但与周作人在 20 世纪二三十年代的提法相同，而且与鲁迅翻译厨川白村《苦闷的象征》有关②，从周氏兄弟上溯章太炎，便可以直接魏晋学术的神脉。无论从哪个方面，孙犁都可以从文学的角度看待、选择魏晋文化的风度神韵；如果说传统诗词主要陶冶情趣的话，那么魏晋文学确实重在神韵。因此，我们可以更加有把握地说，孙犁对于魏晋文学风度神情的把握，可能在很早以前就通过周氏兄弟得以了解；而这种“苦闷”从鲁迅翻译厨川白村《苦闷的象征》看，完全是弗洛伊德的精神分析学说的演绎。该书于 1925 年 3 月由北京新潮社出版，为“未名丛刊”之一，译者生前共印行了 12 版次，1938 年 6 月收入《鲁迅全集》第 13 卷。这样，在孙犁的经历中就完全可以看到该书甚至厨川白村另外的一种《走出象牙之塔》。而“从灵到肉”或者“从肉到灵”曾经引起四

①孙犁在《文学和生活的路》，对青年提到鲁迅于 1926—1927 年在广州关于文艺现状和政治的文章，应该好好读读，说明这篇文章他是很注意的（第 388 页）。《关于散文》中说，我最喜爱鲁迅先生的散文，在青年时代，达到了狂热的程度，省吃俭用，买一本鲁迅的书，视如珍宝，行止与俱（第 315 页）。两文均见孙犁文集（4）。

②厨川白村在《苦闷的象征》也有关于为“艺术的艺术”和“为人生的艺术”统一的观点，第 94 页

十年代的胡风哑然失笑，因为时代已经将“革命”推进了十年了①，但是胡风可能忘记了那时革命的青年们很多正是像《动摇》里面的静女士那样是“从肉到灵”而去革命的，在革命中找到了“灵”也找到了“肉”的，而胡风也整整长了十岁了，不是青年了；窗户外面飘进来的正是胡风当年青年的苦闷而欣赏的“何日君再来”的歌曲，那种情欲的象征。②

这样，通过鲁迅、周作人或者厨川白村，孙犁就有可能完成对于魏晋精神内在接通，而对于女性修辞话语进行一种弗洛伊德理论式的精神升华，呈现出他抗战文学的特殊的文学风貌。鲁迅在《魏晋风度、文章与药及酒之关系》这篇文章中对于这个时代现象如酒、药、女、佛的解释，很可能与厨川白村《苦闷的象征》这部书的翻译有关。这部书对于鲁迅的创作影响很大，《野草》的深层象征意义在很大程度上就是这种象征的苦闷，甚至我们读到《野草》的“地火在地下运行，奔突”的意象，在《苦闷的象征》里面也出现了，“永是不愿意凝固和停滞，避去妥协和降伏，只寻求着自由和解放的生命的力，是无论有意识地或无意识地，总是不住地从里面热着我们人类的心胸，就在那深奥处，烈火似的焚烧着，将这炎炎的火焰，从外面八九层的遮蔽起来，巧妙地使全体运转着的一副安排，便是我们的外底生活，经济生活，也是在称为‘社会’这一个有机体里，作为一分子的机制的生活。”③从厨川白村的象征来看，他采取了比弗洛伊德性欲理论更为宽泛的象征意义，鲁迅看来是采取了厨川白村的说法，但是我们无法否认这里内含了苦闷的情欲进行象征的转化问题的。而厨川白村的关于艺术论的本质与“艺术的绝对自由的创造性”有关，其表现则是歌与酒、与女人有关，“酒和女人是肉感底地，歌即文学是精神底地，都是在得了生命的自由解放和昂扬跳跃底时候，给与愉悦和欢乐的东西。寻起那根柢来，也就是出离了日常生活的压抑作用的时候，意识地或无意识地，即使暂时，也想

①胡风评论集(中)，如果现在他还活着，人民文学出版社，1984 年，第 165 页
②胡风评论集(中)，如果现在他还活着，人民文学出版社，1984 年，第 165 页
③厨川白村著，鲁迅译：苦闷的象征，人民文学出版社，2007 年，第 9 页

借此脱离人间苦的一种痛切的要求。也无非是酒精陶醉和性欲满足，都与文艺的创作鉴赏相同，能使人离了压抑，因而尝得畅然的'生的欢喜'，经验着'梦'的心底状态的缘故"。[①] 鲁迅对于这个有一段时间非常赞同，而孙犁接受的理论资源应该也与《苦闷的象征》有关。

因此，我们必须清楚的是，尽管孙犁受到了古代"主情"文学的熏陶，但是其接受不可能离开现代思想意识和历史背景。这样，在文学接受和理解上就会出现许多"误读"，特别是对古代这个系统的哲学背景，他不熟悉。但从普泛意义说，正是个体的觉醒与生命本身的发现，沟通了魏晋时代与五四时代文学的自觉与人的自觉的关系，这就使得孙犁对这种继承是有可能的了。但这种时代背景的巨大差异，个体觉醒在五四时代与魏晋时代，走的路线完全不同，前者走向的思想革命，而后者取法的则是本体获得；前者带来的是精神的极度张力，后者带来的是宇宙的无限与深情。因此，同样的生命本真在过去是阮籍、嵇康、刘伶、陶渊明等等的那种随顺自然，但与孙犁却是一种生活现实和文学创作的不同程度的身心分裂。

值得庆幸的是，抗日统一战线政策确实为孙犁提供了难得一遇的身心相对和谐的历史契机。[②] 如果说孙犁文学的诗意生成所需要的必要条件，赤子之心作为内在本体性的功能与文学情趣、经验和合作为"情感主体"的话，那么，对于情感的运动方式即生发机制则是通过"兴感"的方式，联系着作为文学描写的"对象"。在这个过程中，作家的主体性变得越来越复杂，他不但面对自身的"身心"自我，而且要将事物化作构成现代主体(我思)的对象意识。从整体上来看孙犁小说的情感与认识两种能力，在抗战文学时期前者胜于后者，而在建国之后则后者胜于前者。在当时就像他自己讲的那样，情感呈现一种"放射状"，以一种"无私的心"去拥抱整个世界。[③]

①厨川白村著，鲁迅译：苦闷的象征，人民文学出版社，2007 年，第 94 页

②杨联芬：孙犁：革命队伍中的多余人，中国现代文学研究丛刊，1998 年 4 期

③孙犁全集(6)，与友人论学习古文，第 58 页

这样的一种情感状态，是典型的浪漫主义的“表现”方式。“浪漫主义者关于诗歌或一般艺术的论断，常常涉及诸如“流溢”之类使内在的东西得以外化的隐喻”。华兹华斯说，“诗歌是强烈感情的自然流溢”。雪莱称“一般意义上的诗可以界定为‘想象的表达’”，拜伦则对汤姆·莫尔抱怨说：“我怎么也不能叫别人懂得诗是汹涌的激情的表现……”，亨特定义诗歌“表现了对真、美、力量的追求，它凭借想象和幻想来体现并阐明它的各种观念，并根据在一致性中求多样性的原则来锤炼其语言。”[①]这些说法都表明了浪漫艺术一个显著的特点就是强烈的情感性，但是我们往往忽略其中的另外一点就是关于浪漫作家具有强烈的个体意志，正是强烈主体意志导致了情感的爆发可能性，具有冲决一切的力量，特别像雪莱与拜伦这样的作家。但是，对于中国作家，特别是孙犁这样的作家来说，其情感的“放射性”是真的，但是意志力量的缺乏使得其情感的发射大打折扣，他缺乏那种汪洋恣睢的意志力量，作家主体内在的道德局限使得这种感情的抒发更像传统的“兴感”方式。

“兴”作为一种理论最初出现是在《诗经》，所谓《诗经》“六义”即《毛传》所谓：“诗有六义焉：一曰风，二曰赋，三曰比，四曰兴，五曰雅，六曰颂”。按照朱熹的解释，“盖所谓‘六义’者，《风》《雅》《颂》乃乐章之腔调，如言仲吕调，大石调，越调之类；至比、兴、赋，又别：直指其名，直叙其事者，赋也；本要言其事，而虚用两句钓起，因而接续去者，兴也；引物为况者，比也。立此六义，非特使人知其声音之所当，又欲使歌者知作诗之法度也。”[②]很明显，朱熹是将“风”“雅”“颂”看作了一种诗歌体裁，而将“赋”“比”“兴”作为一种文学修辞看待的，考察《诗经》文学作品的情况，这基本符合创作实际。“风”基本就是各国的风土民谣，但是它的诞生主要出自民间，尽管可能有讽刺上层统治者的诗歌，像《关雎》这样的诗歌明显是青年男女的爱情诗歌，但一定搞成“文王后妃”之德，就露出意识形态的作用

①艾布拉姆斯：镜与灯，北京大学出版社，1989年，第69～71页

②朱子语类：卷八十，诗一，北京：中华书局，1986年版，2070页

来了；而像《颂》里面的正大堂皇也是民间不可能具有的，那是国家级别的音乐颂歌，如后世的《东方红》之类，是毫无疑问的。但是作为“兴”最初确实只是一种触动诗人灵感的产生方式，即“对象”如“关雎”的存在，引发了“诗情”，但是这诗情的产生点则在“诗人”，也就是说，从审美方式看“兴”是一种“情景”互动机制，但是侧重于发动起始的时刻。

但后世的学者将这个问题搞得越来越复杂，产生了关于“兴”到底是“诗体”、“诗用”还是“体用兼半”各有不同说法。我们无法在此进行文献考察，只从审美方式看诗歌在“兴”后诗歌的存在状态，视域就会“从兴到感”，只有“感应”发生了才会有“情景互动”，甚至“情景交融”，也就是“自然”呈现，它甚至不能说是“意境”。在意境中，情与景是水乳交融无法分开的，但主要的还是情的弥漫性包容，其之所以会是这样则与“情”的背后的“心”的完整有关。研究诗经的人，很少研究《诗经》诗歌整体状态的混沦与透明，而这点与历史初期人的心灵单纯有关，如“关关雎鸠，在河之洲；窈窕淑女，君子好俅”，这样的句子实际不只是关雎、小河、淑女、君子以及水中沙洲，更重要的是在这些具体的景象之外隐藏着一敞开的天空与大地，形成了特殊的诗歌空间。那是一种人的本真存在的自在的敞开，与天地和谐、友好而生美感。这种原始初民的心性形态甚至不是唐代佛教有意为之的“意境”做作，作家背后没有那种现代理性主体的意志力量，而是一种情感的自然弥漫，这真是一种人与自然的“原初关联”。这种文学生发机制我们认为就是“兴感”。因此这个意义上真正的文学是为俗人开启一道“天眼”，是人神之间的桥梁，由此，诗人（作家）就是向着神性光域引导世人迈进的使者。这其实就是海德格尔讲的澄明的诗性空间，孙犁小说的这种特质具有海德格尔存在论意义的艺术特质。①

孙犁最初的文学形态非常奇特，在很多情况下就是这种“兴感”方式

①在这个意义上说，启蒙的本质不是理性，而是“光”，在英文 enlighten 的词根也是“光”，因此“解救”不是我们通常意义的外在“引导”，而是人的内在对于“光”的敞开，至少佛教的顿悟是这样，基督教的“天启”也庶几类似。

产生的。这种文学现象在1941年写的《芦苇》中开始显现。那是一次日本鬼子进行扫荡，两个农村妇女藏在了芦苇中，然后一位战士也跑来躲起来，这样三人不期而遇：

有人惊叫一声。我才看见里面原来还藏着两个妇女，一个三十多岁，一个十八九岁的姑娘，他们不是因为我跳进来吃惊，倒是为我还没来得及换白布西式衬衣吓了一跳。我离开她们一些坐下去，半天，那妇女才镇静下来说：

"同志，你说这里能藏得住吗？"

我说等等看。我蹲在草里，把枪压在膝盖上，那妇人又说：

"你和他们打吗？你一个人，他们不知道有多少。"

我说，不能叫他们平白捉去。我两手交叉起来垫着头，靠在一个坟头上休息。妇人歪过头去望着那个姑娘，姑娘的脸还是那样惨白，可是很平静，就像我身边的芦苇一样，四面八方是枪声，草叶子还是能安定自己。①

这种表面看来几乎静止般"无事"的故事，与其说是故事不如说是文学场景；而战士竟然将"手交叉起来垫着头"，这样悠闲是打仗吗？大家想象这可能吗？但场景令人感到文风平淡自然，行文的展开很多是人物"我"的感受和判断。接下来，鬼子走了，天快黑了，姑娘要回家。她看看我的衣服："'你这件衣服不好。'再低头看看她那件深蓝色的褂子，'我可以换给你。先给我你那件。'我脱下我的来递给她，她走到草深的地方去。一会，她穿着我那件显得非常长大的白衬衫出来，把褂子扔给我：'有大襟，可是比你这件强多了，有机会，你还可以换。'说完，就去追赶她的嫂子去了"。② 这是孙犁在1934年中断文学后重新创作"文学"(不是文论)的开始，真正表现出独特风格的开始。这样的散文(还是小说?)几乎没有故事，就是为了围绕一件白衬衣的感情渲染：鬼子来了、交火、走了，很简单

①孙犁全集(1)，芦苇，第156页

②孙犁全集(1)，芦苇，第158页

写完了,人们几乎无法想象这是真实。这里我们确实可以发现孙犁写作的特点:将战争作为背景来虚化的,推到前景的是日常的生活问题。但是问题日常生活与抗战背景的结合,何以就产生了"诗意"?姑娘留下了自己的深蓝衣换掉了战士的白衬衣,就走了。为了什么?抗战?爱护战士?还是其他别的什么?所以抗战尽管有它现实的残酷性,但是它确实带来了一种传奇性,一种日常的打开,一种偶然的相逢,这些都是在人们的惊慌中带来了一种少有的兴奋与新鲜,对于原先相对处于封闭生活的妇女,更是如此,这种刺激兴奋把它的残酷性虚化了。因此,孙犁小说呈现出一种"兴感"的方式,特别相似于《诗经》文学的情诗意境。这里社会性的因素全然消化在自然风景与男女相逢的喜悦中了,几乎就是"关关雎鸠,在河之洲;窈窕淑女,君子好逑"的打骂情调的翻版①;几乎是"野有蔓草,零露圆兮;有美一人,清扬婉兮"的田野邂逅。可以说,孙犁抗战小说特别是在1946年以前的成名阶段,这种"感兴"式文学抒发占据着其创作的主要地位。

这种特性使得孙犁文学作品形成一种氤氲的清新气息,温润可爱。这种文学感受在那些充满特殊的景物如芦苇、荷花、荻花、菱等等事物中,在男女相处的描写中写得特别动人心魄,清新优美,而又给人一种健康快乐又回味无穷的文学韵味,淡淡的温柔的透明的感觉:芦苇、水质女人、荷花淀,清浅的文字,平淡的对话,好像不经意就形成了优美的意境。这种感情不是现场酝酿的,而是在一定的时期内充斥着作家自身的。它没有对象性,只是作家的选择有对象性,一旦锁定了目标,这种弥漫的情感就与目标产生了"诗性通道",这大约是拜伦感叹别人不懂诗是感情汹涌的原因。景物其实不算重要,重要的是要保持这种特殊的情感状态,这是一种所谓的"爱欲",孙犁的相对天真(赤子之心),在一定程度上保证了这种

①丁帆先生曾经说,"《荷花淀》里的那场水上伏击战,就略去了战争厮杀的残酷,却将更多的笔墨倾注在多情女人与有情男人的眉目情甚或打情骂俏的浪漫场景的描绘中",所见深有见识。丁帆:中国乡土小说史,北京大学出版社,2007年版,第179页

文学状态的成功。

四、疾病是生命系统反抗的象征

正如杨联芬所言,“民族革命战争和抗日统一战线,导致孙犁这个并无主动革命意识的柔弱书生对革命认同,也带给孙犁大半生‘多余人’的苦闷与忧郁”。这个结论是经得住考验的,我们强调孙犁的生命本真性质,并非否定革命所具有的强大规约力量和意识形态,而是强调孙犁作为一个“社会人”所具有的内在基础。当革命一旦超越了孙犁当初的浪漫想象,变成行动和意识形态话权的时候,其对个体所具有的规训力量开始呈现出来。而当“民族革命”变成“阶级革命”,“统一战线”消失的时候,孙犁那种在传统儒家“仁爱”和西方“人道主义”基础上嫁接的“人性论”开始与革命的暴力性质真正邂逅,这个时候孙犁才开始真正正视所谓“革命”的另外一面。因此,“革命与人道”在意识形态层面确实是孙犁内在矛盾的一个方面。但是,当“革命”战胜了“恋爱”纯净了革命者的道德形象,正如贺桂梅所言是以性爱的“狂欢”耗尽了恋爱本身为前提的①,“出走”家庭的模式就是革命对于这个私人空间的突破,它不再以五四时代“父子”冲突的模式显现,而是以革命场所和两人世界(公私领域)的空间张力来加以凸显,这当然是一种对“性”的新的书写方式。② 只不过孙犁将性的情感升华成真正的美学诗情了,导向了情的精致的形式感,而非欲望的性爱“狂欢”。这里,我们限于篇幅,不打算探讨“革命与人道”对于孙犁产生的巨大挤压,而着重探讨革命者“归来”后的性爱和道德,更确切地说是生命本能与伦理秩序的失衡,当然也是对于革命的沉重的解脱所产生的后果,

①这种恋爱与婚姻所产生的消耗作用,就是秩序化的象征“家”的作用,而孙犁的《我决定了》的诗歌表明的正是以性爱和伦理耗尽了里比多的不安的主体形象。

②贺桂梅:性/政治的转换与张力,中国现当代文学研究人大复印资料,2007.1,第22页

即“疾病的隐喻”[①]。

如果我们考察孙犁在1946—1956年之间的在文坛上的心态，就会发现他经常处于一种莫名的紧张之中。的确，在文学创作中的“感情”问题，在一定时期孙犁却处于痛苦之中。因为他那种古典情趣与浪漫气息，受到了现实的严重关注，并被扣上了一顶令知识分子难以承受的政治帽子：“小资产阶级情趣”。这一点他是自觉的。如1946年5月26日给康濯的信中：“带去《钟》一篇，……自觉其中小资情绪浓厚”[②]；1946年7月4日给康濯的信说：“红日炎炎，而兄给我的感觉更如火热，盖小资之故。……从家里发生了这个变故(指父丧)，我伤感更甚，身体近来也不好，但是常想到你们，我常想什么叫为别人工作(连家庭负担在内)，小资产阶级没办法，我给它悬上了一个‘为他’的目标，这样就会工作的起劲。”[③]在1946年9月1日信中又有：“我常常是混合了阶级感情来赋与人物，太不应该。”[④]到了给田间的信中竟然说，“关于创作，说是苦闷，也不尽然。总之是现在没有以前那股劲了，写作的要求很差。这主要是不知怎么自己有这么一种定见：我没有希望。原因是生活和斗争都太空虚。”[⑤]总之，诸如此类的话语在这个时期是如此频繁，这说明孙犁身上存在着严重的焦虑症。这个焦虑症并不是像一般论者所言从1956年开始的，实际上提前了整整十年，甚至更早！本来文学创作的优势全部化成了焦虑，这里我们不

①《疾病的隐喻》本来是美国女性学者苏珊·桑塔格在1978年写的一篇论文，在该论文中作家将疾病以及疾病所附带的伦理与意识形态问题，进行了富有启发性的论述，特别关于肺结核和癌症的论述。她认为肺结核导致一种“优雅”和“高贵”的气质，是一种贵族气质，一种抒情诗的文学象征；而癌症则“令人感到不体面”，是一种粗俗的“身体病”，不像肺结核具有一种“精神性”。当然，她认为这是一种意识形态幻像，她要做的就是驱除这种“神话”。黄子平先生在《灰阑中的叙述》中也借鉴了这种论述，将疾病和时代意识形态神话联系起来，从而成为一种规训个体的力量。参看苏珊·桑塔格：疾病的隐喻，上海译文出版社，2003年版；黄子平：灰阑中的叙述，上海文艺出版社，2001年版

②孙犁文集续编(3)，给康濯的信，第345页

③孙犁文集续编(3)，给康濯的信，第347页

④孙犁文集续编(3)，给康濯的信，第354页

⑤孙犁文集续编(3)，田间的信，第360页

讨论孙犁文学创作与当时文坛体制的关系，而是要把握孙犁情感的转化机制。由此我们可以从另外的方面来解读孙犁的情感现象：本能里比多的转化！这样再看孙犁的文学创作，就会呈现另外的图景。

因此，我们发现，在这种表面话语的紧张背后是无法承受的生命本体，——身体的超载。正如上面所说“从家里发生了这个变故（指父丧），我伤感更甚，身体近来也不好”，而这种“伤感”、这种超载的“身体”，在1946年以后变得越来越难以承受。在1948年他希望做一些实际工作以改变一下“日渐衰弱的身体”①，而在建国前后频繁的活动和创作，更是加深身体的负荷。到写《风云初记》，在1950年8月给康濯的信中说，“我回津后，以饮食不慎，又患赤痢一周，幸服消炎匡痢定药片得愈，然经此削伐，已显大疲”，“不知为什么今年生活好了，反较过去吃糠咽菜的时候好生病，空气阳光之不如山野，拟老天真将不假以岁月乎？”②这次以后这种腹泻的毛病跟踪了孙犁几乎后半生，这时他这种敏感的性格已经感到自己的身体的限度了。在1951年6月又说，“如果身体支持得了，我是不会辜负你对我的殷切关望的。老实说吧，如果无你历次对我的鼓舞，第一本恐怕也写不成了。”③1953年2月说，“贸然进入一空而且大、久无人居住之冷屋，睡眠两夜，乃患感冒。幸下乡以来，抵抗力增强，未致卧倒，今已痊可，望勿念也。”④1954年4月又说，“信迟复之故，实以前弟曾小病三星期，后即参加会议十余日，昨日方得暇。然已日久笔墨荒废，《风云初记》只成了二十五节，完成当待下月。”⑤种种迹象表明，在1956年大病之前孙犁的整个生活已经渐渐失去正常运转的能力，其神经性头痛和抽搐的神经官能症，都开始显现，直到1956年的总爆发使得孙犁正好借机归隐。

在这一方面，我们发现了革命的“里比多”已经超出了“知识分子”的

①孙犁文集续编(3)，给康濯的信，第358页
②孙犁全集，第11卷，第47页
③孙犁全集，第11卷，第48页
④孙犁全集，第11卷，第50页
⑤孙犁全集，第11卷，第51页

孙犁,他像早年的书生领袖瞿秋白一样,真的感到有些"倦意"了。在1946年7月1日发表《纪念党的生日》一文指出:"如果有人感到'战斗的倦意'了,如果他忘记党的紧急战斗任务,只想到自己的'安全',自己生命的可贵,如果他忘记了是在火线,只想到可耻的衣服被褥的温暖和可耻的饮食声色的享乐,那就会完全丧失了他的'身价'。那是他的耻辱,他应该因为想到有这种毒菌在他的思想感情而彻夜不眠。"①为什么忽然出现了这样的论述?这种革命的"倦意"是从那里来的?这种貌似教育别人的理论实际不过是作家自己的心灵反映,这种无法承受的负荷与身体产生了巨大矛盾,但是对于个体而言,孙犁更是从"道德"角度进行的自我批判。但这不过是一个革命的虚假"想象",如果说当孙犁第一次离家出走的时候,的确如贺桂梅所言是一种"家"的场域耗尽了恋爱的里比多,走出了一个道德化的革命者形象,成为"欲望的政治化"转向的话;那么,当革命者"胜利归来"的时候,决不是什么革命的"高潮",革命的"高潮"只是一个不断被虚构和延宕的未来的空洞"能指","'革命'从来没有'高潮',唯一的高潮来自'性爱'。"②但问题是归来后的革命者已经成为一个"禁欲"的道德主义者,因此,当他看到原来"脱鞋"(开小差)战友的新婚洞房"裱糊的如同雪洞一般",充满"温柔之感","房间的陈设,没有一样不带有新婚美满的气氛,更有一种脂粉的气味,在屋里弥漫,"③不禁大发感慨:"柳宗元有言,流徙之人,不可在过于冷清之处久居,现在是革命战士不可在温柔之乡久处。我忽然不安起来了。……一个人又回到那冷屋子冷炕上去。"④但是,这种禁欲的"道德革命者"形象是不可能实现,特别是面对分别八年的妻子,其"性爱"的"狂欢"才是真正的"高潮",也就是说"革命加爱恋"的功能性实现不是"革命"和"恋爱"的互相"替代"或"转移",而是出

①孙犁文集(3),纪念党的生日,第43页

②贺桂梅:性/政治的转换与张力,中国现当代文学研究人大复印资料,2007.1,第20页

③孙犁文集(3),某村旧事,第181页

④孙犁文集(3),某村旧事,第181页

于生命的安顿才能完成的本体认可，才可能完成的这种人生仪式。

于是，在 1946 年那篇《嘱咐》中出现了一幅暧昧景象：水生和妻子八年抗战后的重逢，就可以辨认出被"革命"包装起来的"性爱"叙事。在故事的核心不是革命，而是夫妻对话，而夫妻对话都是性爱叙事的情爱话语：如女人叫起孩子说她"有爹"了；如水生问孩子"几岁"被媳妇抢了一句"别告诉他，他不记得吗"?；女人说"真的！你也想过家吗"？这个"家"当然就意味着更指女人自己。于是更加暧昧的是女人的层层进逼："……水生说：'想过。''在什么时候？''闲着的时候。''什么时候闲着？''打过仗以后，行军歇下来，开荒休息的时候。'"谈着谈着就扯到了生活的艰辛，但是一晃就过去了。孩子又睡着了，"女人爬到孩子身边去，她一直呆望着孩子的脸。她好像从来没有见过这个孩子，孩子好像是从别人家借来，好像不是她生出，不是她在那潮湿闷热的高粱地，在那残酷的'扫荡'里奔跑喘息，丢鞋甩袜抱养大的，她好像不曾在这孩子身上寄托了一切，并且在孩子身上祝福了孩子的爹"，于是又来了一段："'说真的，这八九年，你想起过我吗？''不是说过了吗？想过。''怎么想法？'她逼着问。'临过平汉路的那天夜里，我宿在一家小店，小店里有个鱼贩子是咱们乡亲。我买了一包小鱼下饭，吃着那鱼，我就想起了你。''胡说。还有吗'？"①所以，当恋爱所具有的"高潮"必然出现在"性爱"场面，而且不知是有心还是无意，"鱼"的形象在精神分析学里面恰恰是女性、情欲的象征。但是经过"革命"洗礼的战士这时已经深陷重围："情"与"欲"的矛盾，欢爱与身体的矛盾，伦理秩序与身份定位的矛盾，革命不过为此提供了一个表演舞台；而当生活一下"失去轨道"(其父亲去世带来的混乱)，革命的锣鼓声声催人急的时候，"倦意"就来了。这种"倦意"在丁玲的《韦护》中用性爱的狂欢

①孙犁文集(1)，嘱咐，第 169～171 页

和主体的分裂更加鲜明直接地透出革命者的困境。① 因此,恋爱是一场狂热病,而革命是一场马拉松,这个以瞿秋白为原型的韦护和以孙犁为原型的水生,终局将是一场“里比多”耗完的毁灭,这才是疾病无法原谅的对于意识形态的反抗。

在这个意义上,文学确实就是一种苦闷的“象征”,“神经症症候”则是象征的“苦闷”。当孙犁选择了文学这种形式进行生命选择的时候,从生命本体的角度看,实际是从语言的角度对于混沌的欲望进行“自我”辨析的过程,他选择了“情”而分离了“欲”,在这个意义上,《红楼梦》的“意淫”理论则比“苦闷的象征”理论更加切近作家内在的生命本体,因为这是生命的直接伦理形式。当孙犁明白了自己,同时也明白了革命的时候,形势已经发展到他自己无法控制的地步了。这时,早年潜藏的“惊风疾”与儒家“官本位”社会无意识才真正露出了面目,前者发展终至成为“神经症”,而后者则从伦理秩序上制约了作家在革命征途上的勉力奔波。这种名利思想和疾病又以身体无法承担的方式表现出来,深刻表明了孙犁所得到的与他本真的赤子心灵所需要的,存在一种深刻的矛盾。这种矛盾,就表层看来就是关于知识分子与权力的矛盾;就深层来看则是生命本真与中国传统官本位等级秩序的矛盾。孙犁身体无法承受的疾病深刻表明,知识分子在无意识层面对于生命累赘(如名利、权力、声色)的弃绝,是生命回归自我的真正开始;但在意识层面却始终参与了世俗的争夺逻辑。因此,中国知识分子是一种矛盾、古怪的文化的象征。

---

①丁玲的《韦护》:“这冲突不在丽嘉或工作,只是在他自己,于是他反省自己了。他在自己身上看出两种个性和双重人格来!……这热情的、有魔力的女人,只用了一眼便将他已经死去的那部分,又喊醒了,并且发展得可怕。他现在是无力抵抗,只觉得自己精神的崩溃”。(丁玲全集(1),河北人民出版社,2001年,第101页。)瞿秋白的《多余的话》同样表现了这种倦意,“一生的精力已经用完。剩下的一个躯壳”。“总之,滑稽剧终是闭幕了。舞台上空空洞洞。有什么留恋也是枉然的了。好在得到的是‘伟大的’休息。至于躯壳,也许不是我自己做主了”。(瞿秋白作品精选,漓江出版社,2004年版,第100页。)

中编　现代语境中的女性言说
——孙犁抗战文学女性形象解读

引　言

孙犁作为革命文学的主流代表作家，在其文本叙事的表层结构中迎合着时代主流意识形态要求，但在深层的文本结构中却彰显着鲜明的知识分子气质与女性气质。这种文学气质在不同的历史语境中，遭到了不同的评价，深刻地反映着孙犁的身份建构过程与现代民族国家认同的合拍、龃龉与错位。这集中反映在他小说文本的女性叙事与男性身份的错位中。

一、女性被纳入民族国家问题的理论

在20世纪40年代，没有任何一位作家像孙犁这样把民族女性在抗战中的表现，做了如此深情、如此优美的呈现。孙犁一再强调在“民族圣战”中，女性那种“识大体”、“乐观主义”、“奉献精神”，使得作家“敬佩到五体投地的程度”。“在抗日的旗帜下，男女老少都动员起来了，面对的是最残暴的敌人。不抵抗政策，早已为人们所唾弃。他们知道：凡是敌人，如果你对他抱有幻想，不去抵抗，其后果，都是不堪设想，无法补偿的。”①这

①孙犁文集(4)，关于荷花淀的写作，第106页

样就涉及女性问题与民族问题了。其实,阅读孙犁的小说如果不从妇女与民族问题关注,其很多问题一直处于遮蔽状态的。

那么,女性问题如何被纳入民族问题的呢?

从传统的观点看,女性问题与民族问题是很自然的问题。大多数关于民族和民族主义的权威理论,有时甚至女性写的书籍,都忽略了两性关系与民族问题的相关性,认为这个问题跟民族理论是毫不相干的。这是很值得关注的问题,因为民族主义的一个重要的流派"原生论者"(primordialists),认为国家是个自然、普遍的现象,是血缘关系的"自然"延伸。① 但是随着女性主义研究的崛起和深入,发现这是一个成问题的问题。

现代女性主义的研究,如伊瓦一戴维斯在《性别与民族》中提出了关于民族与性别关系的完整的框架,并且指出民族主义计划与性别关系的三大维度:谱系、文化和公民。② 牛津大学出版社《民族主义》的编者们这样介绍:"妇女,作为文化意义上的和生物意义上的民族再生产者和民族价值的传递者,进入了民族领域,这也重新界定了民族和族裔的内容和界限。"③谱系民族主义者一般认为,一个民族的盛衰最基本的指标就是数量上能否维持平衡,在这一点上妇女的生物性再生产(生育)很容易等同为民族的生物性再生产(繁殖),因此,个人的生育选择权便很容易纳入在民族主义的计划之下;此外,维持民族血统的纯洁性也是谱系民族主义者的关注点,对婚姻与性行为(特别是妇女)的控制成为民族的"基因储备"的保证。而对于文化民族主义者来说,除了"基因储备"的观念外,民族主义者想象民族的另一个重要的方式是"文化与传统",通过一套特定的文化编码的确认和再生产,分辨属于一个特定集体的成员和凝聚这个特定

①伊瓦一戴维斯著,秦立彦译:性别和民族的理论,见陈顺馨、戴锦华选编:妇女、民族与女性主义,中央编译出版社,2004 年版,第 2 页

②同上,第 8 页

③JohnHutchinson:民族主义(Nationalism),牛津大学出版社,1994 年,转引陈顺馨、戴锦华选编:妇女、民族与女性主义,第 5 页

集体的力量。在文化民族主义者所确认的和再生产的那套文化编码中,性别符码起着特殊的作用,例如在中华民族的民族主义文化编码中,“大地母亲”、“黄河母亲”等女性化修辞发挥的是一种由母亲所象征的包容性、保护性、孕育性,以及与大自然结合的无穷力量。① 作为民族主义与性别结合的关键在于用一套制度得以保证,从国家、民族、种族、族群、家庭等形成了一系列保证措施,分别从性、文化、权力关系等方面对于个体进行规约和建构,同时也是“个人主体”从自然状态到社会状态生成的重要过程。由此可见,女性问题与民族国家的现代形成密切相关,并且因为民族国家的父权性质带上了鲜明的性别不平等关系,而现实话语的建构和表述中,就必然呈现这种特质。

在孙犁小说中,极力凸显的是抗战爱国的北方人民形象,特别是那些美丽善良热情勇敢的妇女形象。这些妇女相当活跃,其原因正如有论者指出的那样,其根本原因是“‘他者’的进入”促成了原有格局的变动。②这个“他者”具有异质性,不但有日本侵略者这样的民族敌人,而且也有共产党、八路军这样的民族内部相对于传统社会而言的“他者”,他们都不属于原来乡村社会宗族伦理的稳定结构的组成部分。从这个意义上说,五四时代许多关于妇女解放的问题,这个时期才真正大规模地进入中国的乡土社会。孙犁小说中的这些妇女形象,这样一开始就或自觉或被动地开放在了抗战背景的民族主义身份认同当中。因此,从家庭到族群,从族群到社会,从社会到民族身份的层层确认,就不但是男性的事情,而且是女性的民族主义规划的一部分。

①陈顺馨:女性主义对于民族主义的介入(导言一),见陈顺馨、戴锦华选编:妇女、民族与女性主义,中央编译出版社,2004 年版,第 9 页

②叶君:从乡土到农村:中国现当代文学题材的重要转换,河北学刊,2005 年 1 期

二、女性性别理论

“性别”理论问题，是从女性主义理论发展出来的。在女性主义的理论发展当中有几个重要的问题需要关注：第一，妇女关于社会“平等”权力的要求。女权主义爆发于18世纪末19世纪初的西欧启蒙运动以及法国大革命时期，由于工业革命的发展，现代妇女打破了原有的社会分工，第一次获得了教育与选举权这样的社会权利。第二，关于“女性身份”的发现。女权运动的第二次高潮在20世纪六七十年代，这次欧美女权主义提出了新的女性理论即“第二性”的理论，揭露男权制的社会结构，对现存的社会基础与结构本身提出质疑，使得女性被男性权力机制塑造的神话被得以揭发出来，同时诞生了一批内容深刻的哲学著作和政治著作，其中有美国学者法厄史通的《性的辩证法》、凯特·米利特的《性的政治》、法国学者波伏瓦的《第二性》等著作。第三，关于男性、女性的“性别差异”的理论，这个理论与“性别平等”理论的复杂纠葛，成为女性主义发展面临的重大问题。

在我们的研究中，我们借鉴性别理论的身份构建、话语表述及其所产生的背景即关于性别的话语机制问题。正是因为女性性别是在文化系统中进行编码的，因此关于女性文学话语的表述方式就值得研究。王宇女士说：“‘性别表述’就是指社会文化本文对男性、女性性别符号结构的编述和解读、性别象征意义的设定与接受。”①这当然还是一种现代主体的认同与建立机制。现代主体价值观念的确立过程，就是在民族国家背景建构过程中，个体对于这个具体过程的认同与内化过程，也即身份认同过程。在这个过程中，现代民族国家主体的建构与个人主体的建构是双向互动的，因此个体主体的建构过程本身也就是作为一定的文化系统符码

①王宇：性别表述与现代认同，上海三联出版社，2006年版，第2页

对于个体的知识、价值、意义与自我的确立过程。因此，男女两性性别视角是一个非常有效的观察现代社会运作过程的富有建设性的研究切入点。

当下语境中最为误读的思潮之一就是这个“自我”的认识错误，将专制权力的结构机制不加分析地乱加应用，势必导致不应有的错误。像女性主义将男性完全置于被审判的话语之下，未免言之凿凿。这个问题正如阶级性问题一样，早在20世纪20年代周作人就说过，在中国阶级性无法像西方那样划分开来，一个人同时是主是奴；权力问题对于女性而言，也不是单纯男性压迫的过错，男性大多也是被压迫者。更重要的是，即使最高统治者有权力压迫别人，但是他同时也不是自由的，“一部分原因是由于压迫者必须努力说服被压迫者相信他们的地位是自然形成的，另一部分原因是由于每个个体的自由与他人的自由是联系在一起的。”①波伏瓦揭示的是，这种自由建立在存在的基础上，只要统治者永远以统治别人为目的，那么他的存在就被对象化导入了他人的存在，也就是说，他失去了“自我”的本真存在，自己的心灵便永远成为缺失状态而不得幸福。毫无疑问，在现代话语背景之下，“性别”视角是一个有效的解码现代文本的有效视域，因为如果从女性主义理论来看代性别的问题，不但“女性”是建构出来的，而且“男性”也是建构出来的，因此我们不但关注性别本身，而且也关注性别的话语表述及其产生这种表述的历史文化背景，即关于性别的话语机制。② 因此，我们的性别话语研究也不是单纯从女性主义立场出发，我非常赞同王宇女士的说法，但是我与王女士的不同在于将男性也纳入性别生产机制，揭示“男性”如何形成“常人自己”(对象化)，如何将自己的意识想象纳入时代话语，在这样的时代话语中如何建构与女性的关系，塑造女性形象的？

既然孙犁抗战文学中的女性形象特别鲜明与富有内涵，我们就有可

---

①萨莉·J.肖尔茨著，龚晓京译：波伏瓦，中华书局，2002年版，第52页

②王宇：性别表述与现代认同，第1页

能建立另外一个重要的话语背景，现代民族国家想象与女性性别想象的关系。也就是说，这个问题的核心在于：女性如何被纳入了现代民族国家的建构之中？女性在现代民族国家想象中具有什么样意义，同时承担了什么后果？这样“女体”就成为现代民族国家、阶级、战争、男权、暴力等问题的焦点。

王宇女士关于“现代主体”论述的另一个方面正是现代民族国家。她说，“现代性方案中的‘主体自由’显然还涉及国际关系的领域”。正是列强的炮火迫使中国进入基本上是由民族国家组成充满竞争的国际社会，因此在中国现代性语境中，民族国家是现代主体不可忽视的内容。“因为这些国家的现代性起源本身就是国际性的。其现代性的动力就来自现代国际政治格局中民族共同体的生存诉求”，并引用汪晖关于“国家而非种族成为真正的主体现代认同的根源，并重构了中国人关于世界秩序的想象结构。”①在这里，“世界秩序”不仅仅是对其他国家而言，也是对国家内部的个人、家族、宗族和种族等社会群体身份而言。在中国近代以来的现代性语境中，民族、国家不仅是现代主体不可忽视的内容，甚至在相当长的历史时期里是唯一的绝对的现代主体。个人主体不过是作为民族国家理念的独特呈现形式而出场。因此，如果说寻求认同实际上是20世纪中国文学的最重要的意义关切，那么，这一关切是在两个密切关联的层面中展开，即民族国家群体主体和个人主体。她认为，这一过程就是对于现代个体身份的确认与建构过程。② 这样一来，现代中国文学的生成过程就不可避免地成为了现代语境之中的事件，“在这个意义上，现代文学一方面不能不是民族国家的产物，另一方面，又不能不是替民族国家生产主导意识形态的重要基地。”③因此，无论个体还是民族国家实际都成为现代

①汪晖：汪晖自选集，广西师范大学出版社，1997年，第72页。转引王宇：性别表述与现代认同，第2页

②王宇：性别表述与现代认同，第2～3页

③214 刘禾：文本、批评与民族国家文学——《生死场》的启示，第3页，参见唐小兵：再解读：大众文艺与意识形态，北京大学出版社，2007年版

语境之中无可逃避的主体，而现代文学的展开就因此理所当然地被纳入了这种研究视域。

三、现代主体性理论

20 世纪的中国文学毫无疑问面临着一场深刻的话语转变，这种言说方式在五四时代开始明确下来，这就是以“科学”和“民主”为标志的“现代性”的诞生。① 但是这个“现代性”在中国的发生及其演变异常复杂，它不但带有西方现代启蒙主义的理性内涵，更遭遇到现代化过程中固有的中国文化背景制约引发的现实变异，更重要的，现代化过程在中国是伴随着现代民族国家的独立出现的。因此，现代性表现出了极其复杂的内涵与历史演变，而发生在这一背景下的 20 世纪中国文学，必然以某种编码的方式与这种历史语境进行曲曲折折的对话；一个作家进行编码的能力与历史语境进行对话的能力，因此就反映着作家自身嵌入历史的深度。因此，对于现代性问题我们需要一定的理论把握。

从西方近代哲学史看，“现代性”的根本特征之一就是“主体性”的确立，即在现代形而上学的基本建制“我思”基础上形成的现代理性。它由笛卡尔奠基，然后康德、黑格尔一路下来到尼采到达顶峰，成为一种反现

①“现代性”是一个极其复杂的概念，在不同的学者那里有着不同的含义。俞吾金在《现代性现象学》中将其概括为如下几种：(1)把现代性理解为一个特定的历史时期，凯尔纳和贝斯特认为现代性一词指涉各种经济的、政治的、社会的以及文化的转型；(2)把现代性理解为一种独特的社会生活和制度模式，如吉登斯认为在其最简单的形式中，现代性是现代社会或工业文明的缩略语；(3)把现代性理解为一种特殊的叙事方式，如利奥塔；(4)哈贝马斯把现代性理解为自启蒙以来尚未完成的一个方案，就在于根据各自的内在逻辑理性地组织我们的生活世界。但纵观整个西方近代哲学的演变来看，现代性主要是价值论层面的，作为现代社会的价值体系，现代性体现为：独立、自由、民主、平等、正义、个人本位、主体意识、总体性、认同感、中心主义、理性、追求真理、征服自然等等。(俞吾金等：现代性现象学，上海社会科学院出版社，2002 年版)站在存在主义哲学的高度看，现代性的根本特征是现代形而上学的基本建制“我思——意识的内在性”，也就是“主体性”才是哲学意义具有统筹一切的根本内涵。参见吴晓明：西方思想史中的马克思，复旦青年，2007 年十七大特刊

代的现代性。“现代主体”的确立是其核心观念,由此成为一种“实体”概念。现代社会的一切特征都随着这个“现代主体”的展开获得了“现代性症候”,即本质主义的理解,以及由此产生的与具体存在的矛盾语境。限于我们的论述语境,我主要从三个方面:现代个人主体、性别话语、民族国家进行展开。①

“现代主体”概念首要指的是现代“个人主体”的建立。当现代哲学将“我—思”设定为基本建构机制的时候,已经决定了一个重要的问题:作为主体的“我”与作为意识的“对象”同时被设定了下来,由此开始了主体客体二元对立的建构的世界。“主体”意识这样由自我意识与对象意识两个部分组成,也就是说,现代主体是在相互设定相互分离的二元结构中形成了一定的“内部”“思维空间”,这样展开了现代主体的“我—思”的精神领域。从存在主义的观点看这个问题,其实这也是一种“此在”“在世”的方式,从这种思维方式有可能返回到存在本身,这就是海德格尔在存在中“运思”的诗性之思。现代个人主体的建立完善了个体精神世界的理性思辨能力,形成了纯粹理性与实践理性;但同时将意识“封闭”在主体内部,无法形成与外部世界的关联,因此如何关注“他者”——同样存在的个体就成为西方现代哲学的根本问题,这成为了胡塞尔现象学哲学的核心问题。西方本质主义的个人主体所引发的现代问题,由海德格尔开始了解构,进行了存在论意义对于人的重新认识,由此获得了人的本真的存在认识:此在生存论境遇。现代哲学由此进入了一个全新的领域。

海德格尔哲学最重要的贡献是将人从本质主义的狭隘牢笼里重新放回到了存在境遇中,因此其哲学的高度不是主体知性哲学所能牢笼的,存在主义的一个根本原则就是“存在不能被知性还原”。存在主义的核心是“自我”的解放,在海德格尔看来,“如果‘我’的意义是本己的自己,那么

①本人在研究孙犁抗战文学中的女性形象时,发现这个问题与现代民族主义密切相关,这个问题的发生语境及其展开的线索与王宇女士的“性别研究与现代表述”深有相通,因此获得了不少借鉴,特此说明。

‘我’并不首先存在，首先存在的是以常人方式出现的他人。我首先是从常人方面而是作为这个常人而‘被给予’我‘自己’的。此在首先是常人而且通常一直是常人。如果说此在本己地揭示世界并使世界靠近自身，如果说此在对其自身开展出它的本真的存在来，那么这种揭示‘世界’与开展此在的活动总也就是去除种种掩盖与蒙蔽，总也就是拆穿此在用以把自身对自己本身阻塞起来的那些伪装。”①“我”如果是本质主义的，那么“我”的存在就是一种虚假的“意识”建构，正是这个“我”这个意识本身遮蔽了“我”的“存在”。在佛教哲学中，克服“我执”，获得“觉悟”，不是为了别的，正是为了获得本真的自己的存在。因此，自我的本真意义的获得将是人类最为根本层次的解放，是一种自我意义的解放，这是社会革命无法解决的问题。然而“此在”的通常状态令人忧虑“常人自己”，“一作为常人自己，任何此在就涣散在常人中了，就还得发现自身”。于是这个“常人”作为“无此人”表现为“对象化”，被领会为“实在之物”而被“异化”，而不是“无”②，因此，此在一直在“能在”与“常人”（异化、物化）的紧张关系中存在，现实中的人就成为异化着的人本身。

同时，理性“实体”将人类与其他区别开来。西方启蒙精神的根本特点就是将人类与大自然、人类与宗教等理解为主体与客体的世界，将人从万物之中提升出来成为以人类中心主义的世界，这对于整个世界的影响非常巨大。它直接建立了人对于自然的统治权与征服的可能性，现代科学的建立就是基于现代理性基础的筹划，人类在这一个方面获得了巨大的成就，但同时也开始遭到自然的报复。这种主宰宇宙、自然、人和上帝的思想彻底打破了人与万物有机同一感，使人在获得巨大成就的同时成

①海德格尔：存在与时间，陈嘉映、王庆节译，三联书店，2006年版，第150页
②海德格尔：存在与时间，陈嘉映、王庆节译，三联书店，2006年版，第149页

为流浪的婴儿。① 这个影响在现代中国文学已经显露出来,在割断了与古代文化的原始脐带以后,对于存在的丢失,对于此在的暗昧,就成为现代作家所面对的前所未遇的心灵困境,在中国文化语境就是"道"体的消失,"虚无"成为价值世界的重要事件,这从鲁迅开始呈现的巨大"虚无"在现代语境中弥漫开来,当然也包括了孙犁本人的遭际。

不过,我们还需要进一步警惕任何一种理论的局限性,使得我们有必要清醒地把握孙犁的文学世界。这些警惕包括:小说中到底哪些成分可以当作作家的话语表述,这种带有浓厚意识形态倾向的文化构造;而哪些成分可以视为小说文本的前文本世界,即现实生活本身所拥有的东西,它可能超越作家的世界观与局限,以直接的形态进入作家的视野而现诸文本,从而形成一种"文本裂隙性症候";另外,还有另外的情况需要注意,作家自身意识结构的裂隙,这也会给我们的文学分析带来某些重要的东西。

总之,我们就是要就这些理论背景化作有用的资源,置入历史语境与作家的现实世界进行考察,而不是单纯从固定的理论出发。在这里理论是一种视角,而非一种抽象的概念体系,历史的真正空间是我们进行解读的首要前提,这是我们在研究过程中尤其需要注意的。

---

①舍勒在论述印度、中国以及基督教的时候,认为东西方宗教伦理都有一种宇宙同一性原理,在东方以同苦为原则,而在西方基督教世界里,"上帝不仅被体验为、被思为低于人的自然的主和造物主,他不仅是人之父(这全靠基督),而且被体验为、被思为自然形成物本身的仁慈的父,这样一来,自然形成物(靠基督的救赎和恩赐)同样进入了一种与上帝的父子关系,这种关系对于人类而言也就必然是一种兄弟姊妹关系。参见:舍勒选集·历史的心性形态中的宇宙同一感,上海三联书店,1999 年版,第 331 页

第一章　女性解放的启蒙叙事
——以孙犁的《走出之后》为中心

在孙犁小说中，抗战背景提供了女性解放的一个重要契机，当然这个解放不是相对于民族外部的，而是相对于民族内部社会文化结构的打破，即女性对于民族内部男权制的某种突破，获得自身意识的觉醒过程。这个过程典型地表现了现代主体身份的建构是如何将民族国家意识与个体主体、性别身份合而为一的。当然，不要忘记，这个最初的起点和动力是人对自由的渴望与追求，其社会前提还是启蒙与救亡的根本主题。

一、从“恋人”到“虚位”：启蒙者身份的改变

在孙犁抗战小说中有一篇写于 1942 年 8 月的小说，题目叫《走出以后》。从这篇小说我们可以发现孙犁叙事的思想起点，实际源于五四新文化运动的启蒙精神，特别是女性解放问题对于五四时代的回响，但毕竟带有了新时代的特点。

我们知道在五四以后开拓的现代文化语境中，妇女解放是一个重要的文化向度；“娜拉”现象在五四时代的出现是一个具有重要文化象征意义的事件。自从胡适翻译了易卜生的《玩偶之家》以后，很快出现了中国版的《终身大事》，随后关于妇女问题的事件多起来，在文学领域出现了大批五四经典文本，如《隔绝》、《隔绝之后》(冯沅君)、《男人与女人》(庐隐)、《卓文君》(郭沫若)、《伤逝》(鲁迅)、《获虎之夜》(田汉)等等。胡适的《终身大事》是该问题的始作俑者。这篇短戏也被公认为“挪威娜拉的中国翻版”。但其中的女主人公田亚梅是从父亲家中出走，而非从丈夫家中出走的，并且还是在男友的引导下出走的。无独有偶，鲁迅的《伤逝》也是这

样，当子君接受了涓生的个体独立与自由的现代启蒙精神以后，宣布“我是自己的，谁也没有干涉我的权利”！毅然出走，当然也是在涓生的引导之下。至于她们为什么出走，很大问题在于自己的婚姻问题不得自由，而婚姻问题的不得自由则被看作是封建家庭的干涉所致。因此，反对父权制家庭成为当时女性解放的重要维度，至于家庭怎样考虑的，她们是不愿顾及了。

这个问题不但在文学作品当中，就是在现实生活反抗媒妁之言、反对包办婚姻的也大有人在，例如谢冰莹为了抗婚从家里逃出三次都被带回去了，丁玲也是因为拒婚而后出来寻求自由的世界的。在孙犁本身，也遇到过这种情况，美丽与多情的王淑希望孙犁能够引导自己走出昏暗的个人世界，并在此过程中两人产生了爱情。但是孙犁的意见是：那个时候连自己都找不到生活的出路，加上学校当局的干涉以及孙犁个人的原因，使得这段恋情流产。[①] 而当革命时代到来以后，妇女解放往往以流行一时的“革命加恋爱”模式，反映在小说当中。“革命加恋爱”是左翼小说的重要模式，这种模式下，女性启蒙到底引向何方是很明显的。当丁玲最初到上海的时候就是因为王剑虹的引导，说上海招收女性学生，其实是革命在寻找合作者，她们到这里来也并不是真正系统读书，而是接受马克思主义的革命理论的宣传。正如丁玲后来回忆的那样，天天听报告根本没有学到任何东西，学校的教学没有计划，都是临时请的外校的兼职教授，因此还不如自己读书，后来终于到上海大学听了一年的课程，后来又到北京去了。而这些对于女性启蒙的所谓“引导者”都是那些具有一定西方文化背景的现代知识分子，而且一般都是男性，男性充当这种启蒙是非常值得人思索的，其背后隐藏着现代教育制度对于女性的封闭。

从这个角度说，从五四到革命文学时代，当时所谓的“启蒙”对于女性解放除了提出几条“个体自由”、“个人本位”等空洞的价值口号外，实际没

①孙犁文集(3)，保定旧事，第191～193页

有真正的精神建构和社会内涵。所以在茅盾的小说《幻灭》中静女士的希望是读些书的，但是时代是浮躁的，个人的理性力量敌不过时代浮躁对青春本能的诱惑。正是因为这样很快问题就出来了："娜拉"可以出走，但是"娜拉出走以后"到底怎样？这个问题以鲁迅为代表的作家对于这个问题有深刻的反省：结果不是回来就是堕落。当个人解放纳入现代民族国家建构的现代性历史运动中的时候，娜拉所谓"我是和你（男人）是一样的人"的含义，实际指向的是与男子平等的社会意识，这相比晚清时代对于女性的"弱质"、"他质"的指认，是一种获得主体权力的进步，但是这里将"女性解放"与"个人解放"实际混为一谈。女性"娜拉们"同叛逆的同盟者"逆子"们走出的时候，并没有将现代主体的建构放在自身理性上，而是将其寄托在男子身上，因此在《伤逝》中子君的失败是很必然的。在她们进行反叛以家庭伦理为代表的父权的时候，没有想到"弑父"实际乃子之成长的成人仪式，也就是女性解放实际仍然建立在男权制的基础上。

更为根本的是，女性解放根本就是在民族国家现代性建构中的，而这种建构的基本前提就是，"'个人'的思想只有在与它的特定批判对象——中国传统文化相联系时，它才真实有效的，也即是说'种族、'国家'只有'作为从前当作天经地义的'的'一种偶像'时，它才会成为'个体意识'的否定对象，超出'反传统'的范围，它们恰恰构成了'个体意识'的形成前提和部分归宿。"①这种现代性认知方式的建立所必须具备的两个相互关联的主体意识成分：自我意识与对象意识，在五四时代就是这样以否定的方式建立起来的，而且建立的主体意识主要是对象性意识，而对于主体的自我意识显然缺乏深度和内涵。因此，这种西方现代启蒙精神在中国流传过来的只是形式价值的传播，而西方语境中深刻的社会内涵与主体建构实际是被抽象掉了。在这种历史语境中，"个体自由"、"个人本位"等失掉了人的本体论内涵，确实没有真正的精神建构和社会内涵，一旦离开了五

①汪晖：汪晖自选集，广西师范大学出版社，1997 年版，第 72 页。转引王宇：性别表述与现代认同，第 31 页

四特定的文化语境,即失掉了其对象以后其表面的虚浮就会产生致命的后果。这样,“五四人物在表述他们的个体独立性的同时,事实上已经把个体的独立态度建立在这种个体意识和独立态度的否定性的前提——民族主义的前提之上。”①只不过主体意识在五四时代是建立在反文化民族主义基础上,而革命文学时代的对象意识是建立在反政治民族主义基础上。② 这两者都是对于现代民族国家的现代认同方式,但是都失败了。

但是,在孙犁的抗战小说《走出之后》这种状况得到了彻底改变。

在这篇小说中,我们发现了一个重要的问题就是启蒙者的转换。如果说五四与革命时代的启蒙主角是个体知识分子另外兼有恋人身份的话,这里则表现了一种时代“能指”,没有具体的启蒙者,只有启蒙对象。启蒙者是以时代意识进入被启蒙者的视域的。这个时代意识就是抗战意识,体现的是民族觉醒意识;这个启蒙者是隐藏在背后的民族意识、阶级意识的集中代表——共产党,是一个集体存在,又是一个价值“虚位”。当然,在这篇小说中“党”的形象还不突出,有的是党的宣传方针的执行者“我”,而“我”的道理实际也很简单:“依我看,王振中同志的认识和她那程度,出去上上学好啊,比你们呆在家里,一辈子围着锅台、磨台转不好?我们要看远一些,出去对她好,对国家也好。”③也就是说,民族国家的信念是“我”的重要思想基础,因此“我”认为王振中走出家庭对于她在“个人本位”上是一种解放,对于国家民族在“社会本位”上同样有益。这样说来,这个问题实际上并没有超出五四与革命时代的女性解放的主体建构范畴,但是变化的时代赋予王振中的历史内涵则充实了。在中国民族现代国家观念的过程中日本帝国主义起到了反面教材的作用,而党的实际影

①汪晖自选集,第 321～322 页,转引王宇:性别表述与现代认同,第 31 页

②王宇认为前者是政治民族主义,其理由是对建立在独立政治主权基础上的现代民族国家的认同,其实这个问题在五四是表现为反对卖国只是表面的因素,真正的目标却是反对建立在孔孟文化基础的国家意识形态,因此更应该是文化民族主义的,在大革命时期的是以反对独裁为特征的政治活动,因此更具政治民族主义的意味。

③孙犁文集(1),走出以后,第 37～38 页

响力已经深入到农民的生活世界，如果说五四时代民族观念还有些虚化的话，那么现在是非常实际的一些事情了。

在这篇小说中还有一个令人琢磨的细节，就是王振中丈夫的“缺场”。我们知道在五四时代，男性一般充当了启蒙“引导者”的作用，男性既是启蒙者又是恋人，但这样的身份在这篇小说中缺席。在小说中，王振中的婚姻也是从小就包办的，但是日本的侵略使得大多数女儿及早出嫁了。书中写道：“她(王振中)是从小许给本村在北平开店发家的黄清晨的儿子了，趁着那年荒乱，她母亲就把女儿送过婆家去，那时女婿不能回来，就叫小叔子代娶了一下，这样算交卸了为娘的责任。”①这样一个女性怎么走到抗日的道路上来了呢？原来是“我”的房东家的女儿杏花和王振中是朋友，在“我”给杏花写报考推荐信的时候，杏花也告诉了王振中，她偷偷请求“我”也帮她写信报名考试。但是王振中的动机是什么呢？是她无法忍受婆家的道德名声：“女孩子很要强，处处怕落在人后面，处处怕叫人说不好，经不起背后的指点；一句闲话，可以使她盖起被子哭上半夜。可是公公在村里名声最不好，没人愿意招惹。”②从这一叙述中我们看到王振中的真正问题，不是革命、抗战的自觉，而是生活的压抑，特别是个人道德世界无法承受复杂的舆论，从这个意义说，王振中的出走比子君更加盲目，其主体世界基本没有任何建立，其感知世界的方式都是外向的，非“我”的，因此也就更加缺乏自明性。但是，她的命运却比子君好，就值得研究了。

二、女性启蒙环境的变化

在抗战到来时，孙犁小说对于女性的书写在很大程度上源自五四话语、革命话语的进一步发展，解决的仍然是女性个体与家庭伦理、抗战民族话语、阶级革命话语之间的关系问题。但是，这里最大的辩护基础是建

①孙犁文集(1)，走出以后，第35页

②孙犁文集(1)，走出以后，第35页

立现代的民族国家的“想象共同体”。它在抵抗日本侵略的过程中，现代革命秩序的建立为女性提供了少许自由空间。毫无疑问，孙犁是站在民族主义立场进行的女性问题言说，正像民族女性主义者所说，家庭是现代民族国家建构的起点。那么，在这个过程中，正是旧的家庭基础得到摧毁，而新的家庭基础开始建立的转折时代。

孙犁是支持年轻女性走出家庭与进行教育的，希望女性走出家庭获得自由的发展。这个问题与胡适与茅盾的思路还是一致的。在《走出以后》连题目都很明显地反映出来与鲁迅的“娜拉出走”问题的关系。但是，我们考察这篇小说与五四时代的差异，有个问题还是很明显的，同样的“出走”之所以结果不一样的原因在与环境条件的改变。表面上看，女性的出走还是家庭与个体的关系，但是实际上斗争的主要的焦点已经转移：如果说子君的出走其斗争的焦点在于个体（男性引导者）与家庭对峙，引发女性的出走，这个动力源泉是青春、爱情与自由的动力的话；那么在抗战时代，同样女性的出走，其斗争的焦点已经转移到政党与家庭的对峙，确切地说是已经有相当实力的政党与相对传统的家庭之间的对峙，女孩子的出走动机可以是为自由和爱情，但是出走的结果是抗战大局，斗争争夺双方的力量已经发生彻底的改变。因此在小说中，才会出现像王振中婆婆这样能说会道的女人，面对不善言辞的革命战士却束手无策，即使卑躬屈膝般地谄媚与讨好也无济于事。其实那个婆婆“小心小意地挑拣着话说”，希望“我”也写封信找回王振中来，“我”不同意；“我”说王振中考不上就会回来的，但这个婆婆却抓住理了：

> “那俺们振中不是也没了踪影了吗？”
>
> “丢不了她，丢了我赔。”
>
> “不过是为老人的瞎操心罢了。”①

其实，这个“我”是相当武断的，王振中婆婆找自己的儿媳无论从哪个

---

①孙犁文集(1)，走出以后，第 39 页

方面说，也不能说是不对的，问题就在找人的目的两人不同；但是即使“我”为了王振中的利益，维护了她，他又怎敢说“丢了我赔”！人要真丢了，这个“我”如何赔去？这其实是相当不讲道理的！但是，革命在这个方面就是不讲道理，这就是破坏旧秩序！

但是，在乡土中国我们不能忽略封建宗法势力的巨大，一个女孩子是无法摆脱其压迫的。王振中是很敏感的女孩子，没有了父亲已经是很不幸的事情，而因为日本的侵略在不够年龄就出嫁更加不幸。在婆家受了很多压抑，总是“不像别人那样舒展”，母家无人，在重父权的时代更加剧了 20 世纪 40 年代的王振中在婆家的遭遇。在房东女儿的撺掇下请“我”给她写了一封投考抗属中学附设的卫生训练班，录取了，引得婆婆发动了全家的男兵女将到北平要将她捆回来。婆家为甚么要把她“捆回来”？据现代研究资料看，当时华北地区妇女参加抗日工作的还是少数，并不像孙犁小说中写得那样多，原因是妇女出去工作，在家的男人是无法忍受的①；传统的大男子主义思想，使得他们害怕女性出走，自己无法掌控；而且在这里传统的孝道直到解放后还非常厉害，作为对儿媳变态掌控，对婆婆而言往往是对于自己年轻时代出力过早的补偿。像鲁迅《祝福》中祥林嫂的婆婆，其实如果仔细思考一下，如果单纯的一个婆婆又能对于一个青年女性怎样呢？所以问题不在婆婆而在社会及其时代的家族势力。据说萧红在 30 年代的都市中找工作，如果不经过萧军的同意，人家是不敢录用的，她会被萧军的朋友们找回来，“除了依附萧军，她自己是孤立无援的。”②同样，在 40 年代的张爱玲的小说中，同样我们发现《金锁记》中曹七巧对于子女具有惊人的掌控力。这些都说明在 20 世纪初直到 70 年代

①蒲安修在 1943 年对于华北抗日根据地的妇女状况调查报告揭示，男人不愿妇女到外面去，传统的性别禁忌是非常严格的，丈夫有很大的权力；妇女在家不但被丈夫打，婆婆和叔伯也经常打骂。婆婆常以一种疑忌报复的心理对待媳妇，如将媳妇衣服脱光，用香来烧，或吊在梁上用麻绳抽打，很野蛮无人性的。参看：五年来华北抗日民主根据地妇女运动的初步总结，晋冀鲁豫边区史料选编，第二辑，第 201 页

②孟悦、戴锦华：浮出历史地表，中国人民大学出版社，第 173 页

的中国，特别是在农村封建家长制的权力非常之大，远远超出现代人们的想象，正如《中国人的气质》的作者明恩溥写到华北的情况：这里的情况一如既往[①]……

从问题上说，这与“娜拉出走以后”是同样的问题，鲁迅《伤逝》中的子君出走失败了，但是王振中胜利了。婆家找到王振中的队长要人，但是王振中说“回去了就不会再有王振中了”。这样，她向县政府告状离婚，胜利了。[②] 这是时代的胜利，也是党的意识形态文化宣传的胜利，也是抗日作为建设民族国家对于女性身份建构的胜利。在抗战时期女性解放的层面首先是在“家庭”区域内获得突破的，外面广阔的世界给予出走的妇女以更多的“镜像”参照[③]，并且因为抗日政权的权力与物质支持，有可能使得她们迅速“成长”而不致落于子君的悲惨境地。由此，在孙犁的小说中“女性出走”就这样获得了新的意义。

从这个意义而言，女性解放的关键环节确实在家庭与族群、社会之间，这几个部位如何分配权力，直接影响女性的解放历史。这正是民族主义女性主义者看待问题的角度，即民族、国家的重合建立在民族意识形态的基础上，而这个意识形态的产生场所与国家、民族、社会、族群、家庭有关。家庭是民族意识形态重要的生产基地，也是女性很难走出的属于私人领域的生存空间，而公共领域对于女性是很少有机会开放的。女性的压抑在很大程度上是视野逼仄造成的，因此走出家庭不能不是一个女性的解放路标。但这个机会是抗日政权给予的，这里斗争的焦点不是女性本身，而是抗日政权与封建家庭的斗争，女性是他们争夺的一个焦点，女

---

①明恩溥著：中国人的气质，中华书局，2006 年版

②孙犁文集(1)，走出以后，第 40 页

③关于镜像理论，提出了关于“人”的“自我”的生成的问题，认为人在儿童时期开始建立“自我意识”。这是作为个体主体意识的组成是现代哲学的重要问题，个体主体意识就包括自我意识与相对应的“对象意识”，从存在主义观点看这个问题，自我意识是人的“此在”的世俗存在方式，不能获得本真的透悟，这就是“常人”的理论。人的本真是需要领悟到本体论意义的存在的，那就是此在的“能在”性质与存在的同一性。可以参看王一川：语言乌托邦，云南人民出版社，1999 年版，第三章

性的出走带来的利益对于抗战政权来说，更多的是一种资源利用，将女性纳入了民族国家的建构过程；但是对于女性本身来说，却暂时获得了一种社会自由空间，当然也会由此获得一种个体意识。因此，在鲁迅、茅盾等人的小说中无法解放的妇女，在抗战建国的过程中被纳入了民族国家轨道，这与女性自我解放的基础与想象实际还有错位的。

这个问题，不仅对于王振中这个女性有着新的时代意义，而且对于孙犁作为男性本身也是具有时代意义的。他从厌恶家庭出走到成为抗日战士，民族国家意识形态对于主体意识的建构起到了重要的作用，个体从“小我”到“大我”的转变暂时遮蔽了从“革命文学”中来的“虚无主义”。也就是说，现代民族国家意识在抗战中成为鲜明的民族内部的建构意识，在抗日政权的庇护下这种建立的真切性与历史内涵就不是虚幻的价值许诺。美国著名女性主义学者苏珊·弗里德曼强调：“社会身份这个概念作为多重互不相同甚至相互对抗的文化结构（如种族、族裔、阶级、自然、性别、宗教、移民的原籍等等）的交叉点，表示的是某种多因素所决定的多重主体位置。在这样一种文化结构里，自我并不是单一的，而是复合的。它所占据的位置，包含很多种地位，其中每一种地位又会由于同其他地位的交叉而产生某些微妙的变化。”①在20世纪的中国文化语境中，性别表述与建构与其他范畴例如阶级、民族、国家等联系显得特别重要，只有这样，“研究的视线才会不断伸向性别政治与公共政治之间的共谋性权力关系，现实权力场域与文化场域之间的结构性的同源关系，从而体察叙事文本中的性别政治作为一种意识形态的运作机制。”②这种象征性结构具有强大的再生产的能力。当孙犁小说中的女人走出“家庭身份”走向“社会身份”，获得了女性平等权利的社会要求的时候，已经与国家意识形态的权力运作形成了“共作”状态。

①王宇：性别表述与现代认同，第11页

②王宇：性别表述与现代认同，第12页

三、启蒙价值的展开维度

对于女性解放来说，不仅是争得社会权利与男性的平等意识，更重要的是其主体建构问题如何随着性别“身份”的建立，而获得实质性的升华。我们看一下关于女性主体意识的建构空间，在五四以后展开的空间不是倾向于主体内向的理性建构，而是倾向于个体责任感的外部凸显，即其主要发展方向是主体的对象意识，主体意识的丰富是对象意识的发展而非自我意识的深入与质疑。在这两者不平衡的发展过程中，后者的发展很快被民族国家意识形态所利用，成为女性消失自我的重要原因。

五四开启的这种个人主体的价值取向，将“个人自由”、“个人本位主义”抬到至高无上的地位。但其建构方式，却是在与自我的对立方向社会向度上展开，即女性从家庭走出，走向社会。走向社会并不是目的，走向社会是女性获得自我镜像的重要条件，但非唯一条件。正如胡适所言，强调“发展个人的个性，须要有两个条件。第一，须使个人有自由意志。第二，须使个人担干系，负责任。”①当时五四语境中诞生的中国娜拉们，在个人解放与女性性别解放上，混为一谈。当她们简单地以为走出家庭，反对包办婚姻就可以自由的时候，几乎完全不明了现代主体精神的建构实际上是现代理性精神的建构，不明白个人自由空间的开拓与现代民族国家的建构都是在这个前提下的建立，因此她们既没有获得个人解放，也没有获得女性自身的解放。没有现代主体理性、意志的建立，个人的自由不会获得，更不会开拓自己的社会责任，因为连自己的责任都无法承担，在这个意义上，若人人对自己负责，“各各救出自己”，“社会决没有不改良进步的道理”。因此，“这种为我主义其实是最有价值的利人主义。所以易卜生说‘你要想有益于社会，最妙的法子莫若把你自己这块材料铸造成

①胡适：易卜生主义，胡适文集(2)，人民文学出版社，1998年版，第29页

器’。”[①]胡适这种在“个人本位”与“社会本位”、“为我主义”与“利人主义”之间寻求平衡的努力，在现代文化的失根语境中非常重要，其“个体本位”揭示了现代主体最重要的外显特质：中国妇女需要独立自主的人格，发展自己，至于怎样到达这种理想的途径他没有深刻揭示。因此，反而沿着晚清以来对于女性的厌女情结，责任感意识从“贤妻良母”的“家庭本位”引向了“社会本位”这种责任感意识[②]，这与易卜生的娜拉取向正好相反，他没有建立真正自我基础上的现代理性特征，更没有涉及女性性别差异这个问题。这是五四语境无法超越的历史现实。

但这个“怎样解放”的途径很快被茅盾揭示出来，妇女问题的解决与教育、秩序、权力机制、暴力工具有深刻的关联，并在“革命”的背景下获得了巨大的现代悖论。当革命来临时，要求妇女解放的呼声是来自革命阵营，但是革命阵营并不是单纯的同一体，甚至混进了革命的投机者。在《动摇》中如何解放那些被奴役的孀妇、婢妾、尼姑的问题发生了尖锐的冲突。以胡国光为代表的投机派以为孀妇、婢妾、尼姑都要“收为公有”，“公家发配”，但是以方罗兰、张小姐为代表的坚决反对，因为这违反了“结婚自由的原则”，按照张小姐的意见就是“已经解放的婢妾尼姑，必须先由公家给以相当的教育和谋生的技能，然后听凭她们的自愿去生活”。但这个意见却被胡国光别有用心地解释为“半步政策”的反革命，“走了半步就不走，我们何必革命呢?”[③]在胡国光等人的野心之下，“解放妇女保管所”变成了“淫妇保管所”。当革命以暴力打破旧秩序建立新秩序的过程中，秩序的混乱过程标志着妇女解放问题的失败，妇女往往是其性暴力的受害者；随后到来的清党更带来了大规模的妇女的性暴力受害。因此，这个问题似乎并不是单纯胡国光个人的问题，茅盾深刻地揭示出在男权秩序下，群众暴力与革命之间深刻的男性“菲勒斯”倾向，“性”与“占有欲”成为隐

①胡适：易卜生主义，胡适文集(2)，人民文学出版社，1998年版，第29页
②王宇：性别表述与现代认同，第31页
③茅盾全集(第1卷)，动摇，第190页

在的革命话语。当以革命的名义煽动起“群氓”的暴力时，革命的里比多指向了“共产”与“共妻”，分配女性及其引发的暴力争夺、性暴力成为普遍的现象。① 这个时候，女性主义者深刻地发现女性解放与国家民族的建构不是相互包含的关系，他们的合作是有限度的；这个问题从茅盾的著作反映出来的现象与弗洛伊德从精神分析学的角度，都可以发现性欲与文明、秩序与意识的重大关联；作为监督审查机制的秩序，对于男性性欲的恶性爆发有着制约与监督作用，而这一点同样我们会看到在孙犁小说中的凸显或者回避。

在孙犁的小说中，我们看到一个重要的现象：当“他者”的进入成为中国农村经常的现象的时候，女性、性、性别、道德与权力秩序之间发生了错综复杂的关系；而当道德与性的问题进入主体建构之后，现代意义的主体精神才会发生“自我”意识的深刻革命，“社会身份”意识毕竟是作为一种知性意识建构自我的。小说中王振中的丈夫没有出现，他对王振中到底意味着什么？正如前面讲到的问题，为什么一个儿媳问题的解决出面的不是公公，更不是丈夫，更多的是婆婆。如果单纯从社会原因是看不出这个问题的严重性的，这里面自然也有婆婆关于自己早年生活的补偿以及有人侍奉的生活，但这个问题更重要的是性道德禁忌。王振中不回家之所以要“捆回来”，从社会方面考虑是对于女性的社会身份的禁锢，更深层的看这层禁锢之所以产生与害怕儿媳在外“丢人现眼”有关，而“丢人现眼”的关键就在性的失控；从婆婆这一方面说，作为女性反而比男性更加没有性禁忌方面的道德障碍，出现在社会舆论之中。但是作为婆婆毫无疑问地在执行着父权社会的权力逻辑，至于这种执行过程中到底是自身性压抑的潜在报复还是维护丈夫、儿子的男权，这就需要进一步分析。这也是很多小说中，为什么那么多婆婆出面而不是公公出面讨要儿媳的原

①勒庞（邦）在探讨革命的心理学的时候，深刻地指出了革命与潜意识的性的情结密切相关，在革命的暴力之下，往往出现性侵犯这种无可避免的事实。具体可以参看勒庞（邦）：革命心理学，吉林人民出版社，2004年版

因,很多婆婆在这种婚姻不幸的情况下,反而比男人更加变态。所以这种婆婆的形象非常耐人寻味,她们承担了一种男性权力秩序的执行者身份,在普遍遭受压抑的女性世界,却反过来成为男性权力秩序的维护者和同盟者,而在她们背后的则是作为文化象征身份的男权秩序①,这也反过来证明这种中年女性的真正力量来自现存秩序对于她们潜在的支持的缘故。

因此,我们发现五四以来女性解放的先驱总是从青年女性开始反叛的,女性解放的第一步只能是个体的人身自由,没有个体自由的性别身份的确立与实现是不可能的。但是这只是一个前提。从茅盾的小说中我们已经看到,女性解放只能建立在女性教育和社会秩序的背景上。然而,这种教育与革命秩序却是建立在男权的暴力基础上的,因此女性解放处于男权"施与"与"他者"身份的二难境地中,女性主体的建立因此就深深隐藏了这种男权权力秩序的等级中。只有满足了这样的条件,女性的解放方才有少许可能。事实也正是这样,在孙犁的《走出以后》中王振中的形象发生了巨大的变化:从前"说话声音低,老是微笑着,还有些害羞。……只是在说话中间,有时神气一萎,那由勇气和热情激起的脸上的红光便晦暗下来,透出一股阴暗;两个眉尖的外稍,也不断簌簌跳动,眼睛对人有无限的信赖。"②但到后来参军后过了一个冬天,女孩子的心情发生了巨大的变化:"她的脸更红、更圆,已经洗去了那层愁闷的阴暗;两个眉梢也不再那样神经质的跳动,两片嘴唇却微微张开,露出雪白的牙齿,睁着大眼望着台上讲话的程子华同志,那信赖更深了。"③于是,我们看到一个重要的现象,五四时期开始的女性解放直到抗战时期才开始从城市向农村洇染,并取得成功;同时在现代文学史上出现了一种不同于莎菲、慧女士、孙

①蒲安修:五年来华北抗日民主根据地妇女运动的初步总结,晋冀鲁豫边区史料选编,第二辑,第201页

②孙犁文集(1),走出以后,第34页

③孙犁文集(1),走出以后,第39页

舞阳、章秋柳、马兰这样所谓"雄强美"类型"弱质"女性的解放之路：子君、静女士、王振中等等，她们的解放比前一种类型的女性更加艰难，这种艰难与自身性格的柔弱、内向、和善与不愿伤害别人的道德取向有关，但是更重要的不是这种社会道德，而是性道德的自身禁忌使得她们缺乏前者冲破一切的那种力量①，而这种力量也正是前一种女性类型使男性受到诱惑、害怕、捉摸不定、又会失去男性尊严的东西。因此，在现代性的国家建构过程中，女性解放的完成不是在第一种类型的女性的自由，而是第二种类型的女性的自由，在现代文学史上确实有两个女性作家可以作为代表：即丁玲与萧红，而她们不同的命运深刻反映着我们社会女性的演变倾向。

作为小说文本现象，由此我们可以发现孙犁小说的一个秘密：道德与情欲的内在冲突，被很好地掩藏了起来，也就是说，在从容迂徐、挥洒自如的背后有着地火在运行奔突。王振中这种少女类型与孙犁性道德意识非常相近，他们对于性的态度是严肃的，害羞的，抱有神秘的恭敬与莫明其妙的忧虑，这就使得她们必然将精力转向另外的方向释放自己的里比多能量。这也是为什么在小说中写房东的姑娘杏花本来写得非常精彩，却突然转笔的内在原因：他对于这种不像杏花那样"张狂"的女性有更多的命运的关注，因为解剖她们的命运就是解剖自己的命运。这种"弱性"特质深刻地影响他的命运，或许在冥冥之中孙犁早就感受到了。而王振中形象的确发生了变化，时代使她恢复了少女的美丽；同时已经增长见识到可以认识德文的药品名称。王振中发生了改变，但是她的内心世界真正地建构起来了吗？抗战八年如果她没有牺牲，她会变得怎样孙犁是没有

①赵园指出来第一类女性形象的重要性，革命的演变使得第一类形象在城市中脱颖而出，日益变得"雄强"化，体现了现代"自由意志"、"人格独立"，她们有一种鲜明的特征就是对于性道德的彻底的反传统性，甚至在这种意志下为了正当的目的如生存，"卖淫"也会毫不在意；因此，她们的强势地位的确立就是以情感的粗糙化或者故意的泯灭建立对于男性的权力，这是控制男性情欲的女性特有的手段，但同时也是一种非完满的理性意志。赵园：艰难的选择，上海文艺出版社，2001 年版，第 253～263 页

说了。但是,孙犁小说中出现了类似王振中这样的女性现象,这种现象的进一步发展,就产生一种带有鲜明革命意志、富有工作能力与雄性气概的女性形象、另类“女性气质”的女性形象。这种女性价值建构的现象与抗战民族话语进一步的深化,出现了更加复杂的文学形态,这就是后王振中现象了。

第二章　论《荷花淀》的对话空间——从性别视角看《荷花淀》主体建构的历史内涵

一个优秀的文学文本诞生出来，它往往产生相当丰富的历史蕴含，它不但观照着历史文本中生存着的人、物、事，同时还会映照出当代读者（研究者）思维境域，产生一种“镜像”效应。人的“自我”问题往往就是在“镜像”效应中建构与认识自己，不管是男是女，“主体”身份（“自我－对象”即“我思”）的建构和认同总是以“他人”作为前提。从拉康精神分析学理论看待这个问题，所谓“人的成长”需要两次认同，“镜像”理论正是在这一方面提出了人一生需要两次超越：第一次是婴儿时期对于母亲的镜像参照，发生在“想象界”，婴儿在对镜子的观照中完成自己与母亲理想的虚幻形象进行整合，形成与母亲的双人格局，这即是所谓前俄狄浦斯阶段——前符号阶段；第二次则发生在“象征界”，由父亲这个“他者”所形成的“符号世界”，即由语言法律和文化构成的秩序（非弗洛伊德意义的“情敌”）；后来法国女性主义理论家克里斯蒂娃改写了拉康的“二次认同”理论，提出“三次认同”，女性经过二次认同以后，有意识地选取母性价值作为认同的方向，这母性价值源于前俄狄浦斯阶段的母子共生关系中。① 其实，男性又何尝不是如此，人就是在不断的认同与不断的超越中形成自己的身份意识与行为准则的，这样的“个性主体”在存在主义看来何尝不能超越进行第四次超越和认同，而站在宗教神学的意义上我们又可以看到另外的镜像，所以我们把“自我”问题看成一种相互关联的意义境域，它的形成、开放与结构问题总与个体的生活环境、历史现实密切相关。

正是在这个意义上，杰佛瑞·威克斯将这种产生价值意义的场所称

①王一川：语言乌托邦——20世纪西方语言论美学探究，云南人民出版社，1999年版，第三章

为“社区”，“社区代表着某种团结。这种团结给个人和社会运动以力量，使其成为可能。”①而法国著名社会学家布尔迪厄则将这种类似的东西称为“场域”，一个行动者所拥有的“习性”和“资本”（宽泛的价值文化储备等）必须展开的领域，“建构成一个充满意义的世界，一个被赋予了感觉和价值，值得你去投入、去尽力的世界。”②不管是杰佛瑞·威克斯还是布尔迪厄，他们所指称的不过是一种难以说清的社会文化心理空间，一个“群”的“世界”，作为一种复杂含糊却又意蕴丰富的把握，我们愿意借鉴这个“场域”的概念。我们将要考察的是孙犁小说中性别表述方式在特定社会场景中的意义蕴含——“域值”表现，无论对于男性还是女性这都是一种重要的存在方式。因此，当我们从性别视角进入现代民族国家形成历史，考察孙犁小说中的女性“性别”及其“差异”的时候，就会发现他的成功不仅在于文学描写的诗情画意，而且在于“真实”地再现了某些历史场景。这些历史场景在“不同主体群”中展现，其内涵远远超过场景本身而形成一种特定“文化场域”，具有深远的历史内容。正是这些有待挖掘的历史内容，好像才在他非常单薄的抗战文本描写中有了社会内涵的真正价值，或许可以称为这些历史场景的“社会域值”吧。

下面我们以孙犁的《荷花淀》为主要的分析文本，来看孙犁小说中的人物如何在特定历史阶段的社会场域中展现自我与自我变迁的。这里涉及三个关键的文学场景：女人与水生对话场景、女人群体场景、女人与男人群体场景。在这三个场景中，各人表现很不一样，其丰富的历史内涵就从这种域值关联中产生出历史真实的某些再现。

一、水生嫂是一个传统女性

先说第一场景，也是大家最为熟悉和讨论的水生夫妇的对话场景。

①杰佛瑞·威克斯：20世纪的性理论和性观念，江苏人民出版社，2002年版，第231页

②朱国华：权力的文化逻辑，上海三联书店，第181页

这个场景包含了中国农村从传统乡土到现代民族转化的民族心理建构过程。

文章先来一段历来为人们所称道的优美的风景描写，但是关键在下面的对话：写水生从区里回来，孩子和老人都在屋里睡了，只剩下夫妻二人的“私人场景”。妻子发现丈夫“脸有些红涨，说话也有些气喘”，“笑得不像平常”，当水生说“明天我就到大部队上去了”，“女人的手指震动了一下，想是叫苇眉子划破了手，她把一个手指放在嘴里吮了一下”，然后水生说自己第一个举手报名参军——

女人低着头说：

“你总是很积极的。”

水生说：

“我是村里的游击组长，是干部，自然要站在头里，他们几个也报了名。他们不敢回来。怕家里的人拖尾巴。公推我为代表，回来和家里人们说一说。他们觉得你还开明一些。”

女人没有说话。过了一会儿，她才说：

“你走，我不拦你，家里怎么办？”

水生指着父亲的小房叫她小声一些。说：

“家里，自然有别人照顾。可是咱的庄子小，这一次参军的就有七个。庄上的青年人少了，也不能全靠别人，家里的事，你就多做些，爹老了，小华还不顶事。”

女人的鼻子里有些酸，但她并没有哭。只说：

“你明白家里的难处就好了。”

后面来了一段重要的对话，引起了不少的争论——

“你有什么话嘱咐嘱咐我吧。”

“没有什么话了，我走了，你要不断进步，识字，生产。”

“嗯。”

“什么事也不要落在别人后面！”

“嗯，还有什么？”

“不要叫敌人汉奸捉活的。捉住了要和他拼命。”这才是那最重要的一句，女人流着眼泪答应了他。①

这里一句“和汉奸敌人拼命”的话，引发了大家对孙犁关于妇女“贞节”和“节烈”问题的讨论。逄增玉先生从女性主义的角度，认为作者所处时代条件和主观因素的制约，在对中国乡村妇女美德美情的认知与表现中，在总体上政治正确或文化正确中，还存在着些可能为作者所没有意识到的、值得重新反思的政治与文化因素……构成了对政治和道德正确的深层反讽与颠覆。但王士美认为这是评论者的主观臆断，否定了抗战的历史背景和时代对于人民的号召力量，低估了人民的道德情操，这是从理论进行的主观演绎。②

这个问题需要进一步分析，颇难遽下结论。

我想从社会主体身份的建构与认同上，从不同社会境域中把握作家的文本意旨以及超出文本的社会历史内涵。很明显，这段对话给人的阅读感觉非常适合北方农村的乡下场景，但感觉毕竟不等于文本丰富性的历史内涵。值得关注的是，水生夫妻的对话是一个私人场景，这个私人场景谈论的是一个涉及公共领域的事件——参军，因此这个事件的意义链就向社会敞开了，但这个敞开对于水生和水生嫂的意义并不相同。我们可以看出一个事实：在水生夫妻的生活之中，夫妻年龄差别不大，有了一个七岁小男孩，还有老父亲可以帮助家庭做些零活和看看孩子。这是一个典型的符合儒家传统的和谐的家庭，老父亲出场不多，但是句句在点：“水生，你干的是光荣事情，我不拦你，你放心走吧。大人孩子我给你照顾，什么也不要惦记”。这样我们提出一个问题：水生参军，家里拦他不？妻子说“你走，我不拦你，家里怎么办”；而父亲也说“我不拦你”，这两个“我不拦你”内涵大不一样：妻子明显想阻拦的，但是这个阻拦并不损害水

①孙犁文集(1)，荷花淀，百花文艺出版社，2002年版(下同)，第92页

②王士美：质疑《重读荷花淀》，文艺争鸣，2005年4期，第99页

生的个人意志，也就是说大前提是同意水生参军，妻子想到的是"你明白家里的难处就好了"，——潜台词是"你不能忘记我"，这个结论符合孙犁小说的家庭男女关系法则，也与孙犁一贯的道德准则相通；而孩子更是牵引夫妻的那根奇特的引线[①]，即使像在香菊家庭那样的令人难堪的人伦境地，孙犁还是赋予同情而不是加以谴责的。[②] 因此可以说水生嫂的着眼点是夫妻恩爱，是私情对于公事的情感让渡；但是，父亲的同意则在另外的方面，那是以"民族大义"着眼点，不仅是父亲和儿子的关系，更是一种文化秩序的象征。孙犁小说的好处是他的情节非常符合人情世道。尽管这个父亲拥有一种文化象征秩序的身份，但是非常近情："大人孩子他照顾"，一个老人怎么照顾？因此老父亲的形象是稳定心理的象征，这是无疑的，他的力量来自中国身份的认同。还需要明白的一点是，水生和父亲的关系与妻子和父亲的关系在级别上也有区分，水生对于父亲是尊敬与孝道，妻子当然也是这样，但是妻子的身份等级毕竟还是低于水生的，无论水生嘱托的居高临下，还是父亲的叮咛都展现了生活意义设定的身份等级划分。但水生家庭最为令人感慨的地方不是这种等级的设定，而是这种等级设定背后的儒家那种"仁人之心"，大家都非常明理懂事，也都认可这点。[③] 这是传统儒家的人伦之道的集中体现：父子有道、夫妻有序，互爱互敬、互谅互让的经典精义；不是那种变味的后世儒家传统"君臣

①在传统农村夫妻关系中孩子具有重要作用，孩子就像做衣裳的针，将线引到父亲那里去，并连在一起；像一条水沟从一个洼连到另一个洼，这与城市爱情很不一样的。参见：孙犁文集(2)，风云初记，百花文艺出版社，第28页

②在孙犁小说通讯中有很多不幸的家庭，特别夫妻年龄差别很大引起许多问题，这里指香菊家里叔父与香菊母亲的非正常关系。孙犁文集(3)，香菊的母亲，百花文艺出版社，第87页

③我们的这种研究得到了孙犁的女儿孙晓玲女士的证实，孙女士在孙犁先生逝世之后，写了关于孙犁的纪念文章，包括《游子吟——记我的父亲孙犁之四》，集中写到了孙犁的父亲在战争年代为整个家庭作出的巨大支持，包括对孙犁妻子的支持、对孩子的关注，孙女士写道："父亲在外抗日，爷爷是家里的主心骨儿，他领着大的，背着小的，照顾着脸上抹了灶灰的儿媳，奔波、逃难、躲藏，吃苦受累，尽心尽力，惟恐有半点差池，对不起一心一意在外干工作的独子"。也就是说，水生父亲与妻子的形象鲜明地渗透了作家个人的人生经历，因此其精神内涵极其真实。见天津日报，2002年7月25日

如寇仇”、“礼教吃人”的相互敌视的变味的权力秩序。这可能是孙犁小说成功的秘密之一。

但是，这个语境并不可能是完全古典的，而是处于一种转折之中，即这个转折实际纳入了现代民族国家的建构过程，即从文化民族主义到政治民族主义的过程之中，但是因为日本侵略者的入侵，更因为他们的烧杀奸淫彻底打破了传统中国的文化民族主义，掺入了种族民族主义的现代性劣根因素。按照泰戈尔的看法，民族主义根本就不是古代的产物，而是现代科学理性基础上发展出来的非人道的东西，这种民族主义将人的丰富性纳入了狭隘的理性与冰冷的感情之中，完全阉割了人类最美好的道德精义与广阔的精神世界。“事实上，冲突和征服的精神是西方民族主义的根源和核心；它的基础不是社会合作”①，泰戈尔讽刺道，“我们在布满砂砾的地面上赤脚行走时，我们的双脚会逐渐适应这种冷漠土地上的异常状况；我们的鞋子里如果进入一颗砂粒，我们是决不能忘记这件事的。这些鞋子就是由民族支配的政府——它紧箍着我们的双脚，用封闭的方式限制我们的脚步，我们的双脚只有些微自行调节的余地”。“这种对于自由的限制是一种更为根本的弊端，不在它的数量；而在于它的性质，……西方精神在自由的旗帜下前进的时候，西方民族却在铸造它那种在整个人类历史上是最无情和最牢固的组织锁链”。泰戈尔的这种认识与西方尼采、海德格尔等人对于现代西方精神的批判是完全一致的。问题是，正如泰戈尔所言，“在荣誉失去尊严和先知者成为一种时代错误时，在淹没一切声音的声音就是市场的喧哗时，一个人在一群身强力壮的竞技者当中被称为理想主义者是多么危险。”②而中国的当时情景就是这样一种情景，尽管泰戈尔很明白自己讲的并不是那些民族主义者认为的“理想”而是一种“事实”，然而现实已经无情地将中国卷入了现代民族国家中了。对于过去时代那种“民族主义”，人们一般称之为文化民族主义与种

①泰戈尔：民族主义，西方的民族主义，商务印书馆，北京，1986年版，第11页

②泰戈尔：民族主义，日本的民族主义，商务印书馆，北京，1986年版，第50页

族民族主义，以与这种以科学理性为基础的政治民族主义相区别，当然这也是现代意义的指称，与前现代意义的历史文化完全不同。

因此，在水生参军的时候，这种行为本身就蕴含着现代民族国家的组织化过程与传统民族主义温情的对立之中。这种对立在他们到底有多大程度的自觉呢？从孙犁的文本叙事看来，水生是很兴奋的，不但第一个报了名，而且一到队上就当了“副排长”，就是说水生自觉地加入了现代军队的保家卫国当中，是一个“官”了。这个“官”使得“大家（妇女们）都是欢天喜地的”，这是客观意义的共产党的现代民族国家建构意义上的“官”，而对于水生是一个什么意义呢？他说，“我是村里的游击组长，是干部，自然要站在头里，他们几个也报了名”。就是说，水生的动机有两种：一种是干部身份；二是荣誉感的激励，是一种道德价值认可。那么这到底是属于现代意义的还是传统意义的？传统的正人正己的道德教化与士大夫的忧国天下，也都与这个问题联系在一起的；共产党对于官兵一致的要求也是有人情味的，但是下面一句却是大煞风景：“千斤的担子你先担吧，打走了鬼子，我回来谢你”。我们知道，这是水生夫妇在月下清风中进行谈话的私人场景，水生忽然冒了这话出来，将公共领域的意识形态话语直接引入了夫妻之间，相当耐人寻味；第一句引入就有些“生离”，但显得还有些“丈夫气”，后面却用了一个“谢”字在“我”和“你”之间，就大有文章了。在水生的意识里面已经将“个体”区别开来，即使是妻子，一个“谢”字表明的不是夫妻传统意义里的夫唱妻随，而是两个“主体”之间的对话，尽管这个主体还是有些传统的意味，因为“水生想安慰她”。然而夫妻之间天然一体的传统观念已经被分割开来了，即水生的发展将会变得更加理性与无情，而这一点在发展到《风云初记》的芒种身上已经非常明显了。①

我认为在这一点上孙犁的自觉是有限度的，因为另外一个人物水生

①《风云初记》写芒种当了连指导员以后，与原来地主雇工的老伙计老温已经形成了不小的鸿沟，芒种变了，变得老温有些不认识了，尽管作家在极力弥补这个漏洞，但是这些细节非常真实地显示了历史进化的全部残酷性。参看：孙犁文集（2），风云初记，第76节

嫂完全还是另外的形象。我们已经分析过水生嫂的私人领域，着眼点在于夫妻恩爱。这一点从另外的场景上还看出来。在水生到其他人家进行送信的时候，水生女人在干什么呢？在文章中这是一个“空白点”。开始的时候，水生女人“鼻子里有些酸”，但是还没有哭。在水生回来的时候，女人还在院子里等他；然而“鸡叫的时候”水生才回来，“女人还是呆呆地坐在院子里等他”。我们讲孙犁小说的成功处就在这些地方透露了历史的真实信息，超过了作家的主观设定，也就是说，水生女人在夜晚等了丈夫将近一晚上，而且是“呆呆地”——尽管水生夸奖自己妻子“开明”，但是这个意外的变化完全把这个女人搞蒙了。我们讲过，水生父亲很清楚自己儿媳的位置更清楚儿媳的地位与意识水准，这个巨大的社会现实超越了她的理解能力：她还是一个传统的处于从属地位的女人，一个以丈夫和孩子为中心的女人，一个以“他者”建构起来的女人，一个前现代意义上的女人，她完全没有意识到自己是一个独立于丈夫的现代女性，丈夫的“走”“抽空”了她的精神世界。但是，她还算坚强没有哭出来，也许因为顺从丈夫的习惯而认为“丈夫做事是对的”的所谓“明白”的道理，但是这个“明白”显然超出了家庭秩序的“明白”，因此是一种真正的“不明白”。只有这样，她才会出现一个晚上的“呆呆地”表现，也只有这样，她才会恳求丈夫对自己进行“嘱咐嘱咐”。这是一个传统意义的好女人，不是现代意义的独立女性；她是贤妻良母，承担着家庭的体力重担；她是传统伦理的守护者，因此自觉会听从丈夫要求“拼命”的这条不是“律令”的道德“律令”。也就是说，水生的世界中存在那种现代个体意义的“自我”，但是这种“自我”对于他要求妻子的“节烈”没有任何力量和理由，至多只能说是水生潜意识的对于妻子的传统道德期盼，因为这样的“自我”是以人的个体独立为前提的；但就是这样的混杂着现代意识和古老潜意识的道德要求，在妻子听来却是无上的道德“律令”了。

这一点王士美先生是绝对没有分析的，她要求进入历史语境，这点本是不错的，但她却没有能力进入历史语境，历史语境不是想回到就可以回到的，从这个意义上说，她要求的历史主义的分析方法恰恰走到了自己的反面；那么，这个问题是不是对于逄增玉先生“政治正确性”和“道德正确性”的颠覆呢？这个问题就不是简单回答的。从水生妻子的角度看来，这种道德要求是一种律令式的命令，从水生看来这个问题却不一定是这样的命令。民族抗日建构新型民族国家激发的抗战热情会慢慢冷却，发生新的质变。因此，这个问题还没有结束的必要。

二、历史支配性结构对于水生嫂们的影响

现在，水生们已经走出原来的世界了，水生嫂们大概都要经过“呆呆地”一阵子的。但原先封闭的世界已经打开了，她们的男人们牵引着她们，日本鬼子瞄准着她们，家庭需要她们照顾，她们必须收缩视线完成自己的现代定位，重新认识自我的身份建构。也就是说，现实迫使她们从婴儿般的“想象界”进入文化秩序的“象征界”，进行一番脱胎换骨，甚至还要走的更远。于是在小说中出现了另外的场面：公共领域中女性的自我认识问题。孙犁小说诗情画意的风景描写在小说前两个小节里面，很突出，在第三个小节里面却主要是人物行动和对话场景，后两个小节分为女性群体自身和男女混合群体的镜像观照，于是从这里慢慢发展出另外的东西来了。

女性主义要求必须从女性性别出发来研究女性的性别差异，如果混沌地光凭感觉是无法完成所谓“科学”认识的，要完成科学认识按照马克思的观点就必须进行从“具体”走向“抽象”，然后从“思维抽象”形成所谓的“思想具体”。女性主义的许多概念非常富有启发性，关键的问题是我们必须走出这种概念进入历史中去，才不会是陷入辩证法的反动，我们需要开放的方法的研究。在女性主义的话语中，“性”与“性别”是两个非常重要的概念。“性”，指自然的、生理学意义的概念，“性别”是社会学文化意义的社会建构。在女性主义的理论中男女“差异”不是在“性”这个层面

建构的，恰恰相反，男女“性别差异”是在文化变量中形成的。但男权主义却就在“性”的生理性差异上大做文章，对于女性精心设计了一套压迫的价值观念体系。例如中国女子的“缠足”，尽管在古代文学中有大量的关于女性三寸“金莲”的美文学的描写，甚至造成了在20世纪都绵延不绝的女性社会现象。但这里确实蕴含着男性霸权对于女性活动进行限制的不可告人的目的，这在19世纪中西方传教士就对中国妇女问题进行了大量的批评，给予中国男性相当大的压力，中国男人这时获得了一个重要的西洋男人的参照标准，他们要改变自己了。① 但是，现在也有理论对于“性别”概念进行反省，她们认为当一些女性主义者越来越否定男女在劳动分工和心理差异是“自然的”，而强调“文化”这个变量的时候，她们并没有质疑“性别”是以自然的、性的（sexual）二分为基础这个假设，因此又引入“性差异”这个概念。但不管怎么有分歧，像德尔菲和巴特勒都指出“性别先于性”以及社会劳动分工的文化建构和意义的文化建构论，是“性差异”被建构（和利用）为“自然”和“前社会”的基础。因此，“性别”不应当被理解为男女之间的“真实的”社会差异，而应被理解为一种“话语方式”。这一“话语方式”跟不同的主体群有关，这些群体的社会角色由其性/生理差异决定。但这样一来又导致了“性差异”内涵的混乱，因此有学者认为“性差异”的内涵是由“历史性的支配性结构”决定的，作为一种话语，它的主要内涵是考察一种女性主义的“政治动员方式”；女人之间最大的差异就是族群，她们在不同成员之间的身份，也就只能在“支配性结构”中理解。②

我们先来看一下女性群体中的女人。

女人们到底有些藕断丝连。过了两天，四个青年妇女集在水生

①王政、刘禾、高彦颐：从《女界钟》到“男界钟”：女性主体、国族主义与现代性，社会性别（第二辑），天津人民出版社，第40页

②伊瓦一戴维斯：性别和民族的理论，见陈顺馨、戴锦华编：妇女、民族和女性主义，中央编译出版社，2004年版，第12～17页

家里来，大家商量：

“听说他们还在这里没走。我不拖尾巴，可是忘下了一件衣裳。”

“我有句要紧的话得和他说说。”

水生的女人说：

“听他说鬼子要在同口安据点……”

“哪里就碰得那么巧，我们快去快回来。”

“我本来不想去，可是俺婆婆非叫俺再去看看他，有什么看头啊！”

于是这几个女人偷偷坐在一只小船上，划到对面马庄去了。①

从文本结构上说，这是一段过渡段落；从文章学上也没有什么大讲头。但是就这么一段话在孙犁个人历史上甚至文学史上都是一段话语权力的故事。事情是这样：安乐师范的文艺研究小组在1952年给孙犁写了一封信，其中就提到了这句“女人们到底有些藕断丝连”，说孙犁“有点嘲笑女人的味道”，后面还有“……战士们，正在聚精会神瞄着敌人射击，半眼也没有看她们”。希望孙犁将“半眼也没有”改为“没有顾得”，因为这样是“拿女人来衬托男子的英雄，将女人作小说中的牺牲品”；同时最后写到最后对于妇女们积极的描写是“掩饰自己的轻视妇女的观点”，“不是郑重地反映妇女们的事迹”。孙犁给他们写了回信，批评他们断章取义，没有很好地理解原文，对于作品“往往不从整个作品所表现的思想感情出发，而只是摘出其中的几句话，把它们孤立起来，用抽象的概念，终于得出了十分严重的结论。这种思想方法和学习方法，我觉得是很不妥当的。”②文章发表在1952年第17期《文艺报》上，据说孙犁后来挨了很多骂，从此孙犁对于“读者意见”深为敬骇！因为这对于他已经不是第一遭了！

但是，值得关注的是，建国后文艺批评庸俗社会学的批评方法大行其道，尽管他们在对待文学作品是条分缕析地以抽象的标准来对待，但是他

---

①孙犁文集(1)，荷花淀，第93页

②孙犁文集(4)，关于小说《荷花淀》的通信，第599～605页

们认识问题的准确性却往往令人惊叹！也就是说，当时的思想文艺界对于“小资产阶级”的“恶劣情趣”有相当敏锐的感受。在1951年10月6日发表了林志浩、张炳炎写的长篇大论《对孙犁创作的意见》，占据了《光明日报》整整一版的篇幅。据说在天津也有人想批判孙犁，被当时的天津文教委员会的王亢之给压下来了。到了新时期这个问题说得不多了，大家关注的是孙犁小说的“诗情画意”，这样对场景的关注相对就少了，但是大家说来说去都谈不出什么新鲜东西来，好的从文学史进行梳理一番抒情传统，但是都无法进行深入的理论把握和历史透析。说句实在话，历史社会分析对于孙犁这样的作家不好把握，对于这种诗情画意如何与历史内容的结合一直是孙犁研究的一个难点，大家往往顾此失彼。这里我们尝试一下用新的理论工具的效果。

将这段描写当作一种女性形象刻画是没有意义的，孙犁压根就没有什么人物聚焦，他展现的是女性的群体形象，面目模糊，即使在整篇小说中即使水生嫂的形象，也是模糊的，但是你很真切感受到她们的精神特质。这带来了一个问题，水生嫂及其水生嫂们为什么会是这样的形象感受？我们已经研究过，水生嫂的意识特征是前现代的传统女性特征，那么这一群女性又是怎么样的呢？毫无疑问，在孙犁的笔下这些没有姓名的“言说”有一个重要特征：这些人或者话语可以“互换”。唯独一个例外的是水生的女人，水生的女人说的是“听他说鬼子要在同口安据点……”，但是，即使水生女人说的也不是自己话语的直接表达，而是水生的话语的转述。如果不是水生家里的男人，而是其他家里的男人对于妻子说了这样的话，大概她们也会这样进行转述，也就是说，这些女性没有独立的个人话语。其二，这些女人在群体中的表达话语虽然没有自己特立独行的东西，但是有另外一点也值得注意：她们的话语不具有本真性然而又表达着本真性，大家都言不由衷，然而彼此都心照不宣地明白自己要干什么！不具有本真性是指对于群体其他女性而言的，大家找丈夫是真的目的，然而这找的“借口”是假的，那些所谓“婆婆”指令、“一件衣裳”都是借口，唯独那个说“我有句要紧的话得和他说说”的女人看来还是有相当的见识，只是不知道这句“要紧的话”到底是什么，或者根本也没有什么！因为后面说来，“一到军队里，他一准得忘了家里的人”，这话也是水生女人心中的话语，甚至可以说是这些女人共同的话语以及她们“团结一致”的力量来源（社区）。从这些女性身上我们看不到任何现代意识的东西，因此从某种意义说她们是一种“文化复制品”，因此可以相互“互文”。从这里看，孙犁小说的真实性不是描写在真实的事件上，而是对于这种历史语境中人的精神面貌有着深刻的历史直觉。

这样，从群体场域看这些女人发现不了什么新鲜的东西，但是她们是“性”的女人，“藕断丝连”是这种标志之一，但就性别身份看她们对于自己的文化身份却毫无自觉。如果这样，女性研究的视角也没有什么大的意义，但是，如果我们从“历史性支配性结构”看待这个问题，就出现新鲜的时代特征了。这些女人可以设想在平时就可以在一块相处的，差异顶多是性格的，至于是否都有水生女人的“幸福”，——应该说还是算好的家庭，那是另论，不属于文化建构意义的。因此，她们的行动本身就从所谓的“支配性结构”看来有两个构成成分：第一，家庭本位，特别是“婆婆”这个身份的压力在这一次“寻夫”中与这些女性的个体动力是相合的；第二，丈夫所属的“结构”，真正带来变化的是这个“支配性结构”对于原属结构的分裂。这个结构联系着重大的现代思想的变化即现代民族国家建构、无产阶级、政党及其下属的各种组织团体，我们将会发现，她们也被组织进来了。因为在结尾的部分，作家写道：“这一年秋季，她们学会了射击。冬天，打冰夹鱼的时候，她们一个个登在流星一样的冰床上，来回警戒。……配合子弟兵作战，出入在那芦苇的海里”。这样她们将发现一个开放的世界，为自己将来重新定位；而另外一部分动力则是这群女性明白了一种“异质性”：日本人是“鬼子”，是她们的对头。这次出来最大的收获就是现代“民族国家”概念开始深入她们的心灵，尽管这个具体的内涵还有待深化。这可以举个例子，刚刚抗战的时候在晋察冀地区唐县的花盆村妇女，当被问到是哪国人的时候，她们居然说是“花盆国！”①这可能是极端的例子，但是也可说明，在农村地区抗战时期民族统一战线的框架之内共产党进行了艰难的现代启蒙工作，抗战唤醒了现代民族意识；国家概念、爱国主义、民族主义渐渐凝聚成为坚强的民族抗战意志，为抗日战争的胜利奠定了坚实的思想基础！至于对于民族主义以及阶级性慢慢占据了民族主义的核心地位引发的变化，如何认识和评价是后来的人的事情，那时首先就是生存！

三、传统伦理语境中的性别禁忌

当然，任何一个优秀文学文本总是提供许多丰富启示，我们从“女性群体”看待这群妇女的意识结构或者身份建构的时候，收获是其公共领域的展开。她们对于自己的文化确实缺乏一种文化自觉，但事情总是在发生变化。文化社会事件总是在她们走出家门的时候不期而遇，这必然反映到她们的心理之中。阿尔都塞说，“所有的意识形态把具体的个体召唤为具体的主体就是利用了主体范畴的功能作用”，因为“意识形态毕竟只是一种媒介，真正的建构活动必须在主体内部进行，必须发挥主体本身的认识（recognition）、认同（identification）或者误认（misrecognition）功能”。② 对于一般个体而言，两种以上的意识形态话语最有利于个体进行自我纠蔽，因为两种意识形态对于任何个体而言，都不可能对于其心灵结构进行全方位的遮蔽，这为心灵的本体结构显现提供了裂隙，只要这裂隙不能成为个体成长的负担而是一种精神资源，也就是不发生神经性精神

①方之光、龚云编：农民运动史话，社会科学文献出版社，2000年版，第736页，转引王向贤：知识、主体性与根据地妇女运动——以抗战时期的晋察冀边区为案例，杜芳琴、王政编：社会性别，第2卷，第63页

②孟登迎：意识形态与主体建构，中国社会科学出版社，2002年版，第137页

分裂，这对于个体来说一般是为她们提供异质性的资源的，但是需要对于原来的资源进行"接头"、"转化"与"整合"，弗洛伊德精神分析心理学的重要性就在这个地方为不同思想资源提供了本体支持，但是这是一个黑暗的本体，而不是透明的本体。①

因此，水生嫂们也将会面临一个重要的转换，她们能够完成这一历史使命吗？在这当口，生命本身会觉醒吗？我们看下面——

"(日本)大船追得很紧。幸亏是这些青年妇女，白洋淀长大的，她们摇的小船飞快。""后面大船来的飞快。那明明白白是鬼子！这几个青年妇女咬紧牙制止住心跳"，"把小船往荷花淀里摇去！"

"假如敌人追上了，就跳到水里去死吧！"②

但是，她们没有死，而得救了！不但保住了性命，而且没有出现麻烦的"贞节"问题。假如死了，这个死还真有点冤枉，因为水生们大约可能还是不希望她们死的。我们前面讲过，水生们现代个体意识的诞生，在某种程度上不但解放了自己，而且还会某种程度地解放别人；同样，在孙犁的几乎无意识叙述之中，水生嫂们的觉醒状况是有可能不但认识到民族敌人的男性霸权，同样也有可能认识到民族男性的男权性质的，这样她们以后的生存状况恰恰有力量要求自己活下来。逄增玉从抗战的崇高性、传统的父权制，以及妻子的少受蹂躏出发，认为"水生们"(传统男人们)要求的道德"节烈"会使她们死去③；但我认为她们在男权的削弱及自身的成长中获得的，恰恰很可能不是去"死"，相反很可能是更加明白地"生"！假如她们能够活下来的话！这也与王士美因为抗战的崇高性而对于这一问题的回避，完全不同！在逄增玉的文章中引了丁玲的小说《我在霞村的时候》，分析贞贞就是一个"道德律令"的另类。这说明逄先生颇具眼光。

---

①从现代学术资源看，"无意识"理论是弗洛伊德理论的基本支点，其核心指向了"性本能"；在佛教哲学中这一理论的基本结构归结为"阿赖耶识"，但是它需要进一步转化与升华即"转识成智"；在海德格尔哲学中升华为"此在"，可以说明这一结构内在的可行性转化路径。

②孙犁文集(1)，荷花淀，第95页

③逄增玉：重读荷花淀，文艺争鸣，2004年3期，第51页

在现代抗战文学史上，再没有如丁玲的这篇小说这样深入到人的灵魂，进行严肃考察一位受难女性的精神世界的了，因此，在几乎与孙犁小说同时出现的“贞节”问题上我们看到出现一种另类的思考。“贞贞是被民族敌人强行抓去受到肉体侮辱的，她的个体受难中包含着民族集体受难的成分，而她自己后来也愿意以肉体受辱的方式换取情报支持抗战事业，显示着政治文化、民族利益已经突破和舍弃了中国传统伦理道德对女性的规范，显示着贞贞这一‘独异’的农村女性对传统道德的超越。但是，贞贞的行为和思想却不能被村民们接受，不但不接受，村民们始终不能理解和宽宥‘不洁’的贞贞……这种来自历史传统和村民意识的道德观与是非观是如此强大，以至最终迫使个体生命意志强悍、早已超越世俗道德伦理、又受到政治权利保护的贞贞，始终受到歧视和‘孤立’，不得不离开村庄。”①既然逄先生已经认识到贞贞的情况了，为什么反而从反面得出了这个结论呢？此无他，逄先生的结论是从外面推论的，从五四以来鲁迅为代表的思想史推过来的，非历史的，这一点王士美是没有说错的；但是不能说推论就是反历史的，历史有时与逻辑是合拍的，正如这里看到的情形，水生嫂们会变化吗？水生们会变化吗？逄先生忽略了水生们的思想裂隙以及这种发展可能带来的丰富性。如果水生嫂们真遭不测而活下来，有两种情况：一是隐忍而生，这是很多“慰安妇”的遭遇；另外一种情况就是贞贞的情况，反而活出力量来了，更加明白了女性的权力，明白了男权制与民族国家的建构本来也是一体的，共谋的。抗战之后大多数遭受侮辱而活下来的妇女，并没有像水生要求的去死，而是活下来了，只是具体的状态我们没有很好的文本进行分析了。② 但是，孙犁回避了这个问题！当然，我们不能将水生当作作家，但是作家对于这个问题的回避说明孙犁道德机制有重要的研究价值。

①逄增玉：重读荷花淀，文艺争鸣，2004 年 3 期，第 50 页

②这个问题可以参看苏智良《慰安妇研究》，日军的惨无人道的慰安妇制度对于女性的伤害，使人无法回避战争与女性的问题，上海书店出版社，2000 年版

在这里文本给予我们提供了另外的参考路径。这就是男女群体中彼此的精神镜像展现。这种场景将深刻地映现着中国女性，甚至中国男性在当时的抗日环境中，对于异性的性别禁忌，哪怕是自己的妻子！

文章这样描写：

……她们看见不远的地方，那宽厚肥大的荷叶下面，有一个人的脸，下半截身子长在水里。荷花变成人了？那不是我们的水生吗？又往右看去，不久各人就找到了各人丈夫的脸，啊，原来是他们！

但是那些隐蔽在大荷叶下面的战士们，正在聚精会神瞄着敌人射击，半眼也没有看她们。枪声清脆，三五排枪过后，他们投出了手榴弹，冲出了荷花淀。

…………

水生追回那个纸盒，一只手高高举起，一只手用力拍打着水，好使自己不沉下去。对着荷花淀吆喝：

"出来吧，你们！"

好像带着很大的气。

她们只好摇着船出来。忽然从她们的船底下冒出一个人来，只有水生的女人认得那是区小队的队长。这个人抹一把脸上的水问她们：

"你们干什么去呀？"

水生的女人说：

"又给他们送了一些衣裳来！"

小队长回头对水生说：

"都是你村的？"

"不是她们是谁，一群落后分子！"说完把纸盒顺手丢在女人们船上，一泅，又沉到水底下去了，到很远的地方才钻出来。

这段文章前面提到过，安乐师范的研究者们认为孙犁有"轻视妇女"的观点，这样的观点从现在看当然会贻笑大方，根本就没有读懂孙犁文章的原意。但他们提出的“半眼也没有看她们”的确抓住了一些重要的东西，然而这并不是“瞧不起女人”的意思；孙犁说“半眼也没有”比“没有顾得”，更有力量，更能把战士们的“聚精会神”形容出来。他说，这是打仗不是看戏，青年们不能像在戏台下“东瞅西斜，飞眼吊膀”①。这真是“此地无银三百两!”丁帆先生在谈到这个地方的时候也说，这简直是“打情骂俏!”②应该说这些感知是准确的，但是这些解释都难以令人满足，作家自己的解释当然不可信，这难道是为了单纯解释战士们“聚精会神”？没有现成的理论可以解释这种现象，但你却感到生动如画！因此，我们一定要在这种场景中引入公共领域内“场域”所产生的意义链指——“域值”！我们上面提到在女性群体中，每个女人言说的“互文性”，“非本真性”，她们之所以能够凑在一起是另外的指向将她们结合！这里是男女群体，事件很明白地指出了目标的方向性锁定：“那不是我们的水生吗？又往右看去，不久各人就找到了各人丈夫的脸”，女人们是多么高兴，这种高兴不是假的，“非本真性”完全兑换成“本真性”了，这时才会发现语言的极度贴切：“啊，原来是他们!”一个“啊”字，这是惊奇、兴奋、幸福的向上转折的“啊”字啊！女人对于男人的亲密无间在这种场域中完全展示了出来！男人们却“半眼也没有看她们”，也就是说“对视”没有形成，这可能就是孙犁说的不能“飞眼吊膀”了！但是，男人们明明在心里“看”她们，这种故意的“不看”，恰恰就是“在看”，在妇女们没有进荷花淀之前他们肯定很是着急！男人，特别是水生在这里的心理活动同在第一场景中的水生嫂“呆呆地”一样，是一个文本“空白点”！他可能有些生气，——差一点出事，但毕竟还好，更重要的是在骂了一句“一群落后分子!”之后，实际把一盒饼干给丢在了妇女的船上，说明水生心里不但惦记女人，而且惦记孩子和老人，这才把饼干丢了过来，说明这种内心的“盯凝”他是多么迫切！在这里将中国男人的男权观念表现的非常含蓄。

①孙犁文集(4)，关于小说《荷花淀》的通信，第604页

②丁帆：中国乡土小说史，北京大学出版社，2007年，第179页

问题是，既然这样，为什么还会出现那种爱理不理的情况呢？

这就涉及一个重要的情况了：在中国文化语境中"性别差异"造成的性别禁忌。按道理说，夫妻之间不应该这样吧！水生和妻子在一起的时候是多么温和，又多么富有承担性！这里不行了，从私人空间转换成了公共空间，夫妻的意义完全用另外的相反方式反映出来！这是中国文化语境中非常特殊的东西！如果西方人很可能就要因为获救与胜利要拥抱了！中国传统文化讲究"男女有别"，这种"男女有别"用礼教的教化形式对于男女在生活中进行"区隔"，正是这种"区隔"和"教化"形成了强大的传统力量，那是一种看不见的"凝视"的"眼光"，这种看不见的"他者"的"眼光"足以使得任何人在公共场域不敢放肆！因此，男女之间的事情即使夫妻之间也都是表面非常冷漠的样子，内心却实在是"心有灵犀"，这就是礼教造成的"虚伪性"，对于男女问题的"性别禁忌"！这里强调的是"性别禁忌"而非"性禁忌"，乃是因为这是"文化身份"意义的禁忌，而非"性"本身的禁忌！因此，妇女们也很明白，"你看他们那个横样子，见了我们爱搭理不搭理的！""啊，好像我们给他们丢了什么人似的"。"她们自己也笑了，今天的事情不算光彩"。从这里妇女终于又认识到出去的男人的另一方面：看不起自己与被抛心理。从传统到现在，这个问题在很多女性身上一直没有解决好，就是因为这是一种依附男性的人格结构，这样出现"霓虹灯下的哨兵"见异思迁，抛妻另娶，也是必然的了！从男性角度看，现代人格结构的发育不健全，男权意识的存在同样是这个问题的内在思想基础，这根本不是什么"组织纪律"禁止男性抛妻的问题①，如果女性都变成了莎菲，变成了孙舞阳，变成了章秋柳，男性还有这么神气吗！

但是，正如我们所说的那样，在抗战背景中那个"他者"的"眼光"到底是什么？是小队长的眼光吗？小队长开了个"玩笑"，"你们也没有白来，不是你们，我们的伏击不会这么彻底。可是任务已经完成，该回家去晒晒

①王士美：质疑《重读荷花淀》，文艺争鸣，2005.4，第100页

衣裳了。情况还紧的很”！但是这个“目光”不完全是小队长本人的“目光”，即使小队长不是外人也会产生那样的“目光”，因此其“目光”确实隐含着文化秩序的象征意义！因为这是战争主导者的安抚，真正的主体就是那国家民族权力秩序本身！这哪里是什么玩笑！这种善解人意、正大堂皇的权威秩序内化在了人的心灵中了！正如一位论者所言：党的妇运理论的核心就是“融妇女解放于阶级解放”，但是，“从封建社会的性观念到根据地的性观念，一个引人注目的连续是：对性的缄默”。“女性的性贞操由对丈夫、家族负责，变为革命时期的向国家、民族、家庭、丈夫负责，最核心的是向革命负责。正如刘禾所说，‘妇女的性和身体成为国家民族主义斗争的场所之一’。”①这就是凌驾于那男女群体之上的上帝般的“目光”，但却又溶解到个体的心灵之中了。

因此，从性别视角看《荷花淀》话语的主体建构，水生嫂们在历史具体的场域中展现的个体意识，基本上还在前现代意义上，但是抗战带来的异质性因素使得她们随着水生们开始展开了自己相对主动的活动；然而在公共场域中水生和水生嫂们，却是在传统性别秩序的前提下，几乎毫无阻力地接受了现代权威的文化象征秩序，这种缺乏历史批判和明确自觉身份的建构，又几乎将原先承载的历史惰性，融入进了新的时代背景中，预示了现代主体意识建构的艰难与漫长。《荷花淀》文本中相当丰富的意义链指，标志着现代性的发展将其内涵赋予农民所产生的全部文化信息，正改造着中国最基层的男男女女，酝酿着一种崭新的人格结构。从这个意义上说，抗日战争真正从根本上——人的意义上，改变了中国的历史命运，这是这篇优秀的文学作品给予的崭新启示。

①王向贤：知识、主体性与根据地妇女运动——以抗战时期的晋察冀边区为案例，社会性别（第二辑），第65,69,70页

第三章　慧秀与双眉：何处是归途？
——寻找女性归宿之路（一）

孙犁前期的文学创作只有单薄的一本《白洋淀纪事》、一本《风云初记》，外加两部土改背景的中篇小说《村歌》与《铁木前传》。这样的一个创作规模，在现代文学史上却占据了一个重要的地位，而且随着现在研究的进展不断超越特定的历史时代①，是颇为耐人寻味的。从研究专题方面看，在作家喜欢的女性人物创作中，我们也可以发现一种历史发展的深刻连续性，及其作家前期创作陷入困顿的历史征兆。当现代启蒙精神进入乡村以后，立即将农民与民族、家国、阶级等民族国家话语相互联系起来②，女性在灾难深重的民族生存背景上开始了艰难的历史挣扎；孙犁就在自觉不自觉中，开始为女性寻找历史出路，这从王振中出走、水生嫂遭险、香菊母亲与蒿儿梁女主任的历史中，我们发现历史与这些女性已经结合在一起了。这里，我们将继续在历史背景中从女性主义的视角研究孙犁的女性寻根之旅，这里我们以两个女性为主要代表（她们是《钟》里的慧秀、《村歌》里的双眉）来描述现实的困惑，从这里我们将看到女性的命运、将听到历史的鼓点与作家心灵的震颤。

---

①渡边晴夫：中国文学史上对孙犁评价的变迁——与赵树理比较，中国现当代文学研究人大资料，2007.4

②刘禾认为现代文学其实是一种民族国家文学，不但是反帝斗争的产物，更是国家民族主义的意识形态建设的需要，它其实创造了一种新的有关权力的话语实践，并渗透了20世纪知识生产的各个层面。参见刘禾：文本、批评与民族国家文学——《生死场》的启示；唐小兵编：再解读：大众文艺与意识形态，北京大学出版社，2007年版

一、女性问题与小资情调的时代背景

1945年5月15日，延安《解放日报》发表了孙犁的代表作《荷花淀》。可以说，《荷花淀》的发表，以及《解放日报》作为中国共产党中央机关报的强大影响，好像为孙犁的成长铺开一条光辉之路；但现在看来，无论从意识形态来看还是从孙犁的自身创作历程看，这仿佛都是一个历史的误会。

据后来方纪的回忆，“那时我正在延安《解放日报》当副刊编辑，读到《荷花淀》的原稿时，我差不多跳起来了，还记得当时在编辑部里的议论——大家把它看成一个将要产生好作品的信号”。这里的背景“那正是延安文艺座谈会以后，又经过整风，不少人下去了，开始写新人——这是一个转折点；但多半还用的是旧方法……这就使《荷花淀》无论从题材的新鲜，语言的新鲜，和表现方法的新鲜上，在当时的创作中显得别开生面”。① 方纪的回忆说孙犁文学风格的“新鲜”是没有问题的，但是历史并没有像方纪讲的那样，产生很多“好作品”。不但如此，在孙犁发表这篇文章后不到20天，即1945年6月4日，延安《解放日报》就刊登了一封“读者来信”——《我们需要文艺批评》，里面讲道：对于孙犁的《荷花淀》，有人说是充满健康乐观的情绪，写出来斗争中的新人物、新生活、新性格，有人却说是“充满小资产阶级情绪”，缺少敌后战斗的气氛。读者意见说：这很难理解，究竟是新人物新性格呢，还是小资感情问题？希望延安的文艺理论界对于这个问题加以分析研究以及公开讨论。而且更有甚者，在一个月后周扬发表了权威文章，在延安《解放日报》撰写了《关于政策与艺术——同志，你走错了路·序》②，借题发挥阐述关于毛泽东文艺思想的路线问题，虽然没有涉及《荷花淀》但却是以批评小资情绪问题，反映毛泽

①方纪：一个有风格的作家，见刘金镛等编：孙犁研究专集，江苏人民出版社，1983年版，第350页

②周扬：关于政策与艺术——同志，你走错了路·序，延安《解放日报》，1945年6月2日

东文艺思想的大众化、工农化为旨归的。同时方纪的《纺车的力量》受到批判，涉及到知识分子改造问题。① 抗战结束，孙犁离开延安，回到冀中，文学写作重又开始，但是很快《碑》受到了批评，而《钟》则在反复修改，直到1949年发表，而1951年还是受到批判。

并且，"文艺"在延安政治结构中的位置，则完全是知识分子的一厢情愿的高估，这从延安《解放日报》的报道即看出来：报纸天天大量报道的是我军反击的日益胜利，苏联的胜利进军，美军对日寇的进攻日程；而文艺则是出现了相当的"稿荒"，大量的苏俄文学、苏俄文艺理论和关于苏俄作家的纪念活动充斥版面，根据地自己的报道是相对稀少和没有质量竞争力的，经常出现的作家是有限的几个人，如萧三、舒群、方纪、艾青等等。也就是说，这更反映了一个问题，文艺在《解放日报》的地位实在是被知识分子文学化、夸大化了，方纪的回忆带有明显的个人色彩，并没有从政治的高度来看待这个问题，或者对于毛泽东文艺思想理解的还有些肤浅。这在崇尚实用主义为主要特征的延安，孙犁作品的风格是突出的，也因此成为文艺界关注的重心——因为这涉及是否符合毛泽东文艺思想的重要问题。

更重要的，"小资情调"问题不仅是文学的问题、知识分子的问题，在实用主义层面上"小资情调"联系着一个重要的群体——女性群体，涉及女性资源有限的情况下将女性如何分配的重大现实利益，涉及两大男性群体即老干部阶层和知识分子群体。这样，对于知识分子群体而言"小资情调"的核心是恋爱及其革命的浪漫化，也就是说是感情的美学化问题；但是对于迫切要求分得女性的前线老干部却将这个问题政治化了。因此，"小资情调"问题的"文学化"被"政治化"解构了，这个解构不只是知识分子的失败，而且是知识分子整体作为男性的失败。因此，在批判知识分子的问题上，政治策略表现了高度的成熟及其谋略性质，它涉及两大问

①韩书田：我对《纺车的力量》的理解，延安《解放日报》，1945年8月28日

题:对知识分子的规训与女性的再分配问题。后一个问题具有高度的敏感性,政治策略的高明在于后一个问题被知识分子问题有效掩盖起来了。因此,表面上看批判知识分子固然与其不切实际的空想,情感浪漫化,不深入工农群众有关,这是不错的,政治话语因此使得知识分子必须屈服接受规训。这是显在的。但是,后一个问题是更加实际的问题,在延安男女比例达到"十七比一"的严重错位,如何在革命队伍中分配女性成为一个重要的问题。因为,很多革命高干要求知识女性对于自己进行"照顾"①,但是知识女性在很大程度上对于革命老干部的粗鲁反感,无法接受老干部作为自己的合适的爱人。这种事件在延安不止一次地发生。但是革命要求必须满足老干部的要求,因此当时干部结婚都是有重要的组织程序:走到一起的理由是照顾老干部,而非恋爱!而且干部结婚必须达到团级以上这样的苛刻条件。因此,女性问题成为男性世界的一个严重的问题,而"小资情调"问题则是诱发这一问题的最危险的导火索。② 所以无论从政治规训还是女性分配上,"小资情调"可压不可长;政治所具有的"菲勒斯"倾向显现无疑,既然已经形成的意识形态必然具有惯性继续在新的历史条件下完成自己的掌控功能,将政治策略合法化为意识形态了。

在抗战结束后孙犁回到冀中,在 1946 年春初写了《碑》、三月写了《钟》,在十月修改完《藏》,同年还在河间写出了《嘱咐》等几篇小说。然而历史具有强大的惯性,《碑》发表后遭到了首次批判。《晋察冀日报》发表了白桦同志对《碑》的批评的文章,其核心大约涉及:(1)文章的真实性问

①这是在当时体制下,老干部要求分配女性的"替代性""革命话语",这在很多文学作品甚至电影都可以听到或者见到,其表达的就是这种具有高度历史内涵的男女分配问题的政治事件。

②在延安关于知识分子和老干部的冲突,与工作环境的冲突在 1941－1942 年上半年有大量的作品出现,如刘白羽《间隔》、《陆康的歌声》、《胡铃》,丁玲《在医院中》、《三八节有感》、雷加《沙媚》、方纪《意识以外》等都与这有内在的关系。《间隔》就是写没有文化的部队支队长看上了女大学生杨芬,但杨芬对他的粗鲁感到害怕。一位新婚的八路军将领说:"我们打天下,找个老婆你们也有意见"。是很有代表性的,艾青的《了解作家,尊重作家》就是在这种背景下写作的,其焦点实际是男女分配在延安成为了巨大的政治问题。王培元的该章标题就是"在政治的涡流中";而"陆康"的"歌声"我是很怀疑是"鲁抗"——鲁艺和抗大的生活氛围的,而这点在王先生的研究中可以得到证实。参见王培元:抗战时期的延安鲁艺,广西师范大学出版社,1999 年版,第 311 页

题;(2)关于小资情绪。[①] 而这两者是相互联系的,正因为小资情绪导致了对于现实的不真实性描写,正是主观主义作怪。这样导致了刚刚写完打算要发表的《钟》,被康濯提议暂不发表。关于《钟》,孙犁与康濯有三四封信讨论它,最初是 1946 年 5 月 26 日孙犁委托张庚带给康濯,希望他找地方给发表,"自觉其中小资情绪浓厚,不过既然产生,也珍惜之念罢了"。这里还自我感觉良好。7 月 4 日,写接到康濯来信复信写道:"红日炎炎,而我兄给我的信给我的感觉更如火热,盖小资之故。我觉得懒惰做又懊悔没做的事,你都给我做了。而且事实比我做的好"。7 月 31 日信提到了康濯通知孙犁关于《碑》被批的消息,9 月 1 日给康濯的信写道,"《钟》一篇不发表最好。但我又把它改了一次,小尼姑换成一个流离失所寄寓庙宇的妇女,徒弟改为女儿。此外删了一些伤感,剔除了一些'怨女征夫'的味道"。孙犁还不放心地说"我还想寄给你看看"。"对于创作上的苦恼,大家相同。所不同者,你所苦恼的是形式,而我苦恼的是感情。我看了周扬同志的序言,想有所转变"。[②] 这里"序言"指的是周扬给赵树理《李有才板话》写的《论赵树理的创作》。后来,《钟》一直拖延到 1949 年 11 月 15 日在《文艺劳动》上发表。从这个方面看,孙犁小说浓重的抒情格调与当时的文艺指导思想非常不协调,引起了作家的很大焦虑。但是这篇《钟》,作家实在有"珍惜之念",对它的发表前后竟然将近三年半,不要忘记孙犁是有体制内的作家身份和编辑的方便的。故事中小尼姑终于没有改,只是将小尼姑和徒弟合作了一人,大约就是现在我们看到的这个样子的了。那么这篇作品到底蕴含了什么含义,难道"真实"就是关于小资情绪的问题吗?如果从女性主义的角度,我们将会发现什么问题,下面我们打算就是从这个角度进行探讨,孙犁到底在探讨什么?

---

①孙犁文集续编(3),给康濯的信,第 351～352 页

②孙犁文集续编(3),给康濯的信,第 354 页

二、男权背景中的女性设定

那么,《钟》到底写的什么呢?

原来小说写了冀中平原的一个小村庄——林村,在村西南海大士庙里关于一个尼姑慧秀的故事。而这个尼姑的原型给了作者这样深刻的印象也与作家童年的经历有关,因为曾有一个漂亮的尼姑给了童年的孙犁一个蝈蝈。[①] "钟"是作为一个道具出现在小说里的。故事写尼姑慧秀与师傅老尼姑住在庙里,老尼姑与地主林德贵早年就有私情,而小尼姑慧秀在他们眼中看着长大,林德贵以为这将来也是自己的相与,但是慧秀却与林村的大秋有了私情,并有了身孕。老尼姑给慧秀买了打胎药,而林德贵恼羞成怒在慧秀将要生产的时候,敲响了那口丧命之钟。然而做了抗日村长的大秋知道却没有去救她。后来日本鬼子包围了村庄要抓抗日村长大秋,是慧秀挺身而出救了大秋,而大秋也领导游击队戏剧性地打跑了鬼子,后来两人成婚。在抗日战争胜利后,那口钟又敲响了,标志着"白毛女"式的慧秀终于从旧社会的"鬼"成为了新时代的"人"了。作为小说成功的地方是传神的景物描写、浓重的抒情格调、细致的女性形象与心理描写,作为故事小说有很多情节上的缺陷,但是作为人物慧秀的形象非常突出地显现出来,正如名字一样这是一个又慧又秀的女性,这种女性在孙犁的小说中是不缺乏的。这也是这篇小说往往导致我们忽略其他人物的地方,因为其他几个人物几乎是作家的白日梦一般的悬想的产物,缺乏细致的社会背景的描述,无论林德贵、老尼姑还是大秋,其基本的社会背景甚至家庭背景都付之阙如,在里面流淌的是作家的叙述语言从几千年一直滑到了抗战结束,主要写的是抗战八年,这才是作家的关注重心。

这样,问题就出来了。孙犁这种写作与主流意识形态的关系,到底怎

①孙犁文集续编(1),母亲的记忆,第242页

么看待?

郜元宝师在分析孙犁小说的时候说,孙犁惯于书写“北方人民”的优秀品质作为歌颂对象,但是却较少关注北方人民的缺陷。“如果说孙犁在描写‘极少数’坏人和像阴影一样占据背景的一大批‘闲人’和‘落后分子’时,严格按照战争年代的政治标准将他们划入‘败类’,因而还没有触及北方人民的缺点,那么,小说《钟》写‘抗日村长’大秋的糊涂思想,性质就不同了”。因此,郜师认为大秋的错误为:大秋明明知道自己的情人在受难却没有及时救助,这是其一;将自己的“混帐事”看作是“对不起上级”培养,这还是“旧道德作怪”,这是其二;将自己的婚事等到慧秀的勇敢表现获得上级、百姓的舆论同意,才将被压抑被扭曲的个人感情和慧秀的问题解决,这完全是“奉旨完婚”的古典戏剧模式。这实际还是一种奴才思想。①

郜师的分析精辟,将孙犁创作的独特风格与作为主流作家的身份地位的关系的揭示,说明孙犁没有超出革命作家的范围,即使有所偏离,他的这种偏离也是有限度的。然而我们还要追问一下:如果从这个角度看孙犁的文学创作自然没有偏离主流文学倾向,但是这样的偏离对于他这样的作家有意义吗?像他的朋友康濯的写作,几乎完全在实践毛泽东文艺思想的方向,而且几乎步步紧跟时代政策的步伐,这样的写作方式在解放区作家中不在少数,建国后他们的创作亦步亦趋的态势更是登峰造极。或许,孙犁这时还没有意识到这个问题的严重性,因为这毕竟是在1946年写作的,然而发表却是在1949年11月。更加令人不解的是,这篇小说的写作中出现的反反复复,好像都与作家的“某种东西”联系在一起,使得他投入了这么大的精力写这个女性,这是否值得?

因此,他写作这篇小说的目的何在?我们是否可以从另外的角度看看这个问题呢?例如女性问题,怎么会这么引起他的关注?

---

①郜元宝:柔顺之美:革命文学的道德谱系——孙犁铁凝合论,南方文坛,2007年1期

纵观孙犁的小说创作，我们发现在孙犁创作的早期，就有一篇小说《弃儿》，它写于1930年，发表在育德中学的校刊上。这是五四“问题小说”的回响，写地主家守寡的大少奶奶与人私生孩子，这个孩子被弃在芦苇丛中，引起大家风言风语的故事，其中最为厉害的是地主本人，但接着报来自己的儿媳自尽了！然后作家来了一大段对于生命的抒情长诗，批判“吃人”的礼教。[①] 这样，《钟》的前部分关于慧秀的描写及其扔掉私生子的故事，就与以前的故事可以对接上头，特别关于“弃儿”与“芦苇”的描写，好像在现实世界中给予孙犁很大的刺激，使得他无法忘记这个场景。但是，现在作家把它挪到抗日战争中来了，抗战如何解决这个时间裂隙？如果那个寡妇的情人的出现化作了大秋的身影，而寡妇变成了慧秀这个尼姑，地主的身份则从公公变成了对于女性争夺的男性，多出来的人物就是老尼姑，除了她给了慧秀一棍子外，她的力量实在有限，至于汉奸和鬼子更是不用说他们的良心会有那么好，竟然“一刺刀”只戳在“坐”在地上的慧秀的胳膊上？因此，这些故事情节的编造荒诞不经，也就是说，这个故事的核心不在他们，故事的核心还在原来的那个男女故事，只是将原来潜在的文本具体化了，但是意义却出现了挪移，表面看来好像是“新社会使鬼变成了人的主题”，——《白毛女》孙犁是很熟悉的，不但因为后来的《白毛女》大型歌舞剧的成功，而且与他延安的邻居邵子南有关，《白毛女》最初是邵子南写出来的。[②] ——但是这个改变是很勉强的，因为它的故事核心还是老故事，其核心还是男女问题。这是孙犁的一个秘密的内在情结，其潜在的形象很可能并不是初恋的王淑，而是这个漂亮的尼姑在幼年的作家心中树立一个动人的女性形象。

这样一来，我们发现解读小说必须将它的背景卷进来，在这个美丽安静聪慧的女性背后有一个男性的世界，这个男性的世界是解读这位女性的一个网络。尽管小说写得不甚明晰，但是这个男性世界还是有些头绪

---

①孙犁全集(10)，弃儿，第6～10页

②孙犁文集(3)：清明随笔——忆邵子南同志，第288页

的:第一个人物是慧秀的情人大秋;第二个人物是林德贵;第三个是汉奸,但鬼子的出现没有卷进情感的世界,可以不考虑。因此,主要的争执发生在大秋和林德贵之间。但这个问题是不对称的。林德贵是地主,既然与老尼姑的关系很早就有,说明这个地主的年龄已经不是很小了,也就是说已经是慧秀的"公公"辈的男人,这样的一个男人显然不是慧秀作为18岁的女性心中的理想爱人。大秋是林德贵麻绳铺的工人,28岁,小说里面说他"仗着手艺吃饭","学会了各种在农村里有用的手艺,并且样样精通。这个年轻人成了村里顶有用的人,也是顶漂亮的人。人缘好,好交朋友,可是一直娶不上个媳妇"。这样的一个人娶不上媳妇,很值得怀疑的!作家的理由是"女人和土地结合",没有土地的大秋只好打光棍。这个解释显然不能服众。这样,小说的男人背景就出现了有趣的对比:林德贵有地,但是老了;大秋年轻,但是没有土地。然而慧秀却是没有含糊的:"她需要的只是一个真心的人,一个漂亮的人"。那么问题就很明白了,林德贵在情场上输给了大秋。问题好像很明显了,然而这个问题看来不是这么简单,林德贵和大秋身份的变化我们没有考虑进来,大秋能娶慧秀吗?老尼姑是否肯答应,大秋能拿出这样的"赎金"吗?从慧秀这个角度说,这个人吃喝都不考虑,如果不是尼姑靠别人施舍她怎么生活呢?在抗战的背景下,谁又能施舍给她呢?这不是做白日梦吗?不还是作家的小资思想作怪?

但是,故事里有一个线索:大秋与慧秀有了私情就是抗战的那一年。但以前两人具体怎样发展的关系根本没说,但是抗战将这个问题解决了,抗战将恋爱的过程省去了,这实在值得怀疑!因为林村成立了"人民自卫团的大队部",大秋被选做了工会主任,而且从后面看还是游击队长,是手握实权的人物!也就是说,原来作为林德贵的长工大秋现在成了林村的权势人物,这个权力的背后是共产党,与林德贵时代的国民党不同了,林德贵的失势与大秋的得势是大秋与慧秀私情的前提背景。正是这样老尼姑才不敢去告他,林德贵才产生了对于慧秀的报复之心,将丧钟敲响;而大秋没有去救她是因为自己还没有那份勇气和信心战胜所谓的“封建势力”。这样看来，慧秀看重大秋说他是“一个真心的人，一个漂亮的人”，完全是自欺欺人的梦话！换了林德贵在势，他也会这么干的，也就是说“权力”决定了女性的命运，而不是什么慧秀所谓的“爱情”谎言！只有这样你才发现大秋后来的冷酷与自私是完全顺乎逻辑，这不是一个什么“真心的人”！从这里看抗战前的故事，更加明白孙犁小说的漏洞和对恋爱过程的回避，正是“北方人民”的“劣根性”没法暴露的原因。小资产阶级的浪漫话语的确掩盖不了现实的残酷真相！事实正是这样，在孙犁后来的回忆中，的确是那个村长将尼姑庵的最漂亮的女人弄到了家里，这就是所谓的“革命”！竟然比阿Q时代的革命没有半点长进！

三、慧秀的女性气质

但是，我们讲过党的女性解放理论是“融妇女解放于阶级解放”之中的，当“钟”再次敲响的时候，慧秀是否明白了些什么呢？女性自身的身份是否有所真正的建构？对于男权她怎么认识的？

确实，经过世事之后她开始学得独立，开始她要找的男人是“一个真心的人，一个漂亮的人”。但是这个“真心”与“漂亮”的人制造的罪孽差点要了她的命。我们可以谴责对尼姑的禁欲主义，何况这不是她想要的生活；但是对于男人的不负责任，对于这个女人有什么觉醒吗？对于无辜的孩子她是心疼的，“害死这不能说甚至不会想的孩子，她不应该。有什么罪，我一个人担当起来吧，就是死，我也要叫肚里的孩子生下来见见天日，看看受难的母亲吧。她甚至没有埋怨过留下这个冤孽种子的人，她觉得都是命苦的人，不这样作孽，不这样犯罪，不这样胡作非为，不是也活不了吗？”①对于一个女性来说，女儿性和母性都有天性的成分，但是妻性则是

①孙犁文集(1)，钟，第135页

后天文化建构的成分更多一些；慧秀用一个母性的眼光来看待自己的生命承担，对于女儿性要“飞得很高很远”的幻想已经化作了母性的担当；对于妻性的身份她是求而不得，她也羡慕“红媒正娶有钱有主的人”，新婚怀孕的女人，在抗战中的风风雨雨、毒气和枪弹里被丈夫“扶一把拉一把”的女人，“就是受苦受难，也觉得甘心啊！”如果说老尼姑活着的时候还要有什么阻拦，但是老尼姑死了以后，她与大秋的选择应没有什么阻拦了，也就是说她的妻性要求应该可以实现了！但是等待的结果是一场遗恨，如果说以前还可以归结到尼姑身份的话，那么以后则纯粹在大秋的个人了。这样在一天大秋和她隐蔽了钟之后，慧秀哭了，就引发了两人的一场争论：

“这你该忘了吧？我把他生下来，又把他埋了。我一醒过来，就挣扎着到野地里去找他，他躺在那苇坑里，我用两只手刨开土，把他埋了。我一看见那钟就难过起来。”慧秀说着，还是那么看着大秋，“我净想，一个女人要只是依靠着男人，像我，那就算是白费了心。”

“你说我是个忘恩负义的人？”大秋的脸惨白了。

“谁说你来呀？丢人现眼是我的事，你不会为我去得罪人。”

“你说什么？”大秋转过脸来盯着慧秀的眼睛。一种光在他的眼里跳动着。是受了刺心的侮辱以后，混合着仇恨和毒意的光，这种光燃烧的那么强烈，慧秀有些害怕起来。她赶紧笑着说：

“你看。我知道你没忘了我的冤仇，你记着哩！我全知道。在这个时候，就是你要报仇，我也不让你去。工作重要，工作比你重要，你又比我重要。我不能叫你去瞎闹……”

大秋强笑着说：

“咱不去报仇，人家可记恨哩。……”①

这一段文字在孙犁的小说中非常惊人与显豁，从来以善意与美去刻

①孙犁文集(1)，钟，第144页

画“北方人民”的作家，在这里发现了一种令他自己都吃惊的东西。有人说这一段写得男主人公太自私，孙犁说那种环境要求他怎么样呢？也就是说，对于这段文字作家自己是认可的。当民族解放的战争赋予大秋以民族意识进行抗战的时候，同时也赋予了他对于自己的男性权力意识，这不过是使得大秋更加有理由和能力接近慧秀而已！自我意识在大秋的心中非常强烈，权力升迁与党的教导密切相关，“一切都积极，一切都勇敢，一切都正确，不要有一点对不起上级”，必须“自重”，但这是在私人场合！当慧秀说“一个女人要只是依靠着男人，像我，那就算是白费了心”的时候，说明她自己有了一定的独立性，但这个独立性是以对于男人失望为前提的；而大秋在这样的私人场合，不但没有任何的悔意，而且充满了“仇恨和毒意的光”，而且竟然“那么强烈”，使得慧秀“害怕起来”！什么东西使得这个男人如此这样？一个虚怀若谷的人不会这样，一个具有真爱的人也不会这样，一个有信仰的人会超越这种境界，一个有理性反思能力的人大概也不会这样。一个这样的人大概是一个只有“自我意识”完全遮蔽了人的整个精神机制的人，灵魂没有透露余地的人，道德没有裂隙的人，无意识与潜意识都是非常麻木和僵硬的人，当阶级斗争与民族斗争充满了他的心灵，感情问题变得日益疏远，人也就成为了阶级的人了！在现代阶级斗争格局里面，当然他会认为自己比慧秀重要，工作比自己重要，男人比女人重要，从古代男权秩序到现代男权秩序的建立过程中，原来的等级设定早已经建立起来了！当慧秀认可了这些的时候，作为男人对于女人的那种理所当然的优越感，也就不自觉地消解了对于慧秀的怒气，本来非常深刻的男权秩序的问题被截断，话题转移了方向，从个体的精神灵魂深处转到了敌对对象林德贵身上。

因此，从女性主义的角度看，慧秀面对汉奸表现出的勇敢，对于林德贵射过去的“冷冷的子弹一样的眼光”，就不能简单地以为这是民族战争意识在她心中的自觉，更可能的原因在于大秋对于她的“妻性”地位的将要许可，获得动力支持。而在 20 世纪 50 年代初被大批特批婚后生活的小资情调话语的定位非常到位:“结婚以后,慧秀的身子软弱,变得很娇惯,她一步也不离开大秋。现在她活像一个孩子了,又贪睡,每逢半夜以后,大秋警觉地醒来,叫她推她,她还是撒迷怔,及至走到沟里了,走到田野里来了,大秋走在前头,她走在后头,她还是迷着眼睛小声嚷脚痛、腿痛,大秋就拉着她走。”①正如批判者所说,作家本意是写他们婚后的幸福生活,但“把她刻画成一个矛盾的性格”,将“小资产阶级知识分子理想中的典型女性——当丈夫有情趣的时候,她会小鸟依人般的撒娇撒媚;当丈夫困难的时候,她又会挺起胸膛,替丈夫挡风遮雨”,这样这个慧秀就成为一个“有着无产阶级反抗精神、革命行动和小资产阶级情趣姿态的混合物。”②应该说批判者眼光是非常准确的,只不过是慧秀的这种反抗精神大约不是什么无产阶级精神,也不是小资情趣,而是封建文化基础上的女性对于男权的依附性意识与被宠意识的显现。现代个体人格的建立,在五四以后是以个人本位为基础的现代意识,这种意识具有鲜明的独立特征,而非依附性人格,更不是那种等级设定所能限制的,这从慧女士、孙舞阳、章秋柳、莎菲、马兰等女性身上看的非常明显。那么慧秀这种行为表明了一个重要的问题,伴随着民族国家的独立开始以后现代女性意识的建立,如何显现“女性气质”,就成为了一个重要的问题?换个说法,随着无产阶级革命的胜利和阶级意识高强度的灌输,女性性别身份开始随着民族解放而被建构成男女“平等”意识,但是“性别差异”如何在时代背景中凸显,就显然是一个女性主义关注的核心问题。难道“男女平等”就一定会泯灭男女“差异”,全都成为中性的人吗?显然慧秀形象的深刻之处在于这个问题。作为对于女性深感兴趣的作家,女性气质是孙犁关注的核心问题,尽管这个问题被掩盖在了阶级话语之下。

①孙犁文集(1),钟,第149页

②林志浩、张炳炎:对孙犁创作的意见,见刘金镛等编:孙犁研究专集,第285页

四、男女问题：从“性”到“性别”的编码转换

如果我们不是单纯从故事出发，不是单纯将孙犁对于妇女问题的描写看作一种颂歌，而是将其对于女性的深切感受当作一种对历史运动的精神把捉，当作一种探索妇女命运的探针，那么我们就会发现一种真实的女性历史运动。正是从这种实际阅读出发，我们确实佩服方纪的观察力，在那样的时代竟然还保持着这样敏锐的文学感觉，不但说明他们是朋友而熟悉孙犁的创作问题，更说明了方纪有着自己独特的文学认知世界的观点。方纪准确地指出了孙犁小说《村歌》中女性主人公双眉的精神二元倾向，甚至从双眉引向了《铁木前传》的小满。方纪这样说，“在生产劳动中（特别淘井的那几段），双眉变了；双眉的形象显然和开初作者的介绍有所不同。是作者忽略了呢，还是有意避开了那些不可避免的尖锐的内心斗争。因为在这里，改变的不只是区长老邴对待双眉这种人的政策，也包括双眉的内心世界，和她的环境，也许在‘铁木后传’的小满身上，我们能看到比这里更充分的描写吧。”①“现在还不知道小满的结局怎样，大约比这里的双眉波折会更多的吧。”②

在这里，方纪认识到双眉形象写作的前后“有所不同”，其精神内涵到底何指？前者为何，后者又为何？到底差别在哪里？依我看来，其核心就是女主人公从前期凸显的“女性气质”，如何不知不觉中转换成为了一种“阶级意识”设定。这种对于女性形象的新的时代规定的展示，是现实的，深刻的，但是女主人公怎样不知不觉地将原先的“女性气质”慢慢转换了，却没有深刻展示的过程。因此，孙犁小说的失败正是在这个地方显示了作家的天真。在巴尔扎克现实主义胜利的地方，正是作家“现实主义”“世界观”失败的地方。这与张爱玲的《秧歌》与《赤地之恋》稍加比较，就会发

①方纪：一个有风格的作家，孙犁研究专集，江苏人民出版社，第340页

②方纪：一个有风格的作家，孙犁研究专集，江苏人民出版社，第336页

现作家对于这场惊天动地的变革,写得太肤浅了,但毕竟留下了些许片段,为历史的真实天空留下了一隙裂缝。

先来看一下关于双眉的出场——

"老邴留在家里,一个人在台阶上坐着看文件。

香菊家院里什么东西也没有,只有一棵枣树。旱枣潦梨,今年枣儿挂的很密,树尖上的已经全红,有的裂纹了。窗台下疏疏拉拉种着几颗扁豆,没有多少花。

香菊是贫农,老邴觉得这和自己的家里,仿佛完全一样,他想起了还在冀南老家一个人过日子的母亲。他想香菊的爹娘早早死去,一个小姑娘,还养活一个妹妹,过这样的日子,多么艰难。

他听见吃吃的笑声。转过脸来,看见一个姑娘抱着一个小孩,正用青秫秸打枣,逗着小孩玩。这姑娘细长身子,梳理得明亮乌黑的头发,披在肩上;红线白线紫花线合织的方格子上身,下身穿着一条短裤,光脚穿着薄薄的新做的红鞋。

她仰望着树尖,像是寻找哪一个枣儿红的透,吃着可口,好动手去梆。

那姑娘准备好一个姿势,才回过脸来。她好像早就测量好了方位距离,一眼就望到区长的脸上,笑了笑,扔下青秫秸,和孩子哼哈说笑着转身走了。

老邴看准了她的脸,她的脸在太阳地里是那么白,眼睛是那么流动。老邴想:为什么不认识这个妇女?她为什么不去开会?"①

《村歌》整体上是失败的,这个失败来源于观察生活的不彻底性和对于主观信念先行造成的遗憾,但是它有许多段文字却是值得推敲的。这基本是小说开头的一段文章。《村歌》的背景是土地改革和组织合作社,本来这部小说就叫"互助组"。老邴的房东香菊出去了,家里没人,这与通

①孙犁文集(1),村歌,第321～322页

讯特写中有关香菊家庭原来的介绍不同。小说对于人物进行了改组，将男女三个老人以及错综复杂的伦理纠葛删去了，这有利于将叙述简化却不利于真实化，好在作家主要不是写香菊家庭，而是写双眉。然而小说还是不自觉地明显将香菊的本分和压抑，与双眉的爽朗与明艳有意无意地进行对比了。香菊是一个吃苦耐劳的典型的农村劳动妇女，而双眉则不是。因此，在穿着打扮与精神气质上明显不同一般的农村女孩子，这个双眉出场却是和慧秀同是18岁的。作家对于这个人物的穿着做了很细致的描写，从身材、头发、上衣、下衣都写了，如果上面这些人物编码还有些与一般农村妇女雷同的话，那么下面“光脚穿着薄薄的新做的红鞋”就非常奇特了，“光脚”，一双“新”的“红鞋”，这个女孩是很艳丽的，但却清爽，不是浓艳的化不开的那种；其实上面的头发“明亮乌黑”，以及上衣的“彩线”本来是有些雷同的衣服，叫作家一写就不一样了，这些集中表达的是这个女性的利落干净，这就与农村一般女性蓬头垢面的乡村卫生条件区别开了。更妙的是，写她的肤色之“白”，眼波“那么流动”，这些都是非常懂得感情为何物的女性才可能有的。当然这里有作家的“浪漫主义色彩”，但却是“非常真实”（方纪）。方纪从社会阶级地位进行分析，说双眉是“商业资本”家庭与“死守土地”的农民相比，视野“开阔得多”。她们聪明、敏感、带点神经质，容易接受新事物，走上革命的路，但往往经不起挫折，容易感伤；“她们性格鲜明，精神强烈，最有名，也最被人看不起”①，方纪的社会学原因分析我们姑且不管，但是这个女性的“女性气质”是非常鲜活的了！与方纪的观察角度不同，当铁凝年轻的时候，在文革期间从家里床底下发现了一本书，就是孙犁的《村歌》，她看这一段却不是这样看的，而是看到了这个女孩子的女性特质在那个“男女同质”时代是那么“显眼”，要知道铁凝也是与那女孩差别不大的18岁的女孩子！也就是说，从女性主义的角度看，女人身上与男性的差异所表现的女性特征，即使在

①方纪：一个有风格的作家，孙犁研究专集，江苏人民出版社，第337页

“男女同质”的年代，也无法压制那种潜藏在心灵深处的女性欲望，——首先是一个“女性”。老邴的话是显然言不由衷的，他对这个女孩观察得这么详细，明明对她产生了好奇的心理，却用主流话语“去开会”作为男性的眼光的遮掩，这是毫无道理的；更加毫无道理的是，莫明其妙地跟着这个女孩到了家里，到了人家家里却发现自己“没有事”，“一时觉得不好意思”起来。[①] 这充分暴露了孙犁内心潜藏的特殊特征的女性情结——慧秀情结，这个女孩子的全部编码都是女性化的自我表现，从这里你能发现后面那个泼辣、热烈，充满男性气概的具有阶级意识的双眉吗？

按照女性主义的观点，从服装到打扮，行为方式和心理习惯，以及更加复杂的习俗、宗教、文学和艺术的生产模式和语言的特定编码方式等等，都是一定“民族”对于本民族的女性的象征性文化编码，这些“性别符号”对于一个民族的“文化再生产”具有重要的意义。因此，伊瓦一戴维斯指出：男性、女性以及性和性别化的权力关系的建构，都得联系着这些过程加以考察，妇女担当的是象征性“边防卫士”（指这些文化编码作为一个象征系统对于人们的民族确认）和集体载体的角色，同时又是这个集体的文化再生产者。妇女生活的这一面向，对于理解妇女的主体性，以及她们彼此之间、与孩子和男人之间的关系，非常重要。同时围绕着“妇女解放”和“妇女回到传统”的话语和斗争，反映在各种支持或反对妇女带面纱、选举、受教育和就业的运动中，成为大多数现代主义和反现代主义的民族主义斗争的核心。[②] 因此，在双眉与老邴表面的和谐背后嵌入着国家主体对于个体身份的强大改造过程，老邴富有人道主义精神的理解人的温和方式，反而将这种改造的暴力性质有所掩盖；表面上的双眉仿佛若无其事，内在地却具有寻求自我解放的强烈动机，以及对于现实压抑的强烈反弹。

因此，如果将老邴和双眉两人的文学场景进行“场域”化，就会发现其“意义链指”在于“性别身份”对于“时代认同”所产生的巨大焦虑。这个焦

---

①孙犁文集(1)，村歌，第 322 页

②伊瓦一戴维斯：性别和民族的理论，见陈顺馨、戴锦华编：妇女、民族与女性主义，第 37 页

虑的产生是因为新型的现代民族国家所形成的新的父权制模式，在家庭生产、就业、国家、暴力、性和文化方面对于个体施加了巨大的压力。特别在公共领域，国家宰制的父权制对于生存空间日益逼仄的个体私有者，形成巨大的解析趋势，这通过对于她们进行“区隔”，如阶级划分进行等级定位，从而使得这些私有者缴械投降，而归顺现代民族体制的国家掌控。这个问题在《秋千》中非常明显地表现了出来。在大绢没有被划分到富农成分之前，她的声音、她的眼光、她的精气神、她与伙伴们在马路上横着冲过的气势，多么叫人感叹这真是青春女性啊！但是，在大壮煽动说她家是富农之后，“李同志觉得在她面前，好像有两盏灯刹的熄灭了，好像在天空流走了两颗星星”。① 如果说，《秋千》是从反面说明这个体制建立过程，对于普通女孩子的命运进行关注的话，那么《村歌》则是从正面描述这个体制对于一个被接受的“幸运”女孩子的改造过程。孙犁小说的固执在于其生命感觉的存在，总是成为他被异化为他者的时候有种内在的阻力，因此，他总是能有良好的感觉把握女性的精神知觉，这种私人性、民间性的审美定势顽强地与意识形态的同化进行胶着。② 这恐怕是孙犁成为孙犁的重要的原因。

在孙犁的小说叙事中，始终有一个所谓的“男女问题”横亘在小说之中。明确提出的有《光荣》、《婚姻》、《村歌》，其他虽然没有明确提出，但都是这个“男女问题”成为焦点，像《钟》其本身就是因为大秋与慧秀的男女问题产生的故事，抗战那个背景是外在加上的。双眉的问题也是“男女问题”，而当时所谓的“男女问题”就是指“流氓”，其真实的含义在民间本是指向了男女之间的“性”，但是这个“性”的问题在现实生活受到了文化秩序的强大压力，转

①孙犁文集(1)，秋千，第269页

②国家意识形态对于人民的教化作用不仅反映在文学之中，而且渗透到生活的方方面面。在姚玳玫、王璜生写的《面对月份牌：1950年代的中国新年画》中从民间的世俗的角度非常细致地揭示出国家意识形态与民间的纠葛、焦灼与相互的妥协，可以相互比较，孙犁的《村歌》则在20世纪50年代初就非常细致地触及到了这个方面，当然作家是不自觉的。参见唐小兵编：再解读：大众文艺与意识形态，第155页

换成了一种“性别”身份问题，这是颇为耐人寻味的。因此，双眉问老邴“什么叫流氓”？的问题，竟然弄得如此复杂：“流氓”指示着“登台演戏”、“夜晚演戏”、“出村演戏”、“体操”、“好说好笑”、“赶集上庙”、“穿干净衣服”、“不生产”、“男女说话”等等①，“流氓”彻底失去了其所指的对象，而成为一个漂浮的能指；而之所以出现这样的现象不是因为别的，而是因为强大的话语秩序的权威力量，对于一些真正的“流氓”及其行为的监控，改变了表达的方式；而这种表达方式一旦用“扣帽子”的办法与主流意识形态话语加以结合的话，其对于个体产生的巨大心理压力就可想而知了。这个问题不但在孙犁的小说中，就是在其他主流作家如赵树理这样的方向代表的作品中，都成为了谋私人物打击敌对势力的“杀手锏”，可见这个问题的影响多么巨大！

正是在这个意义上，作为国家体制的现实代表老邴同志与双眉的接触，就打开了双眉的命运之门。因此老邴不但代表着国家文化象征秩序，而且也确实是一个男人对于一个女性的等级设定。这里公共领域与私人领域暧昧地交叉在一起了。到这里我们才会明白为什么老邴的话言不由衷，他明明对她产生了好奇的心理，却用主流话语“去开会”作为对男性的眼光的遮掩；更加毫无道理的是，莫明其妙地跟着这个女孩到了家里，到了人家家里却发现自己“没有事”，“一时觉得不好意思”起来。这从潜意识的角度看，正是一种男性欲望的展现，对于这位与一般农村女性差异很明显的女性，展现的主要是性别差异的好奇心理。而从双眉的角度看，她对区长的“笑”明白表示她是认识区长的，而流动的“眼波”说明她非常懂得男女心理学，从后面对于男友小兴的支配来看，双眉的女性本事一点不亚于孙舞阳；在区长到她家明白了情况回去之后，“双眉把他送到大门外边，站了好久才进去”，说明她内心充满了一种东西，好像早就料到的。但是小说关于双眉的女性性别的描写到此打住了，正如方纪说的，后来村民开始转变态度“双眉真是好样的”，不再是“破鞋”了的肯定；双眉的心理变

①孙犁文集(1)，村歌，第324页

化，这些作家都没写，就转入了另外一个主题了。可以设想，如果老邴不具有这种权力话语和权威身份，那么，像王同志讲的人家说老邴和双眉也有男女问题的说法，就绝对不是一个小的事件；而当双眉和兴儿在傍晚走路被人画了“黑画”，双眉的表现则是又出现了一种女儿所特有的心态：“听到贴黑帖子的事，她紧紧皱着眉毛，低下头去”。这也是没有权力身份的表现，只有获得这种身份，才能彻底改变这种屈辱的生存状态，于是我们看到了另外一个双眉的形象。

五、阶级意识对性别身份的整合

从上面我们可以看到，在从传统文化到现代民族建构的过渡时期，现代政党及其阶级意识通过现代国家的组织系统对于“个人主体”建构产生了巨大影响。在这种情况下，像双眉这种女性对于这种变化及其对自身的感受非常强烈与敏锐，而且她们的选择并不是像一般女性主义认为的那样被动，相反，在她们能动的范围内相当积极。但我们仍然不能忽视“党”对女性的引导作用，女性的发展仍然以男性所代表的秩序为框架。在老邴的干涉与教育下，双眉参加了互助组，但作为教条主义者的王同志故意叫她呆在了一个落后的“互助组”，这与其说是国家意识形态的规约，不如说是暗中较劲的男女战争。文章大力描写了双眉怎样克服困难，组织全组进行生产、挑战、浇地、淘井等工作，在李三等党员的领导下，完成了任务。但这些工作都是相当形式化、一般化的工作，几乎根据地的任何一位作家都这样写过，甚至遇到的困难都是相似的，在困难的时候总是想起伟大领袖毛主席怎样指挥千军万马，给他们带来前进的勇气的！这样的描写随着时代过去以后几乎失去了任何真实的意义，人性在这里流失了，这也是孙犁小说失败的地方。但也正是这种描写，预示了意识形态又转变成为一种准宗教信仰了。

其中有一个问题值得深思：像双眉这样能干的姑娘，一个人一天的工作可以干别人三天的工作量，那么，她参加互助组到底为了什么？当然，双眉才 18 岁，思想处于不定型的阶段；问题是连她的母亲这样年纪的人也卷了进来，难道真实情况就是这样本末倒置吗？

方纪说，“这种人（双眉）的精神生活往往比较丰富，个性比较发展；在旧社会里的反抗，也往往是个人的。因此到了新社会，在集体里面，就会产生不协调，突出个人，强迫命令，和群众对立”。① 也就是说，双眉这种女性的发展实际还是以个人为本位的，但是这种发展被引导以后，其“自我一对象”的展开方式的主体内容，就会发生倾斜于社会内容的变化。但基本“自我”还是不失本位，因此，双眉表现出具有强烈功利主义、自我表现欲的男性性别特征。自从双眉参加了互助组，努力把工作干好的一个前提，就是找回失去的那个“自我”，原先她曾经做过“女自卫队的队长”，是一个“好胜”，弄得大家都怕她；又因为参加剧团、好说好笑、好打好闹、好打扮因此就有了“闲话”，王同志就把她撤了。从文本看，王同志是一个刻板的教条主义者，一切为上面的意志行事；但是从更深层的原因看这个面目模糊的女同志，她与双眉的冲突大约是看不惯双眉的“女性化特质”，叫这个刻板的男性化的女人无法忍受这个具有女人特质的女人，正应了“同性相斥”的俗话。但正是因为这种潜在的排斥心里，双眉的发展方向却是在向着相反的方向发展，即向着王同志的男性化方向发展，也就是向着象征权力秩序的“党”发展。因此，在有了一定的成绩之后，特别在斗争她的本家的“爷爷”郭老太时候，勇往直前，将郭老太他们遵循的传统的封建秩序踏倒的同时，对人也失去应有的同情。这种简单化的描写方式，对于后来刘绍棠的写作影响非常巨大。在 20 世纪 50 年代所谓“荷花淀派”的代表之一刘绍棠的路子，其实是沿着孙犁这条最失败的路子走过来的，而不是以《荷花淀》为代表的另外的路数，将阶级斗争融合在抒情写景之中，这种对立性的因素是无法和谐相处的，结果只有戏剧的戏谑化的滑

①方纪：一个有风格的作家，孙犁研究专集，江苏人民出版社，第 339 页

稽。正是在这个地方,作为必然的发展结果,双眉争取的不是别的,而是权力,这正是这个女性开始异化的标志性阶段,将入党成为重要的人生结果。只有这样,才能明白她的代价是否值得。双眉的主动性在这件事上更加明白显现——

"说句实话,三哥,我觉得我在工作上,比起你们里面的一些人,并不弱!"双眉扬扬眉毛。

"不能那么比。"李三说,"里面有些人,工作能力小,可也是在里面受了八九年的教育,经了考验。我们要常想到别人的长处。你就是净看别人不如自己。"

"就凭这次复查,我自己觉着就够入党条件。"双眉说。

"不能抱着功劳来入党。党会注意到你这些功劳。最近我们要讨论一下你的问题。……"①

从这里看出双眉对于党的真正认识是什么水平,然而她竟然这么自信,说明双眉的"英雄气概"是一种性格的飒爽而非一种真正的工作作风,同时意味着无知!七个委员三个不同意,一个不表态,"拧拧支支"最后竟然入了党。当然双眉的入党不是说不行,有些更坏的更糟糕的都进了党,为什么双眉不能进?真正的问题在于,当现代阶级教育、党的教育与传统的文化影响在对待"人性建构"这个问题上,已经产生了重要的分歧的时候,面临的问题竟然没有引起人们的思考,因为人们忙着的是等级身份的确定,现实既得利益的分配,这样的革命早就隐藏下了重大的隐患!也正是在这样的道路上,权力赋予给了双眉这样的精神思想贫乏的党员,带来严重的阶层分化后果;如果失去了规范的历史时期,权力又会将这一部分当作了手段和工具。正是在这里,以阶级为核心的现代国家观与传统文化对人性气质的塑造,出现了相当的区别,传统相对合理的男女有别的男女品性被均质化、粗鄙化,原来的女性气质就在不知不觉中丧失了,原来

①孙犁文集(1),村歌,第361页

女性具有的仁爱、母性、善良等等在这里被权力的欲望充斥起来。我们有理由说，香菊母亲及其那些能干的母性在很大程度上雄性化了，如果说女性气质也是建立起来的，那么，这种建立就取代了传统的建立，现代女性气质在毛泽东时代出现了消失的症状，这样就有了“不爱红妆爱武装”的另类女性，同时意味着中国式现代性在当时已经走到了尽头。

当我们看到如下的场景，就不知道该喜该忧了：“双眉唱着，眼睛望着台下面。台下的人，不挤也不动，整个大广场叫她的眼睛照亮了。她用全部的精神唱。她觉得：台上台下都归她，天上地下都是她的东西”。① 这个双眉具有极强的占有欲望，社会活动为她赋予了一种东西，这种东西是抗战自发状态的人所没有的，这就是“权力”意识。这才是现代性核心的东西。像王振中那样的女孩子还不具有这样的权力意识，而这样的权力意识却是被现代政治赋予的，双眉抓住了。这是现代文化的典型的“权力”编码方式。

因此，随着相应的社会教化、评价机制的变化，家庭本位与社会本位对于女性在古老文化秩序中的位置受到重要挑战，在这种挑战中真正的问题即在这种“社会身份”如何转化成“个体自我”的意识。孙犁小说中一种重要的东西就是：教化机制及其相应的评价机制的建立。在《山里的春天》里面，“军属”的落后意识由“我”这个抗日战士的现身说法，明白了“家国同构”的现代大义；而《杀楼》柳英华的妻子在丈夫打仗完了的时候，见到丈夫，责备他也不回家看看，柳英华的理由是“我有任务在身上，哪能离开队伍回到家里？全是女人的见识！”②也就是说，这些“出走的人”的“个人意识”建构里面“民族家国”大义成为核心的意识。在《光荣》里面小五对秀梅非常不满，因为自己的丈夫被秀梅鼓动着当兵去了。这样，秀梅对小五这样懒散淫乐的妇女进行一番教育：“光荣不能当饭吃、当衣穿；光荣也不能当男人，一块过日子！这得看谁说，有的人窝窝囔囔吃上顿饱饭，

①孙犁文集(1)，村歌，第386页

②孙犁文集(1)，杀楼，第89页

穿上件衣服就混下去，有的人还要想到比吃饭穿衣更光荣的事！”①但是这个问题的麻烦在于，“个人主体”具有主动性的真正意识不是这种“对象意识”，而是作为“自我意识”的“主人”意识，在本质主义视野下“自我”的建构正是将自我意识与对象意识两者的结合，才形成现代主体的理性空间，然而这一点对于上述女性来说，都没有完成这种建构，所以秀梅被小五将了一军不能找婆家，这是一个秀梅无法解决的问题。正像性别理论指出的那样，现代国家民族意识是一种有性别的意识形态，它是以男权作为标准的，是完全男性化的。当柳英华用那样的态度斥责妻子“全是女人的见识”的时候，妻子愤怒了：“‘我看你像忘了他们（父亲与儿子）一样。’说罢就痛哭起来”。夫妻正闹得不可开交的时候，侦察员回来报告情况，“女人赶紧抹着眼泪转身走了”。② 这里，孙犁观察精细，女性的弱势地位开始显现出来。当王振中“出走”的时候政治“菲勒斯”的强势为她赋予了合法性与力量，王振中没有来到及做的事情双眉做了，这就是在革命中“自我”的生成在于获得真正的政治利益与政治意识，具有“雄性”意识，而这就不是单纯具有民族意识的人所能具有的了，像柳英华的女人一样。

但对女性而言，如果获得了这样的自我政治意识以后，面临的悖论更加显然了：女性“性别差异”还存在吗？也就是女性性别的本己身份还会存在吗？如果一个女人没有了“女人味”——尽管也是塑造的，那么男人会接受这样的女人吗？因此，在新的社会条件下新一轮的男女战争就又开始了。在《村歌》里面男权意识的代表在双眉入党问题上，七个支委三个不同意，一个不表态，就因为“她这个作风不好”，——这本来涉及女性主义的性别差异的深刻问题，却被李三以“新民主主义”“世界观”混淆了。但这种女性的男性化建构并没有获得女性的一致认可，在意识形态上是以男性标准建立起来的，不是以女性的自我本己意识建立的，因此在另外的一些女性的态度问题上，就不是这样了。柳英华的女人责备丈夫“忘记

①孙犁文集(1)，光荣，第195页

②孙犁文集(1)，杀楼，第88～89页

了老人孩子"的潜台词是"忘记在家的女人";在《钟》中慧秀在嫁给了大秋以后忽然变了,"结婚以后,慧秀身子软弱,变的很娇惯,她一步也离不开大秋。现在她活像一个孩子了,又贪睡,每逢半夜以后,大秋警觉地醒来,叫她推她,她还是迷怔,及至走到沟里了,走到野地里来了,大秋走在前头,她走在后头,她还是迷着眼小声嚷脚痛、腿痛,大秋拉着她走。"①慧秀的表现非常令人琢磨,慧秀从小没有爹娘,没人疼养,嫁给大秋情有可原;但是这个解释不能说明,在慧秀获得爱情与婚姻以后,"民族国家意识"②加以支撑的那个"慧秀",那个"自我"上哪里去了?当然,作家写她醒后又变勇敢了,但是在潜意识的层面上作家明显地将她代表了一种喜爱的女性气质类型,这与双眉后来那种气质的男性化完全不同。也就是说,男女"性别差异"在慧秀这里又通过回到了传统文化结构的方式,完成了女性性别的男性确认;但是,这个回归在孙犁这里显得是如此勉强,然这个勉强与其说是孙犁的,不如说是国家意识形态与民间伦理的龃龉。

这个问题带来了现代女性如何建立现代"性别差异",同时保持现代主体特征而不被作为"他者"身份,留下了耐人寻味的问题!这个重要的问题,将是孙犁《铁木前传》继续思考的重心。九儿,将作为对现存秩序认可的又一代表,但是性格温和的她不是双眉,面对何去何从的抉择是如此困惑;小满,作为对现存秩序的反叛的代表,她的逃亡难道会带来新的女性的光明吗?无论认可还是逃亡,都无法摆脱这无法说清的现代困境,带着这悠长绵远的困惑,孙犁结束了前期的创作。

①孙犁文集(1),钟,第149页

②在《钟》中慧秀在面对敌人审查大秋的过程中,曾经用刀子一样的眼光说,"看看谁当汉奸"。这种毒辣的眼光,异常鲜明地显示出与婚后那个娇憨的爱怜的慧秀的巨大差异。

第四章 刘兰与李佩钟:被折断的女性命运
——寻找女性归宿之路(二)

在上一章中我们谈到了孙犁小说中的女性,在寻求自己的人生角色的时候,慧秀走向了传统秩序中的女性定位,而双眉则在新的革命秩序中努力赢得了一席之地,使自己变得雄强化,在获得权力认可的同时,离传统女性角色越来越远。女性气质的匮乏在新的革命秩序中始终缺乏明确的设计,因此,在这一地带传统与革命实际进入了一种混沌状态。具体的人生遭际的困惑,尽管不是作为革命作家的孙犁着力表现的,但是其特殊风格的文本裂隙,或者碎片中总是闪现了一些不确定的命运回声。我们以刘兰与李佩钟、小满三个女性来进一步探讨孙犁关于女性命运的时代思考。在这三个女性中刘兰与李佩钟是革命者,刘兰与小满又是农村女性,李佩钟则是现代知识分子与共产党的干部(县长),但是她们的人生轨迹都呈现了一些与时代主流的不和谐音,这节以刘兰和李佩钟为中心,下节以小满为中心进行系列探索。

一、她在风中哭泣

刘兰是孙犁小说中并不算引人注目的一个普通参军女性。她的身份在参军以前是童养媳。她是继王振中以后又一个孙犁小说中的“出走家庭”的女性,“出走”意味着决裂,正如王振中出走成功一样,她也是革命与家庭较量的结果,她的个人前途完全取决于革命了,在这一方面她与王振中一样都没有相当充分的思想准备,毕竟她才是十六七岁的一个孩子。从某些意义看,刘兰的故事是王振中故事的继续,如果说王振中“出走”讲的是革命与家庭的最初较量,那么,刘兰的故事就是进入革命队伍后的遭际;王振中的故事讲到她参军后变白变胖了,学会了一些药品名称,无独有偶,刘兰的身份在革命队伍中也是护士,刘兰就只能搞到一些简单的消毒药棉,为受伤或者生病的战士擦伤口了,在伤心孤独的时候,她只能在风中哭泣。

这个刘兰就是孙犁"蒿儿梁系列"文章中的一个人物。《蒿儿梁》这篇文章写于天津解放的前夕,即1949年1月12日。蒿儿梁是一个属于山西繁峙县的小村庄,位于五台山脉的顶部。这样一个荒凉偏僻的地方,正如孙犁所言,要不是抗日战争的推动,生于冀中平原的他一辈子也不会到这个地方的。然而蒿儿梁他不但来了,而且前后写了三篇文章涉及它,甚至在《风云初记》这部长篇中也有它的影子,这在孙犁的小说中,除"白洋淀系列"、《琴和箫》系列外,好像其他还没有这么关注的小说。这三篇文章就是《蒿儿梁》、《看护》以及《关于小说〈蒿儿梁〉的通信》,《风云初记》我们暂时不把它列入其中。《蒿儿梁》这篇小说写于"一九四八年冬季,我们集中在胜芳,等候打下天津。我住在临河的一间房子里。夜里没有事,我写了《蒿儿梁》这篇小说,作为我对高山峻岭上的这个小小的村庄,生活在那里的人们的回忆"。① 至于小说《看护》则是写于1950年5月"护士节",是"在天津中西女中讲的少年革命故事",而《关于小说〈蒿儿梁〉的通信》则是在1982年9月20日,应山西繁峙县县志编委会的邀请,给予他们关于孙犁在1943年的那一段经历的回忆,其中讲了大量的关于当时情景的信息,十分有助于我们理解孙犁的创作现象。

因此,这三个文本实际可以看作现在常常出现的关于"同一个故事的三种写法"的一种文学话语。我们当然不是为了去凑热闹,而是为了从中能看到孙犁文学创作的一些现象,或者说裂隙,从中更加有助于理解孙犁的文学创作。

首先,我们看一下《关于小说〈蒿儿梁〉的通信》,这封书信更加真实一

①孙犁文集续编(3),关于小说《蒿儿梁》的通信,第283页

些反映了当时的历史情况，这并不意味着孙犁不诚实，而是其中很可能蕴含当事人无法察觉的一些因素。这个经历背景主要是孙犁、刘护士、康医生还有一位姓赵的学生，在1943年鬼子“冬季扫荡”中，由于孙犁生病，他们陪同孙犁进行转移到了蒿儿梁这个地方，度过了一个安全的冬季。这封信的重点之一是介绍了当时转移的背景资料。该年秋季，孙犁从《晋察冀日报》调到华北联合大学教育学院高中班教国文，晚秋时节，敌人开始扫荡，我方进行反扫荡。孙犁特别介绍了所谓“反扫荡”的含义，与我们经常想象的八路军打到敌人那边去的情况不太一样，“就是日寇进攻边区，实行扫荡，我们与之战斗周旋，这种行动，总是在冬季进行”。[①] 这个时候没有青纱帐的掩护，有利于敌人进行突击。这样，在转移行军之前，他们发了冬季的服装开始爬山越岭。信中讲到的具体情况是，孙犁理发受到感染生了“水痘”，因此领队傅大琳同志便安排了他们四人的行军情况，进行“养病”，孙犁特别声明不是“养伤”。然后回忆了几个人物：郭四、刘兰、康医生和另外一些情况。在这封信中作家情感的真实流露，表现在世事沧桑的人生感慨上：“时间已经过去四十年了。当时在一起的同志们，各奔一方，消息全无，命运难测。我也很衰老了。人生的变化多大啊，万事又多么出乎意料？能不变的，能不褪色的，就只有战争年代结下的友情，以及关于它的回忆了”。“现在是夜里三点钟。窗外的风，吹扫着落叶，又在报告着冬天即将到来。蒿儿梁上，已经很冷了吧？”[②]经过世事沧桑的变幻，老人心中剩下的感慨已经扫去了任何伪饰的东西，或者意识形态所掩蔽的东西，回到了一种本真。

这样，我们就看到了孙犁关于《蒿儿梁》真实的创作情况，更多是一种“创造”，或者说虚构。孙犁自己用了“创造”这个词，这种“创造”表现在以下几个方面：

1. 将“养病”改作了“养伤”。很明显，这样更加有助于理解其文学创

①孙犁文集续编(3)，关于小说《蒿儿梁》的通信，第280页

②孙犁文集续编(3)，关于小说《蒿儿梁》的通信，第283～284页

作的意识形态性质。《看护》中刘兰与“我”的身份，开始是“我”救了差点淹死在河中的刘兰，然后刘兰又反过来照顾因敌机扫射受伤的“我”，大约因为这个才引起繁峙县的同志认为孙犁受伤了。而且本来生病的部位在脖子上，在小说中却写到受伤的部位在脚上，更加加重了行军转移的困难，增强了战争的气氛。

2. 将争取粮食问题引发的麻烦，略去了。但这个问题在通信中很详细地写到了。关于这个问题，孙犁有如下解释：这个小村庄可能没有队伍住过，他们的这支小队伍，一是服装不整齐；二是没有武器；三是男女混杂；四是没有领导机关的介绍信。最后作家说，他们最后弄到了一点荞麦面，可能因为作家带了一只小手枪；其次可能因为表现的急躁情绪起了作用。当然，作家说“很快我们就和村干部熟识了，亲密得像一家人”。① 这种情况与军民关系的宣传密切相关，因此在四五十年代的小说《蒿儿梁》、《看护》中是没有的。

3. 关于女主任的塑造。写女主任“白胖胖的脸，鲜红的嘴唇和白牙齿”，还带着一顶“紫色的圆顶帽子装饰着珠花”，这些情况与现实的吃穿都成问题相比照，差别很大的，也看出这是“小资产阶级”情调。但是女主任的能干给人留下了很深的印象，像那样积极抗日的女性是值得研究的了！

4. 关于杨纯医生的塑造。这是借用了康医生的身份，利用了孙犁自己的经验写成的人物，其中景物描写几乎全是在杨医生的眼中呈现的。现实中的康医生是个办粮草的高手，医术倒不怎么样，大约光为吃饭就犯了愁——毕竟三个月、四个人吃的饭食不是一个小的数字，而且小说中成了七个人，这样忙碌的康医生是没有闲心的，只有性格静静的孙犁才会有这样的眼光与心情，去把握这种景致的。

因此，对于经常以“我”的形象出现的孙犁的小说，我们就必须警惕

①孙犁文集续编(3)，关于小说《蒿儿梁》的通信，第 281～282 页

了，他为什么这样“创造”？艺术当然允许创造，但是我们不要轻易地相信作家的写作就是真实发生的历史事件，需要进一步的考辨，才能对于其文学创作做出更好的判断。但有些事件是有根据的，例如关于刘兰的“童养媳”身份，对于卫生的讲解与文化知识的宣传，关于酸枣的描写大约也是真的，但不是冬季而是晚秋。更重要的是，在《看护》这篇小说中，作家描写了在孙犁文学中轻易看不到的“我”的发怒。这个现象是值得思考的。孙犁文学在以“荷花淀系列”、《风云初记》、《铁木前传》为代表的作品中，表现的心灵风格是“迂徐”、“从容”、“舒展”、“自然”，茅盾曾经讲孙犁在“笑谈”中“书写风云”，这与实际现实生活中孙犁的神经质，受到刺激动辄发怒与冲动很不相同。在这里却展现了那个动辄易怒的作家的真实形象。由于这种揭示很少，我将这段故事原文如下写来：

不久就下了大雪，我们都穿上了新棉衣，刘兰要在我的和她的袄领上缝上一个白衬领。她坐在炕上缝着，笑着说她还是第一次穿这样里外三新的棉袄裤，母亲一辈子也没有享过这个福。叫她看来，八路军的生活好多了，这山庄上谁也没有我们这一套棉衣。

下了大雪，消息闭塞。我写了一封信，和大队上联系，叫刘兰交给村长，派一个人送到区上去。刘兰回来说，这样大雪，村长派不动人，要等踏开了道才能送去。我的伤口正因为下雪发痛，一听就火了，我说：

“你再去把村长叫来，我教育教育他！”

刘兰说：

“下了这样大雪，连街上都不好走，山路上，雪能埋了人；这里人们穿着又少，人家是有困难！”

“有困难就得克服！”我大声说，“我们就没困难过？我们跑到这山顶上来，挨饿受冻为的谁呀？”

“你说为的谁呀？”刘兰冷笑着，“挨饿受冻？我们每天两顿饱餐，一天要烧六十斤茅柴，是谁供给的呀？”

“你怎么了!”我欠起身来,“是我领导你,还是你领导我?”

“咱们是工作关系,你是病人,我是看护,谁也不能压迫谁!”刘兰硬梆梆地说。

“小鬼!”我抓起在火盆里烤着的一个山药,就向她脸上打去,她一闪,山药粘到门上;刘兰气的脸发白,说:

“你是干部,你打人骂人!”

说罢就转身出去了。

我很懊悔,在炕上翻来覆去。外面风声很大,雪又打着窗纸,火盆里的火弱了,炕也凉了,伤口更痛的厉害。我在心里检讨着自己的过错。

老四推门进来,带着浑身的雪,她说:

“怎么了呀,同志?你们刘兰一个人跑到村口那里啼哭,这么大风大雪!”

“你快去把她叫来,”我央告着老四,“刚才我们吵了架,你对他说,完全是我的错误!”

老四才慌忙地去叫她。这一晚上,她没到我屋里来。第二天,风住雪晴,到了换药的时候,刘兰来了,还是笑着。我向她赔了很多不是,她却一句话也没说,给我细心地换上药,就又拿起那封信,找村长去了。①

我们当然不能说这个“我”就是作家,但是,这种神经质的敏感、易怒与压抑,我们对照孙犁的生平与性格,难道不是很明显地看到作家的影子在里面吗?在革命战争年代,人民的生活无论吃饭还是穿衣都是非常艰难,更遑论精神生活,刘兰刚从婆家作为童养媳逃了出来,她深深理解这种苦难;而“我”对于这种生活的隔膜,并不能以生病或者伤口来加以掩饰。在革命队伍中,描写这样的不和谐场景还有写到农村妇女的不卫生,

①孙犁文集,第一卷,看护,第300~301页

"她们好像从来没洗过脸，那两只手，也只有在给我们和面和搓窝窝的过程里才弄洁白，那些脏东西，全和到我们的饭食里去了。这一顿饭，我和刘兰吃起来，全很恶心"。如果对照延安讲话的精神，这种知识分子与工农群众的关系又正好颠倒了过来，可见在中国文化传统里面，根深蒂固的知识主义至上的文化传统，知识分子内在的精神优越性，可以将村长随便叫来"教育教育"，这在革命文学话语里面是另类的，除非将知识分子偷换成干部身份。事实上也是这样，刘兰就将知识分子的"我"看作"我们队上的一个干部"，正是干部的身份掩盖了知识分子的身份，而"我"在小说中的作用除了养病、教了刘兰几个字、写了一封信之外，几乎没有承担任何责任，倒是这个"瘦弱"的"小人"——刘兰，"背着和我一样多的东西，外加一个鼓鼓的药包，跑起路来，上身不断地摇摆，活像山头那棵风吹的小树"，然而她竟然还要替受伤的"我"背东西，又是她找了一根木棍，负责了全面的生活后勤任务，还加紧对农村妇女进行现代卫生教育的革命宣传任务，帮助农民到地里收割庄稼，对革命干部的"我"进行营养补充，里里外外都是这个小小的刘兰在活动，而"我"的身影和在《蒿儿梁》里面的"杨纯"医生一样，赢得了女主任所谓"你这小小年纪，办事这么底细，心眼这么多"的赞誉，其实名不符实！真正在活动着的都是这些女性，刘兰和女主任，生活因了她们在运转，但是好的名头却落在了这些男人的身上。这样的描写恐怕连作家自己也没有意识到的，这种男性知识分子的无能，与孙犁对于自己的评价非常相近！

这样的文学场景在孙犁的作品中并不多见。

但是，即使这样的劳作的刘兰，这样"背着药包笑嘻嘻地找了我来"给"我"换药的刘兰，这样受了委屈依然"笑着"给"我"换药的刘兰，这样拄着棍子，动员担架，"背着我们全部的东西，……在冰雪擦滑的路上，穿着一双硬底山鞋，一步一个响声，迎着大风大雪跟在我的担架后面"的刘兰，在孤独无助的时候，依然是在大风大雪中哭泣。由此可见，孙犁在进行革命话语叙述的时候，在无意之中流露出了一种女性的生存命运的真实写照，这远远超出了他的革命宣传的本质规定的。

二、哭泣戳破了革命的神话

刘兰在风中哭泣，这是革命要求的钢铁战士不足为道的，是典型的小资产阶级情绪，要受到革命排斥的[①]；但是，刘兰作为一个女性，一个女孩子，一个断绝了家庭关系又没有受过正规教育的女孩子，在人地两生的大风大雪中哭泣，是令人感伤的。当作家写作《看护》，是为了"表现他们(看护)在战争中艰苦的献身的工作"，我们却看到了一个女孩子在风雪之中的哭泣，看到了她那羸弱的身躯像山头的小树一样摇摆，听到了她那双硬底鞋敲击在行军的山路上的回响，仿佛一种命运的脚步声。我们可以为了黛玉见月伤心、闻鸟落泪，可以为她的葬花悲慨生命的美丽与消逝，那么我们就没有理由来忽略一个瘦弱的女孩子，在革命征途中的个人的情感历程。在革命面前，刘兰受了委屈还必须要装着微笑，工作着，这种感受撕裂了女性解放与民族解放的内在同一性，昭示了这两种解放的不完全一致。

刘兰的遭遇具有一定的典型性。

她是童养媳，缠过脚，参加革命的时候才十六七岁。关于参加革命的背景并不是对于革命有了多么深刻的理解，而是一种难以承受的生活的压抑，这是一种与过去的传统社会秩序有着深刻关联并打上了深刻印记的生活。小说中这样写道："这孩子很负责任，"老康接着小声说，"她是一个童养媳，婆家就在我们住过的那个村庄，从小挨打受气，忍饥挨冻。这次我们动员小看护，她的一个伙伴把她也叫了来，坚决参加。起初她婆婆不让，找了来。她说：'这里有吃的有穿的，又能学习上进，你们为什么不让我进步？'婆婆说：'……你吃上饱饭，可不能变心，你长大成人，还是俺

---

①可以参考丁玲：三八节有感，丁玲全集(7)，河北人民出版社，2001年，第60页

家的媳妇!'她没有答话!"[①]我们发现这种遭遇几乎是当时下层参军的女孩子的共同遭遇,王振中尽管不是童养媳,但同样的是以婆媳关系为代表的旧家庭秩序的内在矛盾困扰着她,核心症结是婆婆为代表的男权秩序的执行者与要被驯服的年轻女性的矛盾。与刘兰相似的是老四(在《蒿儿梁》里面的女主任),同样也是一个童养媳。在《看护》里面没有出现的关于童养媳的内容,在《蒿儿梁》里面有着详细的叙述,老四的情况是,"我家在川里,从小给地主当丫头使唤。十六岁上,娘才把我领回家,嫁到这里,我今年二十五岁,男人比我大一半。他是个实落人,也知道疼我。我觉着比在地主家里受人欺侮强多了。"[②]但孙犁的叙述最后引向了抗战的胜利和农民与地主的矛盾,而这些地主都是一些黄世仁一样蛮横不讲道理的人,这样革命就具有了必然的逻辑。这显然是一种话语策略,是革命对于女性身体的政治动员,也是革命渗透进家庭进行寻找同盟者和进行监督的重要途径。因为革命寻找的不是家带来的幸福,而是一种现实的苦难,而将家的幸福推向了未来的许诺。[③] 因此,当刘兰这样的负责任的女性进入革命以后,只不过是将解放的身体从服务于家庭转向了革命。

同时,这种叙述的革命话语并不能掩盖另外一个矛盾:性在婚姻里面的导致的矛盾,这里还有一个潜在的话题是男女性别的年龄差异,导致夫妻生活的严重错位,这个问题不是革命本身所能解决的。据王跃生关于

①孙犁文集(1),看护,第296页

②孙犁文集(1),蒿儿梁,第224页

③家庭的位置在革命的眼中是古怪的,矛盾的,家庭的稳定带来个人情绪的饱满,少怨气,这应该是革命喜欢看到的,但是,家庭的和睦也带来统治者对个人的直接控制的削弱,因为当个人可以安枕无忧地藏在家庭中时,革命便无法安枕无忧了。正如一个小孩子总要抱着自己最喜爱的娃娃,才能入睡一样,革命喜欢无时无刻不"看到"个人。这时它唯一能做的,就是去分析家庭中的每个成员,在其中找到同盟者,从而通过这个同盟者来"看到"家庭里的其他人。共产党的婚姻法令中,时常出现的一条规定:"男女因政治意见不合或阶级地位不同,准予离婚",深意恐怕就在于此吧!前文曾提到,家庭里的夫妇矛盾可以很容易找到行政机构(如妇救会)来作援军,那么政府是乐于这样做的,因为正是这样它保持着进入一个家庭的合理权力。参见:通过婚姻的治理——1930年—1950年共产党的婚姻和妇女解放法令中的策略与身体,来自:免费论文网www.shu1000.com

冀南农村的研究，发现在20世纪三四十年代在河北这一地区的婚姻存在非常严重的年龄错位，夫妻差距在二三十岁的不在少数。① 尽管童养媳不一定与男人的年龄差别这么大，但是总体夫妻年龄差距是当时不小的一个社会问题。这个问题，在孙犁的作品中不但出现并还有更甚的问题，在《王香菊》、《香菊的母亲》里面就曾经指出由此导致的另外令人难堪的问题：乱伦。香菊的父亲与叔父共有一个女人，并且还有一个才三岁的明显是同母异父的弟弟。孙犁评价道："农村的贫苦人家是充满悲剧的，有妻室常常加深了这悲痛。外人没法体验，也不能判定：香菊母亲内心的悲痛深些，还是父亲的悲痛深些。"②但最后的结论归到"一切不幸，都是贫穷所致，一切幸福，都会随翻身到来"！因此，革命巧妙地将性欲里比多引导到革命的轨道上来了，香菊的母亲进行斗争最积极，在斗争大会上，"她是站起来的第一个人"，在公审大会上，"她第一个站起来发言"。③ 在《蒿儿梁》中，女主任的形象光彩照人，虽然没有发展到香菊母亲的程度，只是因为其潜在的欲望被抗日纳入到了相对健康的轨道上了，但是其内在的悲剧性的情感危机已经由女主任对于杨纯医生的欣赏中，略露端倪。由此我们发现，革命与女权具有复杂的微妙的关系，因此革命在这种错位中就会存在贬值与变质的可能性甚至更大的潜在危机。

这样，婚姻一直是革命小心处理的一个重大问题，它是产生连锁反应的一个雷区。当女性参加革命而成为"女革命者"的时候，在意识形态的主流话语里面，一直强调的是女"革命者"而非"女"革命者。因此，在主流话语里面革命话语一直遮蔽着女权话语。但在金天翮发表于1903年的《女界钟》这部被时人视为"奇书"的作品中，论及女权运动的特性时说，"民权与女权如蝉联跗萼而生，不可遏抑也"。④ 因此，正如有论者所言：

①王跃生：社会变革与婚姻家庭变动——20世纪30—90年代的冀南农村，三联书店，2006年版

②孙犁文集(3)，香菊的母亲，第93页

③孙犁文集(3)，香菊的母亲，第92页

④金天翮著，陈雁编校：女界钟，上海古籍出版社，2003年版，第4页

民权与女权并生成为推翻旧有社会秩序的工具，逐渐形成强烈的指向“救亡”的政治意识。这两大特征在随后的女权发展史上，应政治时局的流变而嬗变为一个突出的问题：革命与女权。女权运动的展开与近代中国革命的进程息息相关，革命促进了女权运动的发展，令女权运动的声势迅速扩大。不容否认的是，革命也在一定程度上束缚了女权运动的深度发展，使其只能在革命所设定的框架内进行，得不到全面推进。① 在以往研究中，大家往往关注女革命者中的高级干部，像邓颖超、郭隆真、刘清扬，文学界的丁玲或者社会名流萧红、张爱玲等，但是对于下层革命女性的关注诚然如有的论者所言，是付之阙如的，而孙犁的中下层身份与民间视野，恰恰在一定程度上提供了弥补了这种缺憾的可能性。也正是在下层婚姻中，我们看到了革命对于婚姻、对女性的深远谋略。

因此，当刘兰在风中哭泣的时候，并不是革命者面对革命的哭泣，而是一种女性对于自我命运的伤心之泣，一种追求幸福自由和平等的革命许诺得不到实现的幽怨。在刘兰与“我”的对话中，对于物质条件的满足是幸福的，“笑着说她还是第一次穿这样里外三新的棉袄裤，母亲一辈子也没有享过这个福。叫她看来，八路军的生活好多了，这山庄上谁也没有我们这一套棉衣”。这是革命带给下层革命者的礼物。作为最为基层的女性革命者，她们深深懂得这种礼物的珍贵，当“我”说革命是为了群众的时候，群众其实并不买所谓“革命者”的账：“你说为的谁呀？”刘兰冷笑着，“挨饿受冻？我们每天两顿饱餐，一天要烧六十斤茅柴，是谁供给的呀？”刘兰的“冷笑”深刻地揭示了在物质生活极端贫困的年代，人民与革命的关系以及付出的极大代价，由此戳穿了革命的神话。但是刘兰希望的不全是这个问题，而是女性深深要求的人人平等的要求，干部与群众的平等，人的自由的向往，当“我”理屈词穷，就拿出了男性的权威来了：“‘你怎么了！’我欠起身来，‘是我领导你，还是你领导我？’”但是刘兰说“你是干

①姜海龙：“革命者形象”下的女权主义者郭隆真，见王政、陈雁编：百年中国女权思潮研究，复旦大学出版社，2005年版，第170页

部，你打人骂人！"其潜台词就是"干部"不是应该打人骂人的，这个"干部"当然是"革命"干部，也就是说，革命许诺的女性参与革命的结果是人的解放，当然包括女性的解放。但是现实的秩序不是这么简单就可以改变的，当现实无情地粉碎了刘兰的梦想之后，这时刘兰已经和家庭断绝了关系，那个曾经令人又爱又恨的"家"，成为出走的人向往的东西，至此这些"革命者"成为了"流浪"的人，"无家"的人，成了除了依附革命别无选择的人，同样是一种不得自由的人，对于毫无其他能力的刘兰来说，这是致命的。因此，刘兰的哭泣在革命自然不算什么，但是对于刘兰则是命运的赌博，一个拿命运进行赌博的人在风雪中的哭泣，难道不值得深思吗？刘兰在风中哭泣是一个私人事件，而这个私人事件不同于公共领域的展现，它具有重要的历史内涵即革命的不归之路与个人的失重。① 只有这样，才能理解当刘兰重新给"我"上药时那种"依然微笑"但是没有说话的苦涩的深沉内涵，这些所谓的下层"革命者"，除了作革命的"螺丝钉"已经没有任何选择，他们被绑到了革命的战车上已经上了历史的轨道。

从这个意义上说，革命利用了人们对于现状特别是婚姻的不满，激发了亢奋的能量，进行了命运的赌博。如果革命成功了，这确实是叫做"置之死地而后生"的做法；但是，即使革命成功了，女性所要求的东西达到了吗？她们的吃穿住行，她们的爱恨情仇，她们的独立、幸福、自由，她们的自我定位能实现吗？如果说刚刚走出的刘兰还不具有这个能力的话，那么受过高等教育、兰心慧质的李佩钟则完全有能力有身份来思考自己的女性命运了。

---

①当妇女行动方便了，便更加容易走出家门。这个简单的身体的位移正是革命所精心策划的。在浦安修的总结之前，根据地大量出现的妇女识字班，频繁的妇女会议，多是"依靠行政力量强迫妇女走出家门口"，这些措施并不非常关心妇女的素质提高和妇女问题的解决，它们关心的是妇女身体的位移。甚至一些妇女干部认为关在家里是妇女多胃病的原因。从而站在医学知识的高度上鼓动妇女外出。这种对位移的关注并不意味着革命希望妇女在家庭之外建立"公共领域"，甚至这根本不是革命愿意看到的，革命真正关心的是妇女的身体躲开了家庭的屏障，个别地分散地裸露在革命的监视之下。参见：通过婚姻的治理——1930 年—1950 年共产党的婚姻和妇女解放法令中的策略与身体，来自：免费论文网 www.shu1000.com

三、从女"知识分子"到"女"知识分子

关于李佩钟的故事，是孙犁长篇小说《风云初记》里面最为动人、最为含糊、最为富有张力的故事。许多研究者都感受到了这个人物形象的巨大魅力。如杨联芬这样写道："他（孙犁）努力将工农形象高庆山、春儿、芒种等作为主角和理想形象塑造，但实际上，这部小说内涵最丰富、也最牵动作者关心的人物仍然是李佩钟。"①杨联芬的感受是准确的，但是她基本是从人物的外在方面来描述人物，并没有真正走进这个人物的灵魂中去。由于杨联芬把她的身份定位在知识分子的位置上，由此引发了有的论者进一步从该角度考察李佩钟的身份及其作家本人的象征性描述，认为"李佩钟更是作为知识分子形象言说的载体，在她身上凝聚着作者孙犁对知识分子个人话语的表达诉求"②。知识分子心灵的丰富性，是研究文学的论者非常关注的话题，但是关于李佩钟的故事仿佛不完全是这样的故事，这个人物的丰富性超过了知识分子话题本身，因此，我们需要进一步研究这个问题。

诚然，李佩钟是孙犁小说中"学历最高、地位最高的知识女性"，但这并不能代表孙犁就是以她作为知识分子的代表，其实在《风云初记》里面无论政治地位较高的高翔，还是作为宣传工作的变吉和张教官，——两人是孙犁的分身的影子——都是写的富有特征的，特别是变吉哥，简直就可以当作"编辑哥"的作家本身。他对艺术的追求的精神，他对自己改造的努力，他的深挚的压抑的爱情，作家都是点到为止，留下了许多艺术空间供读者思索。但是李佩钟的故事仍然是更牵动人心的，甚至在《风云初记》的结尾，作家特别交代了这个人物的命运，在地委机关的突围中被敌

①杨联芬：孙犁：革命文学中的"多余人"，中国现代文学研究丛刊，1998.4，第5页

②周黎燕：裂隙中的个人话语——《风云初记》尾声重写缘由，人大现当代文学复印资料，2007.4，第159页

人冲散，掉进了冰冷的井里牺牲了。从孙犁后来的回忆知道，李佩钟的结局是孙犁借鉴了远千里同志的爱人的结局，这是一个移植的结尾。而他之所以重新写出这样的关于李佩钟的故事结尾，正如杨联芬所指出的，在"阶级论和'知识原罪说'已经成为占统治地位的意识形态，知识分子须与工农相结合、进行世界观的根本改变，才能在政治上合格。而孙犁之敢于增加这些文字宣布他对李佩钟的眷顾，还是因为那一年中央调整文艺政策、大力倡导'双百方针'。"①所以，无论如何孙犁重写李佩钟的故事，的确与知识分子问题有关。但是，正如有的论者提出的"裂隙性"文学话语一样，这种话语的确是一种裂隙话语，其内在的逻辑无法支撑这种叙述。

我们知道，有关知识分子的问题成为时代主流话语的重要组成部分，并不是一个天经地义的事件。在 1942 年毛泽东延安文艺讲话之前，知识分子问题是重要的问题，但不是什么如此严重的问题；在 1942 年以后为什么忽然成为这样重要的问题呢？一个重要的现实就是抗战进入了最为艰苦的阶段，在战斗在第一线的是工农兵；无论从意识形态的塑造、权力的分配、实际的军事战争还是日常生活的秩序设定，知识分子都将成为要清算的对象，将权力和权利从他们手中夺过来，使启蒙者变成被启蒙者。正是这种话语内在地规定了孙犁小说《风云初记》关于知识分子的创作，包括尾声的改写。但是这就带来了一个问题，《风云初记》的写作时间和故事事件的发生时间的错位，因为《风云初记》的写作时间是在 1951 年开始的，直到 1962 年定稿，这样的写作必然涉及知识分子的改造问题，也即孙犁写作的文学话语受到当时意识形态的外在牵制。但是，问题在于故事时间的发生却不是在 1942 年之后的，从《风云初记》的故事看，这只是抗日战争风云的最初记载，它的第一集只是写了抗战第一年的故事，即使第三集也只是写到 1940 年，顶多 1941 年间的故事，按照作家的写作应该还有"风云后记"。因此，关于李佩钟的故事所承载的关于知识分子的故

①杨联芬：孙犁：革命文学中的"多余人"，中国现代文学研究丛刊，1998.4，第 6 页

事只能是孙犁自己的故事，而不是李佩钟本人的故事。也就说，在李佩钟本人身上反映的知识分子的故事，不可能严重到后来对于知识分子叙事的高强度政治化，因此在有关知识分子叙事的问题上，我们就必须分清哪些是作家自己的东西，哪些是李佩钟本人的东西，作为李佩钟本人的故事的知识分子叙事是合符逻辑的，但是作为作家本人的知识分子叙事就要分析其中的合理性。正是在这个地方，笔者强调李佩钟是孙犁笔下的一个“女性”知识分子，这个女性知识分子的确闪烁着作家的人文理想，但是这个理想与其说是作家本人的知识分子言说，不如把它还给李佩钟本人，把李佩钟当作一个具有较高文化教养的女性，对她的叙事体现的则是作家对于一个符合自己理想女性的命运叙事。这样看来，“作者有意抑制对李佩钟的深入描绘，并没有转化成他对这个人物真正的冷漠；相反，在一些细节中，流露出他对李佩钟心灵和命运的真挚关怀”①。这不同于当时流行的一般革命历史小说，孙犁对于李佩钟的描写是对于人的“心灵”和“命运”的描写，因此正是这一点超越了时代、超越了流俗，更是对于一个现实个体的人的尊重，这才是现实主义的真正胜利，而不是故意制造意识形态的虚假幻觉。②

同时，我们又可以发现，李佩钟是孙犁“女性情结”的真正理想形态，而这点反过来又正是孙犁关心李佩钟心灵与命运的内在动力，因为李佩钟体现着一种女性知识分子所特有的女性气质，正是它打动了孙犁本人的心灵。在文章的结尾，作家深情地描写到：“她那苗细的高高的身影，她那长长的白嫩的脸庞，她那一双真挚多情的眼睛，现在还在我脑子流荡，愿她安息”！可以肯定，李佩钟的原型一定是一个对孙犁产生深深影响的女性，她是孙犁内心渴望的理想爱人，但是孙犁由于各种原因没有在晚年

①杨联芬：孙犁：革命文学中的“多余人”，中国现代文学研究丛刊，1998.4，第5页

②关于李佩钟的心灵和命运的说法，无论杨联芬还是周黎燕都注意到了，可是意识形态的强大逻辑力量把人的注意力揪转了方向，倒是孙先科从“间性主体”的角度，从“内在性”的角度企图探讨李佩钟的本真命运。

的回忆中流露出来，我觉得这个女性才是孙犁心中真正的不能言说的秘密！这几乎是一个西子型的女性，正是孙犁所喜欢的那种类型。关于这个女性的外在形象，在整个文本中并不是很多。她的出场是非常有技术性的，大有“红楼”笔法，当时高翔正在跟秋分讲关于高庆山的事情，李佩钟出现了：“这时又进来一个女的，穿着海蓝旗袍，披着一件灰色棉军衣，望着高翔，娇声嫩语”。① 李佩钟的形象是非常前卫的，“海蓝旗袍”暗示了这位女性实在趣味不俗，自尊身份，心灵丰富深沉，而“娇声嫩语”则充分显示了别样一种女性气质。这样一位年轻美丽、非常阳光的女性生活在男人的身边，难怪立即引起了秋分本能的警惕：“为什么田大瞎子的儿媳妇李佩钟也在这里？看样子高翔和她很亲近，难道他们在外边，守着这些年轻女人，就会忘记了家里吗”？这样的主题在孙犁的小说中不止一次出现，在《荷花淀》中我们曾经详细分析过，但是《风云初记》里面关于秋分的描写很不充分，不过我们可以推断在对高翔的观察中秋分的疑思，对于后来又在自己丈夫身边活动的李佩钟的感慨的，但这些都被小说中略去和李佩钟的大度化解了，她自己不幸不愿将这种不幸强加给秋分。在小说中描写李佩钟的仪容的地方还有李佩钟夜访高庆山的场景，“随着在窗户的破口，露出半边俊俏脸来”：“李佩钟笑着走进屋里来，她穿着一身新军装，没戴帽子，黑滑修整的头发齐着肩头，有一枝新皮套的手枪，随随便便挂在左肩上，就像女学生放学回来的书包一样”。② 这种洒脱与娇媚的描写哪里是作家随便写的！哪里又是谈什么工作问题！这一切全是借口！如果我们承认孙犁文学趣味的形成在于传统诗词的主情传统，那么用这种文学情趣武装出来的女性自然符合孙犁的文学审美眼光，事实上李佩钟确实是学文学的。这些都不是孙犁自己强加给李佩钟的，这是一种很本色的女性叙事，没有必要将她扯到知识分子问题。

更重要的，这个女性这样长久地回荡在孙犁的脑海中，说明孙犁内在

①孙犁文集(2)，风云初记，第 51 页

②孙犁文集(2)，风云初记，第 69 页

的恋情指向非她莫属。孙犁并不是一个随便的人，即使有的女性爱上了他，如果不是符合自己心中的理想，他也不会接受①；而其不会接受的内在原因固然很多，李佩钟的形象却是一个障碍。也就是说，一个女性如果不能胜过李佩钟，就不会走进孙犁的心中，这就是所谓"曾经沧海"的爱情心理。大家都说孙犁是一个多情的人，但是孙犁自己却承认是一个薄情的人，从现实婚姻看，孙犁对自己妻子的感情并不好，连他自己都承认有"惭德"，就是因为其心不在这边的缘故。我们这样说自然不是胡乱排比，因为在《风云初记》第75章暗示了孙犁内心的"李佩钟情结"："李佩钟自从受伤以后，调到地位机关来工作，因为她的身体还不很健康，就暂时负责过路干部的介绍和审查。她正守着一盏油灯整理介绍信。在灯光下看来，她的脸更削瘦更苍白了。虽然她和变吉哥认识，可是不知道是由于哪一个时间的观感，她对于这位'土圣人'印象并不很好。变吉哥把学院党委的介绍信交过去，李佩钟问了他很多的似乎不应该在这个时间审查的内容"。② 这段话蕴含重要的心灵信息：我们非常奇怪李佩钟为什么对于变吉哥有不好的印象？又为什么对于他问了许多"似乎不应该在这个时间审查的内容"？而这些内容具体是什么作家却没有写出来。更为奇特的是，不是变吉哥而是叙事者，我们分明感受到那个叙事者在仔细地观察李佩钟，竟然那么详细地看到"她的脸更削瘦更苍白了"，问题是还有一个"在灯光下看来"，这样的怜惜、可望、不可及、又渴望相知！如果我们从后来的回忆中知道变吉的这段经历，就是孙犁本人的经历的话，以孙犁的心灵敏感和李佩钟的心灵敏感，那种心有灵犀的交流，是不言而喻的！当然有人不同意这种玄学一般的看法，但是这就是文学的本质，没有"心有灵犀一点通"的心灵，何来微妙难言的文学！但物极必反，毕竟两人没有相

①孙犁文集续编(1)，爱梅读《易》，"梅"这个女性形象实际深深地爱过那个伪装在小说中的作家，但是作家不爱她则是显然的。

②孙犁文集(2)，风云初记，第335页

当的沟通，李佩钟的矜持刺伤了变吉的敏感，惹得他“很不冷静！”①小说将其原因归于天气很晚，还没有吃饭和劳累，但是后面找到高庆山后马上又来了“斗气”一般的一句话：“我知道这里总没有外人”，变吉竟然“得意”的说！这个“得意”除了男女心灵的交锋外毫无理由，难道不饿了吗？不累了吗？事过境迁，叙事者的冷静回忆使得对于李佩钟终于难忘就在这里，到了1962年还在脑里“流荡”，可见两人的印象之深。

因此，我们可以说，李佩钟的命运是作家非常牵挂的，李佩钟的女性形象是作家非常渴望的理想女性，她深深地隐含了一段作家难以言说的恋情，而这段恋情以作家的失败而告终，由此我们仿佛明白了孙犁给予康濯讲的一句话：我们当作家的找不到好老婆！② 因为李佩钟是“首长”身边的女性，离作家的距离很远很远！孙犁忽然明白了这个道理，但是讲了一句对于其他人来说，却是一句莫明其妙的话！这正是我们前面分析的干部对于知识分子的历史性胜利，和知识分子的历史性失败的现实具体展现。

四、“脱离枯树的绿叶”：她怎能不憔悴

“脱离枯树的绿叶”这是黄子平先生在分析巴金的《家》时提出的一个论题。这个古怪的意象来源于巴金本人。他做过这样的比喻：“高家这棵树在落光了叶子以后就会逐渐枯死。琴说过‘秋天过了，春天回来……到了明年，树上不是一样地盖满绿叶’的话。这是像她那样的年轻人的看法。琴永远乐观，而且有理由乐观。她决不会像一片枯叶随风飘落，她也不会枯死。觉民也是如此。但是她们必须脱离枯树。而且他们一定会脱离枯树（高家）”。③ 黄先生看到了这个“古怪”，难道有可以脱离枯树的绿

①这种很不冷静、容易冲动的性格特征正是孙犁本人的性格特征。

②孙犁文集续编(3)，给康濯的信，第355页

③巴金：谈《秋》，写作生活的回顾，湖南人民出版社，1984年，转引黄子平：灰阑中的叙述，第142页

叶吗？但他认为不要学究式地追究这个问题，“而在于为何这一喻象对作者和读者都显得如此自然贴切毫无疑义”①。当鲁迅讲“没有吃过人的孩子，或许还有？救救孩子！”，正体现着先觉者的“全部承载、负担、反省和救赎”，当叙述角度完全转到纯洁的孩子们这边的时候，“他们已然立足光明决绝地向黑暗宣战，命运的截然二分才告彻底完成，‘脱离枯树的绿叶’这类颇有几分蹊跷的喻象才从不引人怀疑地流通于世”②。因此，这个“脱离枯树的绿叶”正是这些自以为是的“孩子们”，变成了推翻旧制度的所谓“革命者”，这个李佩钟正是这所谓的一片“绿叶”，她要脱离的正是那棵“枯树”。如果我们不是那样局限于一个家庭，而是看作一个旧制度，那么我们研究一下这片“绿叶”能不枯萎吗？

“歌声”标志着青春、希望、爱情、自由，我们说李佩钟“很阳光”就是指她具有这些空洞的能指符号，坠入了在20世纪30年代已经“完满的现代意识形态神话”（黄子平）。在《风云初记》中李佩钟最初出现的时候，进进出出全是带着歌声的：“汽车在长久失修的公路上颠簸不停，李佩钟迎着风，唱了一路的歌儿”。③ 在与高庆山谈了半宿话后，“李佩钟就小声唱着歌儿走了”④，后来又专门给高庆山唱歌听。李佩钟像所有具有梦想的知识分子一样，带着“神话”走进了革命队伍中来了，在高翔的身上同样看到了革命的理想：“他（高翔）没来的时候，我们这些土包子们，只知道懵着头动员群众，动员武装，见不到文件也得不到指示。他一来，把在延安学习的，耳闻目见的，特别是毛主席最近的谈话和讲演，抗日战争的方针和目的，战略和战术，给大家讲了几天几夜，我们的心里才亮堂起来，增加了无限的信心和力量”⑤。我们不能否认延安的革命经验对于其他地方的指

①黄子平：命运三重奏：《家》与“家”与“家中人”，灰阑中的叙述，上海文艺出版社，2001年版，第142页

②黄子平：命运三重奏：《家》与“家”与“家中人”，灰阑中的叙述，上海文艺出版社，2001年版，第144页

③孙犁文集(2)，风云初记，第52页

④孙犁文集(2)，风云初记，第72页

⑤孙犁文集(2)，风云初记，第70页

导作用，但毫无疑问的是，李佩钟是带着革命的罗曼蒂克走进了队伍中来的，而她走进革命队伍的原因，固然与其自觉地抗日的要求有关，但又何尝不是为了逃避田家的婚姻，这与刘兰、王振中并没有本质的区别，她首先要斩断田家这棵"枯树"——"那不是我的家"。李佩钟的脸红了一下，"我和田家结婚，是我父亲做的主"。然后又断绝自己娘家这棵"枯树"：自己母亲是戏班的青衣，被父亲霸占的，何况又不是"正枝正脉"，"不管怎样吧，我现在总算从这两个家庭里跳出来了"。[①] 因此，李佩钟在这些方面并没有什么比王振中、刘兰特别的地方。

但是，李佩钟毕竟与刘兰等基层女性不一样，她美如兰花的女性气质，与那些来自农村的女性非常不同，因此在李佩钟身上显现的还是知识分子的本色，更确切地说，是人文知识分子的气质。李佩钟是师范毕业的大学生，学的是文学，"看了很多文艺书，对革命有了些认识"，参加了高阳的"政治训练班"被抗战卷进来了的。[②] 小说中强调的是眼下的政治进步，却没有提到李佩钟的文学修养到底与革命什么关系(指不是时尚的影响)？是远离革命还是接近革命？还是有许多其他复杂的成分，譬如像作家孙犁这样具有真正的古典文学艺术的气质？作品都没有具体细说！但是，我们知道，李佩钟的母亲是唱戏班的青衣，他的父亲是戏班的老板，闲来也唱上一段，这种艺术熏陶对于出身这样家庭的李佩钟自然是有深刻的内在影响，其艺术情致就是在这样的环境中培养起来的！在日常生活中"感情丰富、趣味优雅"，在老差人的眼里，她"干净"、"雅静"、"是个文墨人"；她看到自己写在红纸上的"人民政府"四个大字感动的流泪，看到窗台上的干冻红花半死要浇水，想着花树的枯枝在春天就会发芽，而在心爱的人面前会娇羞地闭上眼睛！这一切都表明了这是一个富有情致的女性！高庆山批评她养花是"小姐脾气"，但正如杨联芬所言，"养花不在有无时间，而在有无情致"。正是这些方面，李佩钟的形象远离了刘兰们。

①孙犁文集(2)，风云初记，第71页

②孙犁文集(2)，风云初记，第71页

她对高庆山一人唱歌，还要转过身；吃完水饺问了一句话："等一等再走，我有句话儿问你。是你们老干部讨厌知识分子吗"？她说完就笑着闭上了眼睛。① 这并不是李佩钟表达什么延安讲话以后知识分子话语，而是这年轻的女性表达自己的爱情。因此，我们可以说李佩钟是一个深具艺术气质的女性！孙犁在她身上反映的是一种理想女性的审美情态，深具文心的一种生存方式。

因此，我们就有必要追问，这种艺术化的生存方式所要求的人性的解放，与革命带来的解放相一致吗？从主体建构来说，艺术化的建构本身对于主体来说并非一般方式的建构，如果我们承认主体建构的方式需要以"我一思"的方式展开，那么其建构方式是审美化的，而不是对象化的；当无论文化还是其他的客观对应物进入主体建构的时候，其建构的不是"我思"的内容，即"思"之意向性的对象，而是将"文化移入"后的对"我"的内化，变化的是作为生命主体的"我"的本体存在。只有这样的"我"才会不断地丰富，与世界具有相互沟通的可行性并达到对世界的存在性理解，是"我"本身的不断审美化。传统文人的心灵秘密其实就是这种艺术心灵的建构，建构的是"我"而不是"思"之对象，因此这个"我"的艺术化实际是心灵的生命的泛化。尽管李佩钟接受的师范教育，小说没有明确的描述，婚后生活也付之阙如，但我们仍然可以感受到李佩钟与田耀武的家庭矛盾，实际是一种心性矛盾，一种雅俗矛盾。因为文学性(艺术性)建构与伦理性建构、政治性建构的差别在于，后两者都指向了一种对象性建构，而政治性建构更加功利化，更加远离生命本我的问题。李佩钟的矛盾恰恰就在这个地方，努力进步本身恰恰是丧失本我的原因。当革命进入非常现实的状态下，考验的是意志力，智慧的涌向是外向的、对象性与斗争性，指向别人而不是自己的，对别人是一种伤害，对自己是一种消耗；但感情的审美形式化问题，是内向性、形式感、自我审美化，这与革命完全是两种东

①孙犁文集(2)，风云初记，第119页

西，或者说李佩钟的革命是一种爱情乌托邦的艺术。

这样，就带来一个问题：革命的老干部作为女性知识分子的恋爱对象，难道他们不喜欢这些有教养的女性知识分子吗？我们从20世纪40年代的延安知道，延安革命阵营曾经发生一场婚姻革命，纷纷抛弃来自农村的没有文化的妻子，而选择女性知识分子作为新的选择对象；尽管我们不能一概而论，但是从整体取向上说老干部在这场将女性身体作为革命的祭礼的分配上获得了胜利。正如有的论者所言，解放区新的《婚姻法》的颁布，将妇女放在一个凸现的位置上时，"喜钟却并非为它们而鸣。无论是提送决策层的工作报告，还是当时的统计数字都表明买卖婚姻并没有因此而绝迹。妇女仍然像以往一样被看作男权主义的附属物，唯一的变化只是'价钱便宜了而已'。所以本文提出这样一种解释：在每次革命论功行赏之日，女人的身体就会和土地一样被重新加以分配，总的流向是从富人家拖到穷人家"。① 应该加以补充的是，当革命精英和革命的同盟者（贫下中农和知识分子）重新加以洗牌的时候，女性精英的流向不是走向了同盟者，而是权力阶层，贫下中农获得只不过是残羹冷炙（"价钱便宜了而已"），而精神上最为失败的是知识分子。这些传统文化中的士大夫和现代传统中的启蒙者，彻底被颠倒了价值！或许有人疑惑：既然爱情是"心有灵犀"的艺术，知识分子应该首先具有精英女性的人选对象才对，为什么会发生颠倒的现象呢？这个问题，在1942年以前的确好像这样，曾有一个孙犁经历但不熟悉的例子：就是何其芳等知识分子随贺龙部队进入冀中地区，当时正好住宿在孙犁家中，并与他们进行了第一次见面。那次见面对于孙犁的印象并不很好，何其芳等人也早已忘记了那个时候的孙犁就是后来的孙犁。但是在这个过程中有位老干部看中了一位女性知识分子，但是该女性嫌弃老干部粗俗不堪。后来竟然成为一个事件！当然，这是从延安来的知识女性，是见过世面的！即使这样，在延安整风以

①参见：通过婚姻的治理——1930年—1950年共产党的婚姻和妇女解放法令中的策略与身体，来自：免费论文网 www.shu1000.com

后这些女性也是立即就改变了选择取向了！

对于李佩钟等而言，自称“土包子”的她们对于这些革命老干部就只有一部“英雄传奇”，她们的爱情就是建立在这个基础上的艺术想象。因此，我们可以想象李佩钟的爱情表达的主动性，在高庆山临征出发前的场景：(1)请吃水饺。(2)为伊人唱歌。(3)吃完饭，坐在床上好久没说话。(4)是你们老干部讨厌知识分子吗？(5)自己的婚姻问题的离婚与否请高庆山帮助拿主意。(6)问匾写得怎么样？这一系列行为都是爱情的进攻信号，高庆山能感受不到吗？书中写了一个细节：“高庆山点点头(同意离婚)，走了出来，在大院里，他吸了一口冷气，整了整军装”。可见，高庆山内心激烈的动荡，“吸了一口冷气”正是为了平衡心中的热血，“整了整军装”，正是革命的纪律与道德发生了冲突。文章恰到好处地点到为止，正如周黎燕所言：“当然，叙述者知道应当克制这种‘不健康的东西’。因为宏大叙事的文本中不允许渲染私人化的‘暧昧’情绪，只有时时勒住感情野马的缰绳，才不至于走到革命文学的悬崖而粉身碎骨”。① 因此，“是你们老干部讨厌知识分子吗”？这句话可以是李佩钟的爱情话语，但却是作家本人的意识形态话语。在知识分子对于权力的竞争中，他是爱情的失败者，由此我们就更加理解孙犁对康濯的深沉的叹息，也就更加明白李佩钟对于变吉的感受：作为文人同行李佩钟看得很清楚变吉那颗文人的心灵，同时作为正规师范大学的毕业生当然看不起这个所谓的“土圣人”。这个“土”字在孙犁的文章可谓“一字千金”，它不是作为变吉个人的感受印在作家的心中，因为他自认为是“圣人”；而是因为“文人相轻”的原因，出自李佩钟的眼光深深地印在孙犁的心中而成为一种屈辱性的标记。但问题是恰恰在这个问题两人有非常相近的心灵，李佩钟的心灵便有了些许怜惜与同情，这便问了许多不该问的问题；但是作为男性，这种俯就的同情与怜惜无论如何无法接受这种施舍，这种反抗就是报复的快意，这时

①周黎燕：裂隙中的个人话语——《风云初记》尾声重写缘由，第 161 页

我们更加明了"得意"的内涵！但李佩钟毕竟是作家心中的理想偶像，事过境迁，即使点滴印象也早已化作了涓涓暖流浸润了作家的心田。权力与官场战胜了知识本身，这条规律在《风云初记》到处流露，如芒种对于高庆山的开始孤身一人没有勤务的失望，如百姓对于李佩钟作为县长"不势派"的评论，如作家潜藏的爱情的失败等等，都说明了延安讲话以后男性知识分子的历史性失败。所以上面那句话应该准确地翻译成两句话：难道老干部不讨厌男性知识分子吗？难道老干部不喜欢女性知识分子吗？

而这个失败正源于传统的分化。当传统的士大夫身兼两任，一方面是官方大员，一方面是传统文人；一方面是冠盖朝堂，一方面是红袖添香。这种身份正是传统知识分子梦寐以求的身份和文化象征，由此我们可以更加理解传统秩序的稳定与悠久。男人如此被驯化出来，女人又何尝不是！李佩钟的文化教育是过去侍妾、名妓、情人所拥有的文化资源，这种艺术的心灵正是传统文化教育的结果，它当然有超越历史的艺术存在的可能性，但是作为一种艺术的栖身之地却是建立在依附性的儒家官本位的意识形态的基础上。无论西施、杨贵妃、昭君、李师师、陈圆圆、柳如是、秦淮八大名妓都是如此，李清照的麻烦正在于身份太正不具有依附性。当传统文化在现代分崩离析后，士大夫的身份分化为现代知识分子和现代政治官员，但是继续接受传统文化结构的男男女女无法或者意识不到这种分化产生的潜在的制约，这种结构性的东西成为传统文化、社会结构的内在规约。当这些知识女性选择了官员以后，在王蒙小说中的女性青年和老干部的冲突不可避免，而张洁的《无字》则是全面的反省知识女性和老干部的革命神话，进行回归女性本我的经典力作，彻底解构了革命制造的传奇和神话，吴为终于发现倾心追求的不过是一根粗俗的一文不值的男根而已！至于追求知识分子的，还有如张贤亮等在制造知识分子乌托邦，讲一些对蒙昧中的女性进行有意无意的欺骗的大言惭惭的神话。至于李佩钟，无论追求知识分子还是老干部，结果都将是失望的，民族革命的宏大话语掩盖了老干部和田耀武的相通的"非我"本质，而知识分子则无法承担这种宏大的使命。因此，正如历史上演的喜剧一样，几亿女性倾心向往的理想男性就是身兼诗人和领袖的毛泽东！

在这个意义上，李佩钟的选择是不重要的。这是一片“脱离枯树的绿叶”，她不同刘兰的是还暂时有自我更新的能力，但是一旦水分耗尽，青春已逝，那么她就是一片脱离枯树的枯叶！孙先科先生认为：“李佩钟应该有一个符合自己内在及外在身份规定性的自足、自为的‘个人的发展’的性格逻辑及精神历程，但同时因为她身份的意识形态性质，她又必须符合某种强制性的规范，某种意识形态化的阐释系统。显然，‘个人的发展’与意识形态的阐释系统所规定的知识分子成长道路之间存在着矛盾、龃龉。正是因为李佩钟‘个人的发展’无法为某种‘社会秩序’提供充分的辩护而失去了‘合法性’，这一形象才未被充分展开。她被作者扼杀的深层原因就在于此”。① 论者将原因归结为意识形态和个人的本真发展之间的矛盾，无疑是深刻的，但是我们更应该看到的是，在现代社会和传统社会的转换过程中，存在着结构性的矛盾，现代分工彻底改变了这种内在的秩序，而人的塑造则具有强大的惯性，这种新与旧的矛盾更内在地制约了李佩钟的发展，她的个人选择已经不重要了！因此作家只能将她武断地归为烈士，让他的理想存在于心灵之中，不愿看到她的憔悴！

①孙先科：作家的“主体间性”与小说创作中的“间性形象”——以赵树理、孙犁的小说创作为例，河南大学学报，2003 年 1 期，第 56 页

第五章　小满：迷茫的逃逸之路
——寻找女性归宿之路（三）

《铁木前传》是孙犁在1956年夏天写作出来的一部中篇小说，也是孙犁前期创作结束的标志性作品。写完这篇作品以后，孙犁大病一场，由此基本结束了文学创作达二十多年；他自己认为这是一部"不祥之作"。作家当然有理由这样说，作品的诞生几乎要了作家的性命，这样的呕心沥血之作怎么言说也不过分。因此，自从《铁木前传》诞生以来，阐释纷纭，莫衷一是，但都公认这是一部杰出的文学作品，不但在20世纪五六十年代中别具一格，就是在当下拿到整个文学史上都是可以进行比较的沉甸甸的作品。关于它的主题，潘艳慧大致总结以往的文学研究如下："《铁木前传》出版伊始，它的主题便成为人们争相评说的持久话题。上世纪五六十年代，它被认为是深刻而自然地揭示了中国农村'在土改后的阶级分化的景象和两条道路斗争的萌芽状态'。很显然，这是受当时政治意识形态所左右的文学观的一种时代反映。在七八十年代，它被认为是一首献给'乡土、父老和童年等的歌'；或者是作者'悲歌友情的失落，渴求人性的复归'的主观情感投射。这种观点同样是衍生于'文革'后人们对美好人性被压抑的愤怒和渴望恢复正常人情的普遍心理。而在新时期，它更倾向于被人们言说成作者'探究那些人物们的思想情趣产生变化的社会历史文化原因，张扬一种更为理想的生活观'思想的渗透；还有论者把它指认为作者对"友情和婚恋的新观念在农村的影响和振动'"等等不一而足。①当然，即使这样也不一定能够概括完这部杰作的文学叙事，但由此可见这部作品可供阐释的空间有多么巨大。因此，我希望从小满这个人物入手，探

①潘艳慧：主流意识与个人诉求之间的矛盾叙事——论孙犁《铁木前传》的芜杂性，学术论坛，2004年6期

讨一下女性的命运，由此带动一下主题的探讨。

一、美貌：女性意识的奇特武器

小满的形象是历来研究《铁木前传》的重心，也是历来难以很好把捉的一位非常奇特的少女形象，她“复杂到难以分辨她究竟是无耻还是无邪的程度”，“这是一个美丽、热烈、大胆、伶俐、狡黠、尖刻的人物，充满了想象、生命力和内心矛盾的人物，这是一个表现了深刻的、复杂的和丰富的社会内容的形象”。① 但我们无论怎么从性格分析都好像无法进一步分析出小满之所以为小满来，即使更加细致地再找出几种性格特征来。因此，我觉得还是从小满自己最为满意的特征来说——女性，而且是一个极端俊俏漂亮的女性。

小满的漂亮与神韵真是被作家写活了，我们不打算重复过多以往的论述和摘文，这里只选取九儿这个角度，这一方面是因为一个女性被男性看作美的还不足为奇，而女性将她作为美的来看待就奇特了；另一方面，也是因为整部作品的核心女主角就是小满和九儿。关于她们的对比论述已经非常之多，我们只是从女性主义角度进一步探讨这两个人物。当小满推碾引发了一场男性动乱和女性打架的大戏之后，九儿和父亲傅老刚从外地回到了黎庄。这时，九儿没有关注别的，一眼就看到了小满，在九儿的眼里出现的小满是“长得极端俊俏，眉眼十分飞动”；当然，因为六儿的关系自然引发了小满对于九儿的关注。当她听到有人说六儿家就是九儿亲家的时候，其内心的活动小说没写我们也不得而知，但是当六儿和九儿爬上屋顶摆弄鸽子的时候，九儿又发现了这个推碾的姑娘“直直地望着这里”，更加令九儿不解的是“脸上带着那么一种逼人而又难以理解的笑容”。这天晚上六儿没有回来，可以想见小满对于九儿已知底细了！九儿

①冯健男：孙犁的艺术（中）——《铁木前传》，孙犁研究专集，第439页

是六儿潜在的未婚妻，而小满是六儿的情人，这样一场争夺就是不可避免的了！当四儿和九儿找到小满和六儿，因为六儿要爬树捉鸟的由头，于是一场交锋开始了：

在黑夜里看来，这杨树一直高到抚摸着群星，而它那树皮，又像女人的肌肤一样光滑。六儿已经脱下鞋袜，在手里唾着口沫，要攀登上去了。

"这样黑天，你要玩命？"四儿说，"我回家叫父亲去！"

"少在这里拿大哥架子吧！"小满儿说，"抓住一只三十万，抓住两只，你学习好，给算算是多少钱？"

"六儿，"九儿忍不住，说，"你不要冒这样的危险吧！"

"好。"小满儿啧着嘴儿说，"心疼你的人儿发言了。"

"你是什么人，"九儿说，"我们从来又不认识，和我犯嘴？"

"我是什么人？"小满儿冷笑着说，"我是和你一模一样的那种人。"

"别吵了。"六儿哀告着，"别再吓跑了我的鸽子，鸽儿，鸽儿。"

他很快地就上到了树的老杈那里。①

文中小满因为六儿对九儿的交锋咄咄逼人，我们非常奇怪，对于美若天仙的小满和朴素稳重的九儿来说，本来应该大发醋意的应该是九儿，但问题恰恰相反是小满对着九儿产生了嫉妒。对着四儿的嘲讽本来也是对着九儿的，下面的"好像也是一对儿"的话语暗示了这点。四儿不堪一击，甚至小满将四儿顺从响应主流话语的认真"学习"，也顺手一枪，显示了小满对于主流社会的话语与权力有一种"敌意"。这一点非常重要，有人说九儿是比较理性的女孩，她懂得生活的艰辛，因此成熟的比较早；小满是比较任性的女孩，她追求生活的安逸与享乐。四儿和六儿的情况与她们大致相似。从表面上看这一点似乎能够成立，但是小满和六儿与四儿和九儿相比是否真的由于没有在生活的艰辛中历练而"不够成熟"，是难以

①孙犁文集(1)，铁木前传，第416页

成立的。因为我们知道，四儿的愚笨是有目共睹的，四儿的好处是自己承认笨但是却要用学习弥补的，当九儿问四儿“六儿为什么不参加共青团”?，四儿的回答是“他说脑筋不好，一开会就头痛。你看他像脑筋不好的人吗”？而小满对于四儿的讽刺“你学习好”来算算账，更表明小满对于四儿的这种学习不以为然；而六儿在童年时和九儿拾柴，当九儿希望每人拾两筐时六儿同样不以为然，“‘就是一天拾三筐，也过不成财主!’六儿严肃地驳斥着”。也就是说，对于历尽艰辛顺从成人世界的生活规范所形成的所谓“成熟”，六儿和小满早就发现这是一个“骗局”！在她们看来这种生活其实是一些“笨蛋”才过的生活！应该说，这种看法与其做法是受世俗谴责的，但是你不能不承认这是一种非常智慧，常人的生活是一种常人无法看透的迷宫，但这两个娃娃却轻而易举地勘破了这一机关，这是符合小说中有关六儿和小满的聪明的！她们的确是“要自己走路的”！这种独立自主的精神和超越常规性是四儿和九儿做不到的。

因此，我觉得小满的精神世界里面，有一种重要的东西就是她有自己独立的主见，尽管其根本问题还没有找到，但是她凭借自己的直觉对于出现的问题，有能力及时判断出其对于自己的价值来，也就是说小满有一种个体生命的本体性慧性，这是她不屑于四儿、九儿这种生活经历内在根据，这就像禅宗的南宗的顿悟看不起用功的北宗的渐修一样。因此，小满和九儿就个体能力来说，无论外貌还是智慧都更胜一筹，当然九儿又比四儿聪明与善思了。通常按照小满的美丽应该引起嫉妒的是九儿，但是这里首先发难的竟然是小满，原因就是九儿的到来威胁到了小满的爱情。但九儿委屈的是，这份爱情本来是自己的却被小满占去。但是九儿怎么能威胁到小满的爱情，难道小满不清楚吗？她是样样比不过自己的，但小满有她的理由，大概就是在九儿的背后有一个强大的道德力量和现存秩序，这大约才是小满嫉妒与害怕的真正原因，否则单就九儿如何争过小满？当然，也是在于六儿的标准和选择。于是小满发动了攻击，一个“好”字，确实把小满早已运筹帷幄的策略展现无疑，就等着“心疼你的人”来接招了。孙犁的白描也真是传神！可见这个小满真是处处尽占先机！九儿的反驳是“常规武器”，是一种道德正义，但是这种“常规武器”在小满这里根本不起作用，因为小满的武器是超常规的本体智慧，是道德观念的根源，这个女子的厉害就在这里！所以她敢于“冷笑”，这是一种胜券在握，这是一种不屑一顾，这更是一种透察力，这也是一种阅历（已婚女性），这种女“性”的经历是本分的没有结婚的九儿不可能具有的，这对于九儿是一种极大的杀伤力。从这个方面看小满的确是为达目的不择手段的，具有某些“无耻”的意味，但是我们也说过这种道德评价对她不起什么根本作用！为了保住六儿，她敢作敢为。她很明确地将自己定位为“我是和你一模一样的那种人”——女人。在孙犁的小说中这样明确自己女性身份的，好像都是一些道德缺陷人物如俗儿、小五等，但是小满的女性身份的认可好像与俗儿还要不同，俗儿是将自己定位在女“性”的位置上，而小满不是，尽管有风言风语的说法，但小满自己不承认，作家也不承认。因此，小满的女性认可更重要的是一种性别确认，一种女性气质的强调，具有社会内容的自我识别。

于是，我们发现这个19岁的姑娘竟然这样熟悉男权社会的规则——女性气质与美貌在男权社会的真正地位和价值；她认为一个失去了女性气质和美貌的女人在男权社会中的男人眼里，是不值钱的。这一仗下来，九儿“心理非常气愤和极度不安”，小满则一仗定乾坤；接下来就要收拾六儿，叫他彻底死了对九儿的心！当六儿说卖了鸽子给小满买一件棉袄时，却来了这么一段：

“你和我的交情并不在吃穿上面”。小满儿认真地说，“给那位九儿，买一件吧。”

“为什么？”六儿问。

“就为她那脸蛋长得很黑呀，”小满儿忍着笑说，“真不枉是铁匠的女儿。”

“人家生产很好哩，”六儿说，“又是青年团员。”

“青年团员又怎样?”小满儿说,“我在娘家,也是青年团员。他们批评我,我就干脆到我姐姐家来住。至于生产好,那是女人的什么法宝?”

“什么才是女人的法宝?”六儿问。

小满儿笑着把头仰起来。六儿望着她那在月光下显得更加明丽媚人的脸,很快就把答案找了出来。①

小满说“你和我的交情并不在吃穿上面”,表明小满对于六儿是一种真心的爱情;而给九儿买件衣服则可能又是一种策略了。买一件衣服和“脸蛋长得很黑”有什么关系?如果说有什么关系的话,那么就是要引出女人的“法宝”——脸蛋。从这个方面看小满又确实富含心机,六儿则相对厚道一些,他不满小满那样讽刺九儿,或者说对九儿还有童年的温情。但小满正是要六儿彻底缴械,符合主流意识形态要求的政治进步“青年团员”和“生产”话语,都被小满轻松地解构了。当小满将“明丽媚人的脸”映现给六儿的时候,都说明这是一个有了相当社会内涵的女人了!有的论者以为,20 世纪 40 年代“根据地普遍提倡妇女参加开荒、修滩、造妇女林和武装操练。当然,其很大原因在于根据地的精壮男劳力被征入军队,妇女承担了很大一部分生产任务。可是由妇女从事开荒这样的重体力劳作,事实上不可能有很大的效果。除却妇女干部的邀功因素以外,我们可以发现无意义、无效率的劳动所维持的是保持妇女的身体的大部分能量在户外释放和消耗。革命的最初动机并不在于产量,而在于攻破小农经济和家庭壁垒,将每一个身体都劫持到户外,以保证其始终处于革命的运筹之内。自然,这也是革命对家庭的矛盾心理所导致的策略”。② 如果这是一种可能的革命的监控策略的话,这里蕴含的男权规则就是小满所研究所熟悉的东西了,而这点早已从小满的身世透露了出来,她的养母和姐姐本来就是“县城东关一户包娼窝赌不务

①孙犁文集(1),铁木前传,第 420 页

②参见:通过婚姻的治理——1930 年—1950 年共产党的婚姻和妇女解放法令中的策略与身体,来自:免费论文网 www.shu1000.com

正业的人家”，在这样的家庭长大的小满自然非常了解男人是怎么回事！那么，革命这样的宏大话语无论包含怎样的革命策略，男女问题都是需要考虑的；当意识形态覆盖了解放区的时候，小满特殊的生存经历却使她能够用女性的视角透过了这点，看到了革命的裂隙！无论从其个人的经历还是从革命的裂隙中，她都有足够的智慧来了解这个男权社会的权力本质，因此她的女性角色的定位，至少有部分的真理！但她的女性定位更在于一种色相，与李佩钟具有内化的文化气质有本质的不同，毕竟，人生毕竟不是单纯女性色相所能涵括。

二、她为什么对于新政权不信任

现在，我们需要进一步探讨上文已经触及的问题，小满为什么对于新生政权有一种不信任感？我们知道，这里的背景是刚刚解放，举国狂欢的时刻，一切矛盾几乎还没有展开的时刻。这个问题，对于解开小满之谜具有重要的价值。

上面我们已经提到，小满对于开会、对于学习、对于生产、对于运动等等主流常见活动几乎持一种本能的排斥。九儿“生产”好，受到小满的嘲讽“这算什么女人的法宝”！六儿当然也是一点就通，所以四儿的愚笨还是想不到六儿说自己“脑筋不好”，其实不过是托辞，不愿受开会拘束的缘故。从这一方面说，他们追求的东西里面包含着一种个性自由，至少是一种个体自适的闲逸生活。从小说看，他们的这种生活建立在一种对于农业劳动的逃避上，六儿不像四儿那样从事集体合作的事业，他选择了卖包子这种生存方式；他的父亲黎老东也没有责怪，倒是四儿的行动惹气了他。我们很难说四儿的行为到底是道德的高尚还是主流话语价值的引导，如果是后者，那么不善思考的四儿在“文革”中肯定也是听话的“好孩子”。作家也没有刻意评判到底孰是孰非，因为黎老东对四儿的评价是他的“威信高”不过是出在“灯油”上！无理也并非无理！甚至最后看到六儿、小满等人放鹰捉兔的活动，打井的锅灶不禁感慨起来："老四，你的理论高，你给我解释，我们在这里受累受冷的工作，你的老弟在那里带着女人玩耍。在人生这条道路上，是我们走对了哩，还是他们走对了？"[1]不但锅灶起了疑心，而且九儿也在思考，当然作家给她安排了主流话语的答案，但其实连作家自身也难以自圆其说的承认"有点羡慕"。因此，这种闲逸的生活方式，除了文中有一个地方写到了小满和六儿偷人家的鸽子以外，并没有做什么损人利己的事情，何况关于鸽子的风波六儿自己摆平了，而且成了好朋友。这是一种利己却不损人的生活方式。但是锅灶、四儿为代表的方式却是一种不断扩张的自以为是的权力改造，四儿把它比喻成打井浇地、改造沙漠！当随着时代的鼓点权力声声催人急的时候，其暴力性质就非常明显了！在这个意义上，小满他们的生活方式好像有些庄子讲的"天然"，不"以人害天"，而四儿为代表的主流社会则是一定要"人定胜天"的。

小满她们之所以有这样的选择，正如我们前面讲的那是她们对于常规生活有了一种本质的透视，"多捡一筐柴也过不成财主"的洞察上，她们是不愿过这种非常平庸的生活，但是她们又找不到一种高尚的生活方式，因此开始一种娱乐式生存。这与黎大傻夫妇毕竟不同，后者完全是一种成人世界的好吃懒做，好逸恶劳，基于一种低下的动物欲望的基础上的，她们实在没有这样的慧性，也没有想过高尚的生活方式的愿望。因此，小满她们与主流意识形态话语需要的价值基础确实不一样的，正如鲁迅所言，孔子无法改变老子的思想，于是只能走之或杀之，这就是老子的"出关"的现代解释，而小满她们则类似这个故事的当代翻版。因此，当主流意识形态的力量以四儿、锅灶、九儿出现的时候，也就是以"青年团"出现的时候，无论智力还是形貌，这个集团的才能与小满、六儿、杨卯儿的集团相比怎能是对手？值得注意的是，在小说文本中活跃在前台的基本是青

①孙犁文集(1)，铁木前传，第442页

年世界，当地政权的力量除了显现了一下那个副村长，并没有实际介入，也就是说，这时当地乡村世界处于一种相对的生态平衡，处于彼此互不干涉、也彼此干涉不了对方的现实态势。她们的交锋，主要是和小满的交锋，“干部门也曾讨论先从改造小满儿入手”，但是“男青年们不愿去，有的是胆怯，有的是避嫌疑”，我们曾经领教过小满的女性容光的魅力，青年们很可能掉到井里出不来的；女同志去则被“嘴上像擦了油似的”小满打发了，逼急了小满则撂挑子走娘家了。也就是说，新政权在这样具体的小满的生存世界里并没有什么让她信服的力量，她如何能皈依？

但是对于新制度，她没有积极的认可，也因为新制度的许多规定都超出了她的身份和要求。从小说中看到，只要涉及主流话语的地方，小满的态度都是冷嘲热讽的。尽管包办婚姻和金钱关系使她受到了伤害，这只是关于他的男人和家庭的问题，单纯由于包办婚姻并不能完全解释她对新生政权的不信任感。当然，或许有的同志可以解释为“个性”自由与群体束缚的矛盾，但问题可能不是这么简单。对于一个在大街上吸引一条街的男人的有绝世容光的女性，很可能经历过那些以“革命”的名义进行的“谈话”、“教育”、“批评”，其中却有不可告人的目的的性骚扰事件，冰雪聪明的小满如何不了解？我们也因此好像理解小满对于高级干部的谈话，在对干部的倾诉中竟然说了一通非常之理：“你了解人不能像看画儿一样，只是坐在这里。短时间也是不行的。有些人，他们可以装扮起来，可以在你的面前说得很好听；有些人，他就什么也可以不讲，听候你来主观判断”。然后竟然“声音颤抖，忍着眼泪，终于抽咽着，哭了起来，泪珠接连落在她的袄襟上”。[①] 事实上小说中也说过“青年团”批评她，这里就不排除像张爱玲的小说《赤地之恋》里面的黄绢的遭遇一样，遭遇申凯夫的接见、教育而被“收用”了的可能。例如本来文件上说明“女人和男人是平等的”，贯彻婚姻法的，但是在现实中弄着弄着就把问题引向了“检查村里

①孙犁文集(1)，铁木前传，第437页

的男女关系，她就退了出来，恢复了自己的放荡的生活方式”。[1] 也就是说，正如我们在上面指出的，革命的裂隙成就了某些权力，包括分配女性的权力，而对于这一点如何能瞒过小满的眼睛！这样，我们就可能更加明白小满对于那位上级干部的好意请她开会，内心有了战战兢兢的畏惧，于是竟然有了这样的问话：

“他们不会斗争我吧”？走出大殿，小满儿小声问。

“绝对不会的”。干部说，“你想到哪里去了？”[2]

这句话蕴含了深深的社会内涵，当共产党进行社会改造的时候，开会和集体活动在某些群众的眼里成了大批判的斗争方式。这种方式对人的心灵产生了巨大的震撼作用，尽管革命“不是请客吃饭”，但是它对个人的命运和心灵产生的震撼是惊人的，在《秋千》里大绢因为被划分为富农就令干部感到眼前的“两颗明亮的星星”立即黯淡了。当斗地主采用暴力的方式来解决问题的时候，这时成为了革命的狂欢节；但是，对于地主子弟，对于那些人道主义者，他们是难以承受的。孙犁本人就因为看到对地主“又拉又打”而赶紧避开，而张爱玲的《赤地之恋》的男主人公刘荃同样如此；但是作为地主子弟的二妞则被打掉了两颗门牙，她的父亲被枪毙，而另外的地主婆则被吊在树上“挂吊桶”，以至流产，男人则被骡子拖死，这是一些人道主义者难以承受的生命之重。这些情况在现实中都曾经发生，作为被视为落后分子的小满能不对新制度产生深深的恐惧吗？新社会的种种迹象都使她产生了自卑心理，加上干部毕竟是主流意识形态的象征和代表，自然使她感到干部对她将要实行的是一种“革命”的“监视”[3]，尽管她知道干部“可能”是作为“好意”请她学习学习，但谁又能保证这是真正的好意！“监视”本身就具有的权力功能，聪明的小满在政权面前终于露出脆弱的一面，但这种监督功能也使想走正路的小满远离了改造，正可谓“物极必反”。但正如有的论者指出的

①孙犁文集(1)，铁木前传，第 433 页

②孙犁文集(1)，铁木前传，第 446 页

③孙犁文集(1)，铁木前传，第 444 页

那样，改造好了的小满是什么结局呢？要么回去做个好媳妇，要么成为一个“螺丝钉”，这都将失去六儿。[①] 由此，我们可以了解为什么作为19岁的女性，没来由地对于新生的政权处处有一种敌意、警惕、不信任感，就是因为她不认为自己是乡村需要改造的落后分子，现实世界包括民间和革命却非要把她看作改造对象。

面对这种毫无道理的“专政”，她的痛苦说不出来！

但是，原本平衡的乡村民间世界，正是因为作为外来干部的“他者”，真正打破了这种乡村平衡；“他者”对于乡村世界的介入，当然是以共产党权力的延伸作为象征的。在这个意义上，我们不能苟同杨联芬的观点：“‘干部’这个人物在小说中的意义，基本不是角色的，而是叙述视点转换意义的，他改变了叙事主体的叙述姿态，是孙犁的‘本我’得到凸显，小说的原有价值系统悄悄地发生了变化，小说先前叙述话语的道德意味也改变了”。[②] 高级干部的出现，不但是打破乡村平衡的重要力量，而且蕴含着革命内部矛盾的分裂性展开，在主流话语夸张的新与旧的截然对立的世界，发现了一缕暧昧的混沌地带。当然，作为叙述话语展现出来，自然就出现了杨联芬所谓的“视点转移”，但这已经是表层文本结构的情况了。

三、无法确证的脆弱的现实生命

现在，我们需要追问，小满到底追求什么？

她有智慧，有能力，有心机，美貌而富有青春活力，她不满婚姻，与六儿的结交也不是因为金钱。她为爱情而活吗？六儿能征服她的心吗？她为自由而活吗？难道她真的追求一种女性本身的解放吗？或者，她只是像王振中或者刘兰一样是对于过去婚姻的一种反弹？

---

①郭宝亮：孙犁的思想矛盾及其艺术解决—重读《铁木前传》，河北师范大学学报，2004.1，第89页

②杨联芬：孙犁：革命文学中的“多余人”，中国现代文学研究丛刊，1998年4期，第19页

在整个近现代社会，动荡不安彻底打破了中国人心灵世界的安宁，影响最大的不是什么文化，而是中国人从此彻底“于心难安”了！因为在过去本来就没有什么真正的宗教信仰，赖以维系社会的不过是儒家的家庭伦理文化，但是现代的文化革命又使得赖以维系精神的家庭分崩离析！因此，中国人的生存状态在现当代语境中成了一种无根的“游魂孤鬼”。那种本体的东西对于国人向来不解，在现实世界中爱情就成了唯一美好又具维系力的生存方式。越是聪明，越是感到那种黑洞一般的虚无，只要不具备存在本体论的修养，那么这实在就是一种无以名状的生存恐惧。小满正是具有这种生存状态的女性。

在这个意义上，小满的哭泣就具有非同小可的价值和意义，但问题是她自己也未必明白。在小说中小满共哭过三次，一次是因为和姐姐母亲吵架而哭泣；两次因为高级干部而哭泣。其中一次是因为她看到“这位干部的穿着和举止，都和他要住的这间屋子不相称”，很要“清洁”，很有身份，她于是对他发生了好感，并听说这位干部的工作是“了解人的”，因此发生了上文的对干部陈述，哭得是声音颤抖，珠泪涟涟。这是很动人的一段哭泣。但另外一段哭泣，则存在很多歧义，叙事的含混难以解释清楚。这段哭泣是干部要带小满去青年团学习，小满千方百计地摆脱，后来在尼姑庙讲看到了因为恋爱自由而不得，因此吊死的那个很好看的尼姑的鬼魂，因此又大哭一场。这场哭更是惊人：同样声音抖颤、牙齿“得得”、脸色苍白、眼睛上翻、大声喊叫，当然也是珠泪涟涟，一派歇斯底里的惊恐症！令人感到恐怖！但文章的结局却出人意外，“等到她（小满）偷偷地把嘴唇伸到他（六儿）的脸上，热烈地吻着的时候，六儿才知道她并没有发生什么意外”。① 因此有人以为这是小满的逢场作戏，或者半真半假。但是我以为这是一种“假戏真唱”了，结尾不过是小满的聪明迅速回转过来了罢了！我们具体看一看小满的第一次哭泣：

①孙犁文集(1)，铁木前传，第447页

她一个人走到姐姐家的菜园子里，这个菜园子紧靠村西的大沙岗，因为黎大傻一家人懒惰，年久失修，那沙岗已经侵占了菜园的一半，园子里有一棵小桃树，也叫流沙压得弯弯地倒在地上。小满用手刨了刨沙土，叫小桃树直起腰来，然后找了些干草，把树身包裹起来。她在沙岗的避风处坐了下来，有一只大公鸡在沙岗上高声啼叫，干枯的白杨叶子，落到她怀里。她忽然觉得很难过，一个人掩着脸，啼哭起来。在这一时刻，她了解自己，可怜自己，也痛恨自己。她明白自己的身世：她是没有亲人的，她是要自己走路的。过去的路，是走错了吧？她开始回味着人们对她的批评和劝告。①

这是小满母亲告诉她婆家要她回去，他男人就要回来了；小满不回，与母亲姐姐的冲突。从冲突里看到小满对于这份婚姻是非常不满的，甚至对母亲说了“婚姻是你和姐姐包办的，你们应该包办到底，男人既然要回来，你们就快拾掇拾掇上车走吧”这样不伦不类的话。尽管不是自己的亲生母亲，但是这样尖刻的话也只有小满说的出口。关于小满的婚姻的情况小说并没有细说，但是我们可以想见像她家这种包娼窝赌的家庭，一般正经的人家与之攀亲是唯恐避之不及的；她的夫家大约也是因为经常到这里来才看上小满的美色，而被小满的母亲卖掉一般的。也就是说，她的夫家可能并非善类；而从上文看出小满尽管生长在这样的家庭，但是她并非像其母亲和姐姐一样，是庸俗不堪的女人，但是却从她们学会了女人的本领，这是毫无疑问的，这是其对色相在男权社会的深刻认识。但无论哪一方面，凭小满的聪明都会了解到自己出身带来的屈辱，这应该成为小满内心的真正阴影与自卑，特别在新社会要改造旧世界的整体形势下，毫无疑问地成为要被改造的对象！但这都是小满所不甘领受却又无法交代清楚的。正因为这样，我们才可以发现那份不出场的背景的巨大作用力量，也因此才了解，在园子里百无聊赖的小满，完全是下意识地把小桃树

①孙犁文集(1)，铁木前传，第434页

拯救出来，蕴含了自己的生命体验和悲剧性，也因此懂得了自己而珍惜自己，这是一种生命的顿悟，一种孤独的领悟，一次珍惜生命的泪水。由此，我们才发现小满的生命底层是真正的孤独，存在意义的孤独。因此她喜欢“一个人绕到村外去”，喜欢“夜晚”，喜欢“四处飘荡”，她“难以抑制那时时腾起的幻想和冲动。她拖着沉醉的身子在村庄的围墙外面，在离村很远的沙岗上的丛林里徘徊”。① 在这种孤独中沉醉的是青春的热力，对于这种孤独六儿能否理解并不重要，它是不可分享的；但在现实指向上，这种青春毕竟指向了爱情，它在六儿这里得到了某种“确证”。不错，天性聪明的小满没有文化，她需要的只能是借助外界的爱情来进行确证生命的存在，就像参禅需要师父一样！需要解开生活的道德网络，为自己开辟一条新路！正因为如此，上面来了一位高级干部，住点到她们家里，她才仿佛看到了希望一样，竟然泣涕涟涟。

同时，小说出现了一个细节：一向精力充沛的小满，竟然“脸色苍白”，“好像很疲乏”，事实上也是“很累”，单纯那样一点活是不会累着她的，累着她的只有内心剧烈矛盾，这从她关心村干部“怎样介绍我”就可以看出，小满很希望这位高级干部能帮她打开生活的局面，但是她对这位干部需要了解。因此，我认为这个跟干部会见的场面是小满精心设计的策略：她要用自己的女性经验试探一下这个干部，是否真的是那个打开自己命运之门的人。于是当她听到这个干部是“来了解人的”以后颇觉“新鲜”，与以往的干部不一样，但是她没有料到当她询问干部来干什么的时候，干部已经在履行他的“了解人的”职责了，应该说这是棋逢对手的一场博弈。干部“望着这位青年女人，在这样夜深人静，男女相处，普通人会引为重大嫌疑的时候，她的脸上的表情是纯洁的，眼睛是天真的，在她的身上看不出一点儿邪恶”。他终于得出了一个结论：“了解一个人是困难的，至少现在，他就不能完全猜出这位女人的心情”。同时，笔者认为，这也是小满在

①孙犁文集(1)，铁木前传，第432页

考察干部的定力，在她这样美貌的女子面前是否他也是过去她所碰到的那些被色相迷离的男子，因为下面干部叫她睡觉去，她说“很累”，但愿在干部的炕头上“多坐一会儿”。于是一段沉默。这段沉默对于小满很重要，是考验干部的关键时刻；下面的对话，明显感受到小满对于干部的戒心，把他比喻成“粮堆草垛旁边”的“夹子”，来了一通上文引用的话里有话的对话，批评干部这样沉默怎么能了解她，了解别人，于是发现干部真是一个好人而“假戏真做”，真正伤心地哭了！一宿无话。可以想见既然干部“长久失眠”到了第二天早上很早醒来，那么，小满肯定也是“失眠”，在琢磨这位干部，昨晚一计没成，又使一计！“天还很早，小满儿就跑了进来。她好像正在洗脸，只穿一件红毛线衣，挽着领子和袖口，脸上脖子上都带着水珠，她俯着身子在干部头起翻腾着，她的胸部时时摩贴在干部的脸上，一阵阵发散着温暖的香气。然后抓起她那胰子盒儿跑出去了”。杨联芬从文学之美的角度来看待这一情节，认为孙犁写出了“女孩子水质的青春气息的美好感受”，也提到了“女人引诱干部而即将被拉下水”的可能，但笔一滑，成为了“文学之美”。[①] 但我认为这确实是小满的引诱，当然这是一种策略性试探，目的是考察干部。由此，我们进一步确证小满对于新政权的疏离，与一些干部的工作作风确实有关，他们的行为使得她从一个女人的角度无法认可这个社会。

因此，我们还需要进入时代的社会结构之中，只有这样我们才会更加明白小满的人生取向。毫无疑问，小说的背景是整个国家的解放战争已经胜利，进行土改，发展经济，走社会主义道路的过程中。在这个过程，国家还没有力量来进行全面的控制，社会过去的阴影并没有随着国家的将建立，自动的消失，特别是在伦理领域和社会心理领域不会像在政治领域那样新旧截然分明。对于新的社会，一切都还处在混沌之中。正是这个混沌状态，不但导致了小满的前途的迷茫，而且导致了作家的迷茫。对于

①杨联芬：孙犁：革命文学中的“多余人”，中国现代文学研究丛刊，1998年4期，第20页

刚刚过去的旧社会留给她的遗产，特别是婚姻，小满是不满意的，这种包办婚姻使她吃足了苦头，她希望摆脱。曾经有一短时间，小满想走到正常的人生之路上来，那年婚姻法颁布，她“忽然积极起来。她自动地到会，请人读报给她听，正正经经沉默着，思想着”。[①]这说明她有走出过去阴影的内心需求，她的内心也不是那样的坚强，而是相当的脆弱，表象则是一层自我保护的坚硬的外壳。或许小满的故事就是一个真实的故事，而连作家本人也没有能够获得完整，但是我们从其出身背景以及自身的情况看，基本涉及男女关系。正是这点，强化了她的女人的法宝的观点，或者说是男人对于她的行为强化了女人的自我身份的定位。但小满终于没有完全信任干部，个中的原因难以说清，但我推测：按照我们的研究，如果干部下水的话，对于小满来说就是一个坏人；如果干部不下水的话，他就是一个真正的干部，一个代表主流意识形态方向的人。这两种情况对于小满这个自称的“落后分子”来说，都不是什么值得庆幸的事情。也就是说，小满的女性思维最终限制了她有可能走出沼泽的可能，她还没有这样的文化自觉使她走出自己的困境，因为这个困境是她所不能自觉的。

反过来说，是新的社会制度走得太快了，还没有完全摸索出一套能够涵括整个社会的有步骤有分别的改造途径，而这种疾风暴雨的改造方式，又完全摧毁了个体的神经，结果就会出现那个曾经因为恋爱不自由吊死的尼姑的样子。在这种新旧混沌下，需要的是春风化雨的方式，而不是疾风暴雨的方式，才能将小满这样的女性改变。正如有的论者所言，小满从小缺少的是爱，是尊重，但她生长在一个朴素的年代，美丽成为了女人的原罪；她得不到这种爱，这种尊重，迎来只是男性的“胆怯”或者“避嫌”，或者对于女人美色的垂涎。孤独和寂寞是她的现实本真[②]，爱情只是救命

---

①孙犁文集(1)，铁木前传，第433页

②有论者将孤独看作小满的重要特征，也看到了其缺乏爱的生活经历，但是没有将这种孤独看成小满的现实本体论意义的存在，所谓的爱情不过是一种救命稻草而已。参看周美兰：《铁木前传》中美丽如花的小满儿，文学教育，2007年7期

的稻草;因为她没有李佩钟的文化可以自救,即使孤独和凄凉也是一份顾影自怜的欣赏,她能拥有的只能是那种传统伦理的方式,作一种对象式的占有或者依附,这是一种缺乏自我建设的生存方式。她的美丽和慧性,因为缺乏本体存在的支持必然脆弱;而对象性伦理思维的建构方式又必然带来斗争或者依附,才会有所着落而被认为“幸福”。旧的已经无法依附,新的又没有可能依附,于是她的选择只能是逃亡。作为体制外的小满,当她踏上那辆马车的时候,并不是走向了一条代表资本主义的象征的金钱或者自由之路,而是一条前途未卜的逃亡之路。她的确是在走她自己的路,但是这条路在她是一条迷茫之路,她甚至不知道几年之后,就连这种混沌空间也不会存在了,无处再有桃花源已经是历史的必然了!

如果说李佩钟是孙犁小说中“学历最高、地位最高的知识女性,也是他所有小说中最孤独、最凄凉的女性形象”,她的命运具有宿命意味的话,这是不过分的,因为李佩钟的命运是自觉地走进体制的。而现在我们看到这个逃逸体制同化的小满,她尽管逃逸了,但是却是前途未卜。如果说小满出现的意义的话,并不是为现实主义增添了什么文学形象的庸俗社会学解释,而是孙犁在现实中发现了一种逃逸,一种对于体制的逃逸;这样我们对于李佩钟的命运就可以稍微舒缓一下,作为执着的现实主义者的孙犁,他依然在深情地关注女性的现实命运,然而当真的出现了《铁木前传》的小满以后,当历史走到这一步的时候,我们发现,作家本人停止了自己的脚步,因为他已经走无可走,他选择了李佩钟和小满的复合的道路:体制内的逃逸——病隐。难道这就是命运吗?如果由于传统文化的原因,我们假如可以不考虑男性的命运,而特别对于女性、对于女性所展现的美的形象加以青睐的话,那么这真是令人感慨万千,欲掬清泪!这正是《红楼梦》所展现的“万艳同悲”、“千红一哭”的人间惨淡!

下编　孙犁抗战文学中的北方风景描写

第一章　北方的旷野景象——孙犁抗战文学的一份额外收获

孙犁在文学中关于北方景象的描绘，主要有这样几个方面：田园、湖泊、村落与山川。但是确切地说，孙犁文学很难单独将风景拿出来，主体和客体是难以分开的，我们也只是为研究的方便将这个问题进行解析。

一、田园与村落

孙犁小说中的田园描写与村落往往联系在一起的，村落外面就是田园，而在山村中，田园与村落就没有距离了。在《走出之后》写村落的整体风貌如下：

南郝村虽说不上什么湖光山色，有出奇的风景可看，却是大平原田园本色。围村一条堤，堤外接连不断已经收割起庄稼的田亩，杨柳树也很多。村西有一条大河绕过，隔河望去，又是一围村庄，一片田亩苇坑麻地。①

①孙犁文集(1)，走出以后，第33页

这些是村落的外围景象，一种中远景，围堤、杨柳、苇麻、田亩与大河。一种很典型的冀中平原的村落景象，这是一种模糊的轮廓。而在《钟》里面，则写了一种极其细致的林村村西南海大士庙的芦苇坑：

> 这钟挂在庙的西墙里面。西墙外面是一个芦苇坑，村里的水都流在这里，苇子长的很好。到了春天，苇锥锥像小牛犊头上钻出来的紫红小犄角，水灵灵地充满生气。到夏天，雨水涨满，是一片摇动的绿色的大栅帐。到冬天，它点缀着平原单调肃杀的气象，黄白的芦花从这里吹起来。①

孙犁对于芦苇好像有一种本能的热爱，这种充满翠绿生机的水生植物，水灵灵的确实蕴含着生命、优美，而这样的比喻“苇锥锥像小牛犊头上钻出来的紫红小犄角”，简直妙绝，这种神来之笔不是靠写实工笔画出来的，而是对于其神韵的准确把握。而摇曳的绿色淑雅如好女，正暗示着主人公慧秀那种秀外而慧中的女性特质，孙犁非常善于描写这类女子；而冬秋的黄白飘扬的芦花，又呈现一种空灵飘逸的美了。孙犁的风景描写是写实，但是总是指向实物形体之外，形神兼备，相得益彰。

而写饶阳县北的一个村庄的河流里的景象，也是那样：

> 滹沱河在山里受着约束，昼夜不停地号叫，到了平原，就今年向南一滚，明年向北一冲，自由自在地奔流。
>
> 河两岸的居民，年年受害，就南北打起堤来，两条堤中间全是河滩荒地，到了五六月间，河里没水，河滩上长起一层水柳、红荆和深深的芦草。常常发水，柴禾很缺，这一带的男女青年孩子们，一到这个时候，就在炎炎的热天，背上一个草筐，拿上一把镰刀，散在河滩上，在日光草影里，割那长长的芦草，一低一扬，像一群群放牧的牛羊。②

孙犁自己明确说过，自己不是为写景而写景，必须使风景成为“风俗画”，这种明确的意识使得其文学景物在很大程度上具有亲和力，是人间

①孙犁文集(1)，钟，第131页

②孙犁文集(1)，光荣，第190页

气息的，而非远离人类的。这段文章写的水柳、红荆、芦草与青年男女都表征了一种乡间生活气象，以及为以后的故事留下“活口”，他在这些方面做得非常自然，天生就有一种散文能力，准确地表达事物风神，这是一种散淡之美。

写大平原秋熟的景象，则有了孙犁一般难有的艳丽：

大平原的田野，叫庄稼涨满，只有在大平原上才能见到的圆大鲜红的太阳，照着红的高粱、黄的谷、正在开放的棉花。一切都要成熟。红光从大地平铺过来，一直到远远的东方去。①

孙犁对于景物的描写确实有一种能力，抛开所蕴含的意识形态因素，就单纯精致的景物描写，就其色泽、形象、状态，以及用语遣词的明白准确畅达上，确实是一代高手，乡土文学论者和田园抒情论者将孙犁看作是20世纪40年代的这一方面的卓越代表，不能说是没有道理的。“鲜红的太阳”是否暗示了时代领袖的光辉思想？“红光从大地平铺过来，一直到远远的东方去”，这个“铺”字无论写实还是象征，确实代表了当时翻身农民与作家迎接新时代的充满憧憬的心理特征。但作家写得极其自然。

如果说这是平原的景象，那么在对于山村的描写中也实在有不错的描绘，我们看看在阜平一带的山村景象：

阜平一带，号称穷山恶水。在这片炮火连天的大地上，随时可以看到：一家农民，住在高高的向阳山坡上，他把房前房后，房左房右，高高低低的，大大小小的，凡是有泥土的地方，都因地制宜，栽上庄稼。到秋天，各处有各处的收获。于是，在他的房顶上面，屋檐下面，门窗和窗棂上，挂满了红的、黄的粮穗和瓜果。②

在《风云初记》中写山上村落：

部队在“街上”立正，然后分配到各家房子里。老温带一班人进

①孙犁文集(1)，村歌，第354页

②孙犁文集(3)，在阜平，第196～197页

> 到对面南山的一户人家。这一家的房舍，充分利用了山的形势，一块悬空突出的岩石做了房的前檐，后面峭直的岩石就成为房屋的后壁。房椽下面吊挂着很多东西：大葫芦瓢里装满了扁豆种子，长在青稞上的红辣椒，一捆削好的山荆木棍子，一串剥开皮的玉米棒子。两个红皮的大南瓜，分悬在门口左右，就像新年挂的宫灯一样。①

像这样细致的描写，在解放区作家之中几乎没有，赵树理的作品中景物描写几乎付之阙如，像康濯优秀的文章中描写的都是粗线条的整体轮廓山怎么样，林子怎么样，那是引出下乡蹲点的位置的写法，王林的《腹地》描写冀中生活的作品，其景物很大程度上不具有这样相对独立的审美功能，都是一种叙事要求的所谓"环境"，像这样纯粹地描写北方战时农村的景象的，没有。就是现在，没有到过山区的人，看了之后也是觉得非常鲜活的，因为现在好多山区，其耕种田地的真实情况几乎还是这样的景象，石块垒砌的几方丈大小的土地，栽植上各种作物或者果木。② 当然，阜平农民更多栽种的首先是粮食和瓜果，因此便有了各式各样的东西：大葫芦与扁豆、青稞上的红辣椒、山荆木棍、黄玉米，"两个红皮的大南瓜，分悬在门口左右，就像新年挂的宫灯一样"。孙犁写的非常富有生活气息，富有文学美感，色泽丰丽，这样的写实是诗意的，也是和平的，仿佛不是战时景象一样。这种描写带有融融的暖意，带有很强生活的气息，你很难相信这是战争中出现的"闲情逸致"。当然，有人可能说这是事后的回忆，这是不错的，但是其获得的文学景象则是在战争中得到的，没有早期的积累与观察，后来是不可能有这样的创作的。

如果说上面是丰收后的景象的话，下面一段则是地道的山上种植作物的生长景象：

> 我们从小屋里走了出来，看了看吴召儿姑家的庄园。这个庄

①孙犁文集(2)，风云初记，第343页

②例如在泰山上，很多地方就是这样栽种的栗子树、山楂、苹果等，特别是秋天从泰安到济南的公路旁侧，挂满了红艳艳的成串的山楂，尽管那是景物，不同于抗战时期乡村，但是那种耕种方式是一样的。

园，在高山的背后，只在太阳刚升上来，这里才能见到光亮，很快就又阴暗下来。东北角上一洼小小的泉水，冒着水花，没有声响；一条小小的溪流绕着山根流，也没有声响，水大部分渗透到沙土里去了。这里种着像炕那样大的一块玉蜀黍，像锅台那样大的一块土豆，周围是扁豆，十几棵倭瓜蔓，就奔着高山爬上去了！在这样高的黑石山上，找块能种庄稼的泥土是这样难，种地的人就小心整齐地用石块把地包镶起来，恐怕雨水把泥土冲下去。奇怪！在这样少见阳光，阴湿寒冷的地方，庄稼长的那样青翠，那样坚实。玉蜀黍很高，扁豆角又厚又大，绿的发黑，像梅花调用的铁响板。①

关于山顶上的“庄园”这样生动的描写，任何有感觉的人都会感到事实情况的确如此，叫人感到简直是“入木三分”的逼真，文章是出奇的生动，但是与现实农民的生活实在是很有隔膜！后来孙犁和别的作家探讨山水游记的写法，其根源是不是来源这样的山村描写？作为精致的风景是可以的，作为生活的写照，对其所遇到的惊人的困难则是没有写的啊！

二、水淀

孙犁笔下的湖泊主要就是白洋淀，正是白洋淀成就了孙犁的大名，人们往往关注白洋淀，而忽视了其关于山村田园与山川的描写。其实，孙犁关于白洋淀的描写的文章并不是很多，其出名的原因主要由于小说名篇《荷花淀》的原因，当然涉及这一水淀的作品还有《琴和箫》、《芦花荡》、《白洋淀边的一次小战斗》、《嘱咐》、《采蒲台》以及剧本《莲花淀》、诗歌《白洋淀之曲》。这个白洋淀到底何如？孙犁的诗歌这样描绘：

①孙犁文集(1)，吴召儿，第255页

在这河北省的平原，
有这样一个大水淀，
环绕着水淀有一条宽堤，
春夏两季有个西湖的颜面。
荷花淀的荷花，
看不到边，
驾一只小船驶到中间，
便像入了桃源。

淀的四周，
长起芦苇，
菱角的红叶，
映着朝阳的光辉。①

在冬天的时节，白洋淀的景象是这样的：

昨天飘了雪，
早晨还阴着天；
柳树上挂着冰柱，
淀的周围笼着一层烟。
白洋淀已经成了一片冰，
这里是一个真的水晶宫；
远处有一片荻苇，
挑着芦花在寒风里抖动。②

在这篇于1939年12月20日写于阜平的作品里面，孙犁写了一位女性——菱姑在抗战的丈夫水生牺牲以后，继承了丈夫的遗志，接过了丈夫手中的钢枪成为一名新时代女战士的故事。很明显这篇故事诗是《荷花淀》的原型之一。但在这诗篇中，水生是牺牲了。而在1945年的《荷花

①孙犁文集(3)，白洋淀之曲，第363页
②孙犁文集(3)，白洋淀之曲，第359页

淀》里面水生则打了一个漂亮的伏击战，菱姑变成了水生嫂；在1946年的《嘱咐》里面水生则是从军队归家回到了妻子的身边，从故事的演化看，真正的原型水生牺牲了，而作为水生另外的精神传人则明显带上了孙犁自己的影子，特别是《嘱咐》里面已经完全是作家的影子了，故事也是作家自己的亲身经历，从中可以发现作家写作中的思想变化。我们这里只看其关于风景的描写。而关于白洋淀在小说里的呈现，最初露面实际在《琴和箫》中：

> 我重新看见了那无底洞一样的苇地，一丈多高的苇子全吐出荻花，到处有苇喳子鸟的噪叫，我们那些把裤脚卷得高高的，不分昼夜在泥泞里转动、战斗的士兵们，静静地机警地在那里出没，简直没有声响，苇叶划破他们的脸皮，蔓延的草绊住了腿脚，他们轻轻地把它挪开了。①

在这样的文章里面，具体的景物描写已经无法与人物故事分开，白洋淀的水给人以安慰，“眼前是一片茫茫的水，船划过荷茎菱叶，嚓嚓地响，潮气浸到眼皮上来，却更有些清醒了”，白洋淀成了抗日军民安身立命的地方，现实生活中出没白洋淀的游击队“雁翎队”，就是这个地区的真实的人物和故事。孙犁的小说生活面不广，是其写景的一个重要原因，也是作家发挥自己所长、避其所短的叙事策略。

在《荷花淀》这种景致描写达到极致，形成了非常优美的文学意境，在当时以及以后引起了大家长时间的关注不是没有道理的，这种由北方水淀的风物所形成的孙犁文学的诗意品格由此开始定型与初步成熟：

> 月亮升起来，院子里凉爽得很，干净得很，白天破好的苇眉子潮润润的，正好编席。女人坐在小院当中，手指上缠绞着柔滑修长的苇眉子。苇眉子又薄又细，在她怀里跳跃。
>
> 要问白洋淀有多少苇地？不知道。每年出多少苇子？不知道。只晓得，每年芦花飘飞苇叶黄的时候，全淀的芦苇收割，垛起垛来，在

---

①孙犁文集(1)，琴和箫，第47页

白洋淀周围的广场上，就成了一条苇子的长城。女人们，在场院里编着席。编成了多少席？六月里，淀水涨满，有无数的船只，运输银白雪亮的席子出口，不久，各地的城市村庄，就全有了花纹又密、又精致的席子用了。

…………

这女人编着席。不久在她的身子下面，就编成了一大片。她像坐在一片洁白的雪地上，也像坐在一片洁白的云彩上。她有时望望淀里，淀里也是一片银白世界。水面笼起一层薄薄透明的雾，风吹过来，带着荷叶荷花香①

将风俗描写与风景描写融合在一起，展现了白洋淀水乡一派乡土风光。如果按照故事类型的小说看其发展，第二段几乎是不着边际的描写；如果看作是乡土抒情小说，则是理所应当的了。当年鲁迅所开创的国民性批判在这里消失了。有人将水生嫂看作是“月下仙子”的形象，那是完全被叙事者的叙事本领所迷惑，因为这里水生嫂的形象是模糊的，真正鲜明的是北国水乡的月夜风光及其风俗描写。但仔细想象一下，问题好像又不是这么回事，因为这种苇眉子编席与月下小景，难道就这么值得关注吗？绝对不是。看来孙犁的文学秘密不在这里，而在孙犁文学中表现了一种东西：澄明性。这是中国古代文学的精髓，这是一种基于直觉基础或者宗教学修养上的文学慧性，对于缺乏思辨能力的中国人，正是这点明慧给予了多少文人以风雅的所谓“浪漫”。

其实，孙犁文学的这种意境，对于熟悉古典文学传统的人，很不陌生，甚至与古典文学精彩的段落相比，并不怎么出色！使得大家惊讶的，完全是因为时代环境毁坏了人们的感觉直觉能力，使得作者对古典意境的塑造和以表现人情世态为核心的美学意识，感到了似曾相识的“熟悉的陌生感”，民族精英文化语境得到了复活的缘故。如准名著《孽海花》第六回，有如下的一段文字，深得古典文学的意境精奥：

①孙犁文集(1)，荷花淀，第90页

歇了几日，雯青便又出棚，去办九江府属的考事，几乎闹了一个多月。等到考事完竣，恰到了新秋天气，忽然想着枫叶荻花、浔江秋色，不可不去游玩一番，就约着几个幕友，买舟江上，去访白太博琵琶亭故址。明月初上，叩舷中流，雯青正与几个幕友飞觥把盏，论古谈今，甚是高兴。忽听一阵悠悠扬扬的笛声，从风中吹过来。雯青道："奇了，深夜空江，何人有此雅兴？"就立起身，把船窗推开，只见白茫茫一片水光，荡着香炉峰影，好像要破碎的一般。幕友们道："怎地没风有浪"？雯青道："水深浪大，这是自然之理"。停一回，雯青忽指着江面道："哪，哪，哪，那里不是一只小船，咿咿哑哑地摇过来吗？笛声就在这船上哩"！又侧着耳听了一回道："还唱哩"！说着话，那船愈靠近来，就离这船不过一箭路了，却听一人唱道：

莽乾坤，风云路遥；好江山，月明谁照？天涯携着个玉人娇小，畅好是镜波平，玉绳低，金风细，扁舟何处了？①

由于曾朴全面改写了《孽海花》前六回，这段文字自然可以算在作者的名下。这是一段古典白话文，却有古典的文学意境之美。意境理论，不能完全局限在诗文领域。从古典文学到现代文学的演变中，语言从文言变成了白话，我们可能丢弃了这个最宝贵的遗产。如果我们相信了胡适的白话文学源远流长的历史，自然进一步思考：在晚清小说的翻译创作之中，所谓"古文"传统实际并不一样，例如章太炎的古文与鲁迅早期的《域外小说集》作品的翻译，其语言实属于早期先秦两汉古文系统，继承的是以《尚书》为代表的佶屈聱牙的一支，本来属于偏僻一类；后来真正有市场的古文领域是唐宋古文，一直到桐城派古文，属于明白畅达一类。不可否认的是，意境理论本来属于诗文领域的理论，而人情世故的表达则是叙事文学的追求，后世小说文体不断扩张其内涵，逐渐将诗文意境理论纳入自己的叙事整体框架之中，实际是古代诗骚传统与史传传统在小说领域的结合。意境理论的本质是一种情景交融的主体感受状态，属于空间性艺

①曾朴：孽海花，第6回，中国文史出版社，2003年，第42页

术型，这就为诗歌散文的跳跃性浓缩性提供了理论依据，而文言的字少意丰的特点，很容易出现这种效果。但是在古典白话小说系统中，意境的呈现很大是对诗境的改写。上面这段文章，我们的感受也是似曾相识，因为在张若虚的《春江花月夜》、白居易的《琵琶行》、苏轼的《前赤壁赋》中都出现过类似的境界状态。如果进一步搜索，就会发现小说之中的这种诗画之境，都是基本从诗境化出的，《红楼梦》是集大成者，曾朴的文章只是这种传统的继续而已。当然，由于文学本身的美学性质，使得这一点必不可少。现代文学的过失正在于忽略了这点，即使废名等人的作品，其实是一种伪古典主义，其根本的原因不在其时代错位，而是他缺少了这种美感当中的历史丰富性。白居易《琵琶行》、苏轼《前赤壁赋》、曹雪芹《红楼梦》甚至《孽海华》的成果，就在有效地吸收了古典的优长的缘故，而这种文学境界的诞生其根源却在佛教的空明慧境，单纯的文学改写或者模拟都是似是而非的假古董。因此，在这些像《孽海花》这样准古典作品里，古典诗歌依然是重要的抒情方式，而现代文学关于语言及其诗化问题需要进一步的深入研究，孙犁的语言跟《孽海花》相比你说能够超过吗？孙犁自己都感到不足以相比也！

由上可见，孙犁文学的成就不过是在新的历史条件下，由于自身的先天禀赋，对于这种澄明之境的认可而已，至于原因有论者归结于抗战理想的内在规约，所以明朗。但是这种论点可以反驳的是，苏轼的《前赤壁赋》何尝有什么抗战理想？什么理想能诞生这种东西？赵树理的理想倒是有了，也很明朗，但是这种澄澈与透明，他能具有吗？

三、山川

由于抗战中经常的行军打仗，孙犁对于行军过程和生活住处的环境描写，都是非常精到的，而这些地方并非什么名山大川，只是人迹罕至的贫穷固陋的原始乡村与山野，然而在孙犁这种作家的笔下，简直好像进行了意外的旅游一样，这真是意外的收获。

他写阜平山村附近的荒野：

山下的河滩不广，周围的芦苇不高。泉水不深，但很清澈，冬夏不竭，鱼儿们欢畅地游着，追逐着。山顶上，秃光光的，树枯草白，但也有秋虫繁响，很多石鸡、鹧鸪飞动着，孕育着，自得其乐地唱和着，山兔麞獐，忽然出现又忽然消失。①

孙犁晚年特别喜爱柳宗元，盖其气质相似之故也！古文家评唐宋古文大家：韩潮、苏海、欧湖、柳泉，其说近似！韩愈因其气势很盛，携道统以令诸侯的正统姿态有人很不喜欢，但是其文章则是有所为有所感而发的，并非简单的迂夫子气，这在现代作家中毛泽东的文章最为近似，胡适评论共产党的领袖中以毛文最好！不以政见论文，胡适可谓君子之风，当然我们是就文章本身而言。苏轼的文风汪洋恣睢，那需要才气，但又不能像韩愈那样自以为是的为意识形态遮蔽，需要文学慧性与美感、文情，这样苏轼就继承了庄子一路文风，后世写到这个分上的文章很少！孙犁自己最喜欢欧文和柳文，欧阳修从平民起家，柳宗元性情狷介，这两人性情温和，感情丰富细腻，最适合孙犁，特别是柳之狷介不比欧之高官畅达，个性气质相似，故也其文风与柳文极其相似！清丽、清爽，在抗战中这种气质因为情绪高涨还有些温馨，在老年则内敛的多了，呈现一种清瘦冷落之态！上文实际是晚年的回忆文章，与早年《荷花淀》的冲和之气、融融暖意有了相当的差异。但还是有内在的相似，如《蒿儿梁》描写的山村荒野景象：

他们顺着盘道往上走，转过三四个山头才看见在前面的山顶上，有一个小村庄。这小村庄叫太阳照得发光，秃秃的没有一棵树，靠它西边的山上，却有一大片叫雪压着的密密的杉树林；隔着山沟，可以听见在树林边缘奔跑的麞子的尖叫。村庄里有一只雄鸡也在长鸣。再绕过一个山头，看见有一洼泉水，周围结了冰，一条直直的小路，通到村里去。村里的人吃这个泉的水。村庄不远了。

这个不到三十户的小村，就叫蒿儿梁。

①孙犁文集(3)，在阜平，第197页

……………

杨纯到村庄周围转了一转。都是疏疏落落的草顶泥墙小房，家家也都没有篱笆。村里村外，只有些小小的莜麦秸垛，盖着厚雪。街道上，担水滴落，结了一层冰。全村只有一棵歪把的老树，但遍山坡长着那么一丛丛带刺的小树，在冰天雪地，满挂着累累的、鲜艳欲滴的红色颗粒。①

孙犁这里写冬天的雪景中的小山村及其周围的环境，冷气萧瑟，与上文倒是有些相似。但是其中很有一些生气：尖叫的鹰子，长鸣的雄鸡，流动的泉水，还有阳光下积雪闪耀的杉树林，这样的景象很像宋诗里面"云外一声鸡"的写照。写到的小村庄也非常传统古朴：篱笆草房、歪脖老树、莜麦秸垛、水滴成冰、累累艳果，我怀疑孙犁的描写是有些虚构的，当然不排除一些具体场景的实存，譬如累累的红色艳果在冬天能有吗？《蒿儿梁》是孙犁在1949年1月就要进入天津前几天写的，这种回忆是与康濯对抗战根据地的描写激励有关，而在后来繁峙县委地方志编纂委员会给他的信中，希望孙犁说当时的情况，孙犁说故事是有虚构的，"不能太当真"。"其中的人物，自然有当时当地人物的影子，但更多的是我的设想，或者说是我的'创造'"②，但是，"在那样一个寒冷的地方，我安全而舒适地度过了一个难忘的冬季"。孙犁很有感慨地说，"我是怎样走到那里去的呢？身染重病，发着高烧，穿着一身不称体的薄薄的棉衣，手里拄着一根六道木拐棍，背着一个空荡荡的用旧衣服缝成的所谓书包，书包上挂着一个破白铁饭碗。这种形象，放在今天简直是叫化子不如，随便走到哪里，能为人所收容吗？但在那时，蒿儿梁收容了我，郭四一家人用暖房热炕收容了我。而经过漫长几经变化的岁月，还记得我，这不值得感激吗？"③但孙犁的山景描写实在是精妙绝伦，他写的杉树林的具体景象如

---

①孙犁文集(1)，蒿儿梁，第222页

②孙犁文集续编(3)，关于小说《蒿儿梁》的通信，第282页

③孙犁文集续编(3)，关于小说《蒿儿梁》的通信，第283页

下：

> 到了山底，他们攀着那突出的石头和垂下来的荆条往上爬，半天才走进了那杉树林。树林里积着很厚的雪，向阳的一面，挂满长长的冰柱。不管雪和冰柱都掩饰不住那正在青春的、翠绿的杉树林。这无边的杉树，同年同月从这山坡上长出，受着同等的滋润和营养，他们都是一般茂盛，一般粗细，一般在这刺骨的寒风里，茁壮生长。树林里没有道路，人走过了，留下的脚印，不久就又被雪掩盖。①

孙犁写景，不但写得形象肖似，而且将景象写出内在的神韵来，联想极其自然：如这杉树简直是“同志”一般“同年同月”的战士一样。而那山顶的景象则是另外一种：

> 站在这山顶上，会忘记了是站在山上，它是这样平敞和看不见边际，只是觉得天和地离的很近，人感受到压迫。风从很远的地方吹过来，没有声音，卷起一团团的雪柱。
>
> 走在那平平的山顶上，有一片片薄薄的雪。太阳照在山顶上，像是月亮的光，没有一点暖意。山顶上，常看见有一种叫雪风吹干了的黄白色的菊花形的小花，香气很是浓烈，主任的丈夫采了放在衣袋里，说是可以当茶叶喝。
>
> 薄薄的雪上，也有粗大的野兽走过的脚印。深夜在这山顶上行走，黄昏和黎明，向着山下号叫，这只配是老虎、豹。
>
> 在这里可以看见无数的、像蒿儿梁那样小小的村庄，像一片片的落叶，粘在各个山的向阳处。可以看见台顶远处大寺院的粉墙琉璃，可以看见川里的河流，河流两岸平坦的稻田，和地主们青楼瓦舍的庄院。②

这样细致又不失敞廓的描写，确实体现了孙犁文风的疏朗有致，大有小珠大珠落玉盘之感。这就是北方的战时的山村景象，一种远远近近的

①孙犁文集(1)，蒿儿梁，第 228 页
②孙犁文集(1)，蒿儿梁，第 229 页

外在景观。这不是从农民的视角看到的，而是以行军游动的文艺战士的视角看到的景象。这样的景象，人与自然的关系好像还不处于劣势。但是孙犁的文学中山川并不总是这样秀雅，景致这样怡人，当大自然出现了另外的景象的时候，人们往往忽略了这也是一个孙犁的形象：

> 天黑的时候，我们才到了神仙山的脚下。一望这座山，我们的腿都软了，我们不知道它有多么高；它黑的怕人，高的怕人，危险的怕人，像一间房子那样大的石头，横一个竖一个，乱七八糟地躺着。一个顶一个，一个压一个，我们担心，一步登错，一个石头滚下来，整个山就是天崩地裂房倒屋塌。①

这是典型的荒山恶岭，没有见过这样的山的人可能有些好奇的，但是这种山只要你碰到一次，你就永远不会忘记，这样的山属于堪舆学上最劣等的山，风水不好。但就是在这样艰难困苦的生活环境中，我们的八路军战士进行了民族战争的伟大革命，孙犁也正是在这样的环境中感受到了祖国的河山，增长了一种志气，这是一种相互传染的民族信心，一种时代气场，人们重新找回了故国文明的天与人谐的民族精魂：天地自然与革命理想的合而为一。这是孙犁小说景物的潜在基础，在天地与人的关系上，作家又一次体会到了大自然的伟大魅力：

> 山（大黑山）顶上有一丈见方的一块平石，长年承受天上的雨水，给冲刷的光亮又滑润。我们坐在那平石上，月亮和星星都落到下面去，我们觉得飘忽不定，像活在天空里。从山顶可以看见山西的大川，河北的平原，十几里、几十里的大小村镇全可以看清楚。这一夜下起大雨来，雨下的那样暴，在这样高的山上，我们觉得不是在下雨，倒像是沉落在波浪滔天的海洋里，风狂吹着，那块大平石也像被风吹走。②

这对一般人来说，完全是一种陌生的感受；人在大地上的沉沦感在这

---

①孙犁文集(1)，吴召儿，第 253 页
②孙犁文集(1)，吴召儿，第 256 页

里完全解构，仿佛“活在天空里”，那种“飘忽不定”的感觉不是一般人能承受的，但也只有在这样的环境里，大自然的亲近与狂暴，爱抚与讨厌，才更加真实，使人才更加具有了一种敬畏感。中国哲学的过早成熟，使得人与天地的关系搞得异常庸俗化，孙犁这里才重新感受到了天地的敬畏，这就不是荷花淀的清丽和谐所完全概括的了。而在孙犁的小说中的滹沱河爆发洪水的情况，也是那样令人震撼：“四面的山峰全叫阴云盖住，雨声就在耳朵里怪叫，可是并没有一滴落在眼前。他们（芒种、老温等）爬过山梁，老佃户带他们急急的过了河。这是滹沱河的前身，现在水还只涨到膝盖以下，可是在过河的时候，老温跌倒了好几次，那水流好像叫什么大力量压下来，一人高的石头，在河身里翻动着”。“在大雨里，老温转身看滹沱河。山洪像一堵横泥墙一样，从山谷压下，水昂着头，一直漫到半山腰。水往下走，好像并没有什么声响，可是当水头接近他们站着的山脚，他们觉得这座山也摇动起来。洪水上面载着在山沟潜没多日的树枝树叶，载着整棵的大树，载着大大小小的野兽家畜”。“多么危险哪”！老温打了一个寒噤说。“这场水是发大了”。老佃户说，“你们那里也要受灾了”。[①] 是的，滹沱河发大水了，冀中平原决堤了。春儿们奋力抢救也没有阻挡住这样的洪水，当然，孙犁将这个灾难转移到以俗儿为代表的汉奸的破坏，这事就难讲了。这里借助一个农民出身的战士老温的眼睛，开阔了那些一辈子没有走出家园的小农的眼界，老温处处用原来的眼光衡量外面的世界，然而他处处错了，连原先同为长工的小朋友芒种都是指导员了，人的心变了，变得复杂了，大家看到这里难道不觉得这个作家，同样也变了吗？1954 年以后的孙犁已经不是《荷花淀》的孙犁了。这时，他的胸中已经有了浩荡的洪流、雄伟的大山，天地苍茫之感充满了他的心胸，时代风云白云苍狗般变幻；很多人都不看好《风云初记》，但是这实在是另外的一种小说，以写景写心的文学名著，一种非正统意义的以人物为重心的文学名著。

①孙犁文集(2)，风云初记，第 353 页

第二章　抗战带来的“家园”意识
——“游观”与“栖居”

一、“写实”抑或“诗意”

考察以往的孙犁抗战文学研究，其理论阐述中明显存在一个矛盾：“诗情画意”与“反映现实”的差异性。这种“写实”与“诗意”的矛盾表现在现实主义与浪漫主义的理论争论上。孙犁明确肯定自己的创作是现实主义的，“我的创作，从抗日战争开始，是我个人对这一伟大时代、神圣战争，所作的真实纪录。其中也反映了我的思想，我的感情，我的前进脚步，我的悲欢离合。反映这一时代人民精神风貌的作品，在我的创作中，占绝大部分。其次是反映解放战争和土地改革的作品，还有根据地生产运动的作品”。“再加上我在文学事业上的师承，可以说，我所走的文学道路，是现实主义的。有些评论家，在过去说我是小资产阶级的，现在又说我是浪漫主义的。他们的说法，不符合实际”。[①] 但孙犁自己也明确说过自己喜欢浪漫主义的文学作品，并为中国没有浪漫文学而遗憾。假如“现实主义”是指反映现实社会生活的“事实”及其规律，并在此基础上塑造“典型环境中的典型人物”的经典定义，那么孙犁的说法并没有解释清楚，其文学明显的主观情调、浪漫色彩以及诗意感受的来源。如果现实主义不是这样的意义，而是一种宽泛的社会存在，包括作家的心理、情感、无意识等特征，也就是包含“心理现实主义”的成分，那么孙犁的文学创作是可以称为“现实主义”的，但这样又解构了所谓经典“现实主义”的内涵。

---

①孙犁文集(1)·自序

如上所述，批评界的这种混乱无法解释孙犁的创作特征，这种状况实际在那些非常敏锐的批评家身上，早就感到了。早在20世纪50年代末，方纪就敏锐地感到了这个问题，他说，“在孙犁的作品里缺少那种强烈的东西，也许有一点冲淡吧？但却是对生活、对人，有着深厚的体会，而又能自然出之，读起来意味隽永的那种‘冲淡’。这似乎和通常理解的浪漫主义的夸张性不协调，正是在这里，在生活和意境，真实与理想，在似与不似之间，孙犁创造了自己的风格”。“浪漫主义同样是在真实的基础上产生的。……浪漫主义是不能离开现实主义的；现实主义也不能置浪漫主义于不顾。一个进步的、革命的作家，总要有一种高尚的理想，这就使现实主义和浪漫主义结合起来了”。① 方纪的理论背景是1957年毛泽东诗词在《诗刊》发表的当口，正是“革命的浪漫主义和革命的现实主义”口号提出的时候，但是孙犁的写作确实处于这两者的“似与不似”之间。如果说过去将“真实”的理解有些庸俗化理解，那么，实际的问题则可以表述为“艺术真实”和“生活真实”，前者表现为对于艺术的“合情合理”的情感逻辑，后者则与现实本身即事实有了相互关联。“诗意”离开作家的审美眼光是无法理解的，“写实”也并不意味着孙犁对于任何现象都有反映。实际上，由于“赤子之心”的内在规约，他本身就指向了一种道德的善、感受的美与存在的真，呈现一种单纯、纯洁、雅化的诗意。但这样一来，还是“现实主义”的吗？对此，我们只能理解为“框架”（赤子之心）之内的“现实主义”。他回避掉的，正是另外的反面，这种回避使得他的现实主义是残缺的现实主义，那么这不是浪漫主义、甚至印象主义的写法了吗？

在中国文化语境中，“真实”、“真”都是一个有问题的理论概念，但是这个问题却联系着“现实主义”的本质规定。正如南帆所言，“必须遗憾地指出，现代文学批评远未能对‘真’的理论范畴做出充分阐述。‘真’将涉及认识论、符号学、心理学诸多领域之间复杂的理论缠绕”。至少有这样

①方纪：一个有风格的作家，见刘金镛、房福贤编：孙犁研究专集，第353页

几层意义：主体之真，客体之真，还有超越经验真实的当作至高艺术境界的“真”，这个“真”联系着古代哲学的“道”。庄子曰：“真者，精诚之至也。不精不诚，不能动人。故强哭者虽悲不哀，强怒者虽严不威，强亲者虽笑不和。真悲无声而哀，真怒未发而威；真亲未笑而和。真在内者，神动于外，所以贵真也。……礼者，世俗之所为也，真者，所以受于天也，自然不可易也。故圣人法天贵真，不拘于俗”。这样，“真”与“诚”、“道”、“气”、“神韵”、“境界”等在古典文学理论里面都是相通的。但在五四文化语境中，“真”的现代涵义显然依托于“写实文学”，从此发生了语义学上的改变，后来“经过一系列复杂的理论运作，写实主义——后来易名为现实主义——成了一个享有特权的重要概念。它终于从一种文学类型转变为一种进步文化、正确世界观和先进阶级的标记”。[①] 因此，我们只能在一般认识论的意义上来说“写实”，否则，事物的把握就成为康德意义的“物自体”，是我们无法认识的，而海德格尔的“物”则是需要在存在的澄明中涌现出来，对人而言这需要敞开在存在的层面才会形成的事件，这才涉及“诗意”的“本真”，接近古典的“真意”与“神韵”。因为在庄子的文中“真”实际指向了古代文化中重要的“道”之“在”的“气”，而这个“气”则是超越主客关系浑然一体的，真正的人对于气的把握则是在“神气”相合的基础上的。在一般的意义上，我们无法说明孙犁小说中这种主观与客观的同一性。

因此，孙犁小说的“真实”特征，单就客观对象而言就不仅在于对于事件本身做了如实描写，还在于对于事物精神特质的准确把握。也就是说，孙犁小说的“写实”元素的渗进，并非一般意义的“写实”，因为自然景物、乡村风物融合了很强的“主体性”特征，与作为精神主体的作家在某种程度上成为参与对话的另外一个世界；而大自然的这种有机性、生命性，正是中国文化固有的特性，正如李白的“独坐敬亭山，相看两不厌”，这种文

①南帆：个案与历史氛围——真、现实主义、所指，见王晓明编：二十世纪中国文学史论，第1卷，东方出版中心，1997年版，第95页

学呈现正是刘勰讲的“兴寄情答”，也就是一种情感感应现象。从这个意义看孙犁文学关于风景事物的描写是一种敞开的描写，既入“物”中，又出“物”外，实在为我们提供了一幅难得的抗战时期北方乡村栩栩如生的现实景象的图画，是写实的也是诗意的。对于这个问题，他有自己的理论认识：“看到了一件事实，不就是获得了真实。你要热情地研究它，把握和理解它，细微切实地感觉它。一切准备完全了以后，你再开始写”。“开始写了，你再用力发掘这个事实里的一切宝藏，抓住这个事实的骨干。找到事实里的动荡的力量，奔流的方向，主导的部分。首先把这些东西弄明确起来，向上着色，灌注你的情感吧！把那事实里的决定性的部分，创造成主体、能动的画景”。① 所以，孙犁的这种表述实际与延安要求的“现实主义”，——重视客观反映论的机械唯物主义是很不一样的，好像与马克思主义的“能动的反映论”更相似②；孙犁的文学重视感觉、感情，重视生命，重视“动荡的力量，奔流的方向”，他总是从民间的视角（仰视）观察问题，从自己的视角观察问题，他基本没有抛弃自己的主体性，被意识形态完全同化。我的观点是他的“赤子之心”所具有的传统生命惯性与古典抒情文学经验，帮他渡过了这一劫难，而没有完全丧失自己。从这个意义上说，孙犁的文化心理结构一直处在传统与现代的动荡之中，传统“仁者”的“身一心”文化心理结构与现代性思想始终处于对接状态，从向善的价值规导到现代历史感的形成，是这一转化的内在契机，这样才对善恶对立的观点产生制衡与进一步的丰富人性的内在结构。③ 正因为风景描写是孙犁文

①孙犁文集(4)，文艺学习，第91页

②孙犁的理论论述带有那个时代革命理论的影子，他的理论来源是瞿秋白翻译的关于马克思、恩格斯、普列汉诺夫、列宁等人的文章，也就是鲁迅编辑的瞿秋白《海上述林》的革命文艺理论部分。但是，这些好像都是些表面意识，因为与革命文学重视世界观、宇宙观、人生观的说法有些差异。参见：瞿秋白文集(4)，人民文学出版社，1987年版

③贺仲明将孙犁当成一种传统的“仁者”，是不大恰当的，首先仁者的本体性结构孙犁是没有的；其次，仁者并非完全是一种静态的文化心理结构，孔子的“仁学”正是诞生于乱世的动荡之中，说明它包含一定的开放性的。但是，由于价值论的阐释，“本体”置换成为了“理想”就是现代“仁者”论者最大的误读。而这正是孙犁的文学感觉极力超越这种价值理性的。孙犁在这里是矛盾的。参见贺仲明：仁者的自得与落拓——论孙犁创作的两个世界，天津社会科学，2002年第4期

学的重要组成部分，在这里我们可以看到孙犁内在的文学感觉与现代性追求、叙事策略与意识形态之间的平衡。

我很愿意借鉴乡土文学论者的"家园"概念①，只不过这个关于乡村的"家园"想象，同其他的精神想象一样同是精神的寄居样式；而在孙犁的文学创作里面，有一个从"实指"到慢慢"虚化"的过程。这个问题在孙犁从乡村到城市的过程中表露得非常明显，因此"写实"与"诗意"几乎是难解难分了。

二、"家园"意识与民族家国想象

由于抗战的爆发，大批作家随着国民党中央政府大规模南迁，因而出现了"流亡者文学"，在流亡中作家彻底丧失了现实中的"家园"。这些流亡者实际成为了"荒野中的弃儿"，出现在文学之中的"家园"，几乎成为他们纯粹的精神寄托，因此现实中如萧红的故乡那样破败静止的山野村田美化成了想象中的"后花园"②，而路翎笔下蒋家的贵族儿女们也就将真实家园的"后花园"，当作无奈之中活下去的精神寄托。而启蒙时代的国民性批判在这里都有一些淡化，萧红的《呼兰河传》批判性尽管还是那样有理性意识，但是情感上明显加进了些许温馨。也就是说，抗战的"流亡"生涯不但使他们流亡了疲惫的身体，而且流亡了他们的心灵，这些"弃儿"突然遭遇了"家园"、"肉体"与"精神"的三重"流亡"，这对一般人来说，是一个不堪承受的"生命之重"。因此，寻找归宿，必然成为"流亡者文学"的追寻方向，"人们不难注意到，几乎所有的诗人(作家)写到'延安'时，都要联想到'母亲'、'土地'、'家'，这样的'意象叠合'正说明了从孤独、绝望的

①叶君：乡土、农村、家园、荒野・导论，中国社会科学出版社，2007年版

②周新顺曾经以此作为乡土想象的一种方式，后花园与生死场模式，后花园模式有些类似精神居所的家园，参见周新顺：在"生死场"与"后花园"之间——论中国现代文学中的乡土想象，山东社会科学，2007年8期

‘旷野’里走出的中国的‘流亡者’，曾到‘国家’、‘民族’、‘家庭’、‘土地’、‘农民(人民)’、‘大地’……中‘寻找归宿’，这一切‘归宿’的象征物最后都外化为一个实体——‘延安’。”①这个现象在现当代文学史上具有重要的意义，寻找“家园”成为重要的文学现象，这是五四以后文化“失根”的现实在抗战的严重局面下的大暴露，然而在探索过程中它却转了方向指向了实体“延安”及其后来的“民族国家”的想象，赵园感慨地说，本来进一步向哲学思考的路径由此中断了。②

在这个过程中，孙犁的出现非常特殊，他本来就没有“流亡”，他早先尽管有过“流浪”北平的想法，而且这种“流浪”也没有严重到失去国家这个程度，并且他很快就出现了“归来”的思考——去教小学了。抗战带来的契机对他来说，简直是在“游赏”这个前所未有的“民族国家”“大家庭”的“大花园”，或者说，自己“家庭”的“后花园”。对于那些流亡南方的作家梦中出现的景象，在孙犁成为了现实的场景。这对孙犁小说是非常重要的现象。

因此，如果了解孙犁乡村诗意的书写，这种“家园”意识就显得非常重要，而他自己很明确地有了情感皈依，即将建构的“民族家国”想象带给他巨大的认同意识。③ 这种“家园”意识是根据地“大家庭”和自己“小家庭”的结合产生出来的，也是主流抗战话语与个体生活话语的结合。《山里的春天》(1944)这篇文章写于孙犁刚刚要去延安以前，孙犁将“小事件”纳入了“大生活”里面，就看出了明显的意识形态认同意图。这时他对于整个生活的确有一种浪漫的幻想，还没有体会到生活本身的复杂。文章首先写作为战士的“我”惦记自己的“小家”生活到底怎么样了，恰好从家乡来了人告诉“我”“一切很好”，因此“我”高兴地要请他吃饭，去买几个鸡蛋。

①钱理群：流亡者文学的心理指归——抗战时期知识分子精神史的一个侧面，参见王晓明编：二十世纪中国文学史论(修订本)，东方出版中心，2003年版，第60页

②赵园：艰难的选择，上海文艺出版社，1986年版，第212页

③孙犁文集(5)，二月通信·后记，第233页

这样就走进了另外一个"抗日"家庭。然而,没想到这个家庭正在为没人种地而发愁,"我"不但没有买成鸡蛋反而受了一顿气:

她立时很生气地喊叫起来:

"没有!还有什么鸡蛋?"

我说:

"我是问一问你,没有就算了么!"

她还是哭丧着脸不答理。我走出来,心里想这才没的事哩!忽然她把我叫回去说:

"桌子上那小罐里有两个鸡蛋,是留给小妮吃的,你拿去吧。"

我一看她忽然变得这样,莫明其妙,又一想,我说:

"留给孩子吃的,放着吧,我到别人家去买吧。"①

这种生活场景的描写显然具有民间意味,具有很强生命力,但是这种生命力他要凸显的却不是这种民间生活本身,而是另有所指。因此,在下面的情节中村长安排"我"帮助老乡种地,而被帮助的恰恰就是这家人家。这个女同志尴尬了一些,然后有些道歉地说出了抗战中很普遍的问题:抗战对个体的"家"与"国"所产生的两难处境。她说,"上午,你赶得不巧,我正生气。你看人家有人的,有的种地了,咱这地还没起沙子。前半天,我拉着孩子来一看这个地这样费劲,一个女人和一个孩子怎么会种上,就生起气来,正在心里骂我们当家的,撇下大人孩子不管,你就来了,我那时一看见你们这当兵的就火了。"这是因为男人当兵引发的"火"。

因此,男人参军带给家庭妇女们的矛盾,顾"家"就卫不了"国",卫"国"就顾不了"家"的矛盾在文本中就开始有意地寻找解决办法。"我"开始"劝说":"我"家里的情况也是一样,"她(妻子)不骂我。今天才从我们家乡来了个人,她还捎口信给我,说好好抗日,不要想家,你抗日有了成绩,我和孩子在家里也光荣,出门进门,人家都尊敬。"那女人脸红了一下,

①孙犁文集(1),山里的春天,第75页

“呀，你家里的进步！”我说：“我们那里有敌人，村边就是炮楼，她们痛苦极了，她们恨敌人，就愿意我在外面好好抗日”。至于家里的活则“不用她说话，就有人给她种上了，一到该锄苗的时候，不用她说话，就有人给她锄去了；秋天，她的粮食比起别人，早打到囤里。”这时候女人才眉开眼笑了，“你和我当家的是一家人，他要住在你们村里，也准得给你家里去帮忙吧”？“我”说：“一定，我们八路军就是这样一个天南海北的大家庭。”因此，正是这个所谓“大家庭”使得女人明白了抗战“家国”的大道理。① 这种将“家国”化为“家园”意识的思想在农民这里需要启蒙，而在知识分子的李佩钟那里是非常自觉的。当李佩钟的母亲说：

“就这样疯跑一辈子”？母亲停下手来问，“一个女孩子家，能跟那些当兵的们跑到哪里去呀？”

“哪里也是家。”李佩钟笑着说，“根据地的地面大着呢，我到哪里工作，也是自由的，也是快乐的。在外面，有人照顾我，心疼我；也有人教管我，指引我。娘不用操心惦记我好了。”②

所以，“民族家国”想象带给了作家重要的东西：精神寄居地，而“根据地”成为这一想象的载体；这“家园”意识使得倾斜的精神有了平衡，单就这一点孙犁怎么能不感谢抗战，相比蒋纯祖们的身心流浪，真有天壤之别了！

但是，实际情况复杂得多，在《光荣》中就显出男人离家带来的另外的问题来了，即因夫妻关系变化引发的苦闷。在原生当兵以后，他的妻子小五等不来男人就“渐渐不安静起来”，不但找公婆的麻烦，一块连与原生“卡枪”的秀梅也怨上了，在抗战氛围中，小五当然不占话语优势。因此“光荣”就成为问题了：“光荣不能当饭吃、当衣穿；光荣也不能当男人，一块过日子！这得看是谁说，有的人窝窝囊囊吃上顿饭，穿上件衣裳就混的下去，有的人还要想到比吃饭穿衣更光荣的事！”可是小五却“不要光荣”！

---

①孙犁文集(1)，山里的春天，第75～77页

②孙犁文集(2)，风云初记，第160页

就要男人。[1]在《风云初记》里面，田耀武也是不要虚名要实惠的，张荫吾更是一针见血地对手下指出："你以为人心在我们手里"？但是，在现实生活里孙犁的家庭不但不是"一切很好"，而且自己12岁的儿子"普"因为不能及时救治，刚刚因病去世。[2] 这样"光荣"问题就彰显出强烈的主流意识形态性质，造成的强大社会舆论空间与现实生活有不小的错位，因此，这个问题的解说——"大家庭"——实在是孙犁自己的民族家国意识想象在小说中的反映。当然，问题可能还要复杂，这种民族家国意识与男权是否构成了一种同谋，也是值得注意；但是在显性层面上，家国意识成为孙犁的坚定信念，几乎没有什么可以动摇的余地，这与一些流亡者形成了鲜明的对比，这也是孙犁的生活场景描写带有明朗色彩的重要原因。

笔者认为在孙犁创作与生活经历中，根据地的这种现实形态为孙犁提供了至少几个条件：(1)提供了衣食。这在当时是一件大事，农民是不是愿意自动拿出自己都不够吃的粮食给战士，可能是一个重要的问题。有一次孙犁是带了小手枪才赢得了几个人的饭食的，也就说"派饭"制度是带有一种强权性质的生活供给。[3] (2)记者身份带来了巨大的自由感。尽管根据地经常遭到敌人的扫荡，但是，"地下交通线"经常在敌占区与根据地之间迎往送来革命干部，使得现实中各种政权力量在一定的情况下反而无法控制这种动荡中的作家心态，这对于1942年以后延安知识分子的生活环境来说，几乎不可思议的。但是事实就是这样，孙犁晚年曾说，现在一些人往往认为当时不自由，其实不然的。(3)情感的释放获得了巨大的空间。这个问题在孙犁小说中有很大的表现，其主要的表现方式是对于美的发现，包括美的人与美的风景。孙犁的风景描写很大程度就是这种情感的价值载体。

这样，现实中抗战"大家庭"变成了"后花园"，并进一步变成了孙犁精

---

①孙犁全集(1)，光荣，第178页

②孙犁文集续编(3)，《善暗室纪年》摘抄，第12页

③孙犁文集续编(3)，关于小说《蒿儿梁》的通信，第281页

神的栖居“家园”。在根据地作家当中，很少有作家像孙犁一样早于“延安讲话”实践毛泽东文艺思想的文学实践，在情感与风景描写中呈现出如此鲜明的诗情画意；随着“革命”的进入，在以赵树理为代表的有些小说中，原来“乡土文学”的“诗情”成为装饰性的文学“碎片”，“乡愁”则几乎一扫而空，留下了一片“明朗的天”，而转变成为“农村题材”小说了，相比之下，孙犁的文学创作则更具有一点“真我”的色彩。

三、“游观”：孙犁文学风景特定视角

可以说，在抗战阶段，流亡、流浪、流动、游动成为当时中国各界精英们的共同选择，整个抗日战争的局势在国内基本就是由这批“流动”着的人群决定的。如果说，在抗战的初始阶段还有些混乱，因而可以说是“流亡”外，在随后到来的相持阶段，这批国家精英们的选择主动性增强，有目的性成为他们的基本特点。在艾青那忧郁的目光中“悲哀而旷达，辛苦而又贫困”的“北方”形象，就是开始阶段的特点，随后来的却是“向太阳”的阶段，因此可以说是“流动”更合适。在孙犁的经历中，更多的可以说是“游动”，这是由作家自身的身份决定的，首先作家在当时是作为一名文艺战士，在行军打仗中进行随军采访是他的职责；而当时八路军进行的“游击”战争，在“游动”中寻找机遇打击敌人，这种特点带来了更强的主动性。在战争开始，孙犁随贺龙的部队在冀中平原进行作战以及战地实习，孙犁受到很大教育。在随后的编辑采访中，他的身份更是自己要主动了，“游动”成为其日常生活的重要组成部分。

因此，孙犁的许多小说是在“游动”中“目击”成篇的，具有“战地通讯”性质。这点还可以从孙犁前期《论通讯员及通讯写作诸问题》这部实用著作，以及后来关于“冀中一日”编写的《文艺学习》看出来，更重要的是，孙犁的工作一开始就带有抗日宣传的明确目的，开始创作也是借鉴外国战地通讯而写的。孙犁文学创作当中有相当一部分是在这种借鉴文艺通讯

中形成的，这种通讯性质特别是在 1946 年以后在《农村速写》和《津门小集》异常明显，其文学性质很少，这种强烈的意识形态性质造成了孙犁这个时期主体特征的流失。而作为小说和某些散文部分，则有战争中的“游记”色彩，是流动的“人”和自由的“心”在特殊时代的文学产物。这点带有非常浓重的知识分子气息和特征，对于后来影响最大的是这些“游观”积淀后产生的文学作品。在当时却往往造成了一些弊端：“今天说我们的诗人忘记战争，或无视战争是冤枉的。但如果是一个‘念书人’或不是‘念书人’，而也是出身富裕的农家，也便常有一套私人的爱好：空洞的静止的美丽。在这种情形下，而常常发见这种事，接触到这个‘美’，便特别感到敏捷，思绪如泉水涌出，不可遏止，大幅铺张，在结尾才想到主题，从远处传来几声炮响。于是战争的风俗画，也便像是交代了”。“这结果自然和春秋郑卫地方的‘曲终而奏雅’的办法一样，使读者为大量静物、感想所陶染，末了一个尾巴，就成了弦外之音”。① 这篇文章发表于 1942 年 5 月《晋察冀文艺》，其所批评的现象正是后来周扬批评孙犁自己的“印象”、“想象”甚至“想象的印象”，恰恰说明孙犁当时的创作心态相当自由和浪漫。

孙犁没有很强的权力欲，功利色彩也不浓厚，唯独喜欢写作喜欢出“名”②，这与当时一些解放区作家具有极强的权力意识很不相同。在一些“明眼人”眼里，孙犁是“一个穿着粗布棉衣，夹着小包东游西晃溜溜达达的干部。进村以来，既没有主持什么会议，也没有登台讲演”③，“那些年，我是多么喜欢走路行军！”④“因为职业的关系，对于美的事物的追求，真是有些奇怪，有时简直近于一种狂热。在战争不暇的日子里，这种观察飞禽走兽的闲情逸致，不知对我的身心情感，起着什么性质的影响。”⑤因

①孙犁文集续编(2)，战争和田园，第 103 页

②孙犁文集(4)，柳溪短篇小说选集序，第 536 页

③孙犁全集(5)，某村旧事，第 43 页

④孙犁全集(5)，某村旧事，第 40 页

⑤孙犁全集(5)，黄鹂，第 46 页

此，孙犁这种记者与编辑生涯，其责任不算很大的行军与采访，就有了与战斗部队很不相同的东西，有了一种消遣、悠闲与逸致，因此在战争中吃喝大致不成问题的情况下，孙犁的文章就有了这种“游记”性质。这种文学色彩的感发就是战地通讯所不能比拟的了。直到晚年，与青年论游记问题的写法还强调“读万卷书，行万里路”[①]，而文学青年对孙犁文学的深刻感受很可能与其中出色的景物描写有关。

孙犁文学之所以有这种文学效果，很大程度上与他的“家园”意识有关，家园意识保证了文学景物的描绘不是“疏离”于人，而是人在“家园”“之中”。如果自然或者其他场景异化于人，即人不能“物物而不物于物”，那么根本不能产生这样的一种“融融其间”的文学感受，这是一种熟识、亲切、体贴、温暖的“家乡”感受，即使是别人地理家乡——“后花园”，但是也是叙事者“我”的精神“家园”，条件艰苦，并不妨碍作家去爱她、写她，反而从多元乡村景观中获得了一种空间意识，获得了一种“熟悉的陌生化”。在这种场景中，人生“邂逅”与瞬间“目击”成为文学描写当中的重要方面，孙犁的直观洞悟能力在这里得到了用武之地。

“邂逅”成为“游观”的重要组成部分，由于战争、编辑、采访、调查、土改等事件，陌生人的相逢是如此普遍，但是陌生人大多数是属于“中国”的“自己人”，不同于日本人的那种异质性。因此就有了《芦苇》中的姑娘与战士“我”在敌人扫荡中跑到坟地的相逢，都躲到芦苇里去了。然后有姑娘给战士一件衣服换了战士的衬衫，你简直莫明其妙这样的故事到底在诉说什么，孙犁小说中那种浪漫情调由此产生。你也很难想到，《红棉袄》中“我”与小鬼顾林在行军中从滚龙沟的大山顶上爬下来，到了一家小屋，顾林开始发疟疾了。屋里除了一个姑娘没有别人。姑娘把唯一穿在身上的棉袄盖在冷的发抖的顾林身上。更难想到《碑》中 18 个战士的到来会给赵老金家里带来多大的希望，他们在这希望中有了生活的盼头。同样

①孙犁文集(4)，万里和万卷，第 585 页

很难想到，《浇园》里战士李丹碰上了香菊。香菊去浇地，李丹也去了。看到有一口老井："那是一眼大井，从砖缝里蓬蓬生长着特别翠绿的草，井水震荡的很厉害，可是稍一平静，他（李丹）就看见水里面轻微地浮动着的晴朗的天空，香菊的和鬼子姜的影子，还有那朵巍巍的小白葫芦花。"①这样充满深情的描写在孙犁的小说中非常普遍，非常含蓄，那是一种朦胧的爱情吧！孙犁的这种才能在这种邂逅中得到了巨大的发挥。

瞬间"目击"是随着"邂逅"来的，因为交往的短暂，非常深入了解一般是不可能的。但是作家能将直观景象非常鲜明地描绘下来，甚至连自己都没有明白什么意思。这是符合交往的情形的，但是又体现着作家含蓄的主流意识。如在《红棉袄》中，姑娘因为没有人在家对于陌生人的来访显然有些犹豫，但看到战士的病情就答应了他们。于是作家写道："姑娘有十六岁，穿着一件红色的棉袄，头发梳得很平整，动作很敏捷，和人说话的时候，眼睛便盯住人。我想，屋里要没有那灯光和灶下的柴禾的光，机灵的两只大眼也会把这间屋子照亮吧？"②夜晚静得很，顾林有时发出呻吟声，身体越缩拢越小起来，"我"把军服盖在他身上。她看见我把军服盖上去，就沉吟着说：

> "那不抵事。"她又机灵地盯视着我。我只是对她干笑了一下，表示：这不抵事，怎样办呢？我看见她右手触着自己棉袄的偏左的纽扣，最下的一个，已经应手而开了。她后退了一步，对我说：
>
> "盖上我这件棉袄好不好？"
>
> 没等我答话，她便转过身去断然脱了下来，我看见她的脸飞红了一下，但马上平复了。她把棉袄递给我，自己退到角落里把内衣整理了一下，便又坐到灶前去了，末了还笑着讲：
>
> "我也是今天早上才穿上的。"③

---

①孙犁文集(1)，浇园，第193～195页

②孙犁文集(1)，女人们·红棉袄，第161页

③孙犁文集(1)，女人们·红棉袄，第162页

孙犁的小说有这种非常直观的透视力量，将人物的心灵直观地描绘的惟妙惟肖，这与路翎《财主的儿女们》的心理分析很不一样，也与建国后大多数抗战小说只有故事滑行，而没有深刻的人物心灵世界的展现很不一样。这个姑娘毫无疑问非常机灵，“盯”人的眼光非常到位地写了一个女孩子对于陌生男子的内心世界与意志力量，她的聪明在于她的判断准确。而作家写作连微小的动作“脸飞红了一下，但马上平复了”都可以捕捉到，可见孙犁的白描功夫是有些天赋异禀的敏锐。可以说，在孙犁作品中“游观”带来的视角、在游动中的人生“邂逅”传奇、对于事件“目击”直观的心灵透入，带来了其小说美学最为深层的心理打动力量，也正是这点超越了时代意识形态叙事的局限，开放性地走进了历史的空间。

四、叙事者的“目光”：诗意生成的重要契机

这种“游动”行为带来的直觉观感，与事后回忆对于当时情景的心理时空的展现，其双重空间的打开，揭示出孙犁文学一个重要的文学品格：诗意，存在论意义的诗性本质。因此，笔者特别强调一下孙犁小说中这种观者的“目光”。

从叙事学的角度看，如果“目击”视角尚属“被叙述者”的观察视角的话，那么“目光”显然属于“叙述者”本身的视角，尽管在当时现场的“目击”者与事后叙述者可能叠合。从孙犁的大部分小说看，“叙述者”的“目光”占据了极为重要的位置，在整个小说文本中很多语言都是叙事语言，是叙述者自身的观感、评述、论说、抒情、描写。以孙犁的小说《钟》为例，小说一共七节，这是孙犁短篇小说比较长的一种类型。这篇小说的历史时间跨度很长，从“很久远”的人们不记得的庙、庙里的人、事，到略有记忆的最近“两三代”，一直到抗战胜利结束，人们重新挂上了钟，标志着一个女人的新生；真正重要的时间在八九年之间，即以尼姑慧秀定位的抗战八九年，作品的主题类似《白毛女》：“祝贺一个女人，她从旧社会火坑里跳出

来，坚决顽强，战胜了村里和村外的仇敌”。这种追述时间记忆的方式非常古老，话本的“入话”或者“得胜头回”，章回小说的“楔子”或“引首”，元杂居的“楔子”，明传奇的“副末开场”等都属这种叙事时间的控制与引入，杨义先生认为它“在时间整体性观念和超越的时空视野中”具有“丰富的文化隐义”，把它称作“叙事元始”①。这在孙犁的小说实践中也屡次运用，如《吴召儿》的“得胜回头”②、《山地回忆》的回溯性开头，都具有这个意思。但是，孙犁的小说重点当然不是历述这八九年间的事情，即使慧秀的故事也讲不完。因此我们在小说中看到的是大量的叙述者的语言，在进行大幅度的时间跨越，其有许多时间标志，如“很久远了”、“两三代”、“那时候”、“这一年”、“那些年间”、“一天晚上”、“这天夜里”、“散会回来”、“只有一次”、“从夏天到秋天”、“一天夜里”、“不久”、“抗战胜利”等等，从这些方面看来，孙犁小说的整体结构是非常松散的，他运用大时间跨度结合整体故事的流程，将小时间“点”作为具体细节、分段小故事的描述契机，而这细节与小故事如果不是由于整体的氛围、情调、叙事者的目光的整体调和几乎完全可以独立出来，也就是说，其整体性的结构不是靠故事的逻辑性展开的，而是抒情性、情调、氛围展开的。“叙事时间速度，是和叙事情节的疏密度成反比的，情节越密，时间速度越慢；反之，情节越疏，时间速度越快”。③ 看孙犁的大部分小说，包括长篇小说《风云初记》，其小说的“疏朗清淡”的风格之所以特别突出，与这种叙事方式关联密切，而《风云初记》第一、二部之所以和第三部感到巨大的差异，也是由于第三部增添了大量文学情节的问题。“叙事时间速度，在本质上是人对世界和历史的感觉的折射，是一种‘主观时间’的展示”，“人作为叙事者的知识、视野、情感和哲学的投入，成为了左右叙事时间速度的原动力”。④ 因此，叙

①杨义：中国叙事学，人民出版社，1997 年版，第 130 页

②实际传统说法为“得胜头回”，当然也不排除作家对于胜利后的回顾性看法，但从当时作家对于传统文学，特别是赵树理文学的研究看，很可能是误笔。

③杨义：中国叙事学，人民出版社，1997 年版，第 141 页

④杨义：中国叙事学，人民出版社，1997 年版，第 141 页

述视角就变得非常重要，因为在孙犁的小说中没有多少故事情节性的现实元素，相反，在孙犁小说中真正凸显的是作为主体的作家自己对于这个世界的一种“眼光”。

但是孙犁自己在这个问题上完全没有觉悟的。例如，有人批评孙犁的小说《碑》“不真实”，按照主流文化的意思显然是现实主义因素缺乏，即社会现实事件的缺乏，这本来是延安讲话的“文艺反映现实”的基本精神，而孙犁自己也以为这样理解的，因此他很不服气地说，怎会“不真实”呢？这个故事就发生在自己家周围七里地的“真事”。① 但是故事给人最为明显的还是一种文学情调的真实：“那浑黄的水，那卷走白沙又铺下肥土的河，长年不息地流，永远叫的是一个，固执的声音，百折不回的声音。站立在河边的老人，就是平原上的一幢纪念碑”。作品关注的并不是文学事件的写实，而是一种“写意”，“碑”至少在文本的层面上是指示的“老人”，但这显然是复指的、难以定论的。从这个地方看出，孙犁文学的一种悖论：对于自己“主观世界”属于固执；而对于“现实主义”理论理解也是一种“尴尬”，到底什么是“真实性”呢？主观的，客观的，还是无法找出的历史存在本身以至后现代历史叙事学的“历史叙事”本身呢？至此“真实”作为一种观念彻底被解构了。

这个叙事者的“目光”实在非常重要，单纯看作一种叙事学的视角是有问题的，因为这会把人本该丰富的“知识、视野、情感和哲学”等等削足适履，它比“目击”对“光”的凝聚性更为冲和而具一种场域性。这决不是单纯一种叙事写作视角，如果导入叙事学视角就会导致对于艺术本质的关闭，这种“目光”是存在论意义的“开启”。我们在谈到孙犁小说情感现象的时候，特别提到过，孙犁小说的成功很大程度归于这种全新的“目光”。这种具有全新的美学质素的情感所以诞生，因为有一个根本前提就是仿佛永恒一般的“目光”在关注。那“目光”不是锐利的目光，而是充满

①孙犁文集续编(3)，给康濯的信，第351页

"爱意",虽称不上"悲悯"但也可以称为"善良"的,具有慧性的"目光"。这个"目光"往往借助"叙事者""我"的"眼界"而打开一个"世界",这个"世界"因此也就不是那种日常世俗的"世界",而带有了美学特质甚至存在光亮的"世界"。因此这个"目光"具有非同寻常的存在意义,它远比"直观"要聪慧、温柔与友好得多,因为这是一种善意的交流与启示。

如果从存在主义的观点看艺术本质问题,海德格尔深刻地指出艺术作品的诗意问题,就是"存在"的"在场",但其显现则需要开启。艺术"真理"就隐藏在作品"物因素"之中,包含着对于真理的"遮蔽"同时也是"葆真"。海德格尔说,"千真万确,艺术存在于自然中,因此谁能把它从中取出,谁就拥有了艺术"。① "从作品的作品存在来看,作品的现实性不仅更加明晰,而且根本上也更加丰富了。保藏者与创作者一样,同样本质性地属于作品的被创作存在"。"因此,艺术就是真理的生成和发生"。"作为存在者之澄明和遮蔽,真理乃通过诗意创造而发生。凡艺术都是让存在者本身之真理到达而发生;一切艺术本质上都是诗"。② "诗乃是存在者之无蔽的道说"。可以说,海德格尔基于存在论的艺术观深刻地指示了艺术作品的诞生,决不仅仅是对于现实的反映或者主观的认识,其根本在于作品的"作品存在"被"存在"所赋予,作品不过是为作品的存在"葆真"而已。问题在于作品的"物因素"如何被保存了艺术的本质,则是创造过程中艺术存在的自行置入,但是问题就出在这里:这个"物因素"如何就处在存在的"敞开领域"? 这个常人问题对于海德格尔而言,却更应该是:作为创造者的人如何发现这个早已经存在的存在者? 因此,关键不在作品本身而在创造者是否具有这种发现的能力,这才是事情更加通俗的问法。在佛教著名的山水"三境界"观:见山是山,见水是水;见山不是山,见水不是水;见山又是山,见水还是水,同样表达了这个问题:创造者的"目光"成为发现美的根本钥匙,正应了平时一句话:"不是缺少美,而是缺少发现美

①海德格尔选集,上海三联书店,1996年版,第291页

②海德格尔选集,上海三联书店,1996年版,第290~293页

的眼睛”。只有这种“目击道存”的“目光”才能符合那种在存在论上的艺术发现；正是这种“目光”开启了人与世界的界限，从而使得艺术的诗性得以成立。这种带有深刻直觉的能力对孙犁而言是一种先天禀赋，连他自己也搞不清怎么回事！但正因这种“目光”使得孙犁的文学成为存在意义的存在者，而这种表达就是一种“在场”感。只有这样你才发现孙犁文学中那种从容、温和、优美不过是存在的自行显现而已！否则，无法形成这种迂徐从容的文学风格，这对于生性懦弱、天真善良的孙犁好像太不可思议了！

从另外一个方面看孙犁文学的叙事问题，可以发现，同样是解放区代表作家的赵树理的创作特征却是，从现实世界大量挖掘情节、高密度移植社会质素，其风俗画也变成了“民俗社会化和政治化的‘社会景物’，”[①]对于风景描写，其“物的描写也显示出‘人物身份的标记’，”[②]也就是“自然界的人化”属性，这本来是马克思主义文艺美学的重要命题之一。但是，在“自然人化”的同时“人”却也在“物化”，在赵树理小说中大量的“绰号”问题，将人的丰富性用“命名”的方式凝固下来，使得人物成为作家主观认识与定位的“符号”标志，像“三仙姑”、“二诸葛”、“小腿疼”、“吃不饱”等人物在很大程度上被主流话语强大的政治攻势，简化成为了落后势力的“符号”标志。这种本质主义的观察视角带来的这种叙事学上的问题，深刻地反映艺术中一个根本问题：“空白”与“绘事”的关系，就是哲学上的“有”与“无”。在中国山水画中的“空白”体现的是一种“虚无”美学，一种灵性，一种可居可观的生活世界的敞开，这与西方油画、工笔画的“崇实”与“细腻”非常不同，前者重视的是“神美”而略及“形美”，但后者是崇尚“形美”而略及“神美”。因此，在这个意义上，我们说孙犁的小说成就就在这种“空白”美学引发的艺术成就，体现在人物素描与风景描写上，他的“目光”的选择令这种文学景象复活，成为真正的存在意义的文学场景，而非当成叙事学

①丁帆：中国乡土小说史论，北京大学出版社，2007年版，第177页
②丁帆：中国乡土小说史论，北京大学出版社，2007年版，第181页

意义的“视角”。当然，这种“目光”所及之处被照亮了，但是“目光”不及之处却被回避与遮蔽了，孙犁的成就与局限，更深刻的地方可能在这个地方。

至于像孙犁这样性格有些懦弱的人，为什么会有这种特质，我们只好引用荷尔德林的诗阐释：

“……只要善良，这种纯真，尚与人心同在，

人就不无欣喜

以神性度量自身……”①

孙犁小说体现的就是这种人身上的“神性”，但是作为人那种根深蒂固的“魔性”，这是他早就真切感受到，但直到文革才彻底承认的，也是个人的禀赋与道德使然，也就是赤子之心的另外一面所回避的了。

①海德格尔选集，上海三联书店，1996年版，第479页

第三章　人与自然风景的双重凸显
——在文学史中考察孙犁的文学风景描写

在孙犁的文学风景描写中，有一个重要的现象就是在人与自然的关系中，人与自然的双重凸显。如果我们不注意这个现象，就很难把握孙犁文学的时代内涵；而如果把握这种人与自然的关系，不放在文学史中考察是很难发现的。因为这种关系几乎是无意识的时代意识，恐怕作家本身也未必明了。

在现代文学里面，关于自然风景的描写当然不是很纯粹的，但是它大致还有两条线索可供探讨，一条就是所谓乡土文学的风景风俗描写；另外一条，就是所谓田园抒情与个人浪漫抒情小说。孙犁的小说与这两类文学传统都有关系，正如我们在考察孙犁文学与鲁迅与沈从文的文学关系的时候所发现的那样，但是又都有些变化。就田园抒情小说而言，这一条路线与周作人对废名的提倡大有关联，由此发展出沈从文、王曾祺一路。他们的文学创作，风景描写是其重要的甚至核心的文学部分。刘海军甚至认为在他们的文学中，“自然描写已经突破了传统小说自然描写的狭小格局，超越了一般的修辞学意义。富有生命力的，各具形态的大自然不光构成了这些小说的题材特色，而且，大自然与主人公的命运或精神、情感相互交织，具有不可替代的‘角色性’。在这背后，往往隐含着作家们对于人性，人生价值的深度审视，以及对重建个体人格与民族生存的根基问题的思考，从特定的角度，回应了现代文学中思想启蒙，个性解放以及民族解放的主题”。① 这个提法是非常高的，也是富有建设性的思想。在人与

①刘海军：现代小说自然描写的类型及艺术功能，中国现代文学研究丛刊，1994 年第 1 期

自然的关系中，人的形象与大自然的形象是相互映照而显现出来的，这个“人”当然包含作品中的人物与作家本身，作品中的人物与自然的关系是显性的，而作家与自然的关系则相对隐蔽的多。从作品中叙述者、人物与自然的关系考察，我们以废名、沈从文与孙犁进行比较[①]，这样可以看出从20世纪20年代至40年代的文学风景的描写中，人物与自然的关系问题的变化。

一、人的“点”化的象征存在

现代研究者一般把废名看作是“京派小说的鼻祖”，“以其田园牧歌的风味和意境在现代小说史上别具一格，他的小说也往往被称为田园小说”。[②] 废名的《竹林的故事》、《桃源》、《桥》都可以看作诗化的田园小说，“这些小说以未受西方文明冲击的封建宗法制的农村为背景，展示的大都是乡土的老翁、妇人和小儿女的天真善良的灵魂，给人一种净化心灵的力量”。他的这类小说濡染了一种淡淡的忧郁与悲哀的气氛，因此周作人说，“废名君小说中的人物，不论老的少的，丑的俏的”，都在一种悲哀的空气中行动，“好像是在黄昏天气，在这时候朦胧暮色之中一切生物无生物都消失在里面，都觉得相互亲近，相互和解。在这一点上废名君的隐逸性似乎是很占了势力”。[③] 废名写小说很大程度上对于古典诗词进行化用，形成意境，加上习禅的个性，他的作品里便现出古典的风味来。朱光潜评价说，“《桥》里充满的是诗境，是画境，是禅趣。每境自成一趣，可以离开前后所写境界而独立”。[④] 但这种意境又不是《红楼梦》中的那种大彻大

①在现代文学中还有一路是以异化于人的方式出现的文学风景描写，例如端木蕻良、艾芜等人的作品，但是这一类作品与以上作家崇尚和谐的品格不同，因此我们主要探讨上面的这种“和谐型”作家类型。

②吴晓东：“破天荒的作品”——论废名的小说，竹林的故事·叙。参见废名：竹林的故事，广西师范大学出版社，2003年版

③吴晓东：“破天荒的作品”——论废名的小说，竹林的故事·叙

④吴晓东：“破天荒的作品”——论废名的小说，竹林的故事·叙

悟的化用，他带有一种仿佛青色的暮霭的色彩。这种情况在文学里面的表现就是人的“点”化，如《竹林的故事》里面的一段描写：

河里没有水，平沙一片，显得这坝从远远看来是蜿蜒着一条蛇，站在上面的人，更小到同一颗黑子了。由这里望过去，半圆形的城门，也低斜得快要同地面合成了一起；木桥俨然是画中见过的，而往来蠕动都在沙滩；在坝上分明数得清楚，及至到了沙滩，一转眼就失了心目中的标记，只觉得一簇簇的仿佛是远山上的树林罢了。至于哐哐的喧声，却比站在近旁更能入耳，虽然听不着说的是什么，听者的心早被它牵引去了。竹林里也同平常一样，雀子在奏它们的晚歌，然而对于听惯了的人只能够增加寂静。①

《竹林的故事》这种叙述特征是很能代表废名的小说美学特征的，“在废名那里，作家缺席而在场，没有固定的位置，作家的视点仿佛不断移动。套用中国画的技法概念，叫散点透视，或非视点透视”。“没有作者，亦没有观者，纯然一块自然本体、自然生命”。② 然而这里的生命是可怜的，“小到同一颗黑子”，而人的行动则成了一种“虫式”的“蠕动”，人并不比“雀子”大了多少，高明多少，但是人的感觉是很敏锐的，然而这没有什么意义，因为走入更深的是一种死一般的“寂静”。因此他的小说真的如周作人所言：“好像是在黄昏天气”，“朦胧暮色之中一切生物无生物都消失在里面”。这里这种“点式”的人物可以说是废名小说的人物的某种象征，就其作品中人物的精神意识而言，与其说是对于自然的浑入不如说是一种天然的麻木，因为其主体世界基本呈现一种消失状态。有人将这种东西看作一种“禅境”，实在没有完全说透，禅的类型是多样的，废名的“禅”只能是“枯禅”，堕入“野狐道”中去了。试想，青青翠竹，郁郁黄花，莺啼草长，鱼跃鸢飞，这种经典的禅之境界如何是这种“死相”？“涅槃”境界也不

---

①废名：竹林的故事，广西师范大学出版社，2003年版，第87页

②刘海军：现代小说自然描写的类型及艺术功能，中国现代文学研究丛刊，1994年第1期，第40页

是什么死寂，这完全将佛教的教义庸俗化了。佛讲“平等性智”，这不错，但是佛教还讲“大圆满性智”，“妙观察智”，“成所作智”，还讲“常乐我净”，就连古典小说中佛教的那种佛法无边的宣扬也不是这种死寂所能比拟的。这样的文学描写在40年代冯至的《山水》中又开始呈现，像老树一样生存的老人，其生活的本真境界难道真是一种值得歌颂的顺应自然的超妙境界？冯至将存在主义引入文学创作，和废名将禅的意蕴引入文学，都是作家的主观想呈现的现象世界的文学表达，作者与作品中的人物是不一样的，不能将作家引入的禅学思想和存在主义的思想与作品中的人物的生存混为一谈，但是这两位作家恰恰就在这个地方混淆了区别，“大智若愚”并非“真愚“，将真实世界的麻木当作人生境界的超越完全是一种文学的误读！

有人将废名的东西进一步上追王维的诗歌境界。王维的诗歌，特别是晚年的“辋川系列”诗歌，的确表现了一种“本体寂寂”，动静互显，动而愈静，寂静的本体呈现出来了，其诗歌背后，是一种无尽的虚空。王维写禅寂之境最典型的为“辋川之景”，譬如：

空山不见人，但闻人语响。
返景入深林，复照青苔上。《鹿柴》
独坐幽篁里，弹琴复长啸。
深林人不知，明月来相照。《竹里馆》
人闲桂花落，夜静春山空。
月出惊山鸟，时鸣春涧中。《鸟鸣涧》
木末芙蓉花，山中发红萼。
涧户寂无人，纷纷开且落。《辛夷坞》

只要对这几首诗的意象作-·分析，便不难发现王维在有与无二元对立的基础上塑造了一个悠远空明的境界。譬如《辛夷坞》，在空旷的山中芙蓉树梢开满了红艳的花粤，但山中寂寂，涧户无人，花儿就这样自开自落。但在这里，王维传达的是“花开花落”这样一种信息，由这种信息开发出的一种禅味；至于是否有人关心，他并不在意，即使现象美得令人伤心；最后，一句“纷纷开且落”便从有无对立中超脱了出来。《鸟鸣涧》同样如此，它刻画的是春天夜晚月出鸟惊的一幕景象，但给人印象绝不止此，而是于寂静与鸟鸣对比之中体悟到一种永恒。从王维这几首诗的诗境，我们又可以发现从现象具体事物一步一步地向着存在的逼近，诚然一种禅寂之境。① 在这里王维比废名更加彻底，连“点”式人物也没有了，有的只是一种知觉的灵性在观照，但从存在论的观点看来，王维的问题正在于混淆了此在与存在的根本区别，将此在与存在相通的本源性误认为此在的本体，由此丧失了生命的在世特征而非超越性特征，这是大多数学佛者的悲剧。

这就带来了一种情况，生命本身可能消失，生物与无生物几乎相混而无法区别，这种对于生命的淡化以至自然化的现象，在废名的小说中是很突出的，人不成为一种特殊的存在，但是他忽略了人同样可以有能力成为一种特殊的存在，是“不愿也”而“非不能也”。但这种思想进一步发展却造成了人，几乎不是一种存在，取消了“此在”的在世功能，有意识的存在物，成为一种反现代的主体意识的特殊的美学景观。这种淡到没有的东西的文学现象，遭到了孙犁的彻底批判，他对周作人的文学的散淡，淡到无人了解的现象很不以为然。

二、神性的散落：人与自然的平等映照

因此，当废名的小说对“人”做了一种“自然化生物”的表现之后，在“人与自然”的关系中“人”的地位是大大降低了。这种所谓“禅意”不但与真正的禅的本意相反，而且这也与时代风气，西学东渐的潮流正好相反；这种逆潮流而动的做法，到了 30 年代沈从文的作品中得到了改观，将人

①这里参照了本人关于袁宗道文学景物描写和王维文学景物描写的比较的文章，参见：袁宗道的小品特征及地位略论，岱宗学刊，2002 年第 3 期

的生命境界大大提升，尽管自然，却是一种优美的自然，人与自然的和谐相处，人是镶嵌在自然之中的，但决不是一种什么“人点”。在沈从文的经典作品如《边城》里，人事与自然都是重要的，都是美好的，这倒是更加体现了一种古典的“天地人”“三才并立”的正宗中国文化观念。在这里人间的气息增强了，人与天地自然是一种耐人寻味的平等，充满了生命的气息，张新颖先生称这种关系叫做“有情”①，而不是废名小说中那种“天地以人为刍狗”的“无情”的自然，显然这种感受更符合正宗中国文化中的人伦情理：

> 那条河水便是历史上知名的酉水，新名字叫作白河。白河下游到辰州与沅水汇流后，便略显浑浊，有出山泉水的意思。若溯流而上，则三丈五丈的深潭皆清澈见底。深潭为白日所映照，河底小小白石子，有花纹的玛瑙石子，全看得明明白白。水中游鱼来去，全如浮在空气里。两岸多高山，山中多可以造纸的细竹，长年作深翠颜色，逼人眼目。近水人家多在桃杏花里，春天时只需注意，凡有桃花处必有人家，凡有人家处必可沽酒。夏天则晒晾在日光下耀目的紫花布衣裤，可以作为人家所在的旗帜。秋冬来时，房屋在悬崖上的，滨水的，无不朗然入目。黄泥的墙，乌黑的瓦，位置则永远那么妥帖，且与四围环境极其调和，使人迎面得到的印象，实在非常愉快。一个对于诗歌图画稍有兴味的旅客，在这小河中，蜷伏于一只小船上，作三十天的旅行，必不至于感到厌烦，正因为处处有奇迹，自然的大胆处与精巧处，无一处不使人神往倾心。②

从作家写作的角度看，虽然这里的写作虽然如废名一般没有固定的视点，但是叙事者的视野明显是接近自然而呈现一种人的生存的常态化，而文中的桃花、人家、黄泥、黑瓦与大自然的山水、翠竹、游鱼“永远那么妥帖，且与四围环境极其调和”。作家将大自然视为一个有生命的角色，对

①张新颖：沈从文精读·导论，复旦大学出版社，2007年版

②沈从文：边城·雪晴，复旦大学出版社，2004年版，第6页

于生命本身也决不轻视，因此这种存在方式是一种共生关系。马海军将这种人与自然的关系称为“潜在对话”：“它没有像显在对话中人物与自然之间那样明显的以寄托、转移、汇通等方式的联结，而是潜在的、不易被人察觉的人物与自然的内在的共鸣，是一种内在相关”①，从这个意义上说，人与自然是一种“同构”关系，正是这种同构保证了内在秩序的和谐。“大自然的生命律动与人物的生命节律如此紧密地交织在一起，构成了一种对话和共鸣，但这一切又是潜在的，默默地发生的。大自然似乎是沉默的，但实际上却无处不在，从未与人物的精神生命有过片刻的分离。试想，如果没有了青山、溪水、竹子以及茫茫的绿色，简直无法读懂翠翠，就无法理解边城人为何这般地生存，也就不可能理解《边城》”。② 沈从文的《边城》所揭示的正是未被现代文明侵入，农村宗法社会所显现的常态社会。如果说废名的文学观照角度是从宗教学的“枯禅”维度出发的话，那么沈从文的《边城》所彰显的却是文学的维度，一种神性散落的世间状态，宛如“万川映月”一般的存在。事实确实如此，沈从文的描写不是真正现实的农村景象，而是一种被美化的乡村诗学情景，它的意象来源正如作家所说源自“诗歌图画”。就上面的文章而言，其关于溪水、游鱼、石子的描写明显来源于柳宗元的《小石潭记》中潭中游鱼、石子等景象的描写，而关于桃花人家的描写大约来源于杜牧的诗歌《清明》：“清明时节雨纷纷，路上行人欲断魂。借问酒家何处有？牧童遥指杏花村”，或者陶渊明的《桃花源》中“杂花满地，落英缤纷”，“不知有汉，无论魏晋”的“世外桃源”。一个生活在现代并且在都市中生存，并获得了一定地位的作家，为什么会有这种完全乡土的古代诗学理想？因此，我们完全可以说这是作家面对都市文明的生活危机所引发现代乡土想象，也就是说，这是沈从文对于都市

①刘海军：现代小说自然描写的类型及艺术功能，中国现代文学研究丛刊，1994 年第 1 期，第 33 页

②刘海军：现代小说自然描写的类型及艺术功能，中国现代文学研究丛刊，1994 年第 1 期，第 34 页

文明映照下的乡村诗学理想。对此，钱理群有过一个中肯的表达：

> 他在北京写了《边城》，在上海写了《丈夫》，这显然是和他在北京、上海的不同体验有关的。他在上海感受到的文明危机，使他加深了家乡的同样被现代文明吞噬的危机感。同时，他面对上海这种他所拒绝的都市文化，他提出了他的文化理想，一个是不是需要重新恢复、重新唤起他家乡所谓的苗族文化所代表的乡土文化所拥有的生命活力，面对着都市文化的糜烂，是不是需要唤起他家乡的包括少数民族的那种比较原始、雄强的生命活力来做一个补充，所以这一时期也就是在上海的时期，他用理想化的眼光，用理想化的笔触创作了《龙朱》、《媚金》、《豹子和那羊》、《七个野人和最后的迎新节》、《雨后》。在这些小说里面，就和《边城》的那种宁静、肃穆、和谐不同，在这样的乡土小说里面充满了无忌的野性，一种圆满健全的生命力，这是被上海糜烂的都市文化所激起的乡土想象，而且乡土想象是被他圣洁化的，被他理想化的。他想用这种平凡的、简朴的、单纯的生活方式来对抗这种畸形的都市文化，他觉得这种存在于自然状态中的一种生命形态极有可能抑制现代都市的弊病。因此我们可以感受到他作为乡下人的自傲和尊严。①

而写这种乡下人与城市的故事，沈从文不是第一个也不是最后一个，他前面有鲁迅(宗法小城镇的归属与现代都市文化不一样的)，后面还有孙犁；这种事件反映的就是现代文明逐步进入传统乡土宗法社会，引发的作家的现代性焦虑。它同样像梦魇一样缠在了孙犁的身上，这是乡村作家进城无法回避的命运。在新时期也是代有传人，像贾平凹与张炜都是惨遭危机的时下作家。当然，对于沈从文，孙犁是熟悉的，但是他并没有像鲁迅那样显豁地承认他们之间的文学关系，这或许是由于沈从文与鲁迅的对立，或者因为自己的革命身份，或者是我们不知道的原因。在 20

① 钱理群：沈从文笔下的北京上海文化(钱理群教授在复旦大学的演讲节选)，见：当代文化研究网\大学讲坛\演讲文稿\正文。

世纪30年代初期，孙犁是《大公报》的当然读者，对于沈从文的编辑身份也是非常熟悉，他看报纸首先看的就是文学副刊。而写于30年代初的《边城》，孙犁是否也看过呢？我们不得而知，但是沈从文身上那种显而易见的生命意识，那种混沦完整的生命常态，显然比鲁迅的那种具有现代批判意识的生命感觉，更符合孙犁的生命气质与生活实际；从骨子里说，孙犁对于鲁迅的认可不是气质上的，而是对于自身缺乏现代意识的缺陷进行弥补的崇拜的结果。

三、主体意志的凸显

孙犁文学中的风景描写与废名的风景描写，视野非常不同，废名式“点人”的描写是不存在的；也与沈从文以人与自然的和谐的生活化的诗意有所不同，在某种意义上沈从文的青山绿水与翠翠、三三们是相得益彰的存在，一种平等意义的“有情”的“共在”，人与自然柔和地散发着神性的碎片的闪光。但孙犁的文学中人的存在是非常重要的，在大多数情况下“我”的存在显示了与废名、沈从文的巨大差异，这点孙犁小说与鲁迅小说如《故乡》、《社戏》的写法非常接近，其个体采访经历中的“家园”意识往往体现出这种文学特征。但是孙犁的这种游历并非单纯，革命意识的渗透又使他的景物描写不自觉地彰显了主体意识，正如茅盾所说，“在特殊的风土人情而外，应当还有普遍性的于我们共同的对于运命的挣扎。一个只有游历家的眼光的作者，往往只能给我们以前者；必须是一个具有一定世界观与人生观的作者方能把后者作为主要的一点而给予了我们”。①这样，在孙犁的小说中不但有一个大写的“我”的存在，而且在很多作品中，除了自然背景外还有一个重要的人事背景：军队；而“我”是一个隶属军队的文艺战士，这集中反映了一种革命理想的存在；风景也因此不是简

①茅盾全集(21)，关于乡土文学，人民文学出版社，1981年，第89页

单的风景，虽然也有很传神的写照，但却往往承载了某种意识、情绪或者思想，具有了某种主体性特征，或者本身体现出了巨大的生命性力量，但又与端木蕻良等那种完全意义的人无法控制的对自然狂暴的描写，有很大的不同。

对于直接表现主体意识的自然景物的描写典型，莫过于孙犁 1945 年的名作《荷花淀》中关于荷花的描写。当水生嫂们受到了敌人的追击：

她们奔着那不知道有几亩大小的荷花淀去，那一望无边际的密密层层的大荷叶，迎着阳光舒展开，就像铜墙铁壁一样。粉色的荷花箭高高地挺出来，是监视白洋淀的哨兵吧！①

孙犁的这种描写虽然有人批评过于直露，但是这种描写奠基于精确的观察基础上，如荷花含苞欲放的花蕊比作“箭”非常形象，贴切自然的，而战斗的意味也就出来了；粉色的娇艳，密密层层的大荷叶，着重抒发的不是形象本身，而是其神韵，着重的是“迎着阳光舒展开”，以及战斗的姿态。在战斗的间隙出现这样从容自然的“舒展”，这种举重若轻的风神，正是时代的要求。这就与过去单纯描写荷花本身的品格“出污泥而不染”，或者“水面初圆，一一风荷举”的天然神韵，有了巨大的区别。这种俏丽而不妖艳的战斗姿态，与 1961 年毛泽东写的《卜算子·咏梅》的梅花何其相似！毛泽东写道：“风雨送春归，飞雪迎春到。已是悬崖百丈冰，犹有花枝俏。俏也不争春，只把春来报。待到山花烂漫时，她在丛中笑”。孙犁的《荷花淀》预示了一种特殊的时代意识形态的所要求的“春”的气息。

据说，孙犁发表《荷花淀》以后，毛泽东曾经评价说“孙犁还是一个风格家”②，大概这种既俏丽无比，又飒爽英姿的战斗女性姿态，与毛泽东对于女性的要求“不爱红妆爱武装”非常相似。从这个意义上说《荷花淀》没有受到批评，而孙犁的其他重要作品几乎都遭到了批评，几乎有一种宿命般的传奇。这种对于战争的挥洒自如的态度，同时又具有的文学风雅意

①孙犁文集(1)，荷花淀，第 95 页

②康濯：一颗乐观、开朗的心，往事今朝，重庆出版社，1992 年版，第 127 页

味，难道不正是具有雄才大略的毛泽东的战争艺术追求吗？对于孙犁，茅盾看得很透："他（孙犁）是用谈笑从容的态度来描摹风云变幻的，好处在于虽多风趣而不落轻佻"。[①] 有人说孙犁《荷花淀》的出现受到的好评与人们对于"毛文体"的"审美厌恶"有关，实际情况可能正好相反：不但毛泽东对于当时文坛不能生产出符合自己理想的文学作品而焦虑，——这种焦虑一直持续到建国后毛泽东时代；而就毛泽东本身而言，就连胡适也曾评价共产党的文章里面，毛泽东的文章最好。也就是说，与其他相对较少具有文学艺术精神，但却反映毛泽东文艺思想要求的大众意识形态的众多作品相比，孙犁的《荷花淀》恰恰具有毛泽东要求的文艺审美格调与政治合格性，像李欧梵认为毛泽东的文学审美情趣狭隘的说法[②]，可能低估了毛泽东，否则你很难解释毛泽东诗词的艺术水准，在同时代的作家中，绝对超出流俗这样的文学现象，即使有人批评毛泽东故意卖弄风雅。[③] 因此，虽然文艺界一直高捧赵树理现象，但对于具有高度古典文化修养的毛泽东来说，他心里更加认可的很可能是孙犁这种更具有文学意味的真正的文学。

从《荷花淀》的风景分析看出，孙犁的文学风景具有很强的写意功能，同样的文学意象，在不同的场合很可能就变换了其文学意义。例如在稍早的《琴和箫》中，同样关于荷花的描写，在这样的场景下变成了："那时，村庄后面就是一条河。我常带她们（大菱、二菱）到河边去，讲一些事情给她们听。我说人宁可以像一棵水里的鸡头米，先刺那无礼的人一手血，不要像荷花那样顺从，并且拿出美丽的花朵来诱人采撷"。[④] 这里荷花完全成了另外一种文学形象。因此，孙犁文学风景的这种写意特征进一步发展，还出现了一种虚构的文学风景，这也是孙犁的艺术气质的反映，在《琴

①茅盾：孙犁的创作风格，见刘金镛等编：孙犁研究专集，第189页

②李欧梵，文学趋势：通向革命之路（1927－1949），见费正清、费维恺编：剑桥中华民国史，中国社会科学出版社，2006年版，第479页

③王明：中共50年，东方出版社，2004版，第118～120页

④孙犁文集（1），琴和箫，第44页

和箫》的最后，大菱、二菱可能牺牲的消息带给了作家的想象却也写得文采斐然：

> 我，整天就在那一个小庄子上工作，一股力量随时来到我的心里。无数花彩来到我的眼前。晚间休息下来的时候，我遥望着那漫天的芦苇，我知道那是一个大帐幕，力量将从其中升起。忽然，我也想起在一个黄昏，不知道是在山里或是平原，远远看见一片深红的舞台幕布，飘卷在晚风里。人们集起的时候，那上面第一会出现两个穿绿军装的女孩子，一个人拉南胡，一个人吹箫，演奏给人听。①

周扬批评孙犁的文学很多"想象"和"印象"，甚至"想象的印象"②，孙犁这种描写自然不符合周扬阐释的毛泽东文艺思想路线，周扬对于孙犁是评价不高的；这种"不真实"的文学评价孙犁自己很不服气，以为自己的作品是"真实"地反映了时代的现实主义文学作品。这种争论现在已经没有必要说明孰是孰非了，但从反映"生活现实"的观点出发，周扬对于孙犁的评价明显是准确的。而且在建国十周年的文学回顾与总结中，周扬对于孙犁的文学评价很低，对于《风云初记》只肯定了第一部反映革命运动的部分，后来的关于李佩钟的故事则被斥为"小资情调"了。而在《文学评论》这样的权威杂志上，毛星发表了《对十年来新中国文学发展的一些理解》一文，对于建国十周年的新文学回顾竟然没有孙犁的名字；这种对于《风云初记》(这时第一、二集已经发表，第三集发表部分章节)和《铁木前传》的无视，从反面正好说明了孙犁文学的主体意识的凸显对于主流意识形态并不完全合格，对于现实生活的"写实性"有所不足，他追求的更是一种带有"精神性"的"真实"生活。

①孙犁文集(1)，琴和箫，第48页

②孙犁全集(11)，给康濯的信，第24～25页

四、革命理想融入传统的文学无意识

除了这种直接反映作家主体意识的作品，孙犁的文学中还有一类风景描写，大多是与自然形态直接关联，作家与人物和自然的关系不是那么直接的移情，因此自然本身的特质呈现就比较多一些的情况。在这方面更加凸显的是孙犁先天的直觉能力。但在背后则有一个更大的思想和文化背景。例如：

> 太阳已经升起来了。老胡向南边的山坡走去。现在正是秋收快完，小麦已经开始下种的时候，坡下的地全都掘好了，一条条小的密的沟，土是黑颜色，湿的。地，拿这个山坡做依靠，横的并排的，一垅垅伸到沙滩，像风琴上的键板。山坡和山坡的中间，有许多枣树；今年的枣儿很少，已经打过，枣叶还没落，却已经发黄，黄的淡淡的，那么可爱，人工无论如何配不出那样的颜色。而在靠近村庄的楸树、香椿、梧桐、花椒、小叶杨树的中间，一棵大白叶杨高高耸起，一个喜鹊的窝巢架在枝叶的正中央，就像在城市的街道中央，一个高高的塔尖上挂了一架钟，喜鹊正在早晨的阳光和雾气中间旋飞噪叫。①

其实，如果仔细想象一下，孙犁描写的这种文学场景本身实在无奇可言，只要在丘陵山地，这样的现象应该说是很平常的。问题是，这么平常的生活景象怎么在作家的笔下有了这样丰盈的文学意味？从自然景物本身说，这种山地农田的描写错落有序，从山坡到河滩，一垅垅的小麦作家用了一个极妙的比喻：风琴的琴板。也就是说，作家的笔忽然一荡超出了内容本身的局限，这一特点还有下面“喜鹊的窝巢”的描写，用城市街道的“塔钟”形容，可以说不仅是极妙的笔墨，而且为这种单调的农田景象开阔了文学的意蕴，意象的丰盛带来文学的感觉。这种在简单的现实场景中

①孙犁文集(1)，老胡的事，第58页

"化简为繁"的功夫,在文本中还有如"大白叶杨"的描写,它的意义凸显本来指向了鹊巢的,但是作家却偏偏不这样写,而是将一串树景"楸树、香椿、梧桐、花椒、小叶杨树"置入其间,可以设想如果没有这些单有大叶白杨的描写,会是多么单调。从另外的意义看,风景的描写在孙犁的眼光中很可是一种"平等"的存在,正因为这样才会是"能入能出"的自由意境,这种"入乎其内,出乎其外"的东西,正是作家的特殊的"眼光",诗意生成的"眼光"。刘海军对这一点有所认识:"在视点的选择上,虽然孙犁选取的基本上是第三人称限制叙事的视点,但又有更多的'主观'投入,使作品浸泡在一种整体情绪中,这种整体情绪就是人性、人情的美好和善良,以及人民必胜的信念"。① 确实,孙犁的作品中有种"整体情绪"好像融入了景物似的。刘海军因此认为,孙犁文学风景是一种"理想化的自然","作者、人物、自然构成的三角关系,在孙犁这里,作者的位置不但是固定的,而且是以高度的主观精神直接拥抱人物与自然,以至达到高度的融合状态。当孙犁以其理想化的主观意识介入自然时,自然描写就仿佛被蒸馏过了似的被完全净化了"。② 毫无疑问,孙犁的文学与废名的文学或者冯至的文学截然不同是肯定的了,与沈从文的那种像神性碎片一般散落的自然风景的描写也不一样,他这里的确有一种理想存在,就是人性的"美好和善良",刘氏也认为这与孙犁的"单纯的心"有关。他的认识非常深刻了。

但是,我们进一步追问,一个具有高度"主体性"的作家,怎么能够做到与景物的融合达到高度无间的呢?这是孙犁文学景物描写中特别值得研究的问题。因为,"主体性"的存在是以"我"的存在为前提的,这个"我"之所以成立则是由于对于外界的设定——"对象化"的客体的存在,也就是说,主体和客体的存在是一种相互的存在,一方的存在以另一方的存在为前提,这种对立关系的存在怎么能够导致了主体与景物的相互融合呢?考察孙犁的实际生平,他的确有一种"人性理想"的存在,然而实际生活中

①刘海军:现代小说自然描写的类型及艺术功能,现代文学研究丛刊,1994 年 7 期,第 44 页

②刘海军:现代小说自然描写的类型及艺术功能,现代文学研究丛刊,1994 年 7 期,第 43 页

孙犁的“主体意志”却又非常软弱，这种软弱的“主体意志”如何能够“拥抱人物与自然，以至达到高度的融合状态?”但《荷花淀》的存在又明白无误地显示了这一存在的事实，因此这是现代困惑的主要问题！

所以，要解释孙犁文学的这种现象，不能从一般的意义上来回答，也就是说，“我”的界定不能是认识论的、概念式的存在，孙犁的主体性特征只能理解为情感主体，而不是认识主体，正是这种发源于更加原始的人性存在的情感联系着孙犁的外部世界，也就是“心一情”互动机制的展开，其个体与外界的同构性源于传统中国的伦理生态学的深刻认识及其无意识。“性善论”正是情感与现实发生的重要实现方式，这决定了它的开放性，与“性恶”的内部隐藏正好相反。孟子说的“心”固有的四种感情萌芽：恻隐之心，羞恶之心，辞让之心和是非之心，是精神或道德的自我发展的建构的原因，即使没有孟子讲的所谓修养的工夫，这种道义论的正义性也会产生一种外在的生命的尊重和认同。这是一种正向价值。因此，正是这种内在的伦理同构性，使得中国文学在传统意义上很容易将个体与自然都看作有生命的个体加以尊重。从这个意义而言，作为具有革命理想和人道主义的孙犁，其现代意识只是提供了一种意识框架，而这个意识框架的构成也是在“赤子之心”的“至善”的范围内搭建的现代平台，而其感情思维方式基本是古典的传统的，“善”之德性的建构则是“自我转化”获得教养的过程，与自然的接触正是开启这道生命之门的钥匙：“我们参与自然生命力内部共鸣的前提，是我们自己的内在转换。除非我们能首先使我们自己的情感和思想和谐一致，否则我们就不能与自然取得和谐，更不用说‘与天地精神往来’了。我们与自然同源。但作为人，我们必须使自己与这样一种关系相称”。[①] 这与后来孙犁对于游记文学的要求，先读“万卷书”，再行“万里路”的要求是一致的，因为没有音乐的耳朵和没有欣赏美的眼睛，都不会产生艺术，而这种文化教养是生命意识觉醒的必要条

①杜维明：生存的连续性：中国人的自然观，儒家思想新论——创造性转化的自我，江苏人民出版社，1995年版，第46页

件，也正应了“对内发现了深情，对外发现了自然”的魏晋文学风景的艺术本质问题。

孙犁文学在抗战时期无论就赤子之心的本体慧性而言，还是民族国家的抗战要求；无论就其作家的个人前途，还是艺术要求的作家修养，都是在抗战的统一战线的前提下，完成了这种理想建构，又因为革命的成功而获得了现实的认同。这无论是诞生于 1945 年 5 月 15 日的《荷花淀》系列，还是以后的抗战文学创作如《风云初记》等作品，都有了胜利的基础，而不同于以往的文学创作了。因此，孙犁文学的主体意志不是个体意志的意义存在，而是所谓革命理想的信念所形成的大写的“民族”概念；也正是这种大而化之的理想，才为他赋予了一种大化流行的传统伦理感受，而非简单现代意义的个人主体意志了①，这也是那种融融透明的根本原因所在。

五、另类风景的存在

孙犁文学还有一种类型的风景描写，给人产生了某种意外的异质性。这好像与前面的过分融合的同一性存在产生了不同观感，在孙犁柔和、协调、明媚的风格中加进了一些突起的棱角，危险的张力。这主要反映在稍晚的文学作品中。例如我们前面提到的《吴召儿》中大黑山的突兀景象：

> 天黑的时候，我们才到了神仙山的脚下。一望这座山，我们的腿都软了，我们不知道它有多么高；它黑的怕人，高的怕人，危险的怕人，像一间房子那样大的石头，横一个竖一个，乱七八糟地躺着。一个顶一个，一个压一个，我们担心，一步登错，一个石头滚下来，整个山就是天崩地裂房倒屋塌。②

①杜维明认为，“意志”不管怎样加以广义的界定，在这里都不起主要的作用；他认为天地无意识地完成转化的观点清楚地表明，有机过程的和谐状态不是通过把游离于实在的意志有序化取得的；和谐将通过自发性而获得，这就是被牟复礼叫做“非人格宇宙功能”的东西。参见杜维明：儒家思想新论，第 39 页

②孙犁文集(1)，吴召儿，第 253 页

就风景本身而言，就会发现这种描写的确是孙犁文学中非常“另类”的文学景象，不同于明媚的荷花淀的旖旎风光。我们发现，这些奇异的文学风景在逼近孙犁文学的“界限”，真好像“一步登错，一个石头滚下来，整个山就是天崩地裂房倒屋塌”。这种危险性的存在在孙犁以往的文学中是没有的，而这种“腿都软了”的文学描写固然有衬托吴召儿的英雄传奇的成分在内，难道作者不怕这是“诬蔑革命战士”的指责吗？而这种指责不只一次地发生过！但是，这里的文学风景却使得自然具有了生命力量，使得生命不仅呈现荷花式的温柔存在，而且也有巨石般的力量存在，这种石头的力量凸显了真正的意志力量。这种描写不是荷花淀式的将主体移情于风景，而是这种力量本身就来于自然风景本身，使得这种风景带有了明显的主体性特征。

而在《蒿儿梁》中，则出现了另外的一种景象，以往的文学中浓浓的暖意没有了，带来的是阵阵寒意：

> 站在这山顶上，会忘记了是站在山上，它是这样平敞和看不见边际，只是觉得天和地离的很近，人感受到压迫。风从很远的地方吹过来，没有声音，卷起一团团的雪柱。
>
> 走在那平平的山顶上，有一片片薄薄的雪。太阳照在山顶上，像是月亮的光，没有一点暖意。山顶上，常看见有一种叫雪风吹干了的黄白色的菊花形的小花，香气很是浓烈，主任的丈夫采了放在衣袋里，说是可以当茶叶喝。①

所以，在孙犁文学中的这种新鲜的东西，如人受到的“压迫感”，“走在那平平的山顶上，有一片片薄薄的雪。太阳照在山顶上，像是月亮的光，没有一点暖意”。也就是说，孙犁文学中惯有的激情在这里内敛了很多，尽管是有种反衬女主任的革命活力的用意。刘海军认为这是作家用“自然和人物”的“映照”的写法，只不过是“反衬”，与原来的正衬的方向有所

①孙犁文集(1)，蒿儿梁，第229页

不同。[1]《蒿儿梁》写于1949年1月，这当然是一个寒冷的日子；在这寒冷的日子里作家写了一篇寒冷的小说。更值得注意的是，在这篇小说中，文学风景的描写几乎占据了篇幅的三分之一，这样大的分量在孙犁的文学作品当中也是不常见的；在后来孙犁的回忆中，这篇小说很大程度是虚构的，并不是完全的真实，也就是说，孙犁完全可以写的更加“暖和”一些。因此，单纯从文学描写的角度看并不能完全说明孙犁小说的这种特质，笔者宁愿将这种特殊的风景在孙犁文学中的出现，看作一种孙犁文学内在的细微的变化的征兆，也就是说，“异质性”元素的存在开始表明孙犁文学开始转变，尽管还没有到裂变的程度，但是蕴含了一些重要的文学征兆。

值得重视的是这两篇文章的写作背景，《吴召儿》写作的时间是1949年11月，比《蒿儿梁》晚了近十个月，而在几乎同时还写了两篇作品《石猴》(1949年11月4日)和《秋千》(1950年1月)。《石猴》写的是大官亭平分纪事，说工作组的老侯得到了一个贫民团给的石猴，还用黑丝绳挂在一个蓝缎子白花的烟荷包上，引起了大家的羡慕。于是，村里出现了一股谣言说这个“石猴”具有神奇的功能：说这是七班的老祖宗从云南带来的，能算卦、能避邪、能治病；夜里放宝光，能变戏法，能骑羊做戏，能把石头变成深州大蜜桃，这是无价之宝。为此，老侯受到了区长老邴的严厉批评，后被调到党校整风。最后老邴对代表们说：“兴妖作怪的不是猴儿，是我们的敌人，村里有看不见的无线电。老侯同志作风不好，叫人家借尸还魂，受点处分不算冤枉。”[2]而《秋千》则是写的一个叫大绢，原来是一个天真活泼的女孩子，后来因为土改家里被打成了地主富农，几乎改变了大绢的一生的故事。这是孙犁小说中最震撼人心的一篇小说，尽管“曲终奏雅”。当有人说大绢家是地主富农的时候，小说写道：“李同志觉得在他的面前，好像有两盏灯刹的熄灭了，好像在天空流走了两颗星星。他注意了

①刘海军：现代小说自然描写的类型及艺术功能，现代文学研究丛刊，1994年1期，第45页
②孙犁文集(1)，石猴，第247页

一下，坐在他前面长凳上的大绢低下了头，连头发根都涨红了。”[1]在几乎所有的主流小说对“土改”故事的描写中，阶级斗争对于人性的影响所具有的毁灭性打击，对于地主富农的描写基本都是丑化了的，但是孙犁由于自身的家庭原因，在1947年的土改会议中曾经为此被“搬石头”（隔离审查），使得他开始正视了这样一个问题所受到的精神压力。正是因为这样，孙犁的这两篇小说与张爱玲的小说《赤地之恋》的部分章节开始叠合，具有了一种难以言说的反映社会矛盾和关注人性的深度。这两篇文章是孙犁小说中最偏离主流意识形态的作品，这种异质性的东西可以看作是1945年后孙犁与主流意识形态的蜜月结束而不断摩擦的产物。我们有理由相信，这种异质性的文学元素会在孙犁的文学风景中出现，上述文章中的风景描写，就是这种不自觉的文学意识的产物。

①孙犁文集(1)，秋千，第269页

第四章　文学风景个案研究:《风云初记》第三集解读

纵观孙犁的文学写作,其文学话语的主要组成部分可以概括为如下几种:叙述、对话、抒情、写景。其中对话部分是孙犁文学的主要故事载体,孙犁文学反映社会现实的内容主要通过这一部分来达到目的。而叙述部分主要起到传承、过渡以及承担作家叙事者的特殊"目光",它对于故事起到一种补充圆满叙事的功能,当故事无法满足作家的表达需要了,作家便直接站出来抒情,当然更多的是寓情于景的写法。孙犁文学之所以社会性内容不足,就是因为故事缺乏,或者对于人物的理解不足无法形成故事,无法展开社会生活的缘故。因此,写景部分,就成为孙犁文学"弃其所短,用其所长"的重要叙述策略。正如我们上面提到的,孙犁文学成为"以景写心"的一种"心灵一风景"型小说。这种小说无法为"典型人物"占主体的"故事型"文学史诗小说描写所能容纳。所以有人将孙犁归入乡土小说、田园抒情小说行列,但是孙犁的小说确实是革命现实主义文学的一部分,其鲜明的意识形态性无法简单将他纳入上述论域。但是其风景描写,却反而在革命现实主义文学中更加凸显出来,成为孙犁文学的标志性存在,这就不能不引起人们的进一步关注了。下面我们关注孙犁的长篇小说《风云初记》,特别是第三集的风景描写问题。

一、《风云初记》的写作背景

孙犁是一个以短篇小说成名的作家,写出了长篇小说《风云初记》和中篇小说《村歌》及《铁木前传》,这对于作家的才能好像是一个挑战;因为那是一个强调文学以反映"现实生活"为主要特征的年代,而作家恰恰经常抱怨自己没有丰富的生活经验，这几乎成为孙犁文学创作的瓶颈。但是，孙犁的生活毕竟慢慢丰富了。从1946年到1949年，孙犁的文学创作主要是关于《农村速写》的部分作品，这是作家下乡体验生活的结晶；作为小说，《村歌》(1949年9月)反映的就是孙犁这段农村土改生活的全面总结，其概念化与历史目的论的贯穿使得其流于生活的表面。对于这部作品，孙犁的文学创作在总体上开始直接跟踪时代主流的“左”的政策路线，尽管这部小说后来还是遭到了严厉的批判。这部作品从总体上是一部失败的作品，但是作为一段文学历史对于孙犁是重要的，也为他提供了一条新的观察思路：人生经验的宏观视野的整合，而非单纯的人生片段的瞬间感悟，这为长篇小说《风云初记》的出现奠定了一个内在的文学基础。

随着革命的胜利和新中国的建立，这种相对稳定的局面为作家构思长篇、反映革命历史提供了外在的客观条件。丁玲的《太阳照在桑干河上》是最早以长篇小说的形式反映革命历史的文学史诗，稍晚一点，周立波的《暴风骤雨》也出现了，而孙犁的好友康濯也在建国前后拿出了自己的长篇小说《黑石坡煤窑演义》，而自己因为屡次受到关于“小资情调”的批评，也使得他希望走出原来的创作困境。这些都从外界刺激了孙犁的创作欲望。在1950年1月19日，孙犁给康濯的信中，表露了这种文学转向的内在欲望：

收到一信，所谈创作上的问题，我想大致如此，过去所有尝试，当有助于更高的发扬，绝非浪费。

长篇我在开始看，然捧着这样一捆报纸，只能正襟危坐，如果你那里有两份(原稿或剪报)，可寄我一份，如只一份，则请千万勿寄。

创作问题，我很久没想了，见到你的信，我也想了一下，有些愧痛，因为我之在生活上、人物上，实在是一条小道上来回跑，只是变些姿态罢了。写了一些女孩子的小品，而这些女孩子们在性格和生活上，实在没有什么分别。

在这方面，你比我接触的就广阔多了。我想这是因为我无论在

> 生活上在创作上都不大用心之故,今后注意一下了。今天写成了同一类型的小说《小胜儿》,给本市文协刊物——《文艺学习》。此后,我想有意识地不再写关于女孩子的故事了,我要向别的生活和别的心灵伸一伸我的笔触,试探试探。愿这是我写作生活的一个划界,以后或是能写或是能写得更多更广宽有力,或是不能再有所施为——这些决绝之辞——我想也只能对你讲讲。①

从在冀中根据地孙犁与康濯认识,两人就经常探索文学问题,这期间对于他们的文学创作是起了重要的促进作用。从这封信可以看出孙犁对于康濯的文学创作,特别是长篇小说《黑石坡煤窑演义》开始认真关注,关注"长篇小说"这种文学形式了,而所谓"过去所有尝试,当有助于更高的发扬,绝非浪费",这样的话自然也是自己的创作心得,特别是我们所讲的《村歌》的文学经验。同时,孙犁对于自己的创作道路进行了重要的反省,他确实是在"一条小道上来回跑",这点如果看单纯几篇还看不出问题的话,但看多了自然就会发现孙犁的那种生命感觉的定型。这种模式化不仅损害了真正的现实主义文学的敞开,而且从更多的方面也可以看出孙犁文学的向壁虚构的性质,而这正是他自己反复说自己生活准备不足的原因;在 20 世纪 60 年代,黄秋耘先生其实就发现了孙犁的这种小说人物的模式化问题。② 因此,在建国初期,孙犁文学的确面临一个重要的转型,他想"要向别的生活和别的心灵伸一伸我的笔触,试探试探",试试自己的创作才能到底有多大,这也是作家对于自己艺术良心的交代。因此,就是在这样的创作心理的引导下,迎合时代的要求,出现了长篇小说《风云初记》。

长篇小说《风云初记》最初是以连载的形式出现在《天津日报》上,它的写作经历了三个阶段。第一集的创作,从 1950 年 7 月到 1951 年 3 月;

---

①孙犁全集(11),给康濯的信,第 28 页

②黄秋耘:关于孙犁作品的片段感想,刘金镛等:孙犁研究专集,江苏人民出版社,1983 年版,第 197 页

第二集写于1951年3月到1952年7月;第三集的写作中间隔了一段时间,从1953年5月(在《孙犁研究专集》上为3月,这里就小说结尾的记载)到1954年5月初稿,1962年春季编排章节并重写尾声。关于第三集,1953年7月9日在《天津日报》发表开头5节。1955年6期《人民文学》发表片段《蒋家妇女》,1956年7月15日《天津日报》发表片段《家乡的土地》,1956年11期《新港》发表片段《离别》,1962年4期《新港》发表《山路》,5期发表《河源》,1962年7—11期在《新港》连载。这里面第一、二集的发表比较顺利,孙犁自己"近水楼台先得月",先在《天津日报》的副刊《文艺周刊》发表了,这种做法自然引起一些人的非议,但是孙犁的第二集也就连载完了。于是第三集的发表颇为复杂,在《天津日报》和《新港》两处不连续地发表,直到最后在1962年进行了"结尾"部分改写,才算完工。但这个"结尾"部分到底是指最后一节的一部分、最后一节整体,还是包括更多的章节,现在已经无从得知了。

只是在孙犁为《风云初记》外文版写的序言里面才出现了关于写作的这样一点情况:

> 当一九五零年,我在天津一家报社工作,因为环境比较安定,我想写一部比较长的小说的时候,我只是起了一个朦胧的念头,任何计划,任何情节的安排也没有做,就一边写,一边在报纸发表,而那一时期的情景,就像泉水一样在我的笔下流开了。
>
> 大家开卷可以看到,小说的前二十章的情节可以说是自然形成的,它们完全是生活的再现,是关于那一时期我的家乡的人民的生活和情绪的真实记录。
>
> 我没有做任何夸张,它很少有虚构的成分,生活的印象,交流、组织,构成了小说的情节。①

这段话写于1963年9月,在同年6月,整部《风云初记》三集由作家

①孙犁文集(5),为外文版《风云初记》写的序言,第142页

出版社出版，这大约是为外文版写作的一段历史回顾的前提。孙犁的第一部受到了周扬的称赞，但是第二部就受到了批评，孙犁的这种写作是否有这样的意识回避，我们不得而知，但是孙犁讲“我想写一部比较长的小说的时候，我只是起了一个朦胧的念头，任何计划，任何情结的安排也没有做，就一边写，一边在报纸发表，而那一时期的情景，就像泉水一样在我的笔下流开了”，这种情节无蓄意安排的做法，抒情的格调，以及自然的感觉确实如“泉水一样”流开了。不过，这种写法在开始确实可能是不自觉的，孙犁在1951年给康濯的信中说：“《风云初记》二集，弟已决定暂时停一下，此举亦并不无些好处，可以慎重和好好地组织酝酿一下。所以如此，以弟近日实无创作情绪，散漫发展下去，失去中心，反不好收拾。”①但后来故事的发展又好像不完全改变了这点。因此，这种写法如果找出情节逻辑的清晰线索是非常困难的，但是情感逻辑还是笼罩全篇的，这点需要特别注意。从叙事学的观点看，这点保证了孙犁小说的整体性而不是混乱的表现出来，这种“泉水”写法确实非常独特，难怪从“典型人物”的角度无法看清这种写法的优劣问题！

孙犁《风云初记》的写作尽管作家说没有“任何计划”，但这只能是就写作过程来说的，生活和创作冲动的展现绝对不是没有任何原因的，因此其潜在的写作背景就是作家很明确指出的：“再没有比战争时期，我更爱我的家乡，更爱家乡的人民，以及他们进行的工作，和他们所表现的高尚品质”。“我特别喜爱他们那种随时随地表现出来的高度的乐观主义精神。这可以被称作革命的乐观主义精神。”②这种潜在的背景隐藏了作家写作的“历史目的”论：“伟大的抗日战争，不只是民族的觉醒和奋起，而且是广泛、深刻地传播了新的思想，建立了新的文化。”③因此，孙犁无法避免时代的影响，这种时代的胜利者追叙过去的历史，也就是自己建立自己

①孙犁全集(11)，给康濯的信，第48页

②孙犁文集(5)，为外文版《风云初记》写的序言，第142页

③孙犁文集(5)，为外文版《风云初记》写的序言，第142页

合法性的历史，这样会发现孙犁文学中的一些细微的问题，譬如关于民众的真实生活问题，关于人性的了解问题，关于孙犁文学写作的第三部忽然出现的大规模的风景描写的问题，很可能蕴含了重要的历史信息。

二、“行军”中的风景：集体意志的无意识凸显

1.“行军”中的风景

孙犁关于小说《风云初记》的写作，共分三集，每集 30 节。第三集的显著特点我们已经提到，就是在这一集中拥有大量的文学风景的描写，是写实的又是写意的。实际从孙犁最初发表的情况看就蕴含了这样的文学表现，例如“家乡的土地”、“山路”、“河源”这些题目本身就包含了其文学意指，但是在文学结集过程中这些题目被删掉了。考察第三集的全部，我们发现涉及大段景物描写的章节有七十、七十五至八十、八十六、八十七，这还不包括那些散碎一些的如关于瓜园的描写（八十三）、结尾（九十）的抒情观望诗歌，加上这些可以看出几乎占据了整部第三集的三分之一，考虑到这是长篇小说的写作，这种诗意盎然的描写真是非常独特的。作家好像完全摒弃了传统的写作规范，真像“泉水”流溢一样，写出自己心中文学，行其当行，止其当止。当然，这不是说孙犁写景抛开了政治或者其他，而是说孙犁景物描写的蕴含更加丰厚了。对于这点，孙犁很明白：“单单是日常生活的了解，那就只能限于风景画，只有在一次政治事件里了解他们，那才能形成风俗画，才能从政治上再现生活。”①孙犁的风景画是蕴含在人的行为之中的风景画，即风俗画。这些风景描写涉及到了平原、山路、河源、山村、寺庙、长城、梯田、山峦、日出、天地等等，孙犁的这次行军，相当出色地给我们完成了一次饱览祖国河山的机会。前面我们看了一段“河源”洪流的描写，下面我们看一段“山路”的描写：

---

①孙犁文集(4)，论切实，第 253 页

部队在原地休息了。在这一直爬上来的笔峭的山路上，战士们有的脸朝山下，坐在石子路上；有的脸朝左右的山谷，倚靠在路旁的岩石上；有的背靠着背，有的四五个人靠在一起。人们打火抽烟，烟是宝贵的，火石却不缺少，道路上每一块碎石，拾起来都可以打出火星。战士们说笑唱歌，这一条条人迹罕至的山谷，突然被新鲜的激发的南腔北调的人声充满了。

太阳直射到山谷深处，山像排起来的一样，一个方向，一种姿态。这样深得难以测量的山谷，现在正腾腾的冒出白色的，浓的像云雾一样的热气。就好像在大地之下，有看不见的大火在燃烧，有神秘的水泉在蒸发。

“这不是烟，”老温抽着烟，对芒种说，“这是云彩。我们种地的时候，常说西山里长云彩，就是这个。”

随后他们就继续行军了，他们在这无边的烟云里穿上穿下，云雾越来越浓，山谷里响起了雷声。

“又可以不动手脚的洗洗澡和洗洗衣服了。”老温兴奋的说。

在这些年代，风雨并不会引起部队行军的什么困难，相反的大家因为苦于汗热，对于风雨的到来常常表示了不亚于水鸟的欢迎，他们会任那倾盆的大雨在身上痛痛快快的流下去。这里的山路石头多，就是在雨中，也不会滑跌的。

往上看，云雾很重，什么也看不见，距离山顶究竟有多远，是没法想象的。可是雨并没有下起来，只有时滴落几个大雨点。他们绕着山的右侧行进，不久的工夫，脚下的石子路宽了，平整了，两旁并且出现了葱翠的树木，他们转进了一处风景非常的境地。这境地在高山的凹里，山峰环抱着它。四面的山坡上都是高大浓密的树木，这些树木不知道什么名字，叶子都非常宽大厚重，风吹动它或是有几点雨落在上面，它就发出小鼓一样的声音。粗大的铜色的树干上，布满青苔，道路两旁的岩石，也几乎叫青苔包裹。道路两旁出现了很多人家，人家的门口和道路之间都有一条小溪哗哗的流着。又有很多细小的瀑布从山上面、房顶上面流下来，一起流到山底那个大水潭里去。人们在这里行走，四面叫水、叫树木包围，真不知道水和绿色是从天上来的、四边来的，还是从下面那深得像井底似的、水面上不断窜着水花和布满浮萍的池子里涌上来的。

“看见人家了吧？”芒种逗老温说。

“这是仙界。”老温赞叹的说。①

将风景的描写寓于人物的行动中去，移步换景，是孙犁如我们前面所言在“游动”中“目击”风景的典型的描写方式。这种描写的实感经验非常强烈；但因为这是行军，就与废名的静止般的生活出现了巨大的差异，也与沈从文的那种“生活其中”自然安详的感受大异其趣。在这里，山水树木、烟云峡谷始终是与队伍结合在一起的，行军的过程在文章中的凸显以两个人物带动：即老温和芒种。但是老温和芒种都不可能做出如此细致的描绘，因此，还有一个人物就是作家或者叙事者。叙事者是隐含的，但叙事者的目光始终笼罩着整个篇章的重要组成部分，它不但对于风景有细致的所见所感，如写云气缭绕的山谷，用了“神秘的水泉”，“看不见的大火”煮沸的比喻；而写树叶的“宽大厚重”则用“雨点敲鼓”的比喻等等形象生动，人物、石子、山径、树木、烟云、峡谷、瀑布、温泉等景物组合使人真如人在画中、身临其境的感觉。这种以“行军”作串联线索的文学写法在中国现代文学中是不多见的。在古代有边塞诗，写边塞神奇壮观的景象，但大多数是送别、饯行，当然也有冒着大风雪进军打仗的，如岑参的少数诗歌；在现代文学史上这种传统的继承者有毛泽东的诗词，很多就是这种行军打仗的写照，如著名的《长征》七律；但在现代小说中这样大规模的描写，像孙犁这样将行军、山景、人物这样生动写实又富有诗意的写出的，实在不多。

---

①孙犁文集(2)，风云初记，第341～342页

“行军”之所以重要，还因为在与过去文学风景的描写的对比中，它凸显了一种集体意志。这种集体意志作家当然没有详细的描写，但是它是一种内在的东西，一种集体心理学的东西，在军队打仗时称作“士气”，在平时如行军中它也有重要的稳定人心理平衡的重要作用。不要忘记，这是一种“人迹罕至”的“山谷”；既然这样，个体独行往往直接面对大自然，这时人的脆弱就显现出来了。孙犁有过这样的生活经历，在《风云初记》中写到变吉哥和张教官两人被敌人冲散了队伍，在荒山野岭中行走的时候，出现了这样的情景：“他们已经找不到正路，隔着一条河，也不便回到村里找向导。他们在一条小山沟里穿行，想翻过一个山坡，插到大道上去。山很难上，他们先把东西投了上去，然后变吉哥托上张教官，再由张教官拉他上去。上到山上，筋疲力竭，却再也找不到下山的路，只好在山背上走。天气渐渐晚了，雪又不停”。“一直走到天大黑了，也望不到村庄，遇不见行人。他们担心遇到狼群，或是栽下山去，他们身上什么武器也没有”。“‘我们用笔墨参加了抗日战争。现在看来，会放枪才是最有用的人！’张教官说。话虽然很慷慨，深知老师性格的变吉哥，却从里面听到了那情绪低落的弦音。”①这种人对茫无边际的大自然，在深山老林的恐怖感受非常强烈，胆气不壮的人，更加感到一种心灵的不安。这里还是两个人在一起的情况。在 1956 年孙犁因为生病到杭州灵隐寺去旅行，当地的文联把他安排在空荡荡的大山里，杳无人声。孙犁后来形容其当时的情况和感受：“寺里僧人很少，住的地方离这里也很远。天黑了，我一度量形势，忽然恐怖起来。这样大的一个灵隐寺，周围是百里湖山，寺内是密林荒野，不用说别的，就是进来一条狼，我也受不了。我得先把门窗关好，而门窗又是那么多”。这里的意气豪情完全没有了，“我想，什么事说是说，做是做。有时说起来是很有兴味的事，实际一做，就会适得其反。比如说，我最怕嘈杂，喜欢安静，现在置身山林，且系名刹，全无干扰，万籁无

①孙犁文集(2)，风云初记，第 391 页

声，就觉得舒服了吗？没有，没有。青年时，我也想过出世，当和尚。现在想，即使有人封我为这里的住持，我也坚决不干。我现在需要的是一个伴侣。”①由此可见，集体行军对于孙犁产生了多么巨大的影响。

2.集体意志:文学史背景下的观照

如果我们将20世纪三四十年代的战争对于作家产生的影响稍一对照，同样可以看到其集体意志与革命理想对于革命作家特别是孙犁这样胆小一点的作家多么重要！这不但与废名、沈从文的创作拉开了距离，而且与萧军、萧红等人的创作也非常不同。李健吾在评价《八月的乡村》时说，“在情感上，他(萧军)爱风景，他故乡的风景，不免有所恨恨；在艺术上，因为缺欠一种心理的存在，风景仅仅做到一种衬托，和人物绝少交相影响的美妙的效果。”②李健吾批评说，“今日的作家呈现出一种通病”——“心理的粗疏”，萧军的问题自然难免；萧红的心理倒是细腻了，然而充满了颓败的失落的情感，家乡的风景在《生死场》中连人也呈现出一种自然的生存状态，在《呼兰河传》中则完全成为一首难以归乡的流浪的灵魂挽歌了。这种颓败的无可奈何的感觉是萧红直面了人生的惨淡后的落寞，一种切身的虚无背景下的人生怅惘。在香港的人生遭遇，使得萧红有了一种“长时段”的“历史感”，这种历史感下的人生的悲剧性存在直接触摸到了民族历史文化的核心：在循环论下的人生的总有一死的悲剧性命运。但是，近代的进化论史观恰恰截取了“青春”的一段，对应于“革命”，这样就有了“革命”的“从胜利走向胜利”而不说其中的断裂和失败，正是这种“截断人生”式叙事是革命文学的根本历史观念所致。③ 因此，

---

①孙犁文集续编(1)，一九五六年的旅行，第269～270页

②李健吾：咀华集·咀华二集，复旦大学出版社，2005年版，第114页

③张清华先生在论述杨沫的《青春之歌》和王安忆的《长恨歌》时，就深刻地指出，“时间”成为革命叙事的最为内在的事件，表面革命叙事的《青春之歌》最为内里的故事不过是一个非常陈套的“英雄美人”的故事；而《长恨歌》则完全在另外一个时空中抛开了“革命”对人生的中断，顽强地回到了传统，而这个传统就是古典的循环论意义的历史。参见张清华：从“青春之歌”到“长恨歌”，当代作家评论，2003年2期

在总体性的时代影响中作家的选择就具有了决定性的意义，李健吾对比萧军的《八月的乡村》来评说法捷耶夫的《毁灭》说，“法捷耶夫是乐观的，一种英雄的浪漫的精神和他政治的信仰把它救出通常现实主义的悲观倾向”①，这一点同样适用于孙犁的创作，没有这种革命理想的支撑对于懦弱的孙犁会产生什么样的后果，应该是不难而知的。

然而，作为对精神意志的体验对象即自然上，真正地逼视人的生存，在恐怖中获得了现代荒诞意识的大约只有那些曾经绝望地流亡在大自然中的作家如穆旦才会具有，只有在这种面对虚无的情况下，那种“线性历史感”才会出现“终结”般的感受。对此，洪子诚先生有一段论述：“穆旦在原始的、近乎‘永恒’的森林、大地面前，在‘无名’的昆虫、野花那里，体验到的则是‘惧怕’。《森林之魅》这首诗，以‘森林’和‘人’的对话展开，最后一节是‘葬歌’。‘葬歌’是穆旦常写的，他对个体身心的死亡和更生的问题，总有一种敏感。人在这里，陷入了‘树和树织成的网’，他体验到这原始的自然的‘温柔而邪恶’的要求，‘在横倒的大树旁，在腐烂的叶上，/绿色的毒，你瘫痪了我的血肉和深心’。而森林许诺给人的美丽，要‘等你枯萎后来临’，‘美丽的将是你无目的眼’……刻骨的饥饿，毒烈的太阳，绿色的毒，树木的绿色的牙齿，‘笑而无声’，窒息在难懂而又无始无终的梦里。”②这才接近真实的死亡界限，尖锐地发出了生命的绝望尖叫，孙犁在1956年的灵隐寺的恐怖感受开始接近，但是，像穆旦那样的生存考验而对自然产生的梦幻感觉，孙犁并没有达到过，虽然有时也曾遇艰险。王佐良说，“那是1942年的缅甸撤退，他(穆旦)从事自杀的殿后战。日本人穷追。他的马倒了地。传令兵死了。不知多少天，他给死去的战友的直登的眼睛追赶着，疲倦得没有想到人能够这样疲倦，放逐在时间——几乎还在空间——之外”，“而在这一切之上，是叫人发疯的饥饿，他曾经一次断

①李健吾：咀华集·咀华二集，复旦大学出版社，2005年版，第115页

②洪子诚：问题与方法，三联书店，2004年版，第140页

粮达8日之久。”[1]而路翎则大约曾经逼近过穆旦的人生体验,《财主的儿女们》里面拥有几乎同时同样的对自然的恐怖,与永恒的虚无对于人的心灵所产生的撞击描写:“人们走在平原上,就有一种深沉的梦境。那样的广漠,那样的忧郁,使人类显得渺小,使孤独的人们处在一种恍惚的状态中,而接触到虚无的梦境:人们感觉到他们底祖先底生活,伟业与消亡;怎样英雄的生命,都在广漠中消失,如旅客在地平线消失;留在飞翔的生命后面的,是破烂了的住所,从心灵底殿堂变成敲诈场所的庙宇,以及阴冷的,平凡的,麻木的子孙们。在旷野中行走,穿过无数的那些变成了奇形怪状的巢穴了的村镇,好像重复的,固执的唤起感情一样,重复的,固执的人类图景便唤起一种感情来;而在突然的幻象里,人们便看见中国底祖先了;人们便懂得那种虚无,懂得中国了。和产生冷酷的人生哲学同时,这一片旷野便一次又一次地产生了使徒。”[2]因此,在这种无尽的旷野中使人彻底暴露在宇宙的空旷中,那种虚无造成的无根感觉,要么产生信仰,要么生命需要给予自己生存的明证,否则就会虚无和消失,这对人的心灵产生了极其严重的考验。如果说路翎因为对于这种撞击引向了内心,不断引发心灵的感觉使得自己确认存在,景物描写因此破碎的话,孙犁则借助集体的力量获得了观照的对象,也就是一种“家园”意识和“集体”意志帮他摆脱了这种自然带来的恐怖,革命自然就变成一种信仰。因此,从这个意义看,集体英雄主义在这极端艰难的抗日环境中,确实发挥了重要的精神支柱作用。

3.时代意识下的文学风景线

关于“集体意志”在现代社会心理学中的作用,法国社会心理学家勒庞有一个重要的认识,他认为“个体和群体”的关系是“现代社会”崛起的一个重要标志,他认为“群众的崛起”具有命运一般无可逃避的特点:“民

①洪子诚:问题与方法,第139页

②路翎:财主的儿女们,人民文学出版社,2004年版,第548页

主化使得各种偶像与建立在血统基础之上的世俗王权,已逐渐被平等人权和参与扩大的主张所消解,由此使权威合法性的来源产生了一个重大的转移——血统身份也罢、君权神授也罢,奉天承运也罢,此时都已不再可能。领袖要想号令天下,也惟有反求诸天下的'授权'才成,这时群众才真正成了前台的主角。"①但是,"进入了群体的个人,在'集体潜意识'机制的作用下,在心理上会产生一种本质性的变化。就像'动物、痴呆、幼儿和原始人'一样,这样的个人会不由自主地失去自我意识,完全变成另一种智力水平十分低下的生物。"②在勒庞的眼里,现代政治秩序就是建立在这样的"群众专制"的基础上,在群体中人就会变成一种"集体无意识"动物,"非理性"成为一种主要的典型特征。但以为"集体心理"会完全导致负面的影响那就错了,勒庞同时指出:"群体固然经常是犯罪群体,然而它也常常是英雄主义的群体。正是群体,而不是孤立的个人,会不顾一切地慷慨赴难,为一种教义或观念的凯旋提供了保证;会怀着赢得荣誉的热情赴汤蹈火;会导致——就像十字军时代那样,在几乎全无粮草和装备的情况下——向异教徒讨还基督的墓地,或者像1793年那样捍卫自己的祖国。这种英雄主义毫无疑问有着无意识的成分,然而正是这种英雄主义创造了历史。如果人民只会以冷酷无情的方式干大事,世界史上便不会留下他们多少的记录了。"③因此,从现代中国历史看,抗日战争时期,确实是集体英雄主义在中国大地发挥巨大正向作用,建立民族国家意识的时期。正是在这一点上,孙犁文学成就的建立基础"集体无意识"又显现了巨大的民族国家意识,极大地彰显了集体英雄主义的抗日风采,也完成了一次巨大的文学风景写作方式的变革,因而具有了重要的时代与历史价值了。

---

①冯克利:乌合之众·序,见勒庞著,冯克利译:乌合之众,中央编译出版社,2004年版,第2页

②冯克利:乌合之众·序,第9页

③勒庞著,冯克利译:乌合之众,第19页

正是因为这样，才会出现“长城”那蕴含着历史沧桑的风景，及其从历史深处引发出来的那种难以遏制的涌动的人性力量。孙犁写道，“长城和关口都有些残破，砖石被风雨侵蚀，争战击射，上面有很多斑驳。通过关口的石道，因为人马的践踏，简直成了一道深沟，可以想象，曾经多少人马的血汗滴落在上面。在洞口石壁上，残存一些题诗，一些即兴的然而代表征人的想象的片段的绘画，一些烽火熏烤的乌烟”。① “站在关口回望，在关里，除去那挤到一块的一排排的山谷山峰，就什么也看不见了，那些人烟，那些河流，完全隐蔽起来了”。② “不知道由于什么，忽然很多的人唱起《义勇军进行曲》来，一时成为全连全队的合唱。他们的心情像长城上的砖石一样沉重，一种不能遏制的力量，在每个人的血液里鼓荡着，就像桑干的河水。歌声呀，你来自哪里？凌峭的山风把你吹到大川。古代争战的河流在为你击节。歌声呀，唱到夕阳和新月那里去吧！奔跑在万里的长城上吧！你灌满了无穷无尽的山谷，融化了五台顶上的积雪，掩盖了一切的呼啸，祖国现在就需要你这一种声音！”③所以，当这种崇高的行为引发了人心灵的激动的时候，个人也就完全认可了这种集体英雄主义的行为，一种为祖国而战的东西充溢了作家的胸怀，人超越了自己，而成为一种无私的行为，一种崇高美学就这样诞生了。

因此，这种政治的先验性早就蕴含在孙犁的小说创作的元叙事里面了：“我们必须体验到时代的总的精神，生活的总的动向，这对一个作家是顶顶要紧的。因为体验到这总的精神、总的动向才能产生作品的生命，才能加深作家的思想和感情，才能使读者看到新社会的人情风习和它的演变历史。这自然不是说传奇的、个别的事件，不能代表我们的战斗和生活，不能写成作品。不是的。这有时是急需反映出来，教育一般。但是，如果这些传奇和个别的事件，没有作家长期对时代的总的精神的体验作

①孙犁文集(2)，风云初记，第 353 页

②孙犁文集(2)，风云初记，第 354 页

③孙犁文集(2)，风云初记，第 354 页

基础，总是干瘪的，不现实的。作家不应该只用事件的出奇来吸引读者，也要用组织生活的才能来吸引读者。”①因此，在精神意识的层面孙犁非常懂得时代精神的，也懂得传奇并非于文学的表达有真正的益处，但是同样是关注所谓“生活”层面的东西，孙犁的视野与张爱玲的视野就绝对的不同，在时代精神的潜在视野下，孙犁的平凡的文学落笔其实还是一种战争传奇，与张爱玲相比，孙犁忽视或者忽略了许多重要的扎实的生活细节，因此他的乐观主义不免是很有些廉价了。

三、文学景观：山川浩荡与人事苍茫

1. “内营丘壑”与“人与景谐”

阅读孙犁抗战文学的作品往往由于文学批评导向的作用，将我们引向错位的判断。由于孙犁短篇小说集《白洋淀纪事》的写景抒情风格在现当代文坛别具一格，特别是《荷花淀》的成功，为作家赢得了巨大荣誉；因此他的文学意象仿佛局限在了荷花、芦苇、蒲子、荻花等纤细明丽的风景上，阴柔的美学特征成了孙犁重要的美学风格。但是，如果我们仔细看孙犁抗战文学创作的前后变化，就会发现，孙犁在变。在后期的文学风景意象中，出现了一些巨型意象，有像房子大小的巨石，有像无底洞一样的杳冥莫测的深谷，有危险陡峭的石壁，有冲荡强劲的洪流，有雄伟而又浸满历史沧桑的万里长城，当然那种微妙细腻的景物描写并没有完全消失，但不容置疑的是，文学的风景开始向着敞廓辽远发展，一种越来越丰厚的文学意蕴笼罩在文学风景里。如这样充满强劲的激流的描写，在过去的《琴和箫》、《荷花淀》、《芦花荡》、《采蒲台》等文学作品里面是没有的：

> 四面的山峰全叫阴云盖住，雨声就在耳朵里怪叫，可是并没有一滴落在眼前。他们（芒种、老温等）爬过山梁，老佃户带他们急急的过

①孙犁文集（4），怎样体现生活，第178页

了河。这是滹沱河的前身，现在水还只涨到膝盖以下，可是在过河的时候，老温跌倒了好几次，那水流好像叫什么大力量压下来，一人高的石头，在河身里翻动着。他们过了河，又急急上山。直等爬到山顶，雨也下起来了，老佃户才停下来喘喘气，对老温说：

"往上流看，现在你可以看看山里发水的情形了。"

在大雨里，老温转身看滹沱河。山洪像一堵横泥墙一样，从山谷压下，水昂着头，一直漫到半山腰。水往下走，好像并没有什么声响，可是当水头接近他们站着的山脚，他们觉得这座山也摇动起来。洪水上面载着在山沟潜没多日的树枝树叶，载着整棵的大树，载着大大小小的野兽家畜。

"多么危险哪！"老温打了一个寒噤说。

"这场水是发大了。"老佃户说，"你们那里也要受灾了。"①

这种激流拥有那种"大力"的壮观的自然景象，在孙犁文学是非常罕见的："一人高的巨石"在河身翻动、山洪像"黄泥墙"一样，"从山谷压下，水昂着头"；这种激流声势如虎啸龙吟，气势非凡，而"水头"接近了他们所在的山脚，则有"觉得这座山也摇动起来"的震撼。这种活生生的壮观景象，是把自然当作一个有着巨大生命力的"灵性"事物看待的，这与西方对待自然界的"物化"现象迥然不同；但是有趣的是，我们虽然感到一种强烈的震撼，但是却没有那种绝望的恐怖感，这是人对自然的胜利。孙犁是一个相对和谐型写作的作家，这种激烈的冲撞型的描写确实打破了荷淀清风的纤细明丽，但并没有突破作家内在的"界限"（后面讲）。古人讲"山水形胜"之所以得到美学的精妙呈现，是由于"内营丘壑"的结果。也就是说，只有当一个人的胸中包含了这种山川精神气势的时候，才会得到其文学神韵；胸中没有种种丘壑，单纯模拟是学不来的，特别是借助文字这种工具，其抽象性决定了作家的心胸必然反映在文字中来。唐代张彦远《历

①孙犁文集(2)，风云初记，第353页

代名画记·论画六法》说:“夫象物必在于形似,形似须全其骨气;骨气形似,皆本于立意,而归乎用笔”。其实就是平时讲的“凡画山水,意在必先”;没有这种内在的“立意”哪能出现“形似”与“象物”。另外一位著名的画家张璪的《绘境》虽然失传,但留下两句名言:“外师造化,中得心源”。这也是后来宗白华评价魏晋风流说“晋人对外发现了山水,对内发现了深情”的来源,但这话正如骆玉明讲的这话颠倒过来更为合适,即“对内发现了深情,对外发现了山水”。其实这话在唐人也说了:“物在灵府,不在耳目,故得于心,应于手。孤姿绝状,触毫而出,气交冲漠,与神为徒”。[①] 这些话什么意思呢?就是讲自然景物的把握不是单纯的感官的片面的把握,而是以“心”(灵府)的整体感应为前提的;只有有了这种内外的感应(“气交冲漠”,注意:古人认为人与自然的真正关联是以“气”为媒介的),神与气合,才算上等;至于“形”的把握,已经是其次的“得心应手”的“手”的表现功用了。总的来说,就是首先“内营丘壑”,没有内部的胸怀丘壑,不可能写出这样好文章;内与外不是对立而是互相开拓的一种“心—物”关联的存在场景。如果说孙犁文学在20世纪五六十年代呈现的异质性属于一种另类存在的话,那么这种文学风景的描写则真实地充当了一种借景写心的工具,也成为内在地安顿心灵、向自然逃逸的传统文人经常取法的生存之道!如果这个判断正确,那么在孙犁的长篇小说《风云初记》的第三部,就是非常值得研究的了。“造化”与“心源”是两个对应的不可分割的人的存在整体,这正是“自然的人化”和“人化的自然”的美学命题的精髓。

因此,在《风云初记》第三集的描写里,我们发现作为主体的人是凸显了,但是相应的自然本身也同样的成长了,人和自然的关系还是相互和谐的,而不是一种压倒另外一种的状态。生命欲与山峰共语,溪流应和,展现了一种生命之灵无处不在无处不通的生存景象。耳目隔绝,反而使得

①伍蠡甫:中国古代山水画对自然美的处理,山水与美学,上海文艺出版社,1985年版,第214页

心灵得以凸显了。当芒种他们在山里的时候，这种感觉随着时间和空间的变化开始出现了，“家乡的音问，好像断绝了似的”①。但这次给他们带来了一个寺院的老佃户，可是爬起山来就是这些长年行军的战士们，也有时跟不上，他对于这里的一沟一坡一石一木了如指掌，简直就是一个“活地图”。他对芒种说，“你看，这样高的地方，我可以一屁股从山顶滑到山底”。“这引起了战士们的好奇心。芒种俯身往下看，刚刚升起的太阳，照耀这座山坡，山坡上没有种什么庄稼，却有一片片开着黄花的野菊，一丛丛挑着紫色小铜铃样花朵的丰润的灌木。有他们熟悉的草虫噪叫，有他们在平原上从来没有见过的鸟儿飞掠”。② 这种生命的沟通恰到好处就在他们是“似曾相识”，这种“熟悉的陌生化”几乎是所有文学艺术的精髓，正因为这样生命自然了，和谐了，沟通了，不再隔膜，不再恐怖，而是朋友一样的生存关系，这也是一种平等。老佃户说了一句看似无理却也并非无理的话：“指导员，不要认生，这就是你们滹沱河发源的地方”。老佃户说，“谁要是想念家乡，就对着这流水讲话吧，它会把你们的心思，带到亲人的耳朵旁边”。“我知道了你们的家乡，我就想领你们来看看”。“我们住的相离很远，可是多少年来，就有这么个东西把我们连在一起”。③ 这就是中国文化的深厚底蕴，从文学来说也是源远流长的：“我住长江头，君住长江尾。日日思君不见君，共饮长江水。此水几时休？此恨何时已？只愿君心似我心，定不负相思意”。④ 李之仪词里那种恋人的相思委婉曲折地用流水联系起来了，在这里被孙犁顺利的转化成一种基础更加广泛的爱的民族感情，很是富有神韵。当然，孙犁不一定就是从这里化出的，但是这种相通相感的文化精神确实代表了中华民族最为深厚的一种内在的感情：山水相牵，骨肉同胞呵！这种独特的文学表达方式，远远超过了

①孙犁文集(2)，风云初记，第 349 页
②孙犁文集(2)，风云初记，第 350 页
③孙犁文集(2)，风云初记，第 351 页
④[宋]李之仪：卜算子：我住长江头

抗战八股式文学的写法，成为孙犁文学最为深厚的内在神韵，显现了一个具有文学气质的作家的独特的“这一个”特征。

2. **人与景谐：人文传统的现代展现**

这样，我们需要进一步了解孙犁《风云初记》第三集的写作状况，这种转折如何发生？据1954年4月14日孙犁给康濯的信，我们知道，《风云初记》第三集已经完成25节；1954年5月30日时已经写完全稿了，并将全稿交给康濯，希望康濯给他“详细具体地提出意见”；至同年12月6日，则可能已经明确了具体的修改计划，希望康濯交给邹明从北京给孙犁带回天津。[①] 值得注意的是，1952年冬天到1953年春他到安国去了住了一段时间，这次农村之行，其所感所见变化之大令他大吃一惊，特别是原来的乡亲已经非常陌生了，吃饭还是自己付的钱[②]；而自己在天津这个城市中，也面临了巨大新的环境下人际关系的变化，人与人的隔阂很使作家深深感到了一种人生的苦闷，从抗战开始的那种明朗经过了土改、建国，对于孙犁已经不再拥有了。

因此，人际关系的变化对作家精神世界引发了巨大冲击，尽管作家还想在抗日的前提下加以解决，然而在第一、第二集中明显以“抗日”即解决一切的做法在第三集中得到了纠正。这种变化首先出现在芒种和老温身上，芒种没有按照老温的预想发展，人变得越来越复杂了，甚至超出了老温可能的设想；行军途中老温以一个刚刚走出土地的农民战士的心理看待外面的世界，他发现自己处在一个尴尬的地位，因为他处处错了。例如他们无休无止的行军，引发了老温内在的不满情绪，“‘我们要爬到哪里去呀？’老温说，‘我看就要走进南天门了。’”芒种的反应是不回答。对于抗战的意义也不清楚，他认为不应该包括田大瞎子一类坏人，芒种给他这种无休止的问话，一个答复：“抗日战争解放了我们，我们要努力学习，努力

①孙犁全集(11)，给康濯的信，第51～54页

②孙犁文集续编(3)，《善暗室纪年》摘抄，第16页

进步才好”。于是老温不问了。但是，他内心的不平静是可以设想的，否则就不会将石子踢下万丈深沟，因此芒种批评他“下面有人有羊怎么办”？老温用一种农民的固执回答：“我敢保险，除去我们，外处的人从没有到这里来过”。但芒种反问：“你怎么能保险？”结果老温又错了；又如老温说的乡村也不是仙界，而是穷困落后的地方等等。[①] 这些存在细微矛盾的地方，原来是隐含的，不彰显的，老温实际却感受到了这种巨大的变化，由此带来了一种苦恼。书中写道：“对于芒种，虽然他时刻注意到：现在他们已经不是在田大瞎子家牲口棚里的关系，而是正规军里的直属上下级，应该处处表现出个纪律来。但是他又觉得自己和芒种那一段伙计生活，不应该忘记，那也是一种兄弟血肉之情，和今天并没有什么两样。所以一有机会，他还是和芒种说长道短。在芒种这一方面，老温看出来，变化是很大的。根据他们那些年相处时的情形，老温觉得芒种没有按照他的预计发展，而是向另外一条他当时绝不能想到的道路上发展了。这小人儿好像成熟得过早了一些，思想过多了一些”。这些都超出了老温的预计，但是，作家又赶紧补了一句，“当然，老温明白，这是因为他负责任过早了一些也过重了些的缘故。”[②]否则，这种兄弟情谊一旦出现了张爱玲在《赤地之恋》里面赵楚和崔平的结局[③]，作为革命作家的孙犁就不好收拾这个局面了。

但是，这种变化不仅反映在老温和芒种身上，而且反应在春儿和芒种身上，原来两小无猜的朦胧的爱情，现在成为可忧虑的了，成为了“事件”，尽管这有实际的现实困难，但是毕竟出现了一种意想不到的变化。在芒种行军走后，春儿心理发生了巨大的变化，“春儿想：芒种他们今天晚上，如果顺利的话，也可以赶到山里去的。在经过平汉路的时候，一场战斗也

---

①孙犁文集(2)，风云初记，第339～343页

②孙犁文集(2)，风云初记，第339页

③在张爱玲的《赤地之恋》中，崔平与赵楚在战争年代是舍生救死的好兄弟，然而在和平年代，因为“三反五反”运动，两人成了相互出卖的对手，最后赵楚被杀。当然，这是张爱玲的故事，不是我们的推测。

是避免不了的。她觉得她和他不是一步一步、而是两步两步的分离着”。“她的脚步变得沉重起来,她的心不断的牵向西面去。路上行人很少了,烟和雾掩遮住四野的村庄。在战争环境里,这种牵挂使她痛苦的感到:她和芒种的不分明的关系,是多么需要迅速的确定下来啊!”①这种“烟雾掩遮”的风景几乎象征般地预示了人与人之间巨大的变化,那种在《荷花淀》中明朗的东西开始变得烟雾缭绕了。同样,战争也改变了变吉及其妻子的关系,当春儿往回走碰上了变吉的女人的时候,这个患着痨喘病的女人看到张教官夫妻的感情,对春儿大发感慨:“我这一哭不要紧,你哥哥对他的老师说:‘你看她,病病拉拉的身子,跟着我可没得过一天好。’大妹子!结婚十几年,这是你哥哥说的头一句人话,多么知心的话呀,我哭的更欢了!”②多么善良的女人,又多么知足的女人,然而那种“结婚十几年,这是你哥哥说的头一句人话”,大家不感到像一种冰冷的刀一样扎向人的心灵世界吗?一切都变了,变得复杂了,模糊了,截然分明的东西开始消失,虽然人民把希望寄托在将来,但是已经加进了如许沉重的涩味,田园牧歌的情调开始变化了!革命能改变那种人的内心的世界吗?这里已经成为悬置的疑问了。因此,孙犁的这种变化,并不需要等到 20 世纪 90 年代才开始,90 年代不过是这一疑惑的“延宕”而已。

3. 回归日常:传奇化的叙事改写

这样,再回头看孙犁《风云初记》第一、二集的写作,就会发现在抗日的旗帜下,孙犁对于人性的开掘太跳跃了,也就太“失真”了。我们惯看的日常生活描写成了传奇,如关于春儿和李佩钟在“拆城”时的“劳动比赛”,李菊人等“三老”的戏谑化描写都有天真的童趣一般,趣是趣了,但是那种以抗战泯灭了一切丰富驳杂的社会现实、人性混杂也就没有了。最为简单的反驳就是像李菊人这样的散发着酸气的腐儒,如何能够经营旧社会

①孙犁文集(2),风云初记,第 332 页

②孙犁文集(2),风云初记,第 333 页

那种复杂的“戏班”，这从《红楼梦》中关于芳官等一些戏子和现代演艺界的“难缠”就稍微得知，而这么一个腐酸之人又如何有能力“抢男霸女”？因此，李佩钟的生存前提就动摇了起来。更重要的是，人物的逻辑转换没有内在的线索，只是随时调度的工具，尽管提供了场景化的描写，但是总感到缺少什么一样；这一点甚至在第三集的最初部分，都与后来部分都发生了从飘逸到沉郁的内在分化。例如第六十五节，发表于1953年7月，写作的时间应该更加往前，当时的日常生活的确变成了传奇：

他（变吉哥）的窗外，有一盘石磨，这也像一个农民，每天从早晨起一直忙到天黑。现在，有一位粗腿大脚的中年妇女在那里推碾。她已经推好了一泡儿玉米，又倒上了一泡儿红粮。

这时又来了一个青年妇女，背着半口袋粮食。她的身段非常苗细，脸上有着密密的雀斑，可是这并不能掩盖她那出众的美丽。

“让给我吧，大嫂子！”她放下口袋喘着气说。

“你的脸有天那么大，”中年妇女笑着说，“我好容易摸着了，让给你？”

“你是推糁子吗？”青年妇女问，“那我就等一会儿。”

“我推细面，晚上烙烧饼吃。”中年妇女说。

“那你就让给我吧，”青年妇女跑过去拦着她的笤帚，“我的孩子好容易睡着了，就是这么一会儿的空。”

“我就没有？”中年妇女说。“三四个都在村南大泥坑里滚着哩！你图快，就帮我推几遭。”

“呸！”青年妇女一摔笤帚离开她，“你这家伙！”

“我这家伙不如你那家伙！”中年妇女摊开粮食，推动碾子，对着青年妇女的脸说，“你那家伙俊，你那家伙鲜，你那家伙正当时，你那家伙擦着胭脂抹着粉儿哩！”

青年妇女脸上挂不住，急的指着窗户说：

“你嘴里胡突噜的是什么，屋里有人家同志！”

“同志也不是外人，”中年妇女说，“同志也爱听这个。”

青年妇女跺跺脚，背起口袋来，嘟念着：

“我是为的交公粮，谁来和你斗嘴致气呀！”

“你说什么？”中年妇女格登一声把碾子停了。

“公粮！”青年妇女喊叫着。

“你的嘴早些干什么去了？”中年妇女赶紧扫断了推得半烂的粮食，“你呀，总得吃了这不好说的亏！来，你快先推。”

青年妇女转回来，把口袋里的金黄的谷子倒在碾盘上，笑着说：

“醒过人味儿来啦！”

“我是看在那些出征打日本的人们的脸上，”中年妇女说，“这年头什么也漫不过抗日去。”①

只要在农村生活过的人，对于这种农村妇女的风言风语的村话是很熟悉的，特别是这位中年妇女的村野泼辣很有些表现力。但是孙犁的重点不在这里，而是这位青年妇女，这种类型的妇女才有孙犁心中的理想女性的影子，因为美丽，而且含蓄，而且很富有同情心，符合孙犁本人的伦理美学观念。孙犁对于这一类妇女的观察非常细致，后面接着写了这位妇女的“身子单薄”，推碾着实费劲，这样的细致！当然，作家是为了说明“抗日”压倒一切，但行文的结果是对于这位有着“杨柳”身材的女性，更多的艺术气质有了明显的感受！这种类型还体现在对李佩钟的描写上。但是孙犁的选择非常具有特点，他没有从这妇女真正的日常吃穿写出，像张爱玲的《秧歌》写月香一家的生活那样，不是要对难得连粥也喝不上的生活真实逼视，而是将这种可能出现的事件“传奇”化。在张爱玲的日常生活的描写中，她称作“传奇”的故事，实在是平凡而又平凡；但在孙犁反对传奇化的日常叙事中，却明明白白地传奇化。② 这种“传奇”与“平凡”的颠

①孙犁文集(2)，风云初记，第296页

②孙犁认为文学写作需要一种能力，“没有这种能力的人，就只去探询一些传奇的，不平常的事件，企图借事件来耸人听闻”，参看：孙犁文集(4)，怎样体现生活，第177页

倒，正体现了革命和生活本身的颠倒！可以设想像吴召儿那样像一匹小白羊一样的跳跃在山间打鬼子的镜头，人们很难说不是传奇！（《吴召儿》）像老渔翁拿起篙头敲鬼子的头像敲“顽固的老玉米”一样的轻松（《芦花荡》），又怎么能不是传奇？而邢兰一家连裤子都穿不上，还经常有闲心去吹那悠扬的口琴么？（《邢兰》）①即使《荷花淀》的遭遇战和胜利，又多么偶然呀！因此，孙犁后期文学写作正是对于战争传奇的扬弃，使得那种表面的貌似生动的戏剧化场面，让位于更加复杂的人际关系与人的心灵世界，而文学风景的描写变化正与这种人事变化相互应和。

因此，从上面的对照可以看出，在1953年7月到1954年5月这一年的时间内，对于作家孙犁发生了巨大的变化。而这些变化联系着建国、第一次文代会、批武训、批胡适和俞平伯、抗美援朝、三反五反、高岗、饶漱石事件，然后是第二次文代会和酝酿中的所谓“胡风反革命事件”，而孙犁的朋友康濯、李之琏、郭小川、侯金镜、丁玲等正好处于其中一些文化事件的漩涡，他有足够的渠道得知文坛与政界的复杂斗争。当然，这种情绪一旦反映到文学作品中，人事风景像云遮雾掩一样出现在这些自然风景之中，真的变成了具有历史内涵的“风俗画”描写。如果说原来孙犁将抗战文学的镜头对准了革命外部和革命内部的分野，现在则发现革命内部也不是铁板一块的了，这是孙犁文学重要的变化。

四、苍茫感：将生命安顿在自然山水间

上面我们考察了孙犁文学风景所内含的时代意识，这种东西即使作家本身也未必然完全自觉。但是考察孙犁的生平，这《风云初记》第三集山水风景的描写，仿佛是即将到来的1956年以后的事件：孙犁借病旅游，

①孙犁的朋友曼晴在诗歌里面倒是写了大量的关于人民生活的具体的苦难，当然孙犁有些地方也写了，但是那是有相当的隔膜的，对于农民的心理他其实很不懂，他只是出于善良本能地尊重他们而已。

徜徉于山光湖色、温泉海滨的文学性预演，完全脱离了建国后的革命轨道。我们就不能说这是作家的完全无意识的产物。

1. **苍茫感：自我的回归**

文学的展现即使是体现革命理想的文学风景的描写，在根本意义上也毕竟还是一种个人化的行为；作家非常真实地写出当时的人生景象，那也是一种时空位移发生改变的结果，换句话说，这里更加明显的是一种生命意义（价值）、理想与美的追寻。因此，这种蕴含着革命理想的山水景致的描写，既是建立于对于自然战胜的集体力量的基础上，更是个人对于自己的本质力量对象化感性呈现的产物。按照马克思的说法，“为了人并且通过人对人的本质和生命、对象性的人和人的作品的感性的占有，不应当仅仅被理解为直接的片面的享受，不应当被理解为占有、拥有。人以一种全面的方式，就是说，作为一个总体的人，占有自己的全面的本质。人对世界的任何一种人的关系——视觉、听觉、嗅觉、味觉、触觉、思维、直观、情感、愿望、活动、爱，——总之，他的个体的一切器官，正像在形式上直接是社会的器官的那些器官一样，是通过自己的对象性关系，即通过自己同对象的关系，是人的现实的实现（因此，正像人的本质规定和活动是多种多样的一样，人的现实也是多种多样的），是人的能动和人的受动，因为按人的方式来理解的受动，是人的一种自我享受。”①当文学作品呈现出来的对象世界，只有以丰富的全面发展的“人”的方式完成了自己的生命世界的时候，文学才本质上不被“异化”，不会失去那种贴心的温柔的生命本己的文学感觉。我们将会看到，在这一方面孙犁文学的含混苍茫的表达，正是从公共领域的事件，开出了作家自己的私人领域；这或者是一种文学写作策略，或者是一种时代环境中的无意识转换。时代的差异正好造成了这种理想的追怀，而抗战的合法性又使主流话语对于这种写作无可非议。

①马克思：1844年经济学哲学手稿，人民出版社，第85页

这样，文学风景就格外明显地呈现出双重视野：其一，过去的自然界对于个体的恐怖感被革命集体战胜了的集体无意识呈现，当然也是个体无意识；其二，事后的追忆成为带有了唯美色彩的理想追寻。这首先反映在对于抗战理想的追寻，但这在“土地改革”雷厉风行的20世纪50年代初，却是一个有意味的回避：对于阶级斗争的有意识的回避。这种“抗战理想”的“在场”和“阶级话语”的“不在场”①，构成了孙犁文学重要的美学风景，使得他从日益浮躁的时代氛围中，得以逃逸。孙犁文学风景描写的这种内在的含混，恰恰说明这种美学风格进行转换的过渡时期表现出来的迷茫。而这种迷茫伴随的，正是关于生命的自我回归；这种回归的完成，是借助疾病完成的。这里“疾病”的现象再次具有了社会性内涵，成为一种文化与心理的象征性隐喻。

考察孙犁这段时间的生活情况，发现他在这一段时间身体非常不好，经常生病。在1950年8月给康濯的信中说，“我回津后，以饮食不慎，又患赤痢一周，幸服消炎匡痢定药片得愈，然经此削伐，已显大疲”，“不知为什么今年生活好了，反较过去吃糠咽菜的时候好生病，空气阳光之不如山野，拟老天真将不假以岁月乎？”②这次以后这种腹泻的毛病几乎跟随了孙犁后半生，这时他这种敏感的性格已经感到自己的身体的限度了，在1951年6月又说，“如果身体支持得了，我是不会辜负你对我的殷切关望的。老实说吧，如果无你历次对我的鼓舞，第一本恐怕也写不成了。”③1953年2月说，“贸然进入一空而且大、久无人居住之冷屋，睡眠两夜，乃

①阿尔都塞在《读〈资本论〉》中指出：“总问题领域把看不见的东西规定并结构化为某种特定的被排除的东西，它总是由总问题领域所固有的存在和结构决定的。看不见的东西禁止和压制了某种领域对它自己对象的反思即总问题对它的对象之一的内在的必然关系”。“看不见的东西就是理论总问题不看自己的非对象，看不见的东西就是黑暗，就是理论总问题自身反思的失明，因为理论总问题对自己的非对象，对自己的非问题视而不见，不屑一顾”。参看阿尔都塞：读《资本论》，中央编译出版社，2001年版，第18页

②孙犁全集(11)，给康濯的信，第47页

③孙犁全集(11)，给康濯的信，第48页

患感冒。幸下乡以来，抵抗力增强，未致卧倒，今已痊可，望勿念也。”①1954年4月又说，“信迟复之故，实以前弟曾小病三星期，后即参加会议十余日，昨日方得暇。然已日久笔墨荒废，《风云初记》只成了二十五节，完成当待下月。”②所以，关于孙犁《风云初记》的写作，虽然没有达到《铁木前传》那样的生命危境，但也确实浸透了整个生命感觉勉力奔波的苦涩。生命在疾病的催促下，猛然惊醒自己的身体存在；而这种觉醒肯定又会打破原来的思维定势，呈现一种新的风貌。因此，在小说反映出来必然有相应的痕迹。在这个意义上，文学真成为一种“疾病的隐喻”了，作家心中的躁郁在面向自然的过程得以宣泄，平复了自我，因此使得私人领域在嘈杂的公共领域中产生得以可能。

当这种生命“归我”与“袪我”的时代矛盾，使得孙犁的生存缝隙越来越小，成为生命的本能的逃避的时候，反映在孙犁文学里就成为一种对自然的皈依。对于当下的政治环境越不适应，作家对于抗战时代的理想追忆就越发坚实；因为那个时代他几乎是自由地在旷野中游荡，精神是自由的。当时的精神压力来自日本军国主义者这个民族敌人，这时却成为民族内部的斗争；对于孙犁来说，前者是外在于心灵的，而对于后者来说却是内在于心灵。当心灵本身成为战场，这对于有着“赤子之心”的孙犁无论如何不会适应！他没有路翎的勇气，对自我内向分裂进行深入的探索③；他采取了转化的方法，把痛苦留给了生活世界，而把美留在了文学里面。正是这种外与内的分裂，造成了孙犁文学始终呈现出一种貌似透明，实则复杂的文学形态。因此，现代孙犁研究中对于孙犁所谓“抗战情结”、“故乡情结”、“童年情结”和“女性情结”的深情缅怀，都是出于对当下

---

①孙犁全集(11)，给康濯的信，第50页

②孙犁全集(11)，给康濯的信，第51页

③孙犁生平的内在探索非常奇特地呈现阶段性，抗战的明朗、建国前后的彷徨与迷茫、80年代的勉力进取、90年代的虚无非常明显。在创作《风云初记》的时代，历史感悄然形成，大量古典书籍的阅读，才使得这种内在探索得以进行下去，但是对于虚无的直面，确实是90年代的事情了。也就是说，在鲁迅、茅盾们二三十年代面对的时代事件(现代本体论的缺乏)，对于孙犁却因为革命观念的形成延宕了将近60年。

环境其价值理想丧失的结果。他丧失的是一种价值理想，而非真正的故乡或者童年，甚至抗战本身；正因为这样，他才发现自己在阜平的时候非常怀念自己的家乡，但是进入天津以后，他却发现更加怀念的是阜平。[①]这种戏剧性的调换，正说明孙犁内心追寻的是自由和美的生命和价值本身，而文学的风景描写就是从对伦理道德的失望到对自然美的追寻，这种转换自然就蕴含了这样的内心迷茫。

2.生命安顿在自然之中

事情真是祸福相依，失之东隅，收之桑榆。正是在这种转化中的矛盾和迷茫，使得作家打破了现代观念中的截然分明的二元对立，获得了自然与人的同一性，对传统文化的核心——“天人合一”无意中获得了认同。这种认同，在《蒿儿梁》中感受到了“天之敬畏”：“站在这山顶上，会忘记了是站在山上，它是这样平敞和看不见边际，只是觉得天和地离的很近，人感受到压迫”。[②] 在《吴召儿》中出现了“人如蜉蝣”的感觉：“山（大黑山）顶上有一丈见方的一块平石，长年承受天上的雨水，给冲刷的光亮又滑润。我们坐在那平石上，月亮和星星都落到下面去，我们觉得飘忽不定，像活在天空里。从山顶可以看见山西的大川，河北的平原，十几里、几十里的大小村镇全可以看清楚。这一夜下起大雨来，雨下的那样暴，在这样高的山上，我们觉得不是在下雨，倒像是沉落在波浪滔天的海洋里，风狂吹着，那块大平石也像被风吹走”。[③] 再发展，对于生命万物有灵的感受，自然接济了天地之道，而这个被老佃户说到的“连在一起”河流、那些具有生命的荷花、芦苇、荻花，那些连绵不断的山峦，那成为活体一般的长城，成为获得整体感的重要的组成部分。正是这种曾经生存在自然中的感受，在具有“赤子”心灵的孙犁那里，成为内在沟通“天地人”三才观念的传统伦理经验，这是一种生命平等、万物有灵的本体经验，也就是张新颖老

①孙犁文集(5)，二月通信后记，第233页

②孙犁文集(1)，蒿儿梁，第229页

③孙犁文集(1)，吴召儿，第256页

师讲的沈从文的“有情”观。所以，孙犁文学景物的叙事实际还在革命的外表下，蕴含了传统伦理社会的乡村世界对于天地自然的生存经验，这又是孙犁文学得以摆脱革命“样板”化的又一个秘密。

杜维明先生在阐释中国传统精英文化的自然观时，很好地阐释了隐藏在这种不自觉的民间自然观下的文化秘密，“同宇宙融为一体，意思是说，既然一切存在形式都是由气构成的，因此人的生命是构成宇宙过程的生命的连续之流的一部分，人类原来就是与石头、草木和动物相联系的。在中国文学特别是通俗小说中，分立的物种之间相互作用和相互变化起着非常突出的作用，其思想基础就在这里。《西游记》中的猴子是由顽石变化而成；《红楼梦》或《石头记》的主人翁贾宝玉，据说是由一块宝玉变成的，《白蛇传》的女主角，则未能十分成功地将自己变成一位美女”。“这段浪漫史的迷人因素在于她设法通过几百年的自我修炼而获得将自身变成女人的力量”。因此，“根据这个宇宙论的形而上学观点可以推断，任何事物都不是完全固定不变的。它不必永远是它现在所采取的形体。在中国画家道济看来，山脉如江河一样流动；察看山脉的适当方式，就是把它们看作最终冻结起来的江海波涛。同样，石头也不是静态的物体，而是动态的过程，具有他们独特的能量一物质结构”。这样，一切都具有了“精神性”，从而“变人的宝玉或许又比变猴的顽石更具有精神性，并从而被人们誉为‘山川精英’。以此类推，我们也就可以谈论整个存在链条的各种程度的精神性。石头、草木、动物、人类和神灵代表着以气的不同组合而形成的精神性的不同水平”。[1]

因此，从这种传统文化观出发，孙犁这种走在山路上的真实的抗战经历，那山、那水、那花草虫鱼、那风霜雨雪就带有了一种前所未有的东西：山野精气。如果说作家在抗日的征战旅途上，大部分时间还来不及仔细的欣赏祖国的大好河山的话，那么在相对安宁的时刻，这种回忆必然将文

①杜维明：生存的连续性：中国人的自然观，儒家思想新论——创造性转化的自我，第40～41页

学风景带到那种真切的天地自然之中。这样,心灵就接通了那秘密的人与自然的通道。空间的位移和时序的错置,并不一定带来妨碍文学景观的形成,何况几乎任何作品都是一种事后的写作;像李贺那样骑着毛驴找诗的不是太多,即使如此,他也一定回去整理而非完全呈现在当时当地。而中国文学特别诗学的核心,不是时间性的,而是空间性的意境呈现,这必须是有心理距离和空间距离才能完成的。因此,孙犁文学风景的描写无意中获得了古人讲的"中得心源,外师造化"的创作秘密。

3. 无意中应和了那种时代提供的契机

至于孙犁为何具有这种能力,特别在日益浮躁的时代氛围中,其文学创作反而日渐精致,实在是一个不易说清的问题。笔者的理解就是孙犁具有的那颗"赤子之心"提供一种内在的可能,在特殊的历史条件下,达到了外向延展的界限,即"天地"之界。因此,"天地"界限不但是传统儒家的界限,也是孙犁文学的界限;因为"六合之外,存而不论",是儒家"赤子之心"古典哲学的最高范围。孙犁文学创作从革命到自然景物的逃避,而其心灵从对于外在对象的歌颂到内心心性的迷茫性回归,在 20 世纪 50 年代恰恰就有了这样一种应和的契机,孙犁文学景物的大规模出现就是这一知识分子敏感心灵提前发出的信号。

在 20 世纪年代末 60 年代初曾经发生了一场关于山水诗和山水文学的巨大争论。现在读者非常奇怪,山水诗怎么忽然引发了几乎全国性刊物、几乎所有重要的社会人文学者都参与的巨大争论?此无他,"山水文学"造成了"阶级话语"在这一领域几乎失效,这当然是时代所不能允许的!但是如何阐释这一文学领域的理论问题,却成为"阶级话语"企图侵犯正在形成的私人空间的难题!正如《文学评论》编者按:"杰出的文学作品为什么能够在不同时代不同阶级的读者中引起爱好和感动,以至发生影响,这是一个值得探讨的文学理论问题。去年(1960)我国文艺界在反对修正主义的文艺思想的斗争中,我们已经批判了对于这个问题的人性论的解释。然而到底如何科学地解释这一现象,却仍然存在着分歧的意见”。“究竟如何来分析和说明古代的山水诗的阶级性和社会意义，以及如何评价我国古代的许多山水诗，意见也很不一致”。[①] 怎么会有这样的东西？刘小枫阐释昆德拉的《小说的艺术》时说，“‘唯一真理’的哲学会引出专制社会，‘唯一道德’的伦理学会导致专制道德，凡此哲学和伦理学都是现代之前的形而上学一神学的残余。总想把人生中的悖论搞清楚，如果它是不可解决的，也要知道何以不可解决，这是一种顽冥不化的形而上学思维”。[②] 这种“唯一真理”和“唯一道德”的思维方式对于当时的孙犁来说，他会如何看待？这把“火”会不会烧到他的头上，因为他的作品中正如上面谈到的拥有很多关于山水风景的描写。然而，他很幸运，他巧妙地通过“病隐”避开了。我们引出这段话绝非无的放矢，因为在 1962 年他又重新改写了《风云初记》的结尾；不但改写了关于女主角李佩钟的结局[③]，而且，在李佩钟结局的前面正是一段关于诗人站在高山之巅，望河水滚滚，诗情汹涌又内敛的关于山水与文学、历史的时代抒情和个人迷茫：

有一天，变吉哥站在驻地最高的一个山头上，遥望平原，写下一首歌词：

①关于文学上的共鸣问题和山水诗问题的讨论，可以参看：文学评论，1961 年 1 期，第 1 页

②刘小枫：沉重的肉身，华夏出版社，2006 年版，第 138 页

③现在有论者关于李佩钟的结局的研究，说明了孙犁对于主流意识形态话语非常敏感，参见周黎燕：裂隙中的个人话语——《风云初记》尾声重写缘由，人大复印资料：中国现当代文学研究，2007 年 4 期

我望着东方的烟霞，
我那远离的亲人的脸的颜色。
你是为敌人加给你的屈辱激怒？
还是被反抗的硝烟炮火所熏蒸？

烟尘飞起，
是敌人的马队在我的村边跑过？
我听到了孩子们的哭声。
我望见你从村庄里冲了出来，
用寨墙掩护，
向侵略者准确的射击。
太阳从你的怀抱里升起了，
它奔着我滚滚而来。
反抗日本帝国主义的斗争，
已经把平原和山地的人民联系成血肉一体。
我们的阵线像滹沱河的流水一样绵长，
也像它的流水那样冲击有力。

亲人啊，
你的影子昨夜来到我的梦中。
我珍重战斗的荣誉，
要像珍重我们十几年无间的爱情！①

有必要清楚的是，在小说中变吉哥这个人物，与现实生活中的变吉哥虽然有所关联，但更重要的是这个人物与张教官实际承担了作家本人的叙事身份，作家采用了“二重影身”法，都是作家本人的写照，这个问题暂不讨论。这里想探讨的是作家站在高山之巅，遥望平原，思绪万千，但主

①孙犁文集(2)，风云初记，第 398 页

要是抒发“我”和“你”的生命的情感的关联:“你”是“我”的“亲人”,又泛化为抗战在平原的“人民”;而“我”自然是“你”的“亲人”,又代表着山地的“人民”;“东方的烟霞”、“亲人的脸色”混淆了飞起的“烟尘”,通过“太阳”和“烟霞”将感觉联通起来了,“太阳从你的怀抱里升起了”,但是背景中“敌人的马队在我的村边跑过?”这是推测还是感觉?然而“我听到了孩子们的哭声”。当然这是作家的设想之辞,但那颗心已经飞到村庄去了。下面接着是想象的“你”,是谁呢?好像是一个战士?因为在射击!但是,从下面的文章看,那是“你的影子昨夜来到我的梦中”的爱人,这正是借时代主流话语的泛称“人民”表达的一个私人家庭(我和你——爱人)的故事,战争使得夫妻感情得到了理想的想象性升华,“要像珍重我们十几年无间的爱情”!而这正是孙犁自己现实经历的情感过失的弥补。传统中国人的爱情大多不是婚前的,而是婚后的责任感培养出来的感情,那种肤浅的爱情在作家也是历尽沧桑之后才搞明白的,这里面包含孙犁的现实爱情的道德困惑。① 然而爱情与战斗联系在一起了,“太阳从你的怀抱里升起了,它奔着我滚滚而来。反抗日本帝国主义的斗争,已经把平原和山地的人民联系成血肉一体。我们的阵线像滹沱河的流水一样绵长”。这里真正对于作家产生震撼的就是这种“联系成血肉一体”的“东西”,“滹沱河的流水一样绵长”,这是什么呀?这就是“天地人”共生共存的整体生存实感,你无法分离景物、人与自然,连在一起的是那种发自内心的情感。当真实地面对历史产生的那样的感情,与发生在“大放卫星”,饿死了几千万人的时代,产生了康濯的《东方红》、亿万首“大跃进”民歌的时代,整个时代疯狂、艺术失掉方向的时代,孙犁反而变得更加深沉了,艺术更加精粹了,这难道不值得再思考吗?“这是一首简单纯朴的歌词”,“在若干年以后,重读起来,也会感到特别的清新亲切,而不得不兴起再一次身临其境的感觉吧。它将在很多地方,超过那些单凭道听途说、臆想猜测而写成的

---

①孙犁生活中一直出现爱情的越轨现象,这已经不是为贤者讳的问题,当然孙犁都是“发乎情,而止乎礼”!这种现实给了他巨大的道德痛苦,则是非常明显的。

什么巨大的著作！虽然它不一定会被后来的时隔数代的批评者所理解”。作家为什么会有这样的自信？就是因为它面对了本真的人的存在，虽然在理智上作家无法回答历史！因此，这种东西恰恰证明孙犁这种苍茫感的诞生，奔向了中国伦理文化的精髓之处，贴近了自然与历史的“芯”里。

当然，孙犁这种感觉不是这个时候才有的，当他开始以崇高的民族家国观念走入抗战的时候，就是“大我”产生的开始。在1943年春天的边区参议会上，孙犁就感受到了一种崇高：“大会在我的心里、感情上栽种上甜甜的、神圣的、生命力的种子。从大会以后，在我心里，就有一种急剧的激动，那就是要求一种工作上的建树，一种对于人生的新的义务。我被胜利后的新中国的种种预见激动了。”①现在一些人批判“崇高”观念，认为是虚伪的，那是误解；如果没有这种东西存在，那就没有“为天地立心，为生民立命，为往圣继绝学，为万世开太平”的信念的诞生了；有些东西不是虚伪，而是在发展过程中变了调门。但是这种“崇高”的真实内容是有历史含义和内在修养结合的，马克思强调了前者，孟子则强调了后者那种“浩然之气”的至大至刚；没有这种内在的蕴含，“则馁也”；其观念的突破在于“勘透”，佛的高明在于用“空色”勘破了“虚实”，更“勘透”了这种没有本体存在背景的“价值论”观念。在20世纪60年代初孙犁这种“苍茫”感觉很强烈，他回忆说，“我初到山区，很想念冀中平原，常常于黎明黄昏，登山东望，烟霞茫茫，如见故乡烟树。当时以为家乡观念，曾在思想上努力克服。近年寄居城市，又时常想念阜平山地，不只在那里相处过的农民，时时再现眼前，引起怀念，就是那里的险峻的山路，激剧的流水，也经常出现在梦境之中：极顶挥汗，坦途放歌，艰辛快乐，交替而入。”②这段写于1962年8月9日的《二月通信·后记》记载的正好就是《风云初记》最后这段诗歌有关文学、山水、历史的情感的真实状况。

然而，艺术就是要提供一种含义丰富的模糊性，一种“个体偶在的生

①孙犁文集(5)，二月通信，第231页
②孙犁文集(5)，二月通信·后记，第233页

活事件和交织在其中的终极悖论，不仅不要消除，也不要反思”。[①] 由此，正如卡夫卡关于自由主义伦理学的历史观那样：“在我看来，战争、俄国革命、全世界的悲惨状况同属一股恶水，这是一场洪水，战争打开了混乱的闸门，人生的救护设施倒塌了。历史事件不再是由个人，而是由群众承受着，个人被撞、被挤、被刮到一边去了。个人忍受着历史。”[②]当人还能承受历史的重压的时候，他的性情必然内化的多了。正是在这种情况下“向内发现了自己的深情，向外发现了自然”[③]，“吾心即宇宙”，“天视自我民视”，只有发现了自己的那个大写的“心”才会发现了自己“深情”，有了这种感情才会出现天地一体的浑茫，才会出现大慈大悲的境界。或许，我们说孙犁并没有达到这点，他也是不自觉的，但是我们可以从他的文章中再次体会到天地旷野所蕴含的茫茫精气，那种大自然如何真正地参与显现了文学之境，又如何彰显了衣不蔽体、食不果腹的抗战军民的真实生活。有鉴于此，难道我们不认为这也是一种文学之景，提供了一种真实的历史内涵吗？因此，孙犁的文学之景实在是不可小视的心灵之景与历史之景啊。

①刘小枫：沉重的肉身，第 138 页

②刘小枫：沉重的肉身，第 139 页

③骆玉明：世说新语精读，复旦大学出版社，第 67 页

附录一

文学感伤：主流文学话语里的艰难表达
——《琴和箫》背后沉痛的“肃托”故事

孙犁的文学潜质彻底被调动起来，真正开始发酵是在《琴和箫》这一篇小说中，从《芦苇》、《女人们》中表现出的清淡透明，好像忽然被酿成了浓烈的美酒。这篇小说蕴藏了丰富的矿藏，正如有学者说的“多义性”带来了很大的阐释空间，但是其具体所指则基本语焉未详。正是因此，由于其事件的敏感性、孙犁身份的相对下层、工作的外围性质以及时代的特殊要求，这篇小说好像被层层包围起来，敏感的解读者感受到了那种难以言说的东西，但是都没触及这篇小说的历史核心。因为，这一故事的历史真实指向了抗战中那一段“不能不说”的惨烈事实——“肃托”。[①]

一、历史上的“肃托”问题及其在冀中的影响

托派，也就是托洛茨基反对派。托派的理论核心是托洛茨基的“不断革命论”：在革命阶段上，要求超越历史，提前进行一次性革命；在革命范围上，主张把社会主义革命绝对化为世界革命，抹杀一国革命的独立性；在革命对象上，拒绝与民族资产阶级搞任何形式的联合阵线；在革命依靠力量上，极力贬低农民的革命作用，强调和夸大工农间的矛盾。[②]

①王侃：抗战时期的“肃托”——一个不能不说的问题，中共浙江省委党校学报，2003.4
②王侃：抗战时期的“肃托”——一个不能不说的问题

托洛茨基主义在中国发生的影响，主要与一部分留学苏联的中国留学生产生了联系，并进而因为共产国际的影响直接介入了中国共产党内部的权力斗争。早在1927年春，托洛茨基就认为中国大革命之所以失败的根本原因，就在于中共执行了联合资产阶级的政策。1931年5月，一部分苏联留学生就团聚在犯了“右倾”错误的陈独秀周围，成立了“中国共产党左派反对派”，由于他们反对武装革命，所以又称“托陈取消派”。华北事变后，中日矛盾上升为主要矛盾，中共提出了“抗日统一战线”的口号与理论，但1937年8月，托洛茨基领导的第四国际通过了中日战争决议案，还提出了两个口号——“打倒国民党”以及“打倒日本帝国主义”中国托派紧跟其后，认为中日战争“是蒋介石对日本天皇的战争”、“南京政府与东京政府的战争”、“两个帝国主义之间争夺殖民地的战争”。接着，他们又以极“左”的面目出现，诬蔑中共执行抗日民族统一战线政策是“彻底投降”，“是1925—1927年国共合作的重演，而且是自觉的叛变。斯大林党已经完全堕落为小资产阶级的改良派，它今后只有依附于一派资产阶级以反对另一派资产阶级……成为资产阶级欺骗和压迫民众之天然工具”。这些问题当然是极端主观主义的理论，完全忽视了中国的国情。但是中共还是希望与陈独秀合作进行一致抗日，双方进行了试探性的接触。

但是，不久这个问题就发生了重大的变化，直接将“托派”问题定性为“汉奸”。事情的起因是：1936年8月和1937年1月，苏联破获了所谓“托洛茨基—季诺维也夫反苏联合总部”案和“托洛茨基平行反苏总部”案。维辛斯基在法庭“作证”说：“托洛茨基和希特勒和日本天皇签定了正式了协议……作为他们帮助他反对斯大林的交换，托洛茨基进行旨在使苏联遭到军事失败并使之分裂的活动，此外，他还竟将苏维埃乌克兰出卖给第二帝国；目前他正组织并领导在苏联工业中的破坏活动；矿井、企业和铁路上的各种惨祸，苏联劳动者的大规模中毒以及多次对斯大林及其政治局成员的未遂谋杀……这一切都是他干下的勾当。”[1]随后，共产国际通

[1] 王侃：抗战时期的“肃托”——一个不能不说的问题

过了《关于与法西斯主义的奸细——托洛茨基分子作斗争的决议》，决议指令共产国际下属各支部，“开展有系统的斗争以反对法西斯走狗——托洛茨基主义”。当时还披露了所谓托洛茨基给平行总部的信，记有“我们应将库页岛之煤油让与日木，并保证在日本对苏作战时供日方以煤油，我们也应当允许日本开金矿，……同时也绝对不去阻碍日本去侵略中国。”[①]这样一来，受托洛茨基“第四国际”领导的中国托派，眼看着就要背上“汉奸”的嫌疑。

1937 年 11 月，中共驻共产国际代表王明、康生从苏联回国，正式“坐实”了中国托派的“汉奸”罪名。12 月 4 日，王明在《解放》第 26 期发表《日寇侵略的新阶段与中国斗争的新时期》，称日寇侦探机关在全民族抗战开始的条件下，“必然更加设法安排自己的侦探、奸细、破坏者、凶手和暗害者等到共产党的队伍中来，他们首先是从暗藏的托洛茨基——陈独秀——罗章龙匪徒分子当中，吸收这种卑鄙险毒工作的干部”。后来康生更是无中生有地捏造了大量骇人听闻的事实，在《解放》杂志第 29 期、第 30 期上发表题为《铲除日寇侦探民族公敌的托洛茨基匪徒》的长文，文章的第三部分以充分的“根据”认定陈独秀、张慕陶、王公度是“日寇的侦探”[②]。上面这些构成了所谓“托派”问题的理论与舆论背景，直接的后果是造成了与陈独秀的彻底决裂和在各根据地实行“肃托”，造成了许多骇人听闻的大冤案，导致了大批革命干部的惨死。

但是，这桩有着明显的斯大林政治阴谋的大冤案，对于某些中共权力的阴谋执行者来说，就成为清洗政治异己分子的重要“杀手锏”，这是继江西苏区制造的“AB 团”、改组派、右派、“第三党”等重要行动之后的又一次错误的运动。这种“项庄舞剑，意在沛公”的权力斗争，使得大量优秀的革命干部成为牺牲品，又开启了后来一次次运动甚至“文革”的先河。这些运动对于中共造成的伤害，是无法言说的，甚至一些著名的高级将领

①王侃：抗战时期的“肃托”——一个不能不说的问题》
②王侃：抗战时期的“肃托”——一个不能不说的问题

也成为斗争的牺牲品，例如左权将军①，而在山东湖西地区一次就杀掉三百多名干部，关押了五六百人，幸亏罗荣桓及时制止，否则，山东湖西根据地就几乎完结。② 它对于道德人心的伤害更是难以估量，往往是奸徒得逞，好人受害。现在党的根本方针的调整是顺应了民心大义的。

在中共的这次运动中，王明与康生起了非常恶劣的作用。

1938 年 2 月，中共中央发出了“关于扩大铲除托匪汉奸运动的决定”，开始“肃托”运动。在此问题上，当时担任中央社会部长、情报部长的康生起了极其恶劣的作用。他推波助澜，惟恐“漏”过一个坏人，使运动不断扩大化。

这样，中共中央的文件在传达到冀中后，却因当时冀中情况比较混乱，抗日武装多头管辖，党组织也不健全等原因，文件精神无法贯彻，“肃托”当然受到了限制。1938 年 4 月 21 日，冀中历史上具有重要意义的冀中区共产党第一次代表大会在安平县城召开，会议代表 500 多人，代表着全区 8000 多名党员。会议整整开了 12 天，于 5 月 2 日结束。大会分析了冀中地区斗争形势，总结了建军和创建抗日根据地的经验，确定了坚持平原抗日游击战争的方针。大会选举黄敬、鲁贲、孟庆山、吕正操、张君、周小舟、孙志远等为冀中区委委员，黄敬为书记，鲁贲为副书记。为解决抗日武装党的领导力量薄弱，人民自卫军(以原东北军吕正操 691 团起义部队为主组建)和河北游击军(以红军团长孟庆山与冀中当地党组织组建)互相猜疑、互相摩擦，干部本位主义严重及军阀主义、农民习气等问题，5 月 4 日，八路军总部命令，冀中河北游击军和人民自卫军合编为八路军第 3 纵队和冀中军区，军区领导机关由纵队领导机关兼。吕正操任司令，孟庆山任副司令，李英武任司令部参谋长，孙志远任政治部主任，熊

①左权将军是共产党在抗日战场上牺牲的最高级别的将领，对他的死延安《解放日报》进行了高度评价，但是这里面的内幕却说有着左权被王明打成“托派”的政治处分。参见散木：左权将军的“烈死”与“托派”嫌疑，检查风云，2005.21

②杨柳：罗荣桓与湖西“肃托”始末，文史精华，2007.1

大正任供给部部长。纵队下辖 4 个支队(军分区),每个支队下辖 4 个团。安平的回民干部教导队开赴河间,与马本斋领导的回民教导队合编成"冀中军区回民教导总队",马本斋任总队长。

这本来是一场理顺抗日力量的重要的改编决定,却也为贯彻"肃托"精神开创了条件。随后,"肃托"运动几乎将刚刚建立起来的冀中根据地毁掉。较有代表性的是被搞成"托派"的河北游击军第 2 师师长段士增、参谋长兼政治主任杨万林、团长崔树凯三人。这三人都是参加过 1932 年中共领导的"高蠡暴动"的老党员,暴动失败后,仍坚持革命活动。"七七"事变后中共保东特委指示发展抗日队伍,根据当时"有人出人、有钱出钱、有枪出枪"的原则,动员出各村地的枪支,武装了抗日队伍,同时部队驻防到哪个村,就由哪个村的地主出粮食。在这种情况下,引起各村反动地主对第 2 师的仇恨。1937 年底,他们联名告到人民军司令部,阴谋未得逞;1938 年 5 月很多地主子弟借"肃托"之名诬告第 2 师,他们被处决。随后"肃托"运动进一步扩大,但恰在这时日本人打了进来,冀中根据地危机重重,就是在这样的背景下 120 师奉命支援,"肃托"问题才被贺龙制止①,情况与罗荣桓制止湖西地区有些类似。而孙犁《风云初记》中所描绘的 120 师的冀中大行军,对于家乡的赞美实际与当时 120 师的活动目的并不完全一致,这也是一种历史的谑谈。

但是,问题看来并不是这么简单。在日寇暂时被打退之后,这种情况又有反复。因为在延安各种运动从来就没有停止过。这个问题在孙犁的小说《琴与箫》中,成了重要的潜在的历史背景。

二、《琴与箫》系列文章的发表问题解惑

这篇小说最初发表在 1942 年《晋察冀日报》的《文艺副刊·鼓》上,原

①李金明:贺龙愤怒制止冀中"肃托",炎黄春秋,2006.10

题《爹娘留下琴和箫》。在孙犁的所有作品中像谜一样的存在，表现在它发表之后几乎就从此消失了，但是它的文学“副本”则不断地产生。后来他进行了两次大的修改成为后来的《芦花荡》和《白洋淀边的一次小斗争》(1945)发表在延安《解放日报》。然而，《琴和箫》在1957年康濯编辑《白洋淀纪事》时没有收入；在1962年的重版中也没有加进去，但是加进了其他的几篇文章，然而《〈琴和箫〉后记》作于1962年8月7日，但是没有发表，这是很奇怪的；在1978年的重版还是没有收进去，但抽换了几篇。一直到1980年才在《新港》第二期重新发表，将原题《爹娘留下琴和箫》改成了现在的题目，1982年冉淮舟编辑《琴和萧》选集收入，在这中间开始发表一些回忆往事的文章，此后2000年刘宗武先生重新编纂《白洋淀纪事》也加以补录。

这个漫长的过程，非常值得研究。

敏感的读者对《琴和箫》的丰富性是有所感受的，如徐怀中认为“在孙犁的一组抗日战争短篇小说中，更具有代表性的，应该是《荷花淀》、《芦花荡》、《山地回忆》、《吴召儿》等几篇，这几篇更多为评论界所称道。如果由我来举出我认为特别有韵致和耐人品味的一篇，那便是《琴和箫》”①。更有论者对于孙犁这篇文章进行了详细解读，主要探讨孙犁小说与抗战主流话语的关系。孙犁自己也没有忘记这篇文章，“这一篇文章，我并没有忘记它，好像是有意把它放弃了。原因是：从它发表以后，有些同志说它过于‘感伤’。有很长一个时期，我是很不愿意作品给人以伤感印象的”。②孙犁的这种说法以及后来的做法表明，他对于这篇文章有着惊人的敏感性。

那么，到底是什么原因呢？

在历史上，总有一些东西给人的感觉扑朔迷离，后人的发现历史真相

①徐怀中：天籁乐章——读孙犁的《琴和箫》，文学评论，1995.2

②孙犁：《琴和箫》后记，见刘金镛、房福贤：孙犁研究专集，南京：江苏人民出版社，1983年版，第111页

的机会因此显得十分渺茫。例如毛泽东著名的《蝶恋花·答李淑一》中，有“我失骄杨君失柳，杨柳轻扬直上重霄九。……寂寞嫦娥舒广袖，万里长空且为忠魂舞”。这首词写得神采飞扬，艺术魅力极大。但是我们考察里面的人物，真会大吃一惊。杨当然是指杨开慧，柳是指李淑一的爱人柳直荀，但是他们为革命牺牲了，杨开慧是为国民党杀害了，那么柳直荀呢，如果我们不知道历史情况还真以为是死于国民党之手，其实历史的真实情况是因苏区的“肃反”而死。① 对于孙犁的《琴和箫》，其真事也是类似，开始我们都以为大菱、二菱的父亲之死与日寇有关，但是据我们的考察，这个结论是错误的，他死于“肃托”事件，但是作家进行了艺术加工，这是孙犁的谨慎。

但是，“肃托”在当时是与反“汉奸”的问题联系在一起的，它的复义性掩盖了当时上层权力斗争的内幕。然而这种不幸的命运降临到了孙犁的身边，他感受到了。他惶恐不安，他搞不清楚“抗战”中的“革命”是怎么回事？他的朴素、纯洁、天真使他服从抗战的大局，但是他无法明白自己朋友的“命”突然被莫明其妙地“革”掉了。在经历了残酷的“五一大扫荡”以后，他将这个问题归结到了抗日上来，归结到自己“感情脆弱”，归结于“没有多方面和广大群众的复杂的抗日生活融会贯通”。②看来，孙犁对于自己的这篇文章确实没有领会其深层的政治含义：从更深层的权力斗争的角度，孙犁无法了解中共高层权力斗争的内幕；从更深层的国际政治背景方面，他无法了解苏联领导人为确保自己权力及其苏联安全，对于托洛茨基的追杀在中国产生的影响。孙犁只是很忠实地记下了自己的感受而已，但由此可见莫斯科的权力震荡深深影响了中国普通人的命运。显然，孙犁对于时代的回避是有意识的，这样谨慎地对待自己的生活问题，特别是处理个人与政权之间这么重大的问题，其对于作家的影响，非常耐人寻

①张洁：无字（第二部），北京十月出版社，2007 年版

②孙犁：《琴和箫》后记，见刘金镛、房福贤：孙犁研究专集，南京：江苏人民出版社，1983 年版，第 111 页

味。

我们按照故事书写的顺序进行排列：在1945年《芦花荡》等文章完全去掉了《琴和箫》的前半部分，保留了后半部分并改写了女孩的结局；在1957年，作家大病，康濯代编《白洋淀纪事》没有收录《琴和箫》，也因为孙犁生病而可以理解；但却可以发现在1962年这篇文章最有可能就收入集子，而且写了后记并进行了集子重印，然而直到1980年才又重新发表。直到这时他才认为自己的作品“并没有什么严重的伤感问题，同时觉得它里面所流露的情调很是单纯，他所包含的激情，也比后来的一些作品丰盛”。这个说法是很耐人寻味的，但是他又指出“这当然是事过境迁和久病之后的近于保守的感觉”。[①] 如果单纯从文章看其感情或者文学表达是有问题的，因为20世纪70年代末80年代初正是中共大力解放思想，进行冤假错案的纠正时期，“托派”问题也在其中。例如1979年，左权烈士的遗孀刘志兰致书中组部，要求彻底为左权平反昭雪。[②] 而王实味的托派问题也从1981年开始到1985年刘莹致书中组部，直到1991年为其平反。[③] 笔者推测，孙犁文章的重新发表应该有这个背景，他对王实味是了解的；因为这是一个渐趋稳定的社会背景，否则在1962年这篇关于“托派”问题的小说，怎么不发？这个问题，还可以继续得到证明：在1987年6月，孙犁谈到“现在，读一些人撰写的抗战回忆录，那时所谓的“托派”，已经证明是子虚乌有，冤假错案”。[④] 最后需要指出的是，由历史上苏共内部引发的反“托派”斗争，这桩冤案随着1988年苏共为“托洛茨基、季诺维也夫反苏联合总部”案以及“托洛茨基平行反苏总部”案的平反，已经烟消云散了。

---

①孙犁：《琴和箫》后记，见刘金镛、房福贤：孙犁研究专集，南京：江苏人民出版社，1983年，第111页

②散木：左权将军的“烈死”与“托派”嫌疑，检查风云，2005.21，第68页

③刘莹：奇冤今未雪 向党诉不平，见朱鸿召编：王实味文存，上海三联书店，1998年，第345页

④孙犁全集(8)，宴会，北京：人民文学出版社，2004年，第283页

从这个漫长的书写改写过程，我们发现"肃托"问题在孙犁身上产生了严重影响，特别是延安整风期间出现的"王实味事件"，使得曾在延安待过的孙犁更是三缄其口了。由此，我们看到作家心中那种"永远的痛"，在"主流话语"的规约下成为一种内在的不能对任何人讲的"伤感"情结，这种"伤感"是由于政治因素的介入，引发了艺术层面的发酵而具有"耐人品味"的艺术效果。

三、《琴与箫》的故事原型及艺术加工

《琴和箫》这篇小说中大菱和二菱的形象是非常动人的，这种清纯的女儿形象原型，应与生活中他的同学侯士珍有关，当然可能也包含了其他如刘大的故事的艺术加工。侯士珍是孙犁的中学同学，在抗战前，他帮助孙犁获得了同口镇的一个教职；后来，又是侯士珍和黄振宗的联系使孙犁走上了抗战，侯士珍在孟庆山组织的"河北游击军"当了政治部主任。侯士珍的女儿"茜茜"就是孙犁给起的名字。1938 年春天，人民自卫军司令部驻扎安平一带，孙犁请侯氏一家到家里吃饭，侯"说是调到山里学习"，"侯没有谈什么，他的妻子精神有些不佳"。"一九三九年，我调到山里，不久就听说，侯因政治问题已经不在人间。详细情形，谁也说不清楚"。"今年另一位中学同学的女儿从保定来，是为她的父亲谋求平反的。说侯的妻子女儿，也都不在了。他的内弟刘韵波，是在晋东南抗日战场上牺牲的。这人我曾在保定见过，在同口，侯还为他举行过音乐会，美术方面也有才能。"①从这篇写于 1981 年的文章看，在 1938 年春末侯士珍见到孙犁的时候很可能就知道是关于"托派"问题的事情了，因为延安的"肃托"通知在 1938 年 2 月就下发了，因此他和他的妻子精神都不好。在 1981 年，孙犁没有说出"托派"的事情，直到 1987 年才将这个问题明确点出来。

---

①孙犁全集(6)，同口旧事，北京：人民文学出版社，2004 年，第 166 页

直到这时,我们才在1987年《宴会》中看出了这一故事的另外一个"托派"原型:关于刘大的故事轮廓:

> 一九三八年春天,军队整编,传说出了"托派",牵连了很多干部,被送到路西审查。
>
> 一九三九年春天,我调到路西,分配在通讯社,听说侯已不在人间。
>
> 刘二的哥哥也在通讯社,我叫他刘大。有一段时间,我们同住在城南庄村边的一间房子里……每天晚上,我没有被褥,枕着一块砖头,听着野外的秋虫叫。
>
> 刘大神情有些不安。他曾经这样对我说:
>
> "他们不会把我杀掉吧?"
>
> 不久,真的不见他了。
>
> …………
>
> 但刘大的历史问题(托派),好像还没有定论(指1987年写作时,笔者注)。他的女儿,为此事各处奔走,请人证明。她总是礼貌地称呼我伯父。我只知道那么一点情况,告诉了她。也同她谈过一些她父亲生前的逸事:一九三八年我们在冀中抗战学院共事,他是军政院的教导主任。他有钱,深县有饭馆,同事们常要他请客。在开生活会时,又都批评他生活不艰苦……也谈到他的三叔是在一次对日军作战时,壮烈牺牲的。"①

这正是《琴和箫》前半节故事与人物设置的外围轮廓,是侯士珍和刘大两个"托派"故事的艺术加工。孙犁在1987年对于刘大"托派"故事的叙述,在时间、人物、故事、音乐背景就与《琴和箫》完全合对了。当然文章集中写了一对夫妻与两个女孩,这意味着艺术对于生活的丰富与改造。我们看到了"刘二"的历史身影以及被牵涉进来的"刘大",当时由于血缘

①孙犁全集(8),宴会,北京:人民文学出版社,2004年版,第283页

关系、朋友关系，通过诱逼刑讯拷打出来的“托派”与后来延安“整风”中康生“反特”，如出一辙。[①] 但我们还会看到这里面另外的材料影响，这篇文章尽管是取材真实的故事，但明显有艺术的综合成分，何况这种不和谐的音符，孙犁有着明显的忌讳。因此我们稍不注意，就把我们引向了其他方向去了，这种孙犁式的“透明”需要很大的精读能力，他的心思细密，几乎是春蚕吐丝一般，一点一点地适时地讲出了历史的真相。但是，如果单纯是这样，或许对他是一个个别的事件，问题是更有别的事件出现。孙犁的一个同学老刁，河北深县人，从小在外祖父家长大，而他的外祖父家就是孙犁的故乡安平，因此他一直将孙犁当成是老乡。在北平孙犁失业时到他那里住了两天，后来在保定两人又相遇，但是这时他说某某同学被捕，都是共产党。过了几年，抗战爆发，在 1939 年春又遇到了他，他已经是安平的“特委”，那一次他说了一句：

“游击队正在审人打人，我在那里坐不住”。

“我想可能审讯的是汉奸嫌疑犯吧”。

这里孙犁没有点出“托派”问题来。1941 年见到老刁，他的神情好像“很不得意”，“这使我很惊异，怎么他一下又变得这么消沉”？1946 年抗战结束又见到他匆匆忙忙，说是找人“给他写一个历史证明材料”，“看样子，他一直在受审查吗”？后来听说分到县公安局三股工作，没过两年，就听说他去世了。[②]

综上所述，孙犁在 1980 年 3 月《文学和生活的路》，1980 年 9 月《老刁》，1981 年 6 月《同口旧事》，1987 年 6 月《宴会》，写了四篇文章涉及到了“托派”问题，这些都可能与《琴和箫》的原创有关，更重要的是《同口旧事》作为《琴和箫》选集的序出现，其核心问题就是这段“肃托”故事，因此其中的线索关联更应该是没有问题的。这里不但有“政治部”被审的，而且还有“特委”审人的，审人的后来也变成了“被审”的，世事变幻鬼神莫

①可以参见高华：红太阳是怎样升起的，王明：中共 50 年

②孙犁全集(6)，老刁，北京：人民文学出版社，2004 年版，第 147～149 页

测，难怪孙犁慎而又慎！这种毫无程序的司法现象，在王明、康生对陈独秀的打击中，陈独秀就愤怒地讽刺宁愿相信南京政府的法院裁决而不愿听王明们的胡乱指责。① 可见王明、康生等人造成的深远的社会后果，敏感而无势的孙犁只好“远之”。

作为自己特别要好的同学遇到了这样的麻烦，孙犁的感情是复杂的。“特委”是直接隶属康生指挥的，孙犁的评价是“事隔多年，我也行将就木，觉得老刁是个同学又是朋友，常常想起他来，但对他参加革命的前前后后，总是不大清楚，像一个谜一样。”②这就是这种部门在作家孙犁心中的感受，这“谜一样”的感觉难道不是我们大多数人的感受吗？但是对于侯士珍、刘大的感受是我们常人的感受：“当时代变革之期，青年人走在前面，充当搏击风云的前锋。时代赖青年推动而前，青年亦乘时代风云冲天高举。从事政治、军事活动者，最得风气之先。但是，我们的国家，封建历史的黑暗影响，积压很重。患难相处时，大家一片天真，尚能共济，一旦有了名利权势之争，很多人就要暴露其缺点，有时就死非其命或死非其所了。热心于学术者，表现虽稍落后，但就保全身命来说，所处境地，危险还小些。当然遇到‘文化大革命’，虽是不问政治的书呆子，也就难以逃脱其不幸了。”③但是，这是孙犁几十年之后的感慨，当时的心境他却不是这样的。

在对刘大和侯士珍的回忆当中，孙犁描绘了真实的生之苦闷：“我那时不是党员，从来没有参加过政治活动，这些问题，无论如何牵连不到我的身上。但我过路（指到路西）以后，心情并不很好。生活苦，衣食不继，远离亲人还在其次，也是应该忍受的。主要是人地两生，互不了解。见到两个同学的这般遭遇，又不能向别人去问究竟，心里实在纳闷”。但尽管如此，孙犁还是认为“抗战是神圣的事业，我还是努力工作着。我感情脆

①胡明：关于陈独秀晚年与中国共产党的最后绝交，清华大学学报，2003.6

②孙犁全集（6），老刁，北京：人民文学出版社，2004年，第149页

③孙犁全集（6），同口旧事，北京：人民文学出版社，2004年，第167页

弱,没有受过任何锻炼。出来抗日,是锻炼的开始。不久,我写了一篇内容有些伤感的抗日小说,抒发了一下这种心情”。① 这种脆弱导致了谨慎,“我写东西,是谨小慎微的,我的胆子不是那么大。我写文章是兢兢业业的,怕犯错误。在四十年代初期,我见到、听到有些人,因为写文章或者说话受到批判,搞得很惨。其中有我的熟人”。② 这就是这篇文章真正的感伤来源。

因此,这篇写于1942年的小说,其真实内容发生在1938年春至1939年间,这一段时间正是冀中区进行大规模“肃托”的时间,后来因为冀中区残酷的抗日形势,被贺龙将军整体上以抗日的策略截断。③ 对于同学之死,孙犁好长时间难以承受,这种历史“伤感”在他“神圣的抗战”的精神世界,是很难“融会贯通”的,他那种崇高的道德感大约也只有在“五一大扫荡”,这样的环境中才会升华。在后来,孙犁也没有重新再谈论这篇文章,因此我们还是愿意将这篇文章看作一种综合的艺术创造。

四、文本裂隙与“感伤”表达

就《琴和箫》而言,读过的人都能感受到这里面有一种美,就像徐怀中所言“别有韵致”,这里有音乐飞动,知音难逢,琴瑟和合,女儿纯洁之美,这种美之凸显更因内部非常状态的裂变,而更加浓烈。这里,容易感知的是日寇对于大菱姐妹的惨杀,明显感受到美的生命的消失,这是一种张力结构,对于抗战而言好像可以归结到一种情感的“外在”裂变,我们暂且不说;另外一种张力则是相对隐蔽的,这就是关于作家情感的“内在”裂变,这种裂变在更深层次上导致了这篇小说的内在意蕴变得更加丰富与令人惨淡。

①孙犁全集(8),宴会,北京:人民文学出版社,2004年版,第281页

②孙犁全集(5),文学和生活的路,北京:人民文学出版社,2004年版,第246～247页

③李金明:贺龙愤怒制止冀中“肃托”,炎黄春秋.2006.10

我们说过，两位同学的不幸遭遇使得刚刚参加抗战工作的孙犁异常苦闷。抗战的艰苦他是有自己的预感的，但是托派问题超出了善良的孙犁的想象之外。因此，孙犁尽管不是当事人，但是正如他自己所言，在"人地两生"的境遇中，两个亲爱的同学却有这样不明不白的遭遇，他的心情可想而知。但是在抗战的神圣信仰下，要解脱自己，唯一的可想之处可能就是他自己的说法：对于抗战的复杂性还理解不透，对于和群众的结合还没有达到"融会贯通"的地步。他还没有能力怀疑抗战中的某些不和谐，因为抗战是他的信仰，而在另一部分人那里抗战不过是个人权力的升迁之路，这完全是两种不同的道德质素。因此，在他的作品中，在三度春秋的时间段内，道德反而得到了升华，艺术反而增强了酝酿，就因此产生了巨大的张力。作为对同学的思考，我们发现了这位小说的主角名字不像其他作品有很强的实在性，反而是"钱智修"，我很怀疑在这个名字中蕴含了"欠智修"的成分，因为孙犁在刻画侯士珍的性格时候，曾经说过"侯为人聪明外露，善于交际，读书不求甚解，好弄一些小权术"。[1] 这种性格与孙犁的性格颇为相反，孙犁的性格是拙于言语，不善交际，但内涵聪慧，只要一说什么都能明白的人。两相对照，黑白分然，按照老子的说法，这正是不善"藏愚守拙"的小聪明，反而是害人害己的性格。当然，这个主人公可能综合了好几个人的特点，不一定就是侯士珍或者刘大的写照。但是即使这样，这小说还是有许多不协调的地方，例如文章上面明明说明夫妻交流的默契：

> 在那些时候，女人总是把一个孩子交到我的怀里，从床头上拉出一支黑色的竹箫来吹。我的朋友望着他那双漆间的胡琴筒，女人却凝视着丈夫的脸，眼睛睁得很大，有神采随着音韵飘出来。她那脸虽然很严肃，但我详细观察了，总觉得在她的心里和在那个男人的心里，有一种共同的东西在交流。女人的脸变化很多，但总叫微笑笼罩

---

①孙犁全集(6)，同口旧事，北京：人民文学出版社，2004年版，第165页

着。[1]

这样的夫妻默契在孙犁的小说中并不很多，而且这种充满艺术氛围的生活情调，具有相当古典情趣。试想那种知音难得的千古悲叹，对照之下，钱智修夫妇这样的精神交流是有着相当动人的人生境界。然而，后面突然来了一段莫明其妙的话："但是，过去的二十八年里，他们的生活如同我的一样，是很少有任情奔放的时候。现在，生活才像拔去了水闸的河渠一样，开始激流了。所以，我的友人不愿意再去拉那只能引起旧日苦闷的回忆的胡琴。"[2]这段话到底指向什么？他们具体的生活？然而他们夫妻的心意是相通的，这一点甚至引起了叙事者"我"的"羡慕"的，那么到底什么东西引起了那样的犹豫？因此，生活的真实无法表达出来，但感情的真实却造成了故事情节的错位。

这种事实与艺术错位，还表现在明明是"肃托"的原因人不见了，却归于牺牲在抗日战场上了。这个"父亲之死"的情节在故事中简单得不能再简单，"我的朋友同他的部队在离县城十五里地的沙滩迎击，受伤殒命"。无论刘大还是侯氏，孙犁自己说过其具体情形"莫知其详"，但刘大不是说"他们(特委)不会杀我吧"？而侯士珍那个走向战场的内弟，尽管在战场上牺牲了，是不是也像左权将军一样有一块去不掉的心病？因此，故事情节将死在战场上的战士的结局，替换了小说中钱智修的结局。但是这个矛盾又在后面流露出来：当钱妻把大菱交给"我"以后，她与二菱走了。等大菱和"我"熟悉以后，"我"却给她讲了一个"撕裂人的心肺的悲哀的故事，去刺那样稚小的孩子的心灵"。然而具体什么故事，却没有说，是敌人杀人的故事吗？敌人的残暴激起的是仇恨，孩子的眼睛"逐渐升起了怨恨的火"，然而"我"的反应在孩子的胡琴声中却是"颓然自废"，因"那声音简直是泣不成声"。如果是她的父亲牺牲在战场的故事，这结果对于成年的"我"来说还可以接受，毕竟民族大义存焉，但"我"恰恰颓然，原因很可能

[1]孙犁全集(5)，琴和箫，北京：人民文学出版社，2004年版，第205页
[2]孙犁全集(5)，琴和箫，北京：人民文学出版社，2004年版，第206页

是“我”讲了谎话掩盖了故事的真相，孩子憎恨了敌人，“我”的内心却知道自己欺骗了孩子，也欺骗了自己。这是最为可能的解释。因此，故事的裂痕就越发加剧了故事的张力特征，有一种说不清楚的云遮雾罩的朦胧。

因此，作品中“我”的形象值得关注，这个叙事者有着两种分裂的价值倾向，将民族大义与个人感伤拉向了两端。孙犁小说中的“我”有很强的自传色彩，这一篇也不例外。这个“我”——“珂叔叔”好像是一个没有自己家事的男人，前面他经常与钱智修一家交往，后面钱智修牺牲后，一个男人——抗日战士怎么可能带起孩子来了？考察孙犁的人生历程好像有点不符，但是考虑到在他们在通讯社住在一起的情况，还有房东的孩子生活的情景，这也是合理地改编或者就是事实；而且这个男人，“不到三十岁，在这上面，已经有些唠叨了”！考虑到 1942 年的写作时间，孙犁正好 29 周岁，因此我们可以确定这个“我”的确有着很强的自传色彩。叶君认为，“小说中的‘我’与其说是叙述人，倒不如说是直面战争与个人命运的感受者和思考者”。“如果说钱智修一家的故事，因为美之破灭而实在给人一种个人面对战争无助与伤感的话，那么，‘我’则力图从他们的故事中升华想象，力图赋予故事宏大的意义。但是这种努力所起的效果显然十分有限，接受者或许更心痛于个人面对战争的无助感、渺小感，以及由之而起的感伤”。《琴和箫》在孙犁“抗战叙事中的特殊之处，更内在地表现为它写出了战争与个人命运的改变，以及个人对于战争凝重而痛彻心肺的感受”。因此，产生了一种“意图悖谬”①。这个结论从战争的宽泛意义看是不错的，只不过其支点该放在“肃托”而非“抗战”的支点上更合理。正是因为这样，这个提出“伤感”的“人”的意见引起了孙犁高度重视，考虑到孙犁的朋友人选，这个人很可能就是康濯；而如果是他的话，他后来为孙犁编辑《白洋淀纪事》抽调了这样的篇目，说明他很明白孙犁故事来源的敏感性，以康濯的政治嗅觉，这样做是非常合适的。因此，《爹娘留下琴

①叶君：参与、守持与怀乡—孙犁论，社会科学文献出版社，2006 年版，第 76～77 页

和箫》发表以后孙犁一直心存焦虑，直到 1948 年在给康濯的信中特地强调："印出稿中，特别是《丈夫》、《爹娘留下琴和箫》两篇万万请你给我找到"①，这确实如叶君所言与他包含的"极其明显的政治意识形态动机"有关，只是"此"意识形态动机非"彼"意识形态动机。可以设想，如果是单纯的抗战牺牲了，即使有些内在的伤感，又能出问题到那里呢，顶多不过和《钟》的问题一样吗？何至于作了却不收集子，不收集子又要反复地作呢！此无他，"肃托"问题的敏感性使然。这也成了孙犁后来抗战作品愈来愈透明，靠向"光明"的内在原因之一。

《琴和箫》的独特艺术魅力在于拥有一种丰盈的内涵，这种内涵在文本中指向了一种故事所指与艺术表达之间的"张力"，这种"张力"使得文章内部产生一种强大的"吸陷力"。这种艺术"张力"要求文本内涵不致因为过分的透明，缺少了丰盈的社会内涵，另一方面则是与文本的艺术表达之间形成貌似和谐、其实错位的艺术幻觉。这表明孙犁的文学创作潜力与主流话语规约之间具有巨大的张力，我们从孙犁的创作历程发现在不同的环境中发生了不同的变化，这是非常值得研究的文学现象。

①孙犁全集(8)，给康濯的信，北京：人民文学出版社，2004 年版，第 249 页

附录二

论铁凝的小说创作

一个真正有力量的作家，一定能提供给我们一些深刻启示。

铁凝无论在社会身份还是创作方面，都获得了惊人的成功，得到了主流话语和非主流话语的一致认同，这对于一个作家是不同寻常的。面对如此好的命运，铁凝心领神会，她不止一次地对上苍感恩；她的一次讲演的名字就是“无法逃脱的好运”。当然，她的解释是作家幸运地领会到文学给我们带来的精神关怀，还要负起更大的责任为人类更好的服务。[①]但是，我更愿意把它理解成作家对于自己人生道路如此顺利的感恩，她的解释只是延伸出来的意义。这样解释，自然也不会完整，更进一步的是我们需要挖掘作家之所顺利的背后的原因，顺利背后的苦痛、哀伤、矛盾、彷徨，以及果断的抉择、适应、开拓与辉煌，这就需要理解作家。我的理解是铁凝道德感的存在，对她的文学产生了决定性的影响。考察作家对该问题的来源、质疑、突破与回归，有利于理解她的文学创作成就与局限以及社会对她的认可问题。

一、早期创作的道德正统性及其渊源

铁凝的文学创作有很强的道德正统性，在她的小说与散文当中，屡次出现一个怪怪的词：“鬼祟”。她在谈到家里的藏书被交公之余，在旮旯里

①铁凝：无法逃脱的好运，铁凝自选集，海南出版社，2006年版

发现了一本破烂的书(《村歌》),翻到一页里面记载了一个女孩子(双眉),她觉得“有种鬼祟的美的诱惑”——原来她凭借本能在那个年代发现了女人味的东西。在《面包祭》写父亲学烤面包的事情,“面包那时对于人是多么高不可攀。这高不可攀是指人在精神上对它的不可企及,因此,这研制面包就带出了几分鬼祟色彩,如同你正在向资产阶级一步步靠近”。[①] 又在与王尧的对话中提出:“当时是七十年代,‘文革’后期,你也不能说我要当作家,当作家是一个鬼祟的事情,你要说当工农兵,那才是光明正大的革命理想,你不能说当作家,当作家的理想本身很狂妄,但同时也是很鬼祟的。”[②]我们知道关于“鬼祟”这个词的用法,来源于成语“鬼鬼祟祟”,但作家的这个用法是很独特的,它没有成语表现的力度,所要表现的事实也不具有那种邪恶性,而是强调了一种偏离,好像见不得人,但其实却是对特定的语境的调侃,一种事过境迁的会心的愉快。因此,在“鬼祟”的用法中,它都有与当时的主流意识形态作为标准进行参照的心理背景,其构成实际是我们的民族道德传统,这个传统是对文革非理性的道德混乱,拨乱反正,它与革命道德相比较,对人性的塑造具有更强的稳固性。[③] 铁凝的文学创作在相当的程度上揭示着这种民族的道德生态性。因此,铁凝的文学创作所具有的成就与局限,也就与这个思维定势有密切的关系。联系其文学道德谱系,考察铁凝创作的文学特征,便具有格外重要的意义。

铁凝的前期创作,并没有很深的生活储备与文学资源的积累。这是那一个年代出生的作家群的共同特点。但是,由于个人的境遇不同,铁凝比一般人优越的地方在于家庭:父亲是一位画家,毕业于中央戏剧学院;母亲是一名声乐教授,毕业于天津音乐学院。在我们的时代无论当时还是眼下,都属于有教养的家庭。但如果过分高估这个家庭的作用,忽略整

---

①铁凝:面包祭,铁凝自选集,海南出版社,2006 年版

②铁凝:文学应当有捍卫人类精神健康和内心真正高贵的能力——铁凝与王尧对话,铁凝自选集,海南出版社,2006 年版

③孙犁:小说与伦理,尺泽集·小说杂谈,孙犁全集(6),人民文学出版社,2004 年版

个时代的意识形态对于人的禁锢作用,就会发生不想给作家找出天才的预兆,而终于找出来了的判断。铁凝的文学阅读,最早是父亲通过朋友从保定图书馆,偷偷弄出来的。她 16 岁的时候见到徐光耀,就说已经读过孙犁的全部作品。这是她的幸运。

无疑,徐光耀对铁凝自信心的培养起了重要的推动作用,而孙犁的文学审美情调在当时独具一格,然而这一点到底能有多大影响,这个问题尚需研究。因为铁凝与孙犁的直接接触非常有限,她在某种程度上,对孙犁前期作品中的道德与审美情调的自觉,与个人的文学天赋的关系要甚于孙犁对她初期的实际帮助。作家天赋与文学审美特性之间具有密切关系,即使具有这种天赋灵性,如果忽略了后天的培养,照样会如方仲永一样枯萎。在铁凝 20 岁的时候,本来有进入北京大学深造的可能性,但被"河北老作家"轻易的否定了,原因是中文系不培养作家。[①] 这种偏见到底出自徐光耀还是孙犁,我不得而知,但是就我的阅读范围,孙犁对大学生创作能力的怀疑,与毛泽东对于知识分子的怀疑一样,是建立在以偏概全的基础上的。按说,1977 年铁凝还没有认识孙犁[②],直接的影响是不大可能,但是孙犁与徐光耀是朋友,孙犁对于徐光耀影响非常之大,因此我觉得这个观点与孙犁的关系还是非常密切。这种反智主义倾向是那个年代的根本特点,虽然孙犁本人不太承认知识与文学创作的直接关系,但是他自己从中年就开始进行文化补课,却是他从"文革"走出早年困境的前提。

因此,铁凝创作早期那种单纯明净的风格追求,实际忽略了生活的深度,知识的缺乏使得深刻的思想探索变得不再可能,更不能体会在日常伦理的裂隙里透出存在之光,小说叙事变成了对于日常生活表面的叙述滑行。她对古典审美性表面的错觉源于孙犁,错失了开启智慧之门的钥匙,而审美现代性的缺乏又使得她对于现代思想的裂变,缺乏深刻洞察。这

①贺绍俊:铁凝评传,郑州大学出版社,第 12～13 页

②铁凝:四见孙犁先生,散文百家,2003.1(下)

成为了铁凝创作的致命弱点。在《铁凝评传》第三页，有一幅铁凝少女时代的照片，评传的作者写道："这样的眼神，有穿透人心的力量"。不错，铁凝本来可以做得更好，正是这副具有穿透人心的眼神，忘记了也因此丧失了反过来及早洞察自己灵魂的力量。铁凝获得了所谓的"生活"，但是，很长时间她找不到真正的自己，特别是文学上的自己。"重于外者拙于内"、"认识你自己"的著名的格言，就被悬置于遥远的天边。

这样，铁凝的小说叙事不可避免地变得流畅起来，没有任何阻滞的阅读涩感，其文学渊源于孙犁荷花一样的清浅，却没有了孙犁的文学慧性。在铁凝小说中，言说成为基本的存在方式。在道德人生的规范之内，生活乍惊乍喜，就成为铁凝前期作品的根本内容和美学特征。

二、《哦，香雪》：顺极而溜的言说

言说，强调的是作家主体的讲述，与展示相对相辅，是两种常用的小说创作手段之一。李建军在《小说修辞研究》当中特别强调讲述的重要性，强调作家介入的积极性修辞，批评形式主义、结构主义之类的"零度"写作立场，可谓用心良苦。① 当作家作为具有自我意识的主体强烈地出现在作品当中，叙事者与作家之间决非如叙事学的某些论断所说没有丝毫牵连。但如果仔细考察中西创作主体，就会发现作家主体的内涵实在不一样。在哲学上，主体属于形而上学的"我思"范畴，我们取其宽泛的作家自我的个体意义，西方作家大多数具有思辨理性的文化背景，而中国的作家具备这种思辨理性能力的很少，更多的情况属于道德主体。因此，即使罗兰·巴尔特提倡"零度写作"，我们也会发现在他的"零度"写作中思辨能力与政治批判贯穿其间，更不用说，结构主义本身就是对主流政治意识形态的游离，本身就表达了对政治意识形态的强烈不满，才作出激进的

①李建军：小说修辞研究，这是"讲述与展示"两章的基本观点，中国人民大学出版社，2003年版

姿态。[1] 因此，到底是讲述还是展示应该在小说中占据主导地位，我觉得真正的核心在于主体对于人的存在领悟的干扰度到底多大，真正的小说家自然明白主体背后的“无意识”，究竟是通向上帝之门还是地狱之界的。正是因为如此，西方文学充满了鲜明的现代性的批判特征，但是中国式道德主体的创作，给人的感受却是复杂的。

在铁凝的成名作《哦，香雪》(1982.6)中，展示的是山村少女香雪的单纯透明，说有早期孙犁作品的清浅明媚特点，还是很明显的。表述的故事很单纯，基本上排除了道德困境的干扰。仔细地阅读这篇小说，就会时刻感到一种“言说”的存在。在等火车时，香雪们在不停地对话；在她们停止说话的时候，叙事者不停地诉说；无论香雪、香雪们还是叙事者，她们的生存状态就是不停地说，做是说的延宕。文章当中言说停顿、领悟自己的时候，非常少，我找到了差强人意的三处：

(1)一切又恢复了寂静，静得叫人惆怅。

这句几乎不算。我的意思是使大家发现两个词：“寂静”、“惆怅”，明白这两词在现代的意义。

(2)列车很快就从西山口车站消失了，留给她的又是一片空旷。一阵寒风扑来，吸吮着她单薄的身体。她把滑到肩上的围巾紧裹在头上，缩起身子在铁轨上坐了下来。香雪感受过各种各样的害怕……

本来可以减少一些叙事者的言说了，可不，下面的大段的言说又出来了。直到下面一段，才真正具有了一点白描的风味：

(3)一轮满月升起来了，照亮了寂静的山谷，灰白的小路，照亮了秋日的败草，粗糙的树干，还有一丛丛荆棘、怪石，还有漫山遍野那树的队伍，还有香雪手中那只闪闪发光的小盒子。[2]

---

①罗兰·巴尔特：法兰西学院文学符号学讲座就职演讲、写作的零度。由于对“权势”的厌恶，罗兰·巴尔特从马克思式激情走向都德式宁静，是他的自觉选择。参见李幼蒸译：符号学原理，三联书店，1988年版

②铁凝：哦，香雪，铁凝卷(中国当代作家选集丛书)，人民文学出版社，2000年，第4,10页

铁凝的这篇文章能够做到让事物自己“涌现”出来的描绘很少。

文章的这种表述方式就是讲述。主体的说话欲望很强，强到不自觉的地步，没有停止下来想一想的可能，更难体会存在的智慧。这就是海德格尔讲的世俗人生的状态：烦忙，是真正的人性的空虚。这样的人生是找不到自我存在的。从表面看，文章风格的确整体透明，但是这种透明的前提不是智慧，而是无知；古典范畴的大智若愚属于智而绝对不是愚本身，愚的麻木不仁，连感性知觉范畴都不能进入。这篇小说写于 1982 年。当时的文坛是什么情况？伤痕反思文学。但是，如果仔细看看《伤痕》、《班主任》、《被爱情遗忘的角落》等同时代的作品，就会发现尽管对象不同，但是整体透露的无知、精神贫困令人触目惊心。这就是说，在“文革”背景下的中国，“文革”的复杂、残酷与中国人整体的绝对精神贫困有着深刻的内在联系，因此，《哦，香雪》的赞颂格调与明朗，难道不觉得很值得思考吗？即使批判的作品，其深度又能够达到哪里呢？因此不论作品内容到底是歌颂还是批判，其结果都是一样的，难于给我们带来一种深刻的精神感觉，单就这一点就应该引起文学给予深刻反思。

这样，对于香雪们我们发现了其深刻的道德主体问题：深刻的古典美学转变成一种文学抒情，抽调了渊源有自的古典智慧；现代审美，思想缺乏了起码的反思资源。于是，信仰与抒情然后导致的无知，就成为中国这个时代的根本精神状态。而《哦，香雪》作为优秀小说的评选，也非常具有戏剧性与喜剧性。据说第一批根本没有，第二批也排在很往后，但是孙犁《给铁凝的信》发表了，然后《小说选刊》转载才引起了评委们的重视。于是，大家说本来自己就觉得好，因为没有人说就不提了；但是既然孙老都说了，自己的想法还不说出来吗？① 这样的事情难道不觉得有趣吗？仿佛一出《皇帝的新装》一样好玩。在这样的文化背景下，我们发现了非文学话语与文学话语的界限，非文学话语窜入文学领域，以其自身的强势作

①崔道怡：春花秋月系相死——短篇小说评奖琐忆，小说家，1999.4，参见：铁凝评传，第 41 页

出的“合法性”解释，实在令人警醒与质疑。

这里的问题不仅是《哦，香雪》体现了这种语言滑行，而且在铁凝后来的中短篇小说当中，无论就其内容而言，还是就其创作的整体美学特征来说，几乎无一例外逃脱了这种创作规律。然而，我觉得这不仅仅是文学评论的误导，而且有更深的东西在里面。

三、当生命成为道德本身

这样，我们有理由重新审视“什么是文学”的命题。

文学不同其他门类的重要特点是审美，这几乎成为常识的东西往往遭到误解，因为它不是知识，而是智慧利用文字表现出来的存在之光。美要靠形式传达出来，按照康德的看法是合目的性与合规律性的统一，它必然涉及到文学最表层的接触对象：语言。当福科追问“什么是文学”的时候，提出文学话语与“非文学的话语”，对于前者他不愿追寻其内在结构，“而愿意了解某种被遗忘的、被忽视的非文学的话语是怎样通过一些列的运动和过程进入到文学领域中去的”。① 这种提法是就语言层面的表述，这与文学从文学素材角度的所谓的“冰山理论”的提法，深有相通之处，就是对于文学性的认可，但这并不排除对其他的因素进行消化、吸收与升华的可能。如果没有文学性的潜在打磨，单纯的“非文学话语”的存在，就必须拿出其作为文学的合法性理由。

确实，文学并不排斥生活及其质料对于文学建构的重要作用，“生活是文学创作的源泉”本身并没有错。但是，这些非文学性的质素必须经过作家的内在秩序整合，根据作家的审美方式，赋予一定的形式才可能成为文学。因此，文学性的审美存在对非文学话语的穿透，是非文学话语得以在文学中存在的根本原因。当然，这不是说非文学话语的非法，而是说文

①谢有顺：铁凝评传·总序，参见贺绍俊：铁凝评传，郑州大学出版社

学之所以为文学，一定不能少了这种智慧穿透，它与非文学话语构成了张力场，这就是小说的根本特点。小说必须讲述，因为它的核心结构在故事，但文学性意味的形成却是对故事的讲述层面超越而获得的。具有音乐感的耳朵和具有审美的眼睛其塑造的艰难，我觉得根本的问题还不在于外在的意识形态的直接控制，而在于道德生命化的合理性追求，对于审美存在的狭隘化质疑，这是内在性的、结构性的矛盾。

事实上，我们的大多数文学作品，过去的问题恰恰就在于“非文学话语”，以强势霸道的态度闯入了文学创作领域。“纯文学”的提法本身就是对这种背景下非文学话语进行反弹的产物。看来真正的问题，确实出在对文学本身的理解上。铁凝的创作就是一个很耐人寻味的例子。在她身上，文学特质与非文学特质的纠缠深深地反映在了她的小说之中。

确实，在 1982 年写出《哦，香雪》的同时，铁凝的真正才能体现在了《没有纽扣的红衬衫》这部中篇小说上。如果比较起来，这部小说在同时期的作品中获得大奖，那真是众望所归。总的来说，大家对这部小说的评价都很高，因为它是作家的家庭经验的书写，很实在。作家自己也承认。但是有人认为是后来的新写实主义小说的先锋，好像有点离题，读完这部小说不会有人生“一地鸡毛”的感受，虽然是日常伦理的书写，但是这些论家忘记了小说的道德裂隙，造成的人生的“恍然而觉”的亲切感，与“一地鸡毛”式人生的琐碎与沉沦，大为两样。如果仔细想想那一片“落叶之吻”美学意蕴，竟然可以颠三倒四地解说；而美丽的安静可以与已婚男人一见钟情，不能不说作家在跟大众玩道德底线的犯规动作；而救火的安然的勇敢的动机，也绝对不是大家猜得到的。谜底却是皆大欢喜，这些都可以引发大家的深思的。这种“逗乐”一般的文学趣味，表明铁凝已经具有不属于孙犁文学的美学质素，这是一种生命道德化了的东西，这种东西来自何方？我的看法是传统道德的积淀，其文学可以追踪可到“三言二拍”，从李渔的小说创作中去找，但你从唐传奇或者《红楼梦》就不可能找到。这里的故事的自我展示功能比《哦，香雪》大大提高，言说变得有了回旋的余地，对话开始引进——迫使不具有智慧的言说停顿，但与巴赫金的众声喧哗理论并不相同，它还有作家的主宰，不过背景加深了，倒有点类似解释学的对话的光景了。当然与故事的容量的加大有关。在这里，铁凝结构故事的能力得到展现，叙事的多线头切断、交叉，增加了历史的回顾与深度，真正展开了人与人的关系及其相互影响，但对人的本体状态还没有抓住，这是在日常道德规划之内的人生常态。这篇小说的成功源于作家的忠实描绘了自己家庭的原生态，并能把握住了的缘故。

但是，在这种道德人生的关注里，我们发现铁凝的文学创作的起点与孙犁小说的诗化抒情小说并不相同，这是一种对以人际关系为重点、对人的影响进行生命感觉的把握，生命本然状态是道德化的。对《哦，香雪》的抒情性诗化误读，将我们引向了错误的方向。在1985年以前的小说，铁凝已经具有了自己相对稳定的创作形态。这里，若说《月亮伴星星》、《东山下的风景》等带有明显习作性幼稚的话，那么，在《那不是眉豆花》(1983.12)、《六月的话题》(1983.11)、《村路带我回家》(1984.1)、《远城不陌生》(1983.11)就已经成熟了。其标志是在这些作品中有了真正的文学感觉：文学意蕴。道德开始摆脱观念上的束缚，成为人生的体验，宛如洇染一般模糊不清的情感倾诉，但是这种东西是在故事叙述当中实现的。《那不是眉豆花》中嫂子的委屈蕴含实在复杂："我没文化，可我觉着人要有了文化，就什么也会懂，连那文化以外的事也懂。"①这里有了纠葛不清的东西：有对人生的希望与破灭，有对性爱的肯定与无奈，有对男人麻木的愤慨，有对错配的遗憾，有更加深层骇人的伦理惊惧：叔嫂恋，更有对人生命运的感叹。这远远超出了香雪的内涵。倒是乔叶叶的形象还带有香雪的单纯，更确切地说是幼稚，小说只有将幼稚的人与事充分地纳入社会和历史，才会有一点味儿，如果这部作品没有结尾的成功，几乎是失败的，但正是这种长叙事的复杂结构，才使得铁凝的才华得以有了真正的用武

---

①铁凝：那不是眉豆花，铁凝小说选，河北文艺出版社，1985.4，第97页

之地。《远城不陌生》就铁凝的叙事语言、故事结构、人物把握以及更深层的人生况味，已经很成熟了。这就是对人生道德关系的感觉把握。这一点作家自己很清楚："你成熟了"（马秀华语）[1]。我很惊叹，作家在短短的一年多时间的巨大进步。这些是她的青春时代的书写，代表着作家的勤奋；那是一个美丽的天真少女的梦幻，看看乔叶叶的生活及其归宿，实际有着很强的梦幻色彩，结局里面有了人生的无奈与困惑，她还会反复：因为生活欺骗了她，但原因却是自己的无知。我不能说乔叶叶就是作家自己，但乔叶叶身上无疑折射着作家即将到来的道德底线的破产。所以，铁凝对于自己在农村生活的后怕，令她心有余悸，认为那是一种冒险。

铁凝的前期作品基本就是对一种道德人生的述说，追求着人性的善。谢有顺提出"发现善，积攒生活的希望"是铁凝小说的基本特点，而且认为，"现实是一种伦理处境"，铁凝的写作就是一种自觉地"叙事伦理书写"针对这种善良的书写[2]，王蒙的意见可谓中肯与睿智："真正的高标准的作家的善良应该是通晓并战胜了一切不善，吸收并扬起了一切肤浅的或初等的小善，又通晓并宽容了一切可以宽容的弱点和透视洞穿了邪恶的汪洋大海式的善"。[3] 既然自觉地追求道德诉说是如此贴合人性，古老的文学标准又是"尽善尽美"，铁凝小说叙事的大众化就很明晰了：道德规范之内，制造乍惊乍喜的审美趣味，或者在道德的裂隙当中，偶尔露出智慧之光。从根本上讲，这种叙事是道德化的，铁凝至多在边缘逗乐一下，迅速回撤而不犯规。[4] 生命的道德化产生了强大的影响力，也替道德开辟出生命的日常状态，她抛开了单纯的价值和规范的强调，相比过去的道德说教，这本身也确实是一种进步。

---

①铁凝：给马秀华的一封信，铁凝小说选，河北文艺出版社，1985 年版，第 400 页

②谢有顺：铁凝小说的叙事伦理，当代作家评论，2003.6

③王蒙：香雪的善良的眼睛——读铁凝的小说，文艺报，1985.6

④"犯规"与遵守游戏规则，这是在铁凝的《灶火的故事》中关于女性身体意识与社会规范的紧张，但这个问题后来成了铁凝小说的基本形态，参见：铁凝评传，第 36 页

四、在时代思潮里的踟蹰：欲望的撒欢与审视

如果说铁凝前期创作的内在蕴含动力的话，其实就是香雪们要走出大山的象征性的欲望。写作的欲望化思潮当时在20世纪80年代后中期迅速演变，铁凝也终于肯定并走上了这股思潮。她说，“艺术是什么写作又是什么？他们是欲望在想象中的满足。它们唤起我心灵中从未醒来的一切宏大和一切琐碎，沉睡的琴弦一条条被弹拨着响起来，响成一组我从来也不知道然而的确在我体内存在着的生命的声音。日子就仿佛双倍地延长，绝望里也有了朦胧遥远的希望。”[①]但是，这种欲望在其从农村文化到城市文化行进当中充分暴露了其世俗性质，由此，铁凝的创作进入了一个新的阶段。

作为女性作家，铁凝创作的一个核心题材就是女性婚恋问题。这个问题之所以重要，是因为女性相对男性而言，天然有种对生命的切近感，离国家宏大叙事相对较远；这样的说法并不能证明女性对自身的觉醒优于男性，却反过来说明女性在传统家国意识的男性话语中，彻底觉醒的加倍艰难，有人将这种东西看作女性主义。在《村路带我回家》中，乔叶叶是传统话语中最具女人味的形象，温柔、美丽、可爱与无知，小鸟依人一般叫男人感到男人自豪感的女性，乔叶叶的这种混沌状态几乎完全是不自觉，结尾的选择，仿佛增加了一些主动性，但主要还是本能地感到了自己与城市的差距，她无法适应的结果。两个男人对她的争夺，是建立在男性对政治、经济、城乡等控制力的基础上的，对于男性性格与主体，乔叶叶几乎不具有真实的决断能力，这从她的第一个丈夫与后来者的比较就可以发现。但是进入《麦秸垛》(1986)欲望问题严重起来。在这部结构松散的作品当中，陆野明、杨青与沈小凤，大芝妈与丈夫，小池与大芝、花儿、花儿丈夫，

---

①铁凝：麦秸垛·欲望在想象中的满足——自序，作家出版社，1992.4，第1～2页

等几乎无一例外展开了成人世界的本能问题，电影里的“乳汁”强化了现实中人本能的觉醒，而麦秸垛则完全成了欲望的象征。无论杨青、沈小凤还是陆野明，都已经不是乔叶叶和宋侃了，杨青甚至可以做到通过控制男人的欲望来控制男人。故事就在这样的欲望之中滑行，甚至连大芝之死都没有引起叙事的沉淀。

从20世纪80年代中期莫言的《红高粱家族》和乔良的《灵旗》开始，寻根与历史进入文学，彻底打破了以往民族国家话语的统治模式，民间视野进入文学创作，欲望被强化起来，尽管女性身份和男性话语依然纠缠不清，但由此开始了一场新时期的中国文学的革命。原先被压抑的东西倔强地生发出来，后来关于历史叙事的作品如《白鹿原》、《长恨歌》、《大年》、《凝眸》、《古船》、《九月寓言》等彻底摆脱了革命历史话语的纠缠，回复到了常人的自在叙事，大大加强了生活真实性，但世俗性加强的同时以往的崇高性也渐渐被消解，这种现象到王朔达到了高峰。在这样的思潮里，铁凝的创作基本与时代保持了同步。

在《棉花垛》(1988)，她加进了“性”的言说，历史尽可能地被还原成原生态，在这种历史镜像之中，人物彻底消失了神圣性，暴露了赤裸裸的魔鬼性的东西，这种东西与革命文学话语进行的历史书写迥异其趣，打破了以往“战争史学”形式的小说叙事①，加进了民间道德意味。《棉花垛》的故事采用了人物传记多线索的讲述方式，历史与现实的纠葛增加了叙事容量，但是因为其历史背景相当模糊，除了抗日的主题，更揭示了一般道德状态的伦理性质，核心是性。这样才可能理解那么自由的性关系——“钻窝棚”这种所谓的“民风”。当然，我们只是解释作家对于这种事件的道德处理态度，因为相同的事件几乎在《苇花》之中原封不动地出现，可见这种类型事件对于作家的影响之大，以及创作的连续性问题。先前的小

①陈剑宁：历史深处沉重的回音——从叙事学角度重释《灵旗》，提出了革命历史小说叙事的战争史学而非战争美学的特点，注重战略部署，忽视了小说本有的美学特点。中共南宁市委党校学报，2006.1

说对于作家的后续创作，有种练笔性质，这种可以成为核心事件的东西可以屡次演化而成为类型，对于作家的精神有种极其重大的影响，宛如弗洛伊德的"精神情结"概念。这样，性、革命、抗战、性别问题在冀中时空的民俗背景下，混揉在一起。

由于作家的女性视角，因此在《棉花垛》当中不可避免地传达出特有的女性意识，故事有一个震惊的描写，使得伦理问题具有了相当深度：正义的乔被非正义的日本鬼子奸杀，非正义的小臭子被正义的国奸杀。如果说关于性的问题在《麦秸垛》处于一种象征和争取话语权的话，那么在这里性的问题由三个女性米子、乔、小臭子三人凸显出来，米子是变相的妓女，乔是正面的人物形象，但却是从其性幻想和性游戏中走进抗日的，小臭子从对乔的模仿中，终于变成了性游戏者。但是随着抗战的爆发，乔成为革命者，小臭子成为了出卖乔的汉奸，但乔的形象始终具有女性的自觉意识，重视女性之美，因此才对扎上了皮带的自己感到的是"女"八路形象而非女"八路"，国感到"很美"。耐人寻味的是，乔被日本兵轮奸想到的是自己的初恋情人老有，而非抗日大义，小臭子的死令人想到国家意识形态对女性的利用目的，宛如丁玲《我在霞村的时候》里的贞贞形象。对于女性而言，革命、民族与男权纠缠一身，自身的合法性生存要求始终被主流话语遮蔽，尽管民间视角相同，乔的形象与《红高粱》中"我"奶奶尽管在抗战身份一致，但是作为女性生存，乔被赋予了女性的自觉，而我奶奶则最终成为了"花木兰"式的男权话语符号。① 《棉花垛》没有《红高粱》的浪漫气息与美的强烈的感染力，但是其冷静的道德审视与革命圣战的还原，则更加真实地展现了过去的那一场圣战的本来面目。铁凝揭开了男性世界对女性强暴式的占有欲和征服欲，呈现了他们对女性残酷蹂躏的性文化态势。② 因此，便出现了对于小臭子的死的不安："有灯笼大的一团青

---

①陈晓润对于革命话语对女性意识的遮蔽问题，比较了乔与"我"奶奶，参见：遮蔽与还原——解读《红高粱》和《棉花垛》中的女性形象，无锡商业职业技术学院学报，2006.1

②贺绍俊：铁凝评传，第92页

光从花垄里飘出来，在花尖上转悠”[①]，结尾又一次出现在已经成为高级干部的国的身上，国的这种来历令人对现实的合法性产生了无穷的遐想。铁凝的道德感的存在，决定性地对于时代欲望化表达作了相对质疑，从而避免了滑向《废都》式表达，从而产生了《玫瑰门》。

至此，铁凝的文学性话语终于在道德裂缝中，透出了人本身，超越了道德，尽管这是神秘主义的描写方式，但言说在慢慢收敛，水流终于有了自己的回旋，沉淀，故事的展示超出了故事本身，文学从非文学的质料中获得了自己的文学性表达。铁凝的创作终于有了一线文学之美的光亮，这点与孙犁文学一开始就表现的这种特质非常不一样，倒应了孙犁的论断：文学创作不可能进行复制的，文学流派的说法对他而言根本不成立。[②] 大家对于《哦，香雪》的认可那是因为铁凝当时的单纯所致，绝非同路。如果说《棉花垛》的批判是从外部——男权与暴力进行的话，《对面》就好像对人的灵魂进行内部审视了，因为作家是一个传统女性，写性的问题是很谨慎的。但是她在试探社会的限度。果然，在《对面》(1993)写出了很有深度的东西：性与死亡的纠缠，无论窥视者还是被窥视者，都宣布了他们精神的卑劣、低下与丑陋，道德因为虚伪的社会性终于走到了尽头，宣布了它的破产。最后得出了人是“无法真正对面”的结论。余下的就是进行语言试验与道德回归，《永远有多远》(1998)，发现人不但不能对面，而且面对自己都不能直面的，“江山易改，本性难移”，不但白大省就连我们大多数人不都带有阿 Q 的影子吗？世俗人生中，道德是人的生存基地和遮羞布，说和做是两码事啊！至此，铁凝的道德探索到了尽头。

五、真正文学的诞生：玫瑰之门的洞开与灵魂之浴

我们在考察铁凝中短篇小说创作的时候发现，铁凝写作的关注点基

①铁凝：铁凝 · 棉花垛，铁凝卷(中国当代作家选集丛书)，人民文学出版社，2000 年版，第 253 页

②孙犁：再论流派，孙犁专集研究，江苏人民出版社，1983 年版，第 181 页

本围绕“我一你”关系创造一个精神世界、生活世界，对人与人之间的关系进行处理，它不同于西方前工业社会和工业社会所处理的“我一它”——人与自然的关系。① 而且，这种特征与儒家传统关注的世俗道德人生指向相当一致，也就是说，它对人际关系的关注远远大于儒家精英文化的内心修养指向，是在世俗人生层面展开的故事。这种故事性叙事远远超过对美的关注，语言的关注，生命以及文化的关注，因此造成的语言滑行不可避免。但是我们在《玫瑰门》与《大浴女》感到了不同，鲜明地表现出文学性的特征，这是铁凝的文学感觉得到把握的真正体现。

考察以往人们对《玫瑰门》的解读，发现过分强调了司猗纹作为女性个体特征，而忽视了司猗纹作为文化现象，具有巨大的洇染力；过分强调了女性世界的内部建构，而忽视了三代女人也是生活世界开放的社会主体。② 如果一部作品从生命本体出发建构起了自己活生生的世界，鲜活的文学质感必须令我们正确看待文学性和非文学性的关系。鲜花固然不是牛粪，但是鲜花的生长却是从牛粪里获得真正的营养的，唯美主义就割断了这点，庸俗社会学不理解这点，这是没有文学慧性的表现。当心灵的桎梏被抛弃以后，人生的质感便成了文学的质感，这样的语言从生命里诞生，感觉被语言把捉，而思想就从感觉当中产生。由此，我们发现了道德意识特强的铁凝，在挖掘人的自我生成时所具有的道德突破，对自我形成的社会性本质与时代性关联的卓越见识，以及它们如何渗透到人的生命并占据人的生命从而形成生命本质的真知灼见，而这却是对所谓“欲望”、人生本质说法的真正解构，因为这是对于欲望的升华，文学之美的所在。因此，我认为《玫瑰门》的真正主角不是司猗纹，而是眉眉；真正的美学内

---

①潘知常认为“我一你”关系和“我一它”关系是前工业社会、工业社会与后工业社会的区别，但我认为与中国的情况好像有些有些距离，因此稍作修改。参见《美学的边缘》，上海人民出版社，1998年，第232页

②例如贺绍俊在《启蒙叙事与日常叙事的优美和声》里讲的，这个女性世界既相互爱抚，又相互仇恨，既温情又妒忌，但却没说这很大程度源于男人，源于政治。参见：铁凝小说精选集，北京燕山出版社，2006年

涵在于人生的玫瑰如何芬芳于牛粪一样的社会之中，这点却是司猗纹与眉眉的共同精神归宿。

如果说以前的中短篇小说还局限于道德审视的话，那么对欲望的持续追踪，使得铁凝终于完成了主体建构，并获得了返本开新的能力。在这部自传体很强的作品之中，作家的叙事视角是从成年苏眉来反观、追溯幼年眉眉的成长史的；这种不断的追溯，使文化的神秘性一层一层被剥开，人的欲望就这样一层一层被文化化，自我就这样被一层一层建构起来，社会的烙印就这样具体地内化了。在每一章的最后一节，都有一段苏眉（成年）对眉眉（苏眉幼年）的独白，这种以第一人称的间离方式完成的叙述，使得人一下子被历史化了，通过层层剥茧，彻底完成了人的解构同时也完成了人的存在性领悟。一旦明白了这点，我们就会发现人生的意义彻底得到改变，一切细节都具有了价值；同时，对于作家的才能需要重新估价。这种浸透了审美灵性的东西，在这里破土而出，宛如一夜醒来，眉眉已经14岁，身体里面蓬勃着青春的生命气息，任何东西都无法阻挡她的发展，玫瑰之门瞬间洞开；宛如春天的到来，沉默的老树一夜变绿，粗糙的老皮之下竟然全是生命的鲜活液汁。① 铁凝的描写在这里达到了细腻入微的程度，神妙无比，这种感觉仿佛雨果的《悲惨世界》里小珂赛特成长为少女的时候感受到那种春天般的气息。这是作家的神妙之笔，标志着她终于不再在道德、世俗、故事、语言层面滑行了，进入了文学层次，我深深地感到这对于铁凝这种类型的作家，是多么宝贵！功夫不负有心人哪！

当然，如果《玫瑰门》单纯止于此是不可能作为经典作品流芳万世，更重要的，它具有了如此丰富驳杂的文学意蕴。透过生命个体，我们发现了文化传承的秘密，看到了思想的内在关联，看到了人物性格与文化接受的复杂关系，看到了社会、传统、习俗、惯例等如何作用于人的生命的，里面有惨烈的痛，也有强大的生，有扭曲，更有寻找人生真谛的不懈追求。多

①铁凝：玫瑰门，第八章，铁凝自选集，作家出版社，1997年版

少年以后，成为艺术家的苏眉故地重游，终于发现自己的艺术造诣渊源于司猗纹。[①] 在司猗纹这个具有曹七巧一样性格的人物身上，我们发现她的不幸根源却是对于幸福和光明的追求，未婚失身与错配婚姻，导致了她的命运的改变，但是背后的主导却是男权社会的腐败与污浊。丈夫抛弃了她，但她却终于拥有了勇气承认了自己的女性欲望，甚至攻击自己的公公作为对丈夫的报复，由此发现了自己。这里我们发现司猗纹对旧社会的憎恶一点不比罗大妈少，但是却不是阶级斗争的原因。她对罗大妈的斗争策略就是根源于此，她的悲剧性却也是在这种毫无疑义的斗争中，成为了阶级斗争的牺牲品，也可以说是自己欲望的牺牲品，此无他，源于自己的欲望及其斗争性；相比姑爸之死，少了一些反抗强权的激烈，多了一些斗争的策略，却也迷失在这些策略里，姑爸之死令人敬，司猗纹之死令人叹。韩非《解老》讲，"先物行先理动之谓前识，前识者，无缘而妄意度也"。[②] 司氏之谓也。然而她到临死念念不忘苏眉，那是她的精神遗传；临死不忘初恋的情人，宛如华致远的"定格"一样，这是她的人生华彩；这一点又与乔临死想到老有多么相似，或许这是人的初恋情结吧。由此，我们发现在《银庙》中的故事，如同《棉花垛》的故事类型在《笨花》中出现一样，更加丰厚地出现在《玫瑰门》了。司猗纹死了，但是她的精神被眉眉和竹西所继承与改造，眉眉发现了生命之美宛如西山秋天的枫叶，终于成为了艺术家；竹西则发现了游戏的规则，继承了策略性，发展了冷酷性，成为了司猗纹的追魂者。

相比之下，《大浴女》则发展了感觉如何变为思想的文学表述，改变了我们经常认为的情感游移不定的俗见，展示了情感一旦发动便具有强大的逻辑功能，具有直到将人毁灭的惊心动魄的力量。我惊叹作家对于感觉描写的细腻，特别对章妩母女的描写，达到了令人惊讶的地步。母女的对立起因于特定的时代背景，章妩随丈夫下放苇河农场，由于生活的紧张

---

①铁凝：玫瑰门，铁凝自选集，作家出版社，1997年版，第478页

②章太炎：原道，参见：章太炎经典文存，上海大学出版社，2003年版，第173页

与性的压抑，得了莫明其妙的晕眩症，被允许放三天假回福安市治病。故事由此开始，展开了唐医生与章妩的非法关系，唐医生给章妩开具医院证明具有政治赌博性，因此章妩的回报就是与唐偷情，问题是章不但没有原罪感，反而有了一种身心解放的感觉，结果却怀了孩子尹小荃。这样，将丈夫的两个女儿尹小跳、尹小帆完全置于尹小荃的反对面，从而展开母女的一番斗争。这就将道德问题引入了事件的核心。直到尹小荃之死，真正出面的不是尹亦纯，而是尹小跳姐妹对于母亲的反对；故事的复杂在于尹小跳的道德感也是不断成长的，她的偶像是唐医生的不明不白的外甥女唐菲，而唐菲的母亲则是为了保护情人、女儿，羞辱自尽。正是这个唐菲发现了章妩与唐医生的关系，证实了尹小跳对母亲恶心的感觉，但这个唐菲却也是一个性游戏者。因此，单就这几个人就存在了政治话语、道德禁忌、性本能等等复杂的文本关系，我想说明的是，作为个体的人一旦进入社会，就有一种神奇的命运之手推动着个人的命运，情感的发展与社会的存在决定性地给定了生命的轨迹。真正对人的精神起决定作用的，不是政治，而是道德。你可以说明尹小跳烦恶其母，是否有父系男权意识的影响，但作为中国人不愤怒她父亲受了伤害，则根本不是中国人的伦理感受；而且这种婚外的偷情，直接会引起另一方的实质性伤害，你就不能说明这种行为的正当性。正是这种逻辑的演变，作用于情感，各种矛盾的爆发就是尹小荃的死，这时章妩才发现得到的原来是个虚无，心中的暗喜终于换来了忏悔，而尹小荃的死竟然也影响了尹小跳的一生。

到这里，我们发现被生命突破的道德又回来了，这成了人类生存幸福的基石，文学之美只能是生命神性的升华，而非欲望的堕落；这种情感推动的逻辑，具有打不破的力量，一种命运感产生在对秩序的背离当中，真是“天网恢恢，疏而不漏”。章妩实在是一个很平庸的女人，但却证明了我们理解的狭隘：欲望本来是一个具有宽泛意义的哲学概念，来到中国当代文坛竟然变成了性欲，那么性本能的描写思潮就有了时代的误会。不明白这一点，就无法理解《玫瑰门》和《大浴女》出现的反本能的精神批判，无法理解铁凝为何对于责任感如此强调，也就证明了铁凝的突破是有限度的，因为这种审视并非创造力的最佳状态，也就明白了正是这种对正面价值的肯定，使得她很容易获得主流话语的认同，也就是回归主流社会。

六、看，我们的社会……

当文学走向深处，它一定会发现自己的超越和穿透功能；现状无法摆脱文学对它本能的批判，因为这是它永恒的世俗命运。审美不可能作为意识形态出现在大众之中，因为它的核心是生命本体状态的创造性（存在意义的）；但是如果反过来说由于审美的天然的批判功能就取消了对于世俗的把握，走向唯美和宗教，却又是小家碧玉式的文学。在古典文学当中，那些走向隐逸的文学创作，相比屈原、杜甫、罗贯中、曹雪芹来说始终差一截的原因，就是不具有承担力量，逃避了责任感。刘小枫认为中国文化的最高美学形态，就是逃避拯救的逍遥，虽然片面一点，但对于我们今天状况的把握却无疑非常准确。① 仔细阅读铁凝的创作，从最初学语的幼稚到成熟的玫瑰之门，以及新的历史题材的开拓的集大成之作《笨花》的问世，标志着作家探索的勤奋与不懈。就在这越来越多的作品当中，作家的风格不断追求突变；而社会批判就在这样的自然进程之中被越来越明显的关注，因此我们也就在铁凝的作品里发现了耐人寻味的中国性的东西：作家由开始的挺进到矛盾、彷徨、审视开始了，她走了一条很中国化的道路。

我们讲过，铁凝小说的恒定常数是道德感，但是对于道德感的生命感觉是不恒定的。因此从《罗薇来了》、《那不是眉豆花》、《远城不陌生》、《村路带我回家》相对早期的作品，无论道德批判还是社会批判，就很委婉地开始了，但是这些微弱的声音几乎被人们忽略了，甚至被导向了抒情诗化

①刘小枫：拯救与逍遥·引言，上海人民出版社，1988年版

的美学特征，这表明了文学批评的失职，幸亏作家自己果断地肯定自己，认为超越前辈必须走自己的路①，作家发现了自己真正的创作才华的所在，绝非与前辈相同。如果说，在《眉豆花》体现的东西还相当朦胧的话，《银庙》、《来了，走了》、《四季歌》等作品已经很明晰地质疑道德形态的社会性与个人性的分离了。在《麦秸垛》我感到早期青春的美好慢慢消失，残忍却从《银庙》的虐待动物开始萌芽，生活的阴性特征开始暴露，死亡悄然而入。当我读到花儿、花儿男人、小池时，我感到了一种由衷的悲哀，社会现实性强烈渗透出来；当读到大芝因辫子连同麦秸一起将头颅搅进了被脱粒机，顿时头颅崩碎鲜血四溅，通红一片时，我惊呆了。我惊讶的不仅是大芝这个不幸的女孩子其生命的终结，更惊讶作家有这样的力量写出了生活的不幸与残忍，有勇气正视我们的现实世界，带着甜味，更带着血腥气。因此，在《玫瑰门》我们就可以顺利成章地理解“大黄”被五马分尸的描写，可以理解姑爸之死所体现出来的中国人性里面的极端阴暗、卑劣、虚伪和令人发指的残忍性。如果到此为止结束远远不是铁凝，杀人不但要残忍，而且要不动声色的完成，这样才会明白我们这个古老传统几千年来的深层黑暗，不是叫你敬而远之却要叫你感恩戴德，就如同鲁迅讲的火神一样的东西你供奉它不是因为他好，而是因为他坏得你无法想象。②这个现象是在《麦秸垛》开始的，从乔叶叶的单纯走到杨青实在耐人寻味，杨青是个什么人物形象？她美，美的叫你去爱，但是她有心计，想操纵你，为了自己的操纵可以轻易地玩掉陆野明和沈小凤。当然你可以说这是爱情的排他性，我承认这是作家几乎肯定的一个人物形象，但是我说这更是中国的《孙子兵法》在爱情的应用：“不战而屈人之兵”，“敌国伐谋”，像许褚裸膊上阵有什么用？这在《玫瑰门》之中，司猗纹、罗大妈们以及他们的

①孙犁曾多次说自己是一道低栏，很高兴看到你们超过了自己。铁凝在很多地方都表露过对于前辈的文学渊源关系，必须继承，同时必须超越，这理解应该是很通达的。这并没有什么像作家讲的是令人痛苦的事情，否则那也是中国特色的老虎跟猫式的拜师学艺，最后弄得一代不如一代了。

②鲁迅：关于中国的两三件事，鲁迅文集·且界亭杂文，黑龙江人民出版社，1995年，第8页

徒弟宋竹西和眉眉都是如此成长起来。竹西和眉眉真是“青出于蓝而胜于蓝”,《玫瑰门》结尾处竹西与眉眉的对话真是意味深长:

竹西和苏眉面对面站着。

“也许你是对的。”竹西面对苏眉说。

“也许你是对的。”苏眉面对竹西说。

“你完成了一件医学界和法学界尚在争论中的事。”

“你完成了一个儿媳和大夫的双重身份的任务。”

“我是平庸的,是道义上的义不容辞。你才是个了不起的人。”

“我觉得了不起的还是你。你用你的平庸和不动声色的道义,使她的生命一再延续,又使她和她自己自相残杀,直到她和她自己双双战死。”

…………

“所以我比你残忍。”苏眉说。

“所以我比你有耐性。可我没有一丝一毫虚伪。”

“你是说我有……虚伪?”

“不是。从我们见面那天起我就没有这样想过你。今生也不会这么想。我是说你爱她,你才用你的手还给她以微笑。我不爱她,我才用我的手使她的生命在疼痛中延续。”①

从根本上说这是无法用道德标准来衡量这种卓越的人性成长的。

这里,我们很可以明白作家的社会经历所起到的作用,在我们这样的国度难道是眉眉们错误了吗?眉眉和竹西是多么的惺惺相惜,难道沈小凤不该死吗?这是什么?权术政治。老子哲学长期被误解了,还是章太炎的解释符合老子的意旨:这些东西是不可能消失的,重要的是你要懂得,才不会上当;重要的是,不要叫当权者密而不发,外人无从得知,实施愚民政策。② 这就是眉眉们的心灵成长与政治意识,一种形而下的中国

---

①铁凝:玫瑰门,铁凝自选集,作家出版社,1997年版,第517页

②章太炎:原道,章太炎经典文存,上海大学出版社,2003年版,第172～173页

现代精英的生存状态。

社会批判主要针对政治，如果说在《没有纽扣的红衬衫》中作者对“文革”的批判还很含蓄的话，那么在《玫瑰门》中其对“文革”的批判就显豁起来。当然这个问题联系着人性，从道德的内在性方面描写对于健康人性的戕害，眉眉就在这样扭曲的环境里成长起来。这里的问题核心是，作为环境的主宰者，以罗大妈为代表所谓党的基层工作者体现出来的道德恶劣、唯利是图、残忍霸道等意识，以政治优越性方式表现出来的是非颠倒的描写，完成了对于整个生活世界的质疑。如果没有政治护身符，很难想象在真正的法制社会姑爸之死得不到伸冤，但这竟然以革命的方式完成了图财害命，残忍的鲜血淋漓的事实被合法化成了道德正义，被践踏者被迫忍气吞声，小心翼翼地做着奴隶的卑贱姿态，以换取生存合法性。在这种环境之下产生的人物自然就是要么去死，要么更强大，没有第二条路。在《午后悬崖》当中，韩桂心因为妒忌，从滑梯把陈非推下一头扎进了地下的废铁渣死了。为了给陈非之死获得一个正确的解释，韩桂心的母亲充分发挥了编造才能，但是这个矛头却是指向社会批判的：“很多年以后我才明白我母亲在一九五八年大肆渲染玩具猴在陈非死亡过程中所起的作用是多么精明，就像很多年之后她也能更改叙述角度，避开玩具猴，又大肆叙述滑梯下的废铁与陈非死亡的紧密关系。我发现我们有些中国人真是本领高强，像我母亲，她几乎无师自通地知道哪些话是时代要她说的，哪些话应该避开时代的不高兴。”①更有甚者，韩桂心的丈夫及其公爹，他们家的发家史令人触目惊心，一个是土匪打劫起家，一个借“文革”造反积累了大量的金银财宝，甚至藏在地下室的偷来的军服竟然可以武装两个营。然而这些不义之财却随着改革开放被洗“白”了，也就是说，我们不能割断历史看待今天的社会问题，在大量的冠冕堂皇的财富背后流淌着肮脏的东西，这正应了马克思的名言：“资本来到世间，从头到脚都留着血和

①铁凝：午后悬崖，铁凝精选集，北京燕山出版社，第217页

肮脏的东西”。更为可笑的是，道德名义与荣誉恰恰落在这些肮脏的人的头上，所以宋竹西可以将模范家庭奖状垃圾一样扔掉，而韩桂心的丈夫也可以成为经济搞活的先锋，甚至可以随意地迫害自己的老婆变成神经病患者。传统道德所提倡的道德仁义礼智信，在这里完全掉了一个个，这种道德悖论的登峰造极不是个人的完成，而是整个社会秩序悖论的发现。至此，铁凝的社会批判达到了顶峰。

然而，这样的社会，救赎的希望何在？

但这样下去会偏离正统的，于是我们发现在铁凝的作品当中有了对于当下的理解、融合与宽容。在《秀色》里党终于成为了歌颂对象。对于缺水的秀色村，李技术员带领的打井队成了村里的救星。他们像秀色人一样怜惜水。对张二家的给他们供应水的大方，李技术员说：“锁上，细水长流吧。”张二家的说：“给水上锁，叫外人笑话呢。”李技术员说：“谁是外人，是我？”张二家的说：“你不是外人也是个客。”李技术员说：“共产党什么时候成了老百姓的客？”①为了打出水来，秀色村能拿出的都拿出了，最后只有用黄花闺女的献身才能留住打井队。结果又引来张品与李技术员的一场对话：“我要睡在你的炕上。”她说。“我不能。”他说。“为什么他们都能就你不能？”她说。“谁们？”他说。“从前的打井队，我娘的时候。”她说。“我是……我是个……”“你是个共产党的干部。”她说。“你不相信共产党？”他说。“我就相信共产党的干部也是人。”她说。“人和人不一样。”他说。“那你用什么保证打不成井就不离村？”她说。“我用共产党的名义保证。”他说。“从前的村长李老哲也是共产党，他给自己家多分过十斤水！”②李技术员终于被感动了，这个村终于打出了水。在《午后悬崖》里，“我”来到了烈士陵园，感受到了为革命献身的战士王青、刘爱珍那永远年青，永远纯净的躯体以及高尚单纯的人生理想。“我”深深地热爱着烈士陵园，她的圣洁、她的气息、她的蓊郁的生命。

①铁凝：秀色，铁凝精选集，北京燕山出版社，第234页

②铁凝：秀色，铁凝精选集，北京燕山出版社，第236页

然而，作家感受到的美好只是代表过去，更有另外的东西在萦绕着她。作为共产党员的李技术员打出了井水，但最后结果不是掉进了万丈悬崖吗？留下的只是一个带有意味的水晶牌："秀色·李"，什么意思，难道是除了黄花闺女的献身就不能打出水吗？而在烈士的陵墓上每天则发生嫖客与妓女的皮肉交易，旁侧则还有流浪的老头每天留下的大粪，还有韩桂心令人胆战心惊的故事和咎由自取的结局，他们散发着一种特殊的气息："这真是一个没有罪恶感的时代，连忏悔都可以随时变成噱头。"①最后，终于在《谁能让我害羞》这部作品里，有了一种硬硬的东西，富贵女人"感觉自得是一种轻浮的心态，她感觉她的心态比自得要高"。② 那个送水的少年的凶狠和懦弱终于被警察带走了："那又如何。女人紧接着便强硬地自问。我要为他的劳累感到羞愧么？不。女人反复在心里说"。③叙事者的坚决再度证实了她的犹疑，因为她发出了很大的疑问："谁能让我害羞"？这不是一般的害羞，而是谁能让"我"找回人间的那种同情心，那种温柔和善，"孕妇和牛"的恬淡和谐，人生渺渺的希望？那种平民的心去哪里了？不能在现实里再走了，她回来了，回到了《笨花》的历史中去，那样才会有人生的雍容。至此，文学成熟的铁凝在政治上也成熟了。

七、文学史的经验：才情胆识与文学传统

如果抛开《玫瑰门》和《大浴女》，阅读铁凝的小说，我有一个深深的感觉：记住了小说的故事，但难以记住小说的语言，像鲁迅的"孔乙己是站着喝酒而穿长衫的唯一的人"这样的句子，几乎没有，当然是我的记性不好。然而，铁凝的努力是真的，在《埋人》中作家加进来许多外来基督教文化背景语汇，包括人名好多都是《圣经》里面的，但这种改变和世俗批判好像也

①铁凝：午后悬崖，铁凝精选集，北京燕山出版社，第 216 页

②铁凝：谁能让我害羞，铁凝精选集，北京燕山出版社，第 267 页

③铁凝：谁能让我害羞，铁凝精选集，北京燕山出版社，第 276 页

没有增加多少文学意蕴。也许，道德言说限制了文学性话语的表达，在日常生活中展现美，不是作家认为老老实实表现就可以成功的。那是一种审美眼光，一种对世界时常新鲜的观照，那是一种盛德，只有这种日新又日新的人生眼界，才是至善真美的完成。好的语言是从灵魂中开出花来，本身是一种思想力量的冲动。现实生活中道德是生存的基础，但是在文学中，道德却是应该被领悟和突破的。

然而，铁凝要突破自己也真是艰难，她的小说言说从浅显开始，到深入到小说的结构性问题，从人物的善良到人性的难以"对面"，从当代探索到抗战，铁凝的整体叙事风格：流畅性，大体没变。虽然她对于现实的认识明显深化，但是文学性话语的书写，几乎无法摆脱非文学性话语的纠缠，智慧之门仿佛总是难以开启。小说深度的增加，那是阅历的问题，审美性的存在付之阙如，却是根本性的。所以，铁凝的小说就是小说，非诗化的，这点雷达的判断有误，倒是贺绍俊认为铁凝的诗才有限，她是真正的写小说的"小说才"有点道理。① 铁凝走的是孙犁所谓"观察生活"的路子，她是一个感觉型的作家，直觉的缺乏好像一直存在②，这成了铁凝的大问题。

这给我们留下了一道耐人寻味的课题：铁凝的中短篇创作何以如此？

我想可能就是铁凝对道德感与形式感的认识出了问题。道德是人性的基本组成成分，但道德不是人性的全部。如果说意识形态的控制，有种强势外力的话，相对而言道德的渗透则是"润物细无声"的。从香雪的贫困到白大省的物质相对自足，我们看到生活在发生改变，但是追问白大省的精神觉醒与香雪相差几何？实在不敢断言。你可以说这是善，但这是精神麻木与贫困的善，它极容易被别人利用，就像被白大省的第一任男友

①雷达认为铁凝喜欢把诗歌散文的因素融化到作品之中，形成一幅意境深邃的画面，补偿于冷静的客观描写，偏重于主观诗意抒发。贺绍俊则说，铁凝始终是一位对现实充满热情的作家，她的文学精神世界也是在现实生活的精神世界基础上建构起来的，这种类型的作家不适宜写诗。参见：铁凝评传，第279、20页

②荣格认为人性心理功能分为四种，思维与情感相对，感觉与直觉相对，相互制约，对于一个人来说要获得完全的四种功能，非常困难。参看：分析心理学的理论与实践，三联书店，1997年版

这种人钻空子。孙犁晚年强调道德姿态，引宋人话本“话须通俗方传远，语必关风始动人”，并作为自己的座右铭，这对于经过“文革”伤害的孙犁，提出道德反省是应该的，但是作为批评家的李建军，将这种古典文学中视为糟粕的东西，引入现代文学批评，其思考就值得关注。① 因为问题在于文心之人少，就更应提倡具有文心的优秀作品，而非单纯的教化，再说小说的道德净化指向的不是道德自身，而是人对自己的存在的觉悟，以上失误完全是批评家的误导，谁说《红楼梦》的流传比《金瓶梅》差呢？作为师法孙犁而又自成一格的铁凝，我认为她对欲望的解读同大多数当代人一样陷入了迷茫：“艺术是什么写作又是什么？它们是欲望在想象中的满足”。正因为关注欲望而不是智慧之光，所以才有了一种“向读者进攻”的现代特征②，而非点化的智慧，完全误解了真正的古典“道德”不是今天意义的“伦理”，而是生命的依据与展开的本体性存在，而非意识形态的现代误读。至于《玫瑰门》与《大浴女》的成功，则是她有意探索自身历史的题材时的发现，但既然有了这样的发现，就应该明白文学的这种特征，但是结果好像并不是，说明作家还缺乏足够的自觉。

在古典文学之中，人们经常强调作家的才学胆识，例如韩愈，他的才气很大，文章几乎完全是站在道统的角度，发挥才气对现实加以批判的，其才气、学识与胆力非常明显，但是他的文章给你的感觉不是美的形态，而是气势，缺乏蕴含。但是，对于屈原、杜甫、李白、苏轼、曹雪芹、鲁迅这些作家而言，其才识胆力是为性情服务的，他们用文学来抒发自己的感情与人生领悟，因此文章叫人感到一种美学上的美。当然，铁凝也认识到这点，认为“文学应当有捍卫人类精神健康和内心真正高贵的能力”，但总差强人意。李泽厚在魏晋文学审美形态的论述之中，用了一个词：美在深情，它涉及人的生死、情感本体、艺术形神等问题，“情之所钟，正在我辈”③，我想这是值得思

①李建军：小说修辞研究，第281页

②铁凝：文学·梦想·社会责任，小说家档案，郑州大学出版社，2005版，第78～79页

③李泽厚：华夏美学，第四章“美在深情”，中外文化出版公司，1989年版

考的，否则，我们难以想象连桓温这样的将军都说出了这样的人生感慨："树犹如此，人何以堪?"它竟然打动了一千多年的中国人。但是，这种深情是随便得到的吗？不是，它是魏晋玄风背景下的文人探索，具有内在的精神渊源。不但如此，艺术才情的表达需要作家具有的审美形式感，康德讲"美"时就隐含了这点，马克思讲的"美的耳朵"的论述实际也是如此，当现代符号学提出能指所指时，所指涉及的概念就是语言，它要达到文学之美就是要内化为"形式感"(当然符号学的毛病在于割断了所指与生活的对应，其实在佛教里面"能所"概念早就涉及对象的)。这样，我们发现铁凝的毛病就在早年读优秀的作品太少了，没有形成文学之美的形式意味，正好和刘绍棠一样没有去北大读书，上了某些河北老作家们的大当。

文学是需要不断回归的，这与技术性学科正好相反。钱理群先生在谈到 20 世纪文学与传统的关系时，提出"疏离与回归"的看法，这很有见地。我常想，如果铁凝将文学根源的问题追到了民族历史文化之去，她会怎样？因为她已经在涉及基督教文化。文学形式的借鉴是有限度的，如果作家的触角不深到广袤的历史之中，不深到民族文化的哲学智慧之源，恐怕这个问题不好解决。倒是孙犁的晚年创作的崛起，实在值得研究，而孙犁的突围也正是恢复了从民族历史之中浇灌自己的血脉的，其局限也在此。当然，有的作家进入新时代以后，身份转变，从作家变成教授，也未尝不是这个道理。但是铁凝的人生之路太顺利了，在市场化世俗气已经很浓厚的时代，《红楼梦》要比"三言二拍"、《金瓶梅》式的作品难出得多，但是铁凝的大气、认真、地位以及文学历练都蕴含了更富创造的潜力，毕竟荷花淀派也在改变，而且《笨花》已经延伸到了 19 世纪末，她会在关注世界的同时，将视角深入民族的根处的，这样我们会看到铁凝更加丰腴茂盛的文学之花。

结　语

关于孙犁"抗日小说"的研究，就要结束了；在即将停笔之际，稍作回顾或许不无裨益。因为孙犁那貌似平淡的生平经历、那貌似清新浅显的荷淀清芬、那如诗如史的抗战景观、那惝恍迷离、回味悠长、闪烁摇曳的《铁木前传》等等，不是离我们已经远去，恰恰相反，通过我们的研究，我发现他已经深刻地嵌入了我们当下的生存之中，成为我们至少我本人再也无法绕开的事件，成为我的精神世界的一部分。或许，这就是现当代文学研究的最大魅力。

对于孙犁而言，作为诞生在五四前夜的一代作家，其精神世界的成长经历令人感慨万千，这与表面上那个温文尔雅、与世无争的孙犁，长久留在世人心中的那个孙犁，有着巨大的历史性吊诡。舒乙这样评价孙犁："他很像一座浮出海面的冰山，不显山，不显水，平平静静，安安稳稳；可哪知道，海面之下竟是那么庞大，那么威严，那么厚重，也那么厉害。"①然而更重要的是，他那么孤独、那么无奈，做一个干干净净、具有高尚灵魂、活得稍微有些尊严的中国的知识分子，在现实的历史语境之中竟然那么艰难！宋曙光在《敬读孙犁·活着》一诗中写道："您一生寂寞/可在百年之后/您的名字/却被千百万读者呼唤着"，就是因为"您的作品还在世上被人传诵"。② 如果不做狭隘的理解，这话的确具有几分真理：孙犁"一生寂寞"，但笔者希望不只是"被人传诵"，而更多几分"被人理解"。只有如此，我们才会明白那个镶嵌在历史结构之中的孙犁，明白那个具有独特个性

①舒乙：躲在书后面的孙犁，人民日报海外版，2002年7月30日

②宋曙光：敬读孙犁，天津日报，2002年7月15日

的知识分子的孙犁，那个爱美与追求爱情的孙犁，然而结果却是迎来了那个“人生残破”的孙犁。当然，我想作为一名共产党体制内的作家，孙犁的幸运与他的尴尬，只有深入解读他的文章和他的生平，同时深入了解整个时代的内在特质，才会了解那个将语言文字视为生命的孙犁，才会明白那种语言风格的真正内在的历史文化信息，这样将个体的本真生存联系在了民族国家的大语境之中，才不是庸俗的，而是栩栩如生的生活真实。

关于历史话语和民族话语的宏大话语往往讲得太多了，我非常担心这样缺乏背景的介绍，会庸俗化孙犁。我这里只想补充一点关于孙犁的私人空间的事情，从孙犁个人的困惑及其传统背景下的承担中，来理解孙犁的文学创作所包含的社会内涵，包括孙犁的1956年的大病。孙犁在建国后住进了天津，他将家属接到了天津；家带来了欢乐，也带来了苦恼。在家庭生活的安顿中，房子成为孙犁头等重要的事情，这不仅意味着家庭的安顿，同时意味着孙犁的创作状态能否持续？有限的空间，嘈杂的人声，喜静的孙犁深感苦恼，在给康濯的信中他表达了这种无法为外人所道的困惑。后来，孙犁先生的女儿孙晓玲女士在孙犁去世之后，也撰文写道：“解放后，父亲一直觉得，战争年代自己对家人未尽到应尽的责任，这也使他‘后天下之乐而忧’。父亲决意要通过自己的努力，给家人以补偿，让他（她）们衣食无忧，脱离困苦，尤其是年迈的母亲。”①由此可见，传统文化中那种责任感对于孙犁具有内在的强大制约功能，不了解这一点，就无法读懂孙犁那美的内敛、美的功利性、美的社会性及其界限，单纯的抒情式解读是无法完成孙犁式研究的，反而往往被其文学的表现清浅所误导。

因此，本论文在以往文学研究的基础上，力图突破陈规定论，进入真正的历史时空去发现那真正影响文学创造的复杂的文化信息，从而去解读孙犁、解读文学、解读历史，了解像孙犁那样生存的中国的知识分子的

①孙晓玲：游子吟——记我的父亲孙犁之四，见：天津日报·文艺周刊，2002年7月25日

生存处境，为今天处于复杂的现实语境之中的自己发现一条健康的人生之路。因此，孙犁研究就是一种进入历史的入口，走下去就会发现一条通向历史和未来的人生通道。正是在这种认识下，我们追踪了孙犁的文学起源，孙犁文学那隐藏在文学背后的古典传统与现代情趣，发现了现实语境对于作家的逼仄的生存夹缝，从而感到了沉甸甸的历史的分量。正是在这种沉甸甸的发现中，其文学世界的两大特征：女性形象和风景描写，成为我的首要的关注点。避开困难、选取偏僻之途的研究方式，不为我所采取，毕竟人生需要的是康庄大道、人生通衢，那些小的风景只是偶尔留恋一下而已，我需要迎难而上，就抓住孙犁文学的主要特征研究。这样，我们才发现那些解读出"水生嫂"的想象的"仙子形象"的现代阅读幻觉、读出了革命带给女性的悲悲喜喜的人生剧本、读出了慧秀和双眉的深层矛盾、读出了李佩钟的文化内涵和作家深层的历史性悲哀，读出了小满的困惑和作家的同病相怜的复杂内涵。同时，从文学风景的角度，对作家的偶然性存在进行了现代语境中的创造性探索，文章揭示了文学风景和人的生存的重要关系，揭示了"个体的人永远不能被重复"这个具有存在论价值的命题。这是对于本质主义的批判，同时也是对于人性化生存的渴望，这样的解读就不是学究式的研究，而是生存论意义上的对于生命的尊重和确认。

尽管孙犁出生在所谓"现代"文化语境之中，但是他对于传统文化有切身体验并形成了独特的文化气质，只不过由于特殊的原因，他是从文学这条路径走入的。传统文化的两极——儒道文化用文学的方式，对孙犁产生了巨大影响。儒家文化的功利入世与责任感，道家文化的谦卑与逍遥，特别是反映在文学上的玄学与魏晋风度，又成为孙犁的另外一种灵魂。当这一切与现代西方文化在现实语境中发生了碰撞的时候，孙犁身上那种对人生的严肃态度就渐渐成为一种文化的反映，这在晚年愈加明显。陈寅恪先生在悼念王国维逝世的时候，曾经说过一段著名的话："凡一种文化值衰落之时，为此文化所化之人必感苦痛，其表现此文化之程量愈宏，则其所受之苦痛亦愈甚；迨既达极深之度，殆非出于自杀无以求一己之心安而义尽也”。孙犁对于王国维是有研究的，对于他的死也有自己的态度和看法，但是从“文化所化”角度来看，王国维自杀的确有所谓“殉文化”的儒家文化的固执特质；孙犁虽然在“文革”差点自杀但还没有自杀，然而真正代表孙犁的文化性的事件是孙犁晚年的归隐，直到逝世，这更加具有文化的色彩。孙犁从早年到晚年的蜕变，如果不研究其早年的抗战文学，就无法明白这里面作为一个个体的人，如何成为一个民族的人的过程。我们的研究就是为了解开这个密码而作的努力，至于所能达到的水准和程度，只好请各位师友同好加以指正了。正是：“迂叟当年感慨深，贞元醉汉托微吟”，“太息风流衰歇后，传薪翻是读书人”。①

是为结。

①陈寅恪在1951年有诗如下：《〈广雅堂诗集〉有〈咏海王村〉，句云‘曾闻醉汉称祥瑞，何况千秋翰墨林’。昨闻客言琉璃厂书肆之业旧书者悉改业新书矣》，曰：“迂叟当年感慨深，贞元醉汉托微吟。而今举国皆沉醉，何处千秋翰墨林”。次年，作《男旦》曰：“改男造女态全新，鞠部精华旧绝伦。太息风流衰歇后，传薪翻是读书人”。

参考文献

一、期刊报纸类

《天津日报》、《文艺报》、延安《解放日报》、《晋察冀日报》、上海版《中央日报》、《人民日报》、《光明日报》、《文艺学习》(天津)、《新港》、《文学评论》、《文艺理论研究》、《当代作家评论》、《人民文学》、《上海文学》、《南方文坛》、《现当代文学人大复印资料》等等。

二、文学作品类

[1] 孙犁.孙犁全集(1—11卷)[M].北京：人民文学出版社.2004

[2] 孙犁.孙犁文集(1—5卷).续编(1—3卷)[M].天津:百花文艺出版社.2002

[3] 孙犁.白洋淀纪事[M].北京:中国青年出版社.2004

[4] 孙犁.孙犁作品精编(上.下)[M].桂林:漓江出版社.2004

[5] 康濯.正月新春[M].北京:人民文学出版社.1953

[6] 康濯.春种秋收[M].北京.作家出版社.1955

[7] 康濯.我的两家房东[M].北京.青年出版社.1950

[8] 康濯.黑石坡煤窑演义[M].三联书店.1950

[9] 康濯.亲家[M].天下图书公司.1949

[10] 康濯.腊梅花[M].长沙:湖南人民出版社.1978

[11] 康濯.东方红[M].北京:作家出版社.1963

[12] 方纪.方纪文集(1—4卷)[M].天津:百花文艺出版社.1985

[13] 田间.田间[M].北京:人民文学出版社.2006

[14] 梁斌.梁斌文集(1—7卷)[M].北京:人民文学出版社.2005
[15] 王林.腹地.北京:解放军文艺出版社.1985
[16] 郭小川.郭小川全集(11—12卷)[M].桂林:广西师范大学出版社.2000
[17] 徐光耀.平原烈火[M].大众文艺出版社.2003
[18] 徐光耀.徐光耀文集[M].河北教育出版社.2005
[19] 冯志.敌后武工队[M].北京:人民文学出版社.2005
[20] 罗广斌.杨益言.红岩[M].北京:中国青年出版社.2000
[21] 杨沫.青春之歌[M].北京:北京青年出版社.2004
[22] 邵子南.邵子南选集[M].成都:四川人民出版社.1980
[23] 沙可夫.沙可夫诗文选[M].文化艺术出版社.1990
[24] 曼晴.曼晴诗选[M].河北人民出版社.1981
[25] 刘绍棠.刘绍棠小说选[M].北京出版社.1980
[26] 从维熙.从维熙代表作[M].黄河文艺出版社.1987
[27] 冯健男编.荷花淀派作品选[M].北京:人民文学出版社.1983
[28] 冀中一日写作运动委员会编.冀中一日(上)[M].天津:百花文艺出版社.1959
[29] 冀中一日写作运动委员会编.冀中一日(下)[M].天津:百花文艺出版社.1963
[30] 鲁迅.鲁迅全集(1—12卷)[M].北京:人民文学出版社.1981
[31] 周作人.雨天的书[M].河北教育出版社.2002
[32] 周作人.泽泻集[M].河北教育出版社.2002
[33] 周作人.看云集[M].河北教育出版社.2002
[34] 周作人.谈龙集[M].河北教育出版社.2002
[35] 周作人.过去的工作[M].河北教育出版社.2002
[36] 周作人.苦茶随笔[M].河北教育出版社.2002
[37] 周作人.自己的园地[M].河北教育出版社.2002

[38] 周作人. 苦竹杂记[M]. 河北教育出版社. 2002

[39] 周作人. 谈虎集[M]. 河北教育出版社. 2002

[40] 周作人. 中国新文学的源流[M]. 河北教育出版社. 2002

[41] 胡适. 胡适文集(1—8 卷)[M]. 北京大学出版社. 1998

[42] 瞿秋白. 瞿秋白作品精编[M]. 漓江出版社. 2004

[43] 丁玲. 丁玲全集(1—12 卷)[M]. 石家庄. 河北人民出版社. 2001

[44] 赵树理. 赵树理文集(1—4 卷)[M]. 北京:人民文学出版社. 2005

[45] 周立波. 周立波文集(1—5)[M]. 上海文艺出版社. 1981

[46] 何其芳. 何其芳文集(1—6)[M]. 北京:人民文学出版社. 1982

[47] 冯雪峰. 雪峰文集(1—4 卷)[M]. 北京:人民文学出版社. 1981

[48] 茅盾全集(1—5、17—18、20—22 卷)[M]. 北京:人民文学出版社. 1984

[49] 老舍. 四世同堂(1—3 卷)[M]. 天津:百花文艺出版社. 1983

[50] 老舍:骆驼祥子[M]. 桂林:漓江出版社. 2004

[51] 老舍. 月牙集[M]. 石家庄:河北人民出版社. 1981 年

[52] 艾青. 艾青作品精选[M]. 长江文艺出版社. 2004

[53] 胡风. 胡风全集(1—10 卷)[M]. 武汉:湖北人民出版社. 1999

[54] 胡风. 胡风评论集[M]. 北京:人民文学出版社. 1984

[55] 胡风. 胡风家书[M]. 上海:复旦大学出版社. 2007

[56] 韦君宜. 思痛录[M]. 北京:十月出版社. 1998

[57] 王实味. 王实味文存[M]. 上海:三联书店. 1998

[58] 张中晓. 无梦楼随笔[M]. 武汉出版社. 2006

[59] 无名氏. 花的恐怖[M]. 武汉出版社. 2006

[60] 严文井. 严文井选集[M]. 北京:人民文学出版社

[61] 周扬. 周扬文集(1—3 卷)[M]. 北京:人民文学出版社. 1984—1990

[62] 周扬. 解放区短篇创作选[M]. 新华书店. 1949

[63] 人民文学出版社编辑部. 解放区短篇小说选[M]. 北京:人民文学出

版社. 1978
[64] 萧红. 呼兰河传[M]. 济南:山东画报出版社. 2003
[65] 萧红. 生死场[M]. 哈尔滨:黑龙江人民出版社. 1980
[66] 萧红. 萧红短篇小说选[M]. 哈尔滨:黑龙江人民出版社. 1982
[67] 萧军. 八月的乡村[M]. 北京:人民文学出版社. 2005
[68] 沈从文. 沈从文文集(1—6卷)[M]. 广州:花城出版社. 1982
[69] 沈从文. 张兆和. 从文家书[M]. 上海:远东出版社. 1996
[70] 废名. 竹林的故事[M]. 桂林:广西师范大学出版社. 2003
[71] 路翎. 财主底儿女们[M]. 北京:人民文学出版社. 2004
[72] 路翎. 致胡风书信全编[M]. 大象出版社. 2004
[73] 张爱玲. 张爱玲文集(1—4卷)[M]. 合肥:安徽文艺出版社. 1996
[74] 张爱玲. 张爱玲典藏全集(5—6、10—14)[M]. 哈尔滨:哈尔滨出版社. 2003
[75] 张爱玲. 赤地之恋. 秧歌. 网上下载文本
[76] 张爱玲. 同学少年都不贱[M]. 天津:天津人民出版社. 2004
[77] 胡兰成. 今生今世[M]. 北京:中国社会科学出版社. 2003
[78] 师陀. 师陀全集(1—8卷)[M]. 河南大学出版社. 2004
[79] 端木蕻良. 端木蕻良文集[M]. 北京出版社. 1998
[80] 陈铨. 陈铨代表作[M]. 华夏出版社. 1999
[81] 无名氏. 塔里的女人[M]. 上海书店. 1988
[82] 无名氏. 北极风情画[M]. 上海文艺出版社. 1989
[83] 无名氏. 无名氏代表作[M]. 华夏出版社. 1999
[84] 无名氏. 无名氏散文[M]. 杭州:浙江文艺出版社. 1998
[85] 钱钟书. 围城[M]. 北京:人民文学出版社. 1980
[86] 张洁. 世界上最疼我的那个人去了[M]. 北京:作家出版社. 1997
[87] 张洁. 沉重的翅膀[M]. 北京:人民文学出版社. 2004
[88] 张洁. 无字(1—3)[M]. 北京:十月文艺出版社. 2002

[89] 张洁. 方舟[M]. 北京:北京出版社. 1983
[90] 王蒙. 王蒙文存(1－2、9－11、14、18、21卷)[M]. 北京:人民文学出版社. 2003
[91] 路遥. 人生[M]. 中国青年出版社. 1982.
[92] 贾平凹. 商州[M]. 广州出版社. 2007
[93] 铁凝. 铁凝小说精选[M]. 太白文艺出版社. 1995
[94] 铁凝. 玫瑰门[M]. 北京:人民文学出版社. 2006
[95] 铁凝. 大浴女[M]. 北京:人民文学出版社. 2006
[96] 铁凝. 笨花[M]. 北京:人民文学出版社. 2006
[97] 铁凝. 铁凝精选集[M]. 北京:燕山出版社. 2006
[98] 余华. 活着[M]. 上海文艺出版社. 2004
[99] 余华. 许三观卖血记[M]. 上海文艺出版社. 2004
[100] 苏童. 妻妾成群[M]. 花城出版社. 1991
[101] 苏童. 米[M]. 江苏文艺出版社. 1991
[102] 王安忆. 启蒙时代[M]. 北京:人民文学出版社. 2007
[103] 王安忆. 王安忆精选集[M]. 北京:燕山出版社. 2006
[104] 王安忆. 长恨歌[M]. 北京:人民文学出版社. 2004
[105] 莫言. 民间音乐[M]. 沈阳:春风文艺出版社. 2004
[106] 金庸. 金庸作品集(1－36卷)[M]. 花城出版社. 2002
[107] 金庸. 金庸散文集[M]. 作家出版社. 2006
[108] 曾朴. 孽海花[M]. 中国文史出版社. 2003
[109] 刘鹗. 老残游记[M]. 中国文史出版社. 2002
[110] 萧洛霍夫著. 金人译. 静静的顿河[M]. 北京:人民文学出版社. 1988
[111] 萧洛霍夫. 草婴译. 被开垦的处女地[M]. 北京:作家出版社. 1962
[112] 梅里美. 郑永慧译. 卡门[M]. 北京:人民文学出版社. 1994
[113] 梅里美. 梅里美中短篇小说选[M]. 北京:人民文学出版社. 1997

[114] 屠格涅夫.巴金.丽尼译.前夜·父与子[M].北京:人民文学出版社.1979

[115] 屠格涅夫.猎人笔记[M].上海译文出版社.2002

[116] 屠格涅夫.安然译.阿霞[M].商务印书馆.1981

[117] 普希金.冯春译.普希金诗选[M].世纪出版集团.2003

[118] 莎士比亚.孙大雨译.哈姆雷特—罗密欧与朱丽叶[M].世纪出版集团.2003

[119] 曹靖华著译文集[M].河南教育出版社.1992

[120] 王尔德.荣如德.巴金译.道连·葛雷的画像—快乐王子[M].上海译文出版社.2003

[121] 梭罗.徐迟译.瓦尔登湖[M].上海译文出版社.2003

[122] 米兰·昆德拉.不能承受的生命之轻[M].上海译文出版社.2004

[123] 卡夫卡.卡夫卡文集[M].合肥:安徽文艺出版社.1998

三、文学总集类

[124] 赵家璧主编:中国新文学大系(1—10卷)[M].上海文艺出版社.1980

[125] 巴金主编:中国新文学大系(1927—1937)(1—20卷)[M].上海文艺出版社.1984

[126] 中国新文学大系(1937—1949)(1—20卷)[M].上海文艺出版社.1990

[127] 钱理群主编:中国沦陷区文学大系(1—8卷)[M].广西教育出版社.1998—2000

四、学术著作类

[128] 孙周兴选编.海德格尔选集(上、下)[M].上海三联书店.1996

[129] 海德格尔.陈嘉映等译.存在与时间(修订本)[M].三联书店.2006

[130] 刘小枫选编. 舍勒选集(上、下)[M]. 上海三联书店. 1999
[131] 倪梁康选编. 胡塞尔选集(上、下)[M]. 上海三联书店. 1997
[132] 黄颂杰主编. 二十世纪哲学经典文本[M]. 复旦大学出版社. 2001
[133] 康德. 邓晓芒译. 判断力批判[M]. 北京:人民出版社. 2002
[134] 康德. 蓝公武译. 纯粹理性批判[M]. 北京:商务印书馆. 2004
[135] 康德. 韩水法译. 实践理性批判[M]. 北京:商务印书馆. 2005
[136] 马克思. 恩格斯. 马克思恩格斯选集[M]. 北京:人民出版社. 1976
[137] 马克思. 1984 年经济学哲学手稿[M]. 北京:人民出版社. 2004
[138] 黑格尔. 贺麟等译. 哲学史讲演录(1—4 卷)[M]. 北京:商务印书馆. 1997
[139] 叔本华. 任立等译. 伦理学的两个基本问题[M]. 北京:商务印书馆. 2004
[140] 加达默尔. 洪汉鼎译. 真理与方法[M]. 上海译文出版社. 2004
[141] 加达默尔. 夏镇平等译. 哲学解释学[M]. 上海译文出版社. 2004
[142] 德里达. 汪堂家译. 论文字学[M]. 上海译文出版社. 2005
[143] 索绪尔. 高名凯译. 普通语言学教程[M]. 北京:商务印书馆. 2002
[144] 卢梭. 何兆武译. 社会契约论[M]. 北京:商务印书馆. 2003
[145] 尼采. 刘烨编译. 尼采生存哲学[M]. 九州出版社. 2006
[146] 福柯. 谢强等译. 知识考古学[M]. 北京:三联书店. 2007
[147] 福柯. 刘北成译. 疯癫与文明[M]. 北京:三联书店. 2007
[148] 福柯. 余碧平译. 性经验史[M]. 上海人民出版社. 2000
[149] 塞奇. 莫斯科维奇. 群氓的时代[M]. 南京:江苏人民出版社. 2006
[150] 勒庞. 冯克利译. 乌合之众[M]. 北京:中央编译出版社. 2004
[151] 赖朋(勒庞)张公表译. 民族进化的心理定律[M]. 上海文艺出版社影印. 1991
[152] 勒庞. 佟德志译. 革命心理学[M]. 吉林人民出版社. 2004
[153] 詹姆逊. 王逢振译. 政治无意识[M]. 中国社会科学出版社. 1999

[154] 詹姆逊.王逢振等译.快感:文化与政治[M].中国社会科学出版社.1998
[155] 阿尔都塞.李其庆等译.读《资本论》[M].中央编译出版社.2001
[156] 阿尔都塞.顾良.保卫马克思[M].商务印书馆.2007
[157] 萨莉·J.肖尔茨.龚晓京译.波伏瓦[M].北京:中华书局.2002
[158] 萨义德.单德兴译.知识分子论[M].三联书店.2007
[159] 弗洛伊德.高觉敷译.精神分析引论[M].北京:商务印书馆.1997
[160] 弗洛伊德.林尘等译.弗洛伊德后期著作选[M].上海译文出版社.1997
[161] 迪尔凯姆.狄玉明译.社会学方法的准则[M].北京:商务印书馆.2006
[162] 特洛尔奇.朱雁冰译.基督教理论与现代[M].华夏出版社.2004
[163] 别尔嘉耶夫.雷永生译.俄罗斯思想[M].三联书店.1996
[164] 舍斯托夫.思辨与启示[M].上海人民出版社.2005
[165] 郝伯特·席勒.刘晓红译.大众传播与美利坚帝国[M].上海世纪集团出版.2006
[166] 明恩溥.中国人的素质[M].上海:学林出版社.1999
[167] 朱内好.孙歌等译.近代的超克[M].三联书店.2005
[168] 弗莱.袁宪军等译.批评的解剖[M].百花文艺出版社.2006
[169] 卢那察尔斯基.郭家申译. 艺术及其最新形式[M].百花文艺出版社.2002
[170] 本尼迪克特.吕万和等译.菊与刀[M]. 北京:商务印书馆.2005
[171] 厨川白村.鲁迅译.苦闷的象征[M].人民文学出版社.2007
[172] 苏珊·桑塔格.疾病的隐喻[M].上海译文出版社.2003
[173] 萨特.施康强等译.萨特文学论文集[M].安徽文艺出版社.1998
[174] 艾布拉姆斯.镜与灯—浪漫主义文论与批评传统[M].北京大学出版社.1989

[175] 佛马克.走向后现代主义[M].北京大学出版社.1991
[176] 布鲁姆.影响的焦虑[M].三联书店.1992
[177] 罗兰·巴尔特.李幼蒸译.符号学原理[M].三联书店.1988
[178] 米兰·昆德拉.小说的艺术[M].上海译文出版社.2003
[179] 米兰·昆德拉.被背叛的遗嘱[M].上海译文出版社.2003
[180] 刘金镛.房福贤编.孙犁研究专集[M].南京:江苏人民出版社.1983
[181] 阎庆生.孙犁晚年研究[M]. 北京:中国社会科学出版社.2004
[182] 叶君.参与守持与怀乡——孙犁论[M]. 北京:社会科学文献出版社.2006
[183] 郭志刚.孙犁创作散论[M].太原:山西人民出版社.1986
[184] 李永生.孙犁小说论[M].太原:北岳文艺出版社.1988
[185] 金梅.孙犁的小说艺术[M].北京出版社.1987
[186] 郭志刚.孙犁传[M].北京十月出版社.1990
[187] 管蠡.孙犁传略[M].百花文艺出版社.2004
[188] 汪稼明.孙犁:陋巷里的弦歌[M].大象出版社.2003
[189] 唐小兵.再解读:大众文艺与意识形态[M].北京大学出版社.2007
[190] 刘禾. 宋伟杰等译.跨语际实践一文学,民族文化与被译介的现代性[M].三联书店.2002
[191] 王宇.性别表述和现代认同[M].上海三联书店.2006.
[192] 叶君.乡土.农村.家园.荒野.论当代中国作家的乡村想象[M].北京:中国社会科学出版社.2007
[193] 李遇春.权力.主体.话语.论 20 世纪 40－70 年代中国文学研究[M].武汉:华中师范大学出版社.2007
[194] 郝庆军.诗学与政治:鲁迅晚期杂文研究(1933－1936)[M].北京:文化艺术出版社.2007
[195] 杜素娟.沈从文与《大公报》[M].济南:山东画报出版社.2006

[196] 黄健.京派文学批评研究[M].上海三联书店.2002.

[197] 哈迎飞.五四作家与佛教文化.上海三联书店.2002

[198] 孟悦.戴锦华.浮出历史地表一现代妇女文学研究[M].北京:中国人民大学出版社.2004

[199] 乔以钢.中国女性与文学[M].南开大学出版社.2004

[200] 张清华.中国新时期女性文学研究资料[M].山东文艺出版社.2006

[201] 王政.陈雁编.百年中国女权思潮研究[M].复旦大学出版社.2005.

[202] 中华全国妇女联合会.中国妇女运动史[M].北京:春秋出版社.1989

[203] 王跃生.社会变革与婚姻家庭变动——20世纪30－90年代的冀南农村[M].三联书店.2006.

[204] 陈顺馨.戴锦华编.妇女.民族与女性主义[M].中央编译出版社.2004

[205] 许宝强选编.解殖与民族主义[M].中央编译出版社.2004.

[206] 张京媛编.新历史主义与文学批评[M].北京大学出版社.1993

[207] 张岩冰.女权主义论[M].济南:山东教育出版社.1998

[208] 李银河编.妇女:最漫长的革命.当代西方女权主义理论精选[M].三联书店.1997

[209] 波伏娃.陶铁柱译.第二性[M].北京:中国书籍出版社.

[210] 米利特.宋文伟译. 性政治[M].江苏人民出版社.2000

[211] 杰佛瑞.威克斯.宋文伟等译.20世纪的性理论和性观念[M].南京:江苏人民出版社.2002

[212] 伍蠡甫编.山水与美学[M].上海文艺出版社.1985

[213] 胡晓明.万川之月:中国山水诗的心灵世界[M].北京大学出版社.2005

[214] 徐复观. 中国人的生命精神[M]. 华东师范大学出版社. 2004
[215] 袁烈州. 中国历代山水画选[M]. 桂林:漓江出版社. 1985
[216] 陈传席. 中国山水画史[M]. 江苏美术出版社. 1988
[217] 谢凝高. 山水审美:人与大自然的交响曲[M]. 北京大学出版社. 1991
[218] 杨义. 李杜诗学[M]. 北京出版社. 2001.
[219] 葛晓音. 山水田园诗派研究[M]. 辽宁大学出版社. 1993
[220] 朱良志. 中国艺术的生命精神[M]. 安徽教育出版社. 2006
[221] 潘知常. 生命美学论稿[M]. 郑州大学出版社. 2002
[222] 潘知常. 反美学[M]. 学林出版社. 1995
[223] 李泽厚. 中国美学史(魏晋南北朝)[M]. 安徽文艺出版社. 1999
[224] 宗白华. 宗白华全集(1—3 卷)[M]. 安徽教育出版社. 1996
[225] 张宪文. 中国现代史史料学[M]. 山东人民出版社. 1985
[226] 中国第二历史档案馆. 中华民国史档案资料汇编[M]. 江苏古籍出版社. 1979—1986
[227] 河北省社会科学院历史研究所. 晋察冀抗日根据地史料选编[M]. 石家庄:河北人民出版社. 1983
[228] 中央档案馆《晋察冀抗日根据地》史料丛书编审委员会. 晋察冀抗日根据地. 第一册. 文献选编[M]. 1989
[229] 王运熙. 中国文论选(现代卷 1—3)[M]. 江苏文艺出版社. 1996
[230] 洪子诚. 中国当代文学史史料选(上、下)[M]. 长江文艺出版社. 2002.
[231] 陈平原等. 二十世纪中国小说理论资料(1—5 卷)[M]. 北京大学出版社. 1997
[232] 黄修己编. 赵树理研究资料[M]. 北岳文艺出版社. 1985
[233] 袁良骏编. 丁玲研究资料[M]. 天津人民出版社. 1982
[234] 李恺玲等. 康濯研究资料[M]. 湖南人民出版社. 1984

[235] 刘云涛编. 梁斌研究专集[M]. 海峡文艺出版社. 1986
[236] 郜元宝. 鲁迅六讲(增订本)[M]. 北京大学出版社. 2007
[237] 郜元宝. 鲁迅精读[M]. 复旦大学出版社. 2007
[238] 郜元宝. 为热带人语冰一我们时代的文学教养[M]. 2004
[239] 郜元宝. 尼采在中国[M]. 上海三联书店. 2001
[240] 郜元宝. 说话的精神[M]. 山东文艺出版社. 2004
[241] 陈思和. 中国新文学整体观[M]. 上海文艺出版社
[242] 陈思和. 中国当代文学史教程[M]. 复旦大学出版社. 2001
[243] 陈思和. 中国当代文学关键词十讲[M]. 复旦大学出版社. 2002
[244] 陈思和. 不可一世论文学[M]. 人民文学出版社. 2003
[245] 陈思和. 中国现当代文学名篇十五讲[M]. 北京大学出版社. 2003
[246] 张新颖. 沈从文精读[M]. 复旦大学出版社. 2005
[247] 张新颖. 双重见证[M]. 江苏教育出版社. 2005
[248] 栾梅健. 二十世纪中国文学发生论[M]. 桂林:广西师范大学出版社. 2006
[249] 朱文华. 中国近代文学潮流[M]. 贵州教育出版社. 2004
[250] 周斌. 反思与重构一关于电影批评的美学思考[M]. 沈阳出版社. 2003
[251] 王安忆. 小说家的十三堂课[M]. 上海文艺出版社. 2005
[252] 李楠. 晚清民国时期上海小报研究[M]. 人民文学出版社. 2005
[253] 刘志荣. 潜在写作[M]. 复旦大学出版社. 2007
[254] 洪子诚. 问题与方法[M]. 三联书店. 2002
[255] 洪子诚. 文学与历史叙述[M]. 河南大学出版社. 2005
[256] 赵园. 艰难的选择[M]. 上海文艺出版社. 2001
[257] 赵园. 地之子[M]. 北京大学出版社. 2007
[258] 钱理群. 鲁迅作品十五讲[M]. 北京大学出版社. 2003
[259] 钱理群等:中国现代文学三十年[M]. 1998

[260] 钱理群.周作人传[M].北京十月出版社.2001
[261] 钱理群.返观与重构:文学史的研究与写作[M].上海教育出版社.2000
[262] 钱理群.1948:天地玄黄[M]. 济南:山东教育出版社.1998
[263] 洪子诚.1956:百花时代[M].济南:山东教育出版社.2001
[264] 陈顺馨.1962:夹缝中的生存[M]. 济南:山东教育出版社.2002
[265] 杨鼎川.1967:狂乱的文学年代[M]. 济南:山东教育出版社.2001
[266] 陈平原.中国现代学术之建立[M].北京大学出版社.1998
[267] 陈平原.中国小说叙事模式的转变[M].上海人民出版社.1988
[268] 陈平原.千古文人侠客梦[M].人民文学出版社.1992
[269] 李杨.50—70年代的文学经典再解读[M].山东教育出版社.2003
[270] 李扬.沈从文的后半生[M].中国文史出版社.2006
[271] 杨义.中国叙事学[M].人民出版社.1998
[272] 杨义.中国现代小说史(三卷)[M].人民出版社.1998
[273] 杨义.古典小说史论[M].人民出版社.1998
[274] 杨义.京派海派综论[M].中国社会科学出版社.2005
[275] 王晓明.二十世纪中国文学史论[M].东方出版中心.1997
[276] 王晓明.二十世纪中国文学史论(修订版)[M].东方出版中心
[277] 王晓明.无法直面的人生.鲁迅传[M].上海文艺出版社.1993
[278] 杨扬.无限的增长[M].山东文艺出版社.2005
[279] 丁帆.中国乡土小说史论[M].北京大学出版社.2007
[280] 王彬彬.风高放火与振翅洒水[M].人民文学出版社.2004
[281] 董建.丁帆.王彬彬.中国当代文学史新稿[M].人民文学出版社.2005
[282] 许志英.丁帆.中国新时期小说主潮[M].人民文学出版社.2002
[283] 朱寿桐.中国现代社团文学史[M].人民文学出版社.2004
[284] 夏志清.中国现代小说史[M].复旦大学出版社.2005

[285] 王本朝.中国当代文学制度研究[M].新星出版社.2007
[286] 邢小群.丁玲与文学研究所的兴衰[M].济南:山东画报出版社.2003
[287] 肖同庆.世纪末思潮与中国现代文学[M].安徽教育出版社.2004
[288] 陈顺馨.社会主义现实主义理论在中国的接受与转化[M].安徽教育出版社.2000
[289] 李今.海派小数与现代都市文化[M].安徽教育出版社.2000
[290] 王德威.想象中国的方法[M].三联书店.1998
[291] 王德威.当代小说二十家[M].三联书店.2006
[292] 王德威.中国现代小说十讲[M].复旦大学出版社.2003
[293] 李欧梵.现代性的追求[M].三联书店.2000
[294] 李欧梵.上海摩登[M].北京大学出版社.2001
[295] 鲁迅.中国小说史略[M].上海古籍出版社.1998
[296] 梁启超.中国历史研究法[M].上海古籍出版社.1998
[297] 梁启超.清代学术概论[M].东方出版社.1996
[298] 王国维.人间词话[M].上海古籍出版社.1998
[299] 王国维.宋元戏曲考[M].上海古籍出版社.1998
[300] 章太炎.章太炎经典文存[M].上海大学出版社.2003
[301] 康有为.大同书[M].上海古籍出版社.2005
[302] 陈寅恪.陈寅恪集[M].三联书店.2001
[303] 熊十力.熊十力集[M].群言出版社.1993
[304] 梁漱溟.梁漱溟集[M].群言出版社.1993
[305] 冯友兰.中国哲学史新编[M].人民出版社.2004
[306] 张荫麟.中国史纲[M].上海古籍出版社.2003
[307] 李泽厚.美学四讲[M].三联书店.1989
[308] 李泽厚.中国思想史论(上.中.下)[M].安徽文艺出版社.1999
[309] 葛兆光.中国思想史(上.下)[M].复旦大学出版社.1998—2000.

[310] 葛兆光.中国禅思想史[M].北京大学出版社.1995
[311] 朱维铮.中国经学史十讲[M].复旦大学出版社.2005
[312] 许纪霖编.二十世纪中国思想史论[M].东方出版中心.2000
[313] 刘小枫.拯救与逍遥[M].上海人民出版社.1988
[314] 刘小枫.沉重的肉身[M]. 上海人民出版社.1999
[315] 刘小枫.圣灵降临的叙事[M].三联书店.2003
[316] 刘小枫.尼采在西方[M].上海三联书店.2002
[317] 南怀瑾.南怀瑾选集(4.6.8.9 卷)[M].复旦大学出版社.2003
[318] 文行注译.白话圆觉经[M].三秦出版社.2002
[319] 荆三隆注译.白话楞严经[M]. 三秦出版社.2002
[320] 宋宪伟编.华严经[M].大众文艺出版社.2004
[321] 圣经[M]
[322] 朱熹.易经问卜今译[M].天津社会科学出版社.1993
[323] 费孝通.乡土中国.生育制度[M].北京大学出版社.2006
[324] 高华.红太阳是怎样升起的[M].香港中文大学出版社.2005
[325] 王明.中共 50 年[M].东方出版社.2004
[326] 杨健.中国知青文学史[M].北京:中国工人出版社.2002
[327] 何兆武.陈启能.当代西方史学理论[M].上海社会科学院出版社.2003
[328] 费正清主编.剑桥中华民国史[M].中国社会科学出版社.1998

后　记

“孙犁抗日小说研究”作为博士论文的研究算是结束了，我的心头也稍微放松了一下。我虽然一直在努力，但是好像不敢相信自己会做出博士论文这样的东西来，因为我第一次看到博士论文的时候，就震惊于它规模的庞大！

但是，我竟然写了出来，又怎能不有所释然！

本来，我学习的经历就非常曲折。在本科阶段学习的是环境工程学给水排水专业，而经历了一段痛苦之后改学了古典文学；从南京大学离开母校和恩师许结先生以后，我回到了家乡，在地方院校蛰伏了六年时间。这又是一个消化与转型的时期，然后终于从古典文学又转了出来，来到了复旦大学中文系，师从郜元宝先生从事现当代文学的研究。我从曲折的求学经历中深深体会到了那种个人求学与现实环境之间错位的尴尬，深深体会了求学的人生甘苦与人之为人的那种磨炼甚至磨难。

这样，当孙犁作为研究对象和导师商定以后，我没有动摇，而有的同学认为孙犁的气质和我有些相似，这样也好。在写作论文的过程中，首先从孙犁的外围展开，然后从孙犁的生平经历透视，最后才进行了整合。本来想会比较直接进入研究状态，但是事情完全出乎意料，竟然几度茶饭不香，无路彷徨，三易其稿。但我终于写出来了。我无法表达对于导师郜元宝先生的感谢，每逢无从着笔的时候，老师总是适时地点化，恰到好处，这大约就叫做“不悱不启”吧！我深深感谢命运对我的恩赐，所遇既是明师，学习自当奋力；老师的教诲和复旦的求学环境相互结合，良师诤友，“如切如磋，如琢如磨”，终于突破难关，获得进展。在2007年下半年写出了关于孙犁研究的第一篇关于《荷花淀》的长篇论文，基本获得了老师首肯，然后在相关研究的背景下从特定的研究视角发现了孙犁文学世界的一个丰富的学术研究点，这就是女性研究问题；并得到老师启示，然后写出了关于北方的战时风景的部分篇章和第一部分的有关章节，至此论文初稿的规模已经出现，而时间也已经接近寒假了。此时心中已经明白，论文的完成指日可待了；但是我丝毫没有敢掉以轻心，在刚刚过了2008年的年关，正月初三我就匆匆返回学校，用十天的时间完成了四万字的部分论文初稿，真是文思泉涌，下笔成河！当我现在回首去修改文章的时候，几乎不敢相信那究竟是在一种何样的状态下写作出来的，但是其中的准备我是明白的，因为我是做梦都在考虑论文的写作。当然，如果没有老师适时的指导，我想论文的完成可能更加艰难；回首前尘，竟然发现灿烂的黑发有了星然银丝，令人不禁感慨唏嘘！

我衷心地感谢郜元宝师，和郜师的相逢我相信是一种缘分。因为我性格本来就有些狷介，而遇到先生则完全是一种偶然；在这个过程中我要感谢复旦，感谢陈思和老师。我同时获得了两个导师，这不是人生的幸福吗？我成了郜师的开山博士，我觉得自己有义务做得出色，对得起导师，对得起自己，对得起复旦，尽管自己的能力有限，但是这些心愿是不可缺少的。我深深地感谢郜元宝师，他的聪慧睿智超出了我的想象，那种明察秋毫的本事，那种因人施教的才能，那种确定学生盲点的准确性都是在学术以外的能力，他敢于相信我，敢于放手我，敢于叫我知难而上，这些对于本来就有一定独立性的我，无疑是一种激励，一种大度的信任，却不是放任！老师有着相当系统的定位能力，而这种系统是我所不具备的，他学术建构的整体宏伟性和局部细腻性的有机结合，令我五体投地地拜服！听老师讲课，真是一种享受啊！那是一种真正的思想盛宴、现代思维的训练，一位学生说老师讲“学习文学，就是为了操练一颗勇敢的心”，不知这话是否确然，但是的确道出了其中的精妙！然老师要求学文学是“开阔心胸”与“为文为人”，则是当然的事实了！“瞻彼淇澳，绿竹青青。有匪（斐）君子，充耳琇莹，会弁如星”。师之谓也。

这里，我还要感谢陈思和师，没有陈老师就没有我的今天。感谢陈老师的教诲和充满思想、风趣的讲课，感谢他在论文和生活方面给予的指点与教诲。感谢张新颖老师，他的课堂上课和学术研究又是另外一种风格，有齐鲁大地之气存焉，我本能地接近张老师，他总是在学术和生活上给我以最大的帮助。感谢栾梅健、周斌、张业松、梁永安、李楠、张芙鸣、刘志荣等老师给我论文和学术研究以重要的建议和意见，感谢张新华、骆玉明、傅杰、王安忆、刘存玲、朱维铮、葛兆光、孟建、曹晋等老师，他们总是给我这样那样学术和生活上的帮助。感谢我的同门师弟妹任珊、张红娟、袁坚、王军君、李小杰、张冉冉、倪佳、刘律廷、阿里·穆罕默德，他们总是在我困难的时候无私地帮助我，和我谈话，给我指点，帮助我的实际生活，我非常高兴有这样的一个充满友爱的团体。我还要感谢所有用这样那样方式帮助我和充满了善意的那些同学们，他们太多了，虽然无法一一列举他们的名字，但他们的帮助都让我感到了巨大的温暖，在复旦的学习生活是艰辛却有快乐的。

此外，我要感谢我的父母李星南先生、赵慧香女士，没有父母的支持我几乎无法完成学业；感谢我的妻子刘文娟女士，没有她在家做出的巨大付出和艰难的支撑，我的学业也不会完成；感谢我那可爱的孩子璇璇，他带给了做父母的无穷欢乐和安慰；还要感谢我的亲爱的哥哥李鹏和台湾的伯父李瞻先生、伯母李文英女士，他们总是在困难中扶持我，让我感受到那巨大的骨肉亲情的力量。我谢谢他们，谢谢他们那些无私的奉献的温暖，真诚地谢谢！

论文就要出版了，在这里还要感谢武汉科技学院人文学院的全体同仁，没有他们的帮助，这么快就要出版博士论文是不可能的！特别感谢杨洪林院长、黄双敬书记、徐红教授、周游女士以及后勤处的钱老师，为我的生活安定而做的巨大努力，感谢蓝寿荣、商卫星、李满意、曾令玉、刘艳、李艳鸽、王良波、李晓云、张德科、张晓静、李和山以及孙文礼老师等等那些从各个方面帮助我的老师们，使我在人地两生的陌生环境得以感到温暖！

感谢武汉科技学院的领导同志，他们高瞻远瞩，为学校和个人搭建这样一个学术平台，提供这样一个出版论文的机会，这是终身感谢的！

李　展

2008 年 3 月 29 日